Le secret de Gypsy

★

Le secret de Gabriella

★

Le secret de Louise

ABBY GREEN

Le secret de Gypsy

Traduction française de
CHRISTINE MOTTI

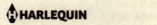

Titre original :
IN CHRISTOFIDES' KEEPING

Ce roman a déjà été publié en 2012

© 2010, Abby Green.
© 2012, 2019, HarperCollins France pour la traduction française.

Ce livre est publié avec l'autorisation de HARLEQUIN BOOKS S.A.

Tous droits réservés, y compris le droit de reproduction de tout ou partie de l'ouvrage, sous quelque forme que ce soit.
Toute représentation ou reproduction, par quelque procédé que ce soit, constituerait une contrefaçon sanctionnée par les articles 425 et suivants du Code pénal.

Si vous achetez ce livre privé de tout ou partie de sa couverture, nous vous signalons qu'il est en vente irrégulière. Il est considéré comme « invendu » et l'éditeur comme l'auteur n'ont reçu aucun paiement pour ce livre « détérioré ».

Cette œuvre est une œuvre de fiction. Les noms propres, les personnages, les lieux, les intrigues, sont soit le fruit de l'imagination de l'auteur, soit utilisés dans le cadre d'une œuvre de fiction. Toute ressemblance avec des personnes réelles, vivantes ou décédées, des entreprises, des événements ou des lieux, serait une pure coïncidence.

Le visuel de couverture est reproduit avec l'autorisation de :

Femme : © GETTY IMAGES/EYEEM/ROYALTY FREE

Réalisation graphique : E. COURTECUISSE (HarperCollins France)

Tous droits réservés.

HARPERCOLLINS FRANCE
83-85, boulevard Vincent-Auriol, 75646 PARIS CEDEX 13
Service Lectrices — Tél. : 01 45 82 47 47
www.harlequin.fr
ISBN 978-2-2804-1835-5

1

Rico réprima un mouvement d'humeur. Son esprit ne cessait de vagabonder et il peinait à demeurer concentré. Qu'est-ce qui n'allait pas chez lui ? Il se trouvait dans l'un des restaurants les plus sélects de Londres, en compagnie de l'une des plus jolies femmes au monde. Pourtant, rien n'y faisait : il avait le sentiment qu'aucun son ne l'atteignait, excepté le martèlement de son cœur dans sa poitrine.

Il avait à peine conscience de la présence d'Elena en face de lui. Très animée, la jeune femme parlait sans discontinuer ; ses yeux brillaient un peu trop. Souvent, d'un mouvement gracieux de la main, elle repoussait son épaisse chevelure rousse pour dégager ses splendides épaules dénudées. Malheureusement, les efforts de séduction qu'Elena déployait restaient vains.

Rico avait maintes fois vécu des scènes de ce genre ces dernières années. Habituellement, il jouait le jeu, mais ce soir il ne ressentait pas le moindre désir pour cette femme pourtant resplendissante. Il regrettait même d'avoir cédé à l'impulsion de l'inviter lorsqu'il avait su qu'il devait passer quelques jours à Londres.

Curieusement, une réminiscence lointaine occupait toutes ses pensées. Car à l'instant où il avait pénétré dans ce restaurant, la silhouette de l'une des serveuses avait attiré son attention. Quelque chose dans sa manière de se mouvoir avait ravivé en lui un souvenir qui l'avait ramené deux années en arrière. L'image d'une femme s'était alors imposée à son esprit pour ne plus en sortir. Une femme unique, différente des autres, qui avait su percer ses défenses et l'atteindre au plus profond de son être.

Ils avaient partagé une nuit... Une seule nuit, et pourtant, jamais il n'était parvenu à l'oublier.

Sous la table, Rico serra les poings sur ses genoux. Peut-être ce douloureux souvenir était-il lié à ce séjour impromptu à Londres, précisément la ville où l'inconnue et lui s'étaient rencontrés. Depuis, il n'y était plus jamais revenu.

Il s'efforça de sourire à une remarque d'Elena dont il n'avait pas perçu le sens. Visiblement, il avait réagi de manière appropriée puisqu'elle était repartie dans un long monologue, qui n'appelait aucune réponse. Elena aimait visiblement s'écouter parler. Que son babil intéresse ou non son interlocuteur n'avait pour elle pas la moindre importance.

Le soir où il avait rencontré Gypsy, pour autant que la mystérieuse inconnue se fût réellement prénommée ainsi, elle avait posé une main sur sa bouche pour l'intimer au silence au moment où il avait voulu se présenter. Puis, d'une voix fervente, elle avait déclaré en sortant de la boîte de nuit :

— Je ne veux pas savoir qui vous êtes... Peu importe.

Bien sûr, ce geste l'avait intrigué. Il avait même douté un instant de sa sincérité : peut-être jouait-elle avec lui, sachant pertinemment qui il était — les journaux avaient suffisamment parlé de lui à cette époque... Mais il s'était tu, se contentant d'admirer son beau visage, ses grands yeux lumineux, son sourire éblouissant. Elle lui avait semblé si jeune, si délicieuse, si fraîche et si pure que tous ses soupçons s'étaient envolés.

— Comme vous voudrez, avait-il fini par déclarer. Et si nous nous contentions de nous dire nos prénoms ?

Comme cette idée semblait lui convenir, il avait poursuivi :

— Eh bien, je suis Rico... Pour vous servir, jolie tentatrice !

— Et moi Gypsy, avait-elle répondu après une brève hésitation.

Il se souvenait avoir ricané et haussé les épaules tant ce prénom lui paraissait inventé.

— De toute façon, qui que vous soyez, ce soir c'est vous qui m'intéressez, pas votre prénom...

Soudain, un rire bruyant en provenance d'une table voisine ramena Rico au présent. Mais l'image de Gypsy flottait encore devant ses yeux. Il se rappelait son parfum, la douceur de sa peau, la passion qu'ils avaient partagée, leurs étreintes, leurs baisers, leurs soupirs de contentement après l'amour... Seigneur, jamais il n'avait éprouvé plus pur plaisir avant cette femme. Ni après, d'ailleurs...

— Rico chéri..., gémit Elena, avec un sourire boudeur sur ses lèvres trop rouges. Tu te trouves à des années-lumière de moi... Pitié, ne me dis pas que tu pensais à ce travail si ennuyeux auquel tu consacres tout ton temps !

Rico réprima un sourire cynique. Ce *travail si ennuyeux* qu'évoquait Elena lui rapportait un argent fou, raison pour laquelle il était si populaire auprès des femmes.

Il n'avait qu'un geste à faire et elles étaient toutes à ses pieds, prêtes à mendier une seconde d'attention.

Brusquement, un malaise l'étreignit. Il lui semblait que le fantôme de Gypsy rôdait autour de lui...

Gyspy, la seule personne qui ne s'était pas pâmée devant lui lorsqu'il avait posé les yeux sur elle. Au contraire, elle avait tenté de lui résister. Puis, le lendemain de leur nuit d'amour, elle avait disparu de sa vie... Depuis, il pensait régulièrement à cette désertion. Et chaque fois cela lui serrait le cœur.

Agacé, Rico chassa son trouble d'un froncement de sourcils et tenta de prendre part à la conversation avec Elena. Alors qu'il allait émettre une quelconque platitude, une serveuse les contourna pour dresser la table voisine. Une vive émotion s'empara de nouveau de Rico. Totalement déconcerté, il suivit la jeune femme des yeux. La même qui, un peu plus tôt, avait ravivé tant de souvenirs douloureux...

Etait-il en train de devenir fou ? Il lui semblait avoir perçu une odeur connue, la réminiscence d'un passé enfoui. Nerveusement, il passa une main dans ses cheveux et reporta son attention sur Elena.

— Quel parfum portes-tu ? lui demanda-t-il d'un ton léger.

— Poison... Tu aimes ? répondit son invitée avec une moue enjôleuse.

Elle lui tendit la main pour qu'il le respire à son poignet délicat. Comme il demeurait de marbre, ignorant son bras tendu, le regard tourné vers la serveuse occupée à une autre table, Elena se leva, excédée.

— Je vais aller me rafraîchir un peu, déclara-t-elle sèchement. Peut-être qu'à mon retour, tu seras un peu moins distrait.

Indifférent à son mouvement d'humeur, Rico ne se donna pas la peine de répondre. Au contraire, il fixa son attention sur la silhouette délicate de la serveuse qui lui tournait le dos. Elle avait la taille fine, comme le révélait sa petite jupe noire ajustée. Ses jambes étaient fuselées, ses chevilles d'une extrême finesse. Elle portait un chemisier blanc, et ses cheveux couleur miel étaient noués en une queue de cheval souple. Ils étaient ondulés, brillants comme ceux de…

Secouant la tête, il tenta de chasser les émotions qui refluaient en lui. Pourquoi ces souvenirs remontaient-ils à la surface précisément ce soir ?

La jeune femme tourna la tête pour répondre à un client et Rico put enfin entrevoir son profil. Elle avait le nez fin, un petit menton volontaire et une bouche délicieuse, ourlée de lèvres pulpeuses, exactement comme celles de Gypsy. Seigneur, se pouvait-il que… ?

Son rythme cardiaque s'accéléra lorsqu'il la vit de face, le visage baissé sur son calepin. Immobile, elle inscrivit quelques mots puis, après avoir saisi des menus, elle se dirigea droit vers lui. Totalement galvanisé par cette apparition, Rico attendit qu'elle se rapproche et, dans un mouvement incontrôlable, il lui agrippa le bras.

Rien ni personne n'aurait pu empêcher ce geste déplacé…

Gypsy ne comprit pas immédiatement ce qui lui arrivait. Lorsqu'elle se rendit compte que quelqu'un lui serrait le poignet, elle ouvrit la bouche pour riposter, mais aucun son ne put franchir ses lèvres. Un regard gris acier la transperçait littéralement.

Instantanément, elle se figea, retenant son souffle.

Elle cilla, abasourdie par le choc de cette rencontre incroyable.

Ce ne pouvait pas être lui...

Elle devait rêver — ou plus exactement être plongée en plein cauchemar. Elle se sentait livide. Le temps paraissait suspendu ; les bruits environnants semblaient provenir de très loin.

Ces yeux inoubliables qui la hantaient depuis si longtemps ne pouvaient appartenir qu'à cet homme qu'elle essayait vainement de déloger de sa mémoire depuis deux longues années : Rico Christofides, chef d'entreprise richissime, mi-grec, mi-argentin, une légende dans le monde des affaires.

— C'est bien vous ! déclara-t-il très bas.

Sa belle voix grave, reconnaissable entre toutes, la troubla profondément. Assaillie d'un vertige, elle agrippa le dossier d'une chaise. Elle avait les jambes flageolantes ; son cœur battait la chamade. Elle ne pouvait quitter les yeux gris qui paraissaient fouiller son âme. Toutes les particularités de ce visage s'étaient inscrites dans sa mémoire : cheveux de jais, long nez aquilin, sourcils bien dessinés, mâchoire volontaire...

Après le choc vint la douleur, encore présente, même après autant de temps. Elle se rappela la note trouvée à son réveil sur la commode de la chambre d'hôtel ce matin-là : « *La chambre est payée. Rico.* »

Une forme se manifesta à leurs côtés, mais ni lui ni elle ne tournèrent la tête, leurs regards rivés l'un à l'autre.

— Quelque chose ne va pas avec ta commande, Rico ?

Une voix. Une voix de femme. Qui prononçait ce prénom maudit. Gypsy enregistra qu'il s'agissait de cette splendide femme rousse dont elle avait croisé le regard un peu plus tôt dans la soirée. La compagnie de Rico, donc...

— C'est bien vous, répéta-t-il comme pour se pénétrer de cette évidence.

Gypsy secoua la tête en signe de dénégation et parvint dans le même temps à dégager son poignet de l'emprise de Rico. Elle cherchait quelque chose de sensé à dire, quelque chose qui lui permettrait d'échapper à ce cauchemar. Après tout, elle n'avait partagé qu'une nuit avec cet homme : comment pourrait-il se rappeler son visage ? Sans compter qu'il l'avait quittée de la manière la plus sordide qui soit.

— Je suis désolée, parvint-elle à articuler clairement. Vous devez me confondre avec quelqu'un d'autre.

Sur ces mots, elle s'éclipsa en hâte pour gagner les toilettes du personnel. Elle se sentait nauséeuse tout à coup et craignait d'être malade. Les mains humides de sueur, elle s'appuya au lavabo pour prendre une profonde inspiration. Cette rencontre inopinée l'avait bouleversée et elle n'avait qu'une envie : fuir le plus loin possible de cet homme.

Pourtant, depuis le jour où elle avait découvert qu'elle était enceinte, elle savait qu'il lui faudrait un jour avouer à Rico Christofides qu'il avait une fille.

Une fille de quinze mois qui avait hérité des mêmes yeux que son père.

Gypsy fut prise de nausées de nouveau, mais parvint à surmonter son malaise. Elle se rappelait le sentiment de terreur qui l'avait envahie à l'idée d'être mère, remplacé peu après par une ferveur bouleversante qui lui avait fait comprendre qu'elle ferait tout pour protéger son enfant.

Par la suite, elle avait eu connaissance des frasques de Rico, un homme courtisé qui méprisait les femmes au point d'humilier au tribunal celles qui osaient prétendre porter un enfant de lui. Jamais Gypsy n'aurait supporté de subir le même sort, même si elle était en mesure de prouver la paternité.

Enceinte, elle s'était sentie affreusement vulnérable. Effrayée à l'idée d'être rejetée par Rico dès qu'elle lui aurait annoncé la nouvelle, elle avait préféré garder le secret de la naissance de Lola. Elle avait décidé de prendre sa vie en main et de trouver un emploi lui permettant de subvenir aux besoins de sa fille. C'est ainsi qu'elle avait accepté de travailler dans ce restaurant chic, espérant trouver un jour quelque chose de plus correct.

Un sentiment de panique la saisit soudain. Si elle ne quittait pas les lieux immédiatement, Rico Christofides finirait par se rappeler les circonstances de leur rencontre, la manière dont elle était tombée presque instantanément dans ses bras. Submergée par une vague de désir foudroyante, elle avait succombé à son pouvoir de séduction et s'était donnée à lui sans retenue. Assaillie de honte à ce souvenir, Gypsy ferma un instant les yeux. Puis, après s'être rafraîchi le visage avec de l'eau, elle prit la résolution d'aller voir son patron.

— Tom, s'il vous plaît, laissez-moi rentrer à la maison : Lola a besoin de moi...

Gypsy détestait mentir, mais elle n'avait guère d'autre choix. Il fallait à tout prix qu'elle échappe à Rico.

Son patron se passa une main dans les cheveux en soupirant.

— Bon sang, Gypsy, le moment est vraiment mal choisi ! Vous savez que nous sommes à court de personnel ce soir. Ne pourriez-vous attendre encore une heure ?

— C'est impossible, Tom, insista-t-elle en dénouant

son tablier. Je suis désolée, mais je dois rentrer de toute urgence.

Les traits de son employeur se crispèrent. Les bras croisés sur la poitrine, il la toisa.

— Moi aussi je suis désolé, Gypsy, mais cela ne peut plus durer. Vous avez été en retard tous les jours ces deux dernières semaines.

Elle voulut protester en expliquant les difficultés qu'elle rencontrait pour faire garder sa fille, mais il l'arrêta d'un geste.

— Vous travaillez bien, mais beaucoup seraient ravies de prendre votre place dès aujourd'hui. Si vous me laissez tomber ce soir, inutile de revenir demain. C'est à prendre ou à laisser.

Totalement déboussolée, Gypsy garda un instant le silence. Pourrait-elle reprendre son service comme si de rien n'était, alors que l'homme qui était responsable de sa situation se trouvait dans la salle ?

Non, impossible.

Bouleversée, elle secoua la tête en signe de dénégation, prête à accepter son sort. Pourtant, l'idée de devoir se remettre en quête d'un nouveau travail la terrorisait.

— Désolée, Tom, je n'ai pas d'autre choix.

— Moi non plus.

Elle tourna les talons. Après avoir rassemblé ses affaires, elle quitta discrètement le restaurant par la porte de service.

Rico contemplait les lumières de Londres depuis la grande baie vitrée de son splendide appartement situé en plein centre-ville. Les mains dans les poches, il se tenait immobile, perdu dans ses pensées. La tension qui l'habitait n'avait rien à voir avec la magnifique jeune femme avec laquelle il avait dîné. A la grande consternation de cette dernière, il était rentré seul chez lui. Non, c'était une tout autre femme qui l'obsédait : cette jeune serveuse qui avait disparu soudainement en plein milieu de son service.

Disparu, comme l'autre fois...

Son visage se crispa à cette évocation. Pourquoi avait-il paniqué de la sorte ? Il se rappelait à quel point Gypsy l'avait bouleversé. Il revoyait sa forme allongée sur le lit d'hôtel, l'émotion qu'il avait ressentie, le désir qui le tenaillait encore malgré leurs longues étreintes. Cette intensité qu'il n'avait jamais éprouvée avant de la rencontrer... Il avait eu peur.

C'était ce désir de possession qui l'avait poussé à fuir loin de cette chambre et de cette femme délicieuse en lui laissant un mot griffonné à la hâte. Un message odieux...

Et ce soir, à la seconde où il l'avait reconnue, la même urgence s'était emparée de lui, comme si le temps s'était effacé, le ramenant deux ans en arrière. Mais cette fois, elle s'était enfuie pour une raison qu'il ne comprenait pas.

Il sortit un morceau de papier de sa poche pour l'étudier. Le patron du restaurant lui avait révélé le nom de la jeune serveuse, et un coup de téléphone avait suffi pour obtenir son adresse.

Elle s'appelait Gypsy Butler. Elle ne lui avait donc pas menti sur son prénom. Il eut un sourire farouche : bientôt il saurait pourquoi une nuit avait suffi pour que cette étrange jeune femme l'obsède à ce point. Et il saurait lui faire avouer les raisons de sa fuite.

Le lendemain matin, alors que Gypsy quittait le supermarché sous des trombes d'eau et reprenait le chemin de son domicile, Lola endormie à l'abri dans sa poussette, elle repensa à ce qui s'était produit la veille.

Elle avait revu Rico Christofides et perdu son emploi : deux événements intimement liés.

Avec le recul, elle ne regrettait pas d'avoir fui. Jamais elle n'aurait supporté une seconde confrontation avec Rico. Les jambes soudain flageolantes, elle se remémora l'intensité de son regard et l'effet qu'il avait produit sur elle.

Il était toujours aussi beau, aussi attirant qu'à l'époque où elle avait posé les yeux sur lui dans cette boîte de nuit, deux ans auparavant.

Cette fameuse soirée demeurait ancrée dans sa mémoire. Le comportement qu'elle avait adopté ce soir-là ne cadrait pas du tout avec sa personnalité. Elle d'ordinaire si réservée, si prudente, avait baissé sa garde et avait été une proie facile pour Rico, un homme dont elle ne savait rien à l'époque, ni qu'il était un célèbre homme d'affaires, ni un séducteur chevronné.

En une fraction de seconde, elle avait été subjuguée par son charme dévastateur.

Au lieu de porter un costume, comme la plupart des autres hommes dans cette boîte de nuit, Rico était vêtu d'un pantalon noir en toile délavée et d'un T-shirt qui moulait son torse puissant. Au-delà de son physique d'apollon, Gypsy avait été envoûtée par le regard qu'il lui avait décoché. Alors qu'elle évoluait sur la piste de danse, elle s'était soudain immobilisée, comme pétrifiée. Alors, lentement, Rico s'était frayé un chemin pour la rejoindre. Bien que prise de panique, Gypsy avait été incapable d'ébaucher le moindre geste. Cet homme était trop séduisant, trop sexy. Comme hypnotisée, elle n'avait pas bougé d'un pouce.

— Pourquoi avez-vous arrêté de danser ? lui avait-il demandé de sa voix grave.

A son léger accent, elle avait compris qu'il était étranger. La couleur de sa peau dorée le laissait également supposer, de même que ses cheveux jais. Lorsque ses yeux gris acier avaient de nouveau croisé les siens, elle s'était mise à trembler. Puis, bousculée par les danseurs qui l'entouraient, elle s'était retrouvée projetée dans ses bras.

A son contact, un tumulte de sensations l'avait secouée. Déboussolée, elle avait levé les yeux vers lui et un sentiment de terreur l'avait envahie. Soudain, elle avait craint non pas pour sa sécurité, mais pour sa santé mentale. Dans un sursaut de panique, elle s'était vivement écartée.

— En fait... je m'apprêtais à partir, avait-elle dit pour expliquer son curieux comportement.

Avant qu'elle ne puisse lui échapper, Rico l'avait retenue par un bras.

— Vous venez juste d'arriver, avait-il riposté.

Surprise par cette remarque, Gypsy n'avait pas bronché. Ainsi, il l'avait observée depuis son arrivée...

— Si vous partez, je viens avec vous, avait-il ajouté.

— Impossible... Vous ne me connaissez même pas !

Il l'avait alors dévisagée d'un air implacable avant de déclarer :

— Dans ce cas, dansez avec moi si vous voulez que je vous laisse partir.

Curieusement, l'invitation avait été formulée de telle sorte que Gypsy avait été incapable d'y résister. Dans une misérable tentative, elle avait cherché des excuses pour ne pas obtempérer, mais il n'en avait absolument pas tenu compte. Glissant ses mains autour de sa taille, il l'avait attirée dans ses bras pour un slow langoureux. Il la tenait si serrée contre lui qu'elle avait cru défaillir lorsqu'une bouffée de désir s'était emparée d'elle.

— Voulez-vous toujours partir seule ? avait-il murmuré à son oreille, conscient de son trouble.

A sa grande stupéfaction, Gypsy s'était vue secouer la tête en signe de dénégation. Les yeux rivés à ceux de son partenaire, elle avait éprouvé une sensation étrange, un mélange de honte et de fascination.

Elle l'avait laissé la prendre par la main pour quitter la boîte de nuit, comme entraînée malgré elle dans un tourbillon inéluctable.

Puis, le lendemain matin, elle avait découvert la note écrite de la main de Rico. Il l'avait prise pour une fille attirée par les aventures sans lendemain. Elle n'aurait pas été surprise de trouver un peu d'argent sur la table de nuit...

La honte la submergea tout à coup, comme à l'époque où ces événements s'étaient produits. Le pire dans cette histoire avait été de succomber au charme d'un homme comme lui, un homme riche, célèbre pour ses frasques et sans scrupules.

Un homme qui ressemblait à feu son père...

Comment Rico, un homme qui accumulait les conquêtes féminines, avait-il pu se souvenir d'elle la veille ? Au restaurant, une superbe créature l'accompagnait. Il aurait dû n'avoir d'yeux que pour cette femme ; or, il l'avait remarquée *elle*. Il avait même cherché à la retenir...

Un sentiment de grande tristesse l'étreignit, comme

chaque fois qu'elle prenait la rue qui abritait son minuscule logement. Au pied des immeubles décrépits traînaient des bandes de jeunes désœuvrés. La plupart des logements, déclarés insalubres, étaient condamnés.

Si elle avait vécu seule, cet environnement sordide ne l'aurait pas dérangée ; mais voir grandir Lola dans l'une des parties les plus délabrées de Londres la peinait. Même l'aire de jeux destinée aux enfants était dans un état pitoyable, comme si les habitants de ce quartier avaient été abandonnés à leur triste sort.

Si elle n'avait pas été aussi déterminée à chasser le souvenir de son père, elle aurait pu vivre dans un quartier bien plus chic. Mais pour cela, il lui aurait fallu accepter un héritage dont elle ne voulait pas.

Soudain, à la vue de la voiture luxueuse garée devant chez elle, Gypsy eut le sentiment que son cœur s'arrêtait. Il était peu probable qu'elle appartienne aux voyous qui sévissaient par ici.

Lorsqu'elle approcha, elle vit qu'une porte s'ouvrait à l'arrière. Aussi souple qu'une panthère, Rico Christofides sortit de la voiture et se posta les bras croisés au milieu de la route.

Gypsy se pétrifia, tous ses sens en alerte. Il n'y avait aucun moyen de lui échapper...

2

Gypsy renonça à fuir. A quoi bon ? Rico la retrouverait sans difficulté. Elle se demandait pourquoi il avait entrepris cette démarche. L'image de la délicieuse jeune femme avec laquelle Rico avait dîné lui revint à la mémoire. Se comparer à elle avait quelque chose de risible.

Aujourd'hui, comme à son habitude, elle portait un jean trop large, acheté dans une friperie. Pour supporter le froid glacial de ce mois de janvier, elle avait enfilé plusieurs pulls élimés les uns au-dessus des autres. Une parka d'occasion et un bonnet de laine complétaient sa tenue hivernale. Rico, de son côté, ressemblait en tout point au riche homme d'affaires qu'il était dans son long manteau noir élégant, ouvert sur un costume de la même couleur.

Son regard gris ardoise ne la quittait pas tandis qu'elle approchait. Avec une pointe d'amertume, Gypsy songea qu'il devait regretter son initiative. Soudain, le rouge lui monta aux joues lorsqu'elle vit l'attention de Rico se porter sur la poussette de Lola. Elle dormait toujours, abritée sous la protection imperméable.

Leur fille... Seigneur ! Se pouvait-il qu'il soit au courant ?

Gypsy chassa cette idée saugrenue de son esprit. Il

ne pouvait pas savoir. Comment aurait-il pu imaginer une seconde une chose pareille ?

De toute façon, si Gypsy lui avouait la vérité, il remuerait ciel et terre pour prouver que cet enfant n'était pas lui. Puis, les tests de paternité avérés, il mettrait alors tout en œuvre pour exercer un contrôle draconien sur sa fille. Comme l'avait fait le propre père de Gypsy autrefois, lorsqu'il n'avait plus eu d'autre choix que de la recueillir.

De toute évidence, Rico était fait du même métal que son père. Ils appartenaient à la même race de prédateurs. Impitoyables et dominateurs, ils étaient capables de tout pour obtenir ce qu'ils voulaient.

Lorsqu'elle avait eu connaissance de l'identité de Rico, Gypsy s'était étonnée de ne pas l'avoir reconnu. Même son père un jour lui en avait parlé :

— Tu me trouves dur ? lui avait-il demandé. Tu te trompes ! Ne croise jamais la route de Rico Christofides. Voilà quelqu'un de dur. Ce type est un bloc de granit. Si je pouvais le réduire en poussière, je le ferais ; seulement voilà, il serait capable de renaître de ses cendres pour se venger. Certaines bagarres sont vouées à l'échec, alors mieux vaut laisser tomber. Toutefois, je donnerais n'importe quoi pour lui faire ravaler son arrogance !

Le souvenir des propos paternels avait conduit Gypsy à reculer l'échéance. Et elle estimait que le moment n'était pas encore venu d'informer Rico de sa paternité

Peut-être pourrait-elle fuir avec Lola, disparaître, se mettre à l'abri pour pouvoir réfléchir tranquillement à leur avenir à toutes les deux...

Avec son accoutrement et sa mine peu engageante, elle n'aurait aucun mal à se débarrasser de lui. Il le fallait, avant qu'il devine... Mais maintenant qu'il l'avait revue aussi peu à son avantage, Rico devait déjà chercher une excuse pour s'éclipser. Elle ne le démentirait pas lorsqu'il dirait avoir commis une erreur en la prenant pour quelqu'un d'autre. Il remonterait dans son auto de luxe et disparaîtrait de sa vie, jusqu'à ce qu'elle en décide autrement. Elle attendrait de se sentir prête à l'affronter.

Forte de cette conviction, rassérénée, elle marcha vers lui d'un pas décidé.

Sourcils froncés, Rico contemplait la jeune femme qui venait à sa rencontre depuis le bout de la rue. Un instant, il sentit sa détermination vaciller. Se pouvait-il que ce soit elle ? Non, elle était trop ordinaire, trop mal attifée, trop pâle. Elle ne portait pas la moindre trace de maquillage ; elle flottait dans ses vêtements informes, qui semblaient tout droit sortis d'une benne à ordures. Et ce bonnet ridicule, enfoncé jusqu'aux oreilles...

Et puis, cette femme avait un enfant. Soudain, de manière totalement inattendue, il ressentit les ondes amères de la déception. Serrant les dents, il la chassa. Même si un enfant représentait une complication dont il préférait se passer...

Déterminé à se tirer de ce mauvais pas en prétextant qu'il l'avait confondue avec quelqu'un d'autre, il releva les yeux vers la jeune femme — qui n'était plus qu'à quelques mètres de lui. D'ailleurs, peut-être y avait-il réellement erreur sur la personne ; son nom pouvait n'être qu'une coïncidence...

Non, il n'y avait pas d'erreur. Rico le sut dès lors que leurs yeux se croisèrent. Les battements de son cœur s'affolèrent tandis qu'une vague de désir totalement irraisonnée le saisissait. C'était bien *elle*. Au diable l'enfant, les complications…

En dépit de son apparence miteuse, Gypsy était toujours aussi jolie avec ses grands yeux verts bordés de longs cils noirs, son teint délicat, sa bouche pulpeuse. Il nota que quelques mèches indisciplinées s'étaient échappées de son affreux bonnet de laine.

Leur toute première rencontre lui revint à la mémoire. Il s'ennuyait dans cette discothèque où il regrettait de s'être laissé entraîner. Puis il avait posé les yeux sur elle. Malgré la simplicité de sa tenue — un jean ajusté et une petite veste courte —, elle avait aussitôt éclipsé toutes les autres femmes. Rico avait été subjugué par l'expression intense qui se lisait sur son visage, comme si elle était habitée par d'étranges démons. Attiré par une force magnétique, il l'avait suivie du regard lorsqu'elle s'était mise à danser avec une grâce stupéfiante.

Il avait été attiré par de nombreuses femmes avant elle, mais aucune ne l'avait autant séduit au premier regard. Elle était petite, fine et pulpeuse à la fois, naturellement élégante. Les courbes de son corps tutoyaient la perfection. Elle ondulait sur la piste, totalement inconsciente du tableau sensuel qu'elle offrait. Avec ses cheveux couleur miel, il y avait quelque chose de sauvage en elle, quelque chose d'animal qui l'avait irrésistiblement attiré.

Elle était exquise… Comme aujourd'hui d'ailleurs, même si visiblement, elle avait perdu du poids. Rico était soulagé : ainsi, il ne s'était pas trompé sur son identité. Comme elle stoppait à sa hauteur, une expression indéchiffrable sur le visage, il se sentit nerveux. Puis une vague de colère le saisit à l'idée qu'elle puisse vivre dans un endroit aussi dangereux.

A son arrivée, lorsqu'il était allé frapper à la porte de Gypsy, il avait repéré une bande de vauriens à proximité. Comme il revenait à sa voiture, certains l'avaient interpellé pour l'intimider ; il avait suffi qu'il leur jette l'un de ces regards dont il avait le secret pour les tenir à distance. Comprenant qu'ils avaient affaire à plus fort qu'eux, ils s'étaient rencognés sous une porte cochère.

A présent qu'il se retrouvait face à Gypsy, Rico n'avait plus la moindre envie de partir.

Au prix d'un gros effort, Gypsy décida de se comporter comme si elle ne connaissait pas cet homme, comme s'ils ne s'étaient pas croisés la veille. Bien sûr, opter pour une attitude aussi lâche lui pesait, mais elle pensait que Rico lui serait reconnaissant de lui laisser une telle échappatoire.

— Excusez-moi... Vous me bloquez le passage.

Rico ne fit pas un geste. Son regard pénétrant ne la quittait pas. Malgré sa détermination, Gypsy se sentit vaciller. Des images indécentes se formaient dans son esprit : deux corps enlacés, humides de sueur, deux corps qui ondulaient sur un lit...

— Pourquoi avez-vous fui, hier soir ?

Au son de cette voix profonde, elle revint à la réalité de l'instant.

— Il fallait que je rentre pour ma fille, répondit-elle sans hésitation.

Puis elle se tut, effondrée : elle n'avait pas nié s'être enfuie.

A cet instant, la pluie redoubla d'intensité, chassant les rares passants. Même les zonards du quartier s'égaillèrent. Rico fit un geste vers sa porte, l'invitant à vite se mettre à l'abri.

— Permettez-moi de vous aider avec la poussette, proposa-t-il.

Prise de panique, Gypsy protesta :

— Non ! Je peux me débrouiller seule.

Sans tenir compte de sa réaction, Rico prit les devants. Il souleva la poussette et traversa vivement la rue. Parvenu devant chez elle, il marqua un temps d'arrêt pour permettre à Gypsy de déverrouiller sa porte. Lui jetant un regard à la dérobée, elle vit que la pluie dégoulinait sur ses traits séduisants. Maudissant le mauvais temps, elle le précéda dans son minuscule appartement.

Avec beaucoup de douceur, Rico déposa la poussette dans le vestibule et souleva délicatement la housse imperméable, en prenant soin de ne pas réveiller Lola. Gypsy se détourna pour refermer sa porte.

— Avez-vous une serviette ? lui demanda Rico lorsqu'elle le rejoignit dans son microscopique salon.

— Une serviette ? répéta-t-elle, comme en état de choc.

— Oui, une serviette, répéta-t-il avec une pointe d'impatience. Vous êtes trempée, et moi aussi.

— Oui... Oui, bien sûr !

Elle se précipita dans la chambre qu'elle partageait avec Lola. Ouvrant un placard, elle en sortit une serviette et revint en toute hâte dans le salon où Rico, stature imposante dans ce cadre réduit, attendait les poings sur les hanches. Elle lui tendit la serviette.

— Non, vous d'abord, protesta-t-il en fronçant les sourcils. J'imagine que vous en avez d'autres, non ?

Gypsy le regarda d'un air hébété avant de réagir.

— Utilisez celle-ci..., bredouilla-t-elle. Je vais m'en chercher une autre.

Elle tourna vivement les talons, excédée. La présence de cet homme dans son intimité la dérangeait au plus haut point et elle n'avait qu'une hâte : qu'il s'en aille.

De retour dans le salon, elle constata que Rico s'était débarrassé de son manteau. Le costume ajusté qu'il portait épousait sa silhouette parfaite. Le rouge aux joues, Gypsy ne put refouler le souvenir de son corps nu pressé contre le sien. Heureusement, occupé à se frictionner la tête, il n'avait pas perçu le trouble qui s'était emparé d'elle.

Après avoir déposé la serviette sur une chaise, il se tourna vers elle, restée immobile.

— Qu'est-ce que vous attendez ? Retirez donc ce manteau !

Elle obéit à contrecœur. Elle avait pleinement conscience de la piètre image qu'elle offrait dans ses vêtements défraîchis. Heureusement, grâce à son bonnet, ses cheveux n'avaient pas trop souffert de la pluie.

Regardant autour de lui d'un air critique, Rico ajouta :

— Il y a du chauffage, ici ?

— Notre radiateur d'appoint est tombé en panne ce matin, expliqua-t-elle. Le chauffage collectif de l'immeuble se mettra en route d'ici deux heures.

— Quoi ?! Comment pouvez-vous rester sans chauffage avec un enfant ?

Gypsy prit le reproche de plein fouet.

— Il n'est en panne que depuis ce matin ! Je... je vais nous en procurer un autre...

Elle s'interrompit, en proie à une vive inquiétude. Cette panne tombait au pire moment puisqu'elle avait perdu son emploi. Ses maigres économies couvriraient à peine l'achat d'un nouveau radiateur.

Déterminée à changer de sujet, elle dévisagea son visiteur, qui ne manifestait pas la moindre envie de partir.

— Voulez-vous un café ou un thé ? demanda-t-elle à contrecœur.

Un sourire moqueur accueillit cette proposition — qui ressemblait en effet à une capitulation.

— Je prendrais volontiers un café noir sans sucre, merci.

Maîtrisant à grand-peine son agacement, Gypsy tourna les talons pour se rendre dans la cuisine et faire chauffer de l'eau. Laisser Rico seul la perturbait parce que Lola pouvait se réveiller à tout moment. Si cela devait arriver avant qu'il reparte, elle craignait de devoir répondre à certaines questions embarrassantes.

Avec une moue de désapprobation, Rico inspecta du regard le minuscule appartement presque vide tout en s'interrogeant sur les raisons qui l'avaient poussé à la poursuivre jusque chez elle. La voir accompagnée d'un enfant l'avait sidéré : il ne s'y attendait pas le moins du monde. S'il écoutait la voix de la raison, il boirait son café et trouverait une raison plausible pour s'éclipser — non sans avoir satisfait sa curiosité : il voulait savoir pourquoi elle avait prétendu ne pas le connaître. Hélas, le désir de rester et d'en savoir plus le taraudait de manière insidieuse...

La fille de Gypsy semblait très jeune, ce qui ne pouvait signifier qu'une chose : elle l'avait eue après leur brève aventure. Curieusement, il ressentit une bouffée de colère, qu'il chassa aussitôt. De quel droit pouvait-il lui en vouloir d'avoir un enfant ?

Au souvenir de son manteau informe et de son bonnet ridicule, il serra les dents. Mais même habillée de cette manière, elle demeurait extrêmement séduisante. Rien n'y faisait : le souvenir de son corps juvénile pressé contre le sien, de ses mains sur sa peau, était bien trop vivace. Pourquoi avait-elle feint de ne pas le connaître ? Cette fameuse nuit n'était-elle pas restée gravée dans sa mémoire ? Même s'il l'avait quittée d'une manière peu élégante, elle ne pouvait pas nier l'évidence : ils avaient partagé un moment exceptionnel, comme en avait témoigné la passion de leurs étreintes.

Etait-ce la raison pour laquelle il souhaitait revoir Gypsy ? Pour revivre ce moment ? Pour vérifier que son imagination ne lui jouait pas des tours ? Pour se rassurer sur le fait qu'il ne pouvait s'agir que d'un désir purement sexuel ? Il se raidit à l'idée qu'il puisse y avoir davantage entre eux. Pourtant, depuis cette aventure d'une seule nuit, il avait changé, comme s'il avait soudainement mûri. Toutes les brèves liaisons vécues depuis lui avaient laissé un souvenir amer ; aucune femme n'était parvenue à le combler.

Lorsqu'il avait revu Gypsy la veille au soir, tout un flot d'émotions était remonté à la surface et les deux années passées s'étaient envolées en fumée.

Plongé dans ses pensées, c'est à peine s'il se rendit compte du retour de Gypsy dans la pièce. Il prit machinalement la tasse qu'elle lui tendait, puis il leva les yeux vers elle. Curieusement, elle semblait éviter son regard.

Gypsy se détourna prestement pour se rendre dans le vestibule sur la pointe des pieds. Elle se baissa pour contempler le visage de Lola, qui dormait profondément dans sa poussette. Ses longs cils noirs dessinaient une ombre sur ses joues roses et rebondies. Comme chaque fois qu'elle regardait sa fille, une bouffée de tendresse pour ce petit être qu'elle aimait plus que tout au monde l'envahit. Mais aujourd'hui, elle se sentait coupable. Lola était privée de l'affection d'un père, par sa faute. Alors qu'elle était en mesure de réparer cette injustice, elle n'en avait pas le courage…

Mais n'avait-elle pas de bonnes raisons pour agir comme elle le faisait ? Forte de cette conviction, elle se releva, prête à affronter son impudent visiteur.

A sa grande surprise, elle vit que Rico déposait un bol dans un coin du salon, où il avait repéré une légère fuite d'eau — pas étonnant, vu les trombes qui tombaient dehors. De quoi se mêlait-il ?

— Puis-je savoir ce que vous me voulez exactement ? demanda-t-elle sans masquer son agacement teinté de colère.

Elle n'arrivait pas à comprendre les raisons qui avaient pu le pousser à entreprendre cette démarche pour la retrouver. Il lui paraissait impossible que cet homme puisse s'intéresser à elle, qu'il puisse avoir eu envie de la revoir. Il fallait qu'elle en ait le cœur net.

Avec un soupir, Rico prit place sur le canapé et l'invita à le rejoindre. Bien déterminée à se tenir à distance, Gypsy opta pour une chaise en face de lui, avec la table basse entre eux en guise de rempart. Rico but une gorgée de son café.

— J'aimerais comprendre pourquoi vous vous échinez à agir comme si nous étions des étrangers, alors que nous nous connaissons intimement.

Au mot *intimement*, Gypsy se sentit rougir jusqu'à la racine des cheveux.

— Certes, nous nous sommes rencontrés autrefois, admit-elle à contrecœur, mais je n'ai aucune envie de renouer le moindre contact avec vous.

Le silence dura un moment interminable.

— Peut-être ne me croirez-vous pas, reprit finalement Rico, mais je regrette sincèrement la manière dont je vous ai quittée ce matin-là.

Une vague d'émotion submergea Gypsy. Elle serra les lèvres tandis qu'elle refrénait les battements de son cœur. Inutile de se leurrer, il s'agissait d'une manœuvre : en la revoyant la veille, Rico s'était probablement dit que la séduire de nouveau lui serait facile.

— Inutile d'avoir des regrets, répliqua-t-elle. D'autant que le message était très clair...

Les traits de Rico se durcirent.

— Sachez que ramasser des filles dans des discothèques pour les emmener dans l'hôtel le plus proche ne fait pas partie de mes habitudes !

Blessée par ces mots, Gypsy parvint toutefois à garder contenance.

— Quelle importance ? dit-elle avec une nonchalance qu'elle était loin de ressentir. Cet épisode était sorti de ma mémoire.

Après avoir jeté un regard sur la poussette de Lola, Rico reprit :

— Vous, en revanche, semblez coutumière de ce genre d'aventures !

L'insulte l'atteignit de plein fouet, si bien que Gypsy se redressa, prête à contre-attaquer.

— Comment osez-vous ? s'écria-t-elle. Je n'ai jamais vécu de liaison sans lendemain avant de vous connaître !

— Ah bon ? Ce n'est pas l'impression que vous m'avez donnée ce soir-là, *Gypsy Butler* !

Elle eut l'impression que son cœur s'arrêtait. Ainsi, il connaissait son nom... Bien sûr : s'il l'avait retrouvée jusque chez elle, Tom avait dû lui donner ses coordonnées complètes. Désormais, il pourrait la retrouver n'importe où. Elle serait traquée.

— Ainsi, Gypsy est vraiment votre prénom ?

Elle acquiesça d'un mouvement de la tête. A présent, elle se sentait désemparée. Elle n'avait plus qu'une idée en tête : que Rico disparaisse.

— Ma mère adorait Gypsy Rose Lee, une star du burlesque américain. D'où ce prénom qu'elle a choisi pour moi, ajouta-t-elle malgré sa répugnance à se livrer. Maintenant, dites-moi pourquoi vous êtes ici. Je suis très occupée.

— Occupée à chercher à vous débarrasser de moi pour je ne sais quelle raison, protesta Rico en lui jetant un regard plein de mépris. Sans compter que votre fuite d'hier vous a coûté votre emploi.

— Qui... qui vous a dit cela ? balbutia-t-elle en blêmissant.

— Vos collègues au restaurant.

Atterrée, Gypsy se sentait particulièrement vulnérable devant cet homme, qui ressemblait à un prédateur prêt à fondre sur sa proie. Comment se sortir de ce mauvais pas ?

— Où est le père de votre enfant ? demanda subitement Rico, la faisant sursauter.

Assis en face de moi, faillit-elle lâcher. Puis elle se ressaisit. Levant le menton elle toisa son interlocuteur.

— Nous sommes seules, déclara-t-elle d'un ton sec.

— Vous n'avez pas d'autre famille ?

Elle secoua la tête, luttant contre le sentiment de tristesse qui l'étreignait.

— Voilà qui prouve que j'ai raison quant à la légèreté de vos mœurs : vous avez couché avec moi, puis avec un autre homme... Car j'ai un peu de mal à imaginer que vous ayez confié la garde de votre bébé à un étranger pendant que vous étiez avec moi.

— Je n'aurais jamais fait une chose pareille ! s'écria Gypsy, scandalisée.

Rico la contemplait d'un air suffisant, persuadé d'avoir raison. Pourtant, Gypsy n'avait eu aucune aventure avec un homme depuis sa rencontre avec lui. Mais même s'il lui coûtait que quiconque ait une si piètre opinion à son sujet, peu importait après tout.

— Ecoutez, monsieur Christofides, vous n'êtes vraiment pas le bienvenu ici. J'aimerais que vous partiez.

Ce n'est que lorsqu'elle vit les paupières de Rico s'étrécir qu'elle comprit son erreur.

— Vous connaissez mon nom... Ce soir-là aussi, vous le connaissiez, n'est-ce pas ?

Presque nauséeuse, Gypsy secoua la tête en ouvrant de grands yeux effrayés.

— Non ! Je l'ignorais ! Je ne l'ai su que le lendemain, lorsque je vous ai vu au journal télévisé.

Le souvenir de son réveil ce matin-là lui revint à la mémoire. Après avoir lu la note rédigée par Rico, elle s'était rendu compte que la télévision était allumée à l'autre bout de la chambre, le son en sourdine. Alors qu'elle regardait distraitement les images, *il* était apparu à l'écran, élégamment vêtu, rasé de près, sur les marches d'un building officiel, entouré de photographes. Après avoir monté le son, elle avait appris avec horreur l'identité de l'homme avec lequel elle avait passé la nuit.

— Et vous n'avez jamais cherché à me contacter

après avoir appris qui j'étais, dit-il d'un air songeur, comme s'il cherchait à sonder ses pensées.

Gypsy comprenait son étonnement. Elle n'ignorait pas que d'autres femmes n'auraient pas eu de scrupules à le relancer dès lors qu'elles auraient eu connaissance de son identité.

— Non, jamais. Vous m'avez laissée là comme une vulgaire call-girl, alors je suis partie, tout simplement, fit-elle avec une pointe de fierté. Mais écoutez, je n'ai aucune envie de parler de cela. S'il vous plaît, partez !

A ce moment précis, Lola se mit à gémir dans sa poussette, réclamant de l'attention.

3

Rico s'efforçait d'analyser la situation en temps réel. Ainsi, il avait déduit de son attitude autant que de ses mots que Gypsy avait été bouleversée par la manière dont il l'avait quittée deux ans plus tôt. Il s'agissait là d'une information précieuse. Il la sentait en ce moment même déchirée entre deux options : se précipiter vers sa fille ou le chasser. Soudain, comme si elle n'en pouvait plus de cette situation absurde, elle se décida :

— Ecoutez, le moment n'est vraiment pas opportun. Je vous en prie, laissez-nous seules.

Ces dernières paroles alertèrent Rico, surtout la façon dont elle avait prononcé *nous*. Gypsy n'était pas seulement gênée par sa présence, elle était effrayée. Cette découverte le conforta dans sa décision de rester plus longtemps, malgré les cris perçants que poussait désormais la petite dans sa poussette. Il était bien déterminé à avoir le fin mot de cette histoire. Le mystère qui entourait Gypsy l'intriguait au plus haut point. Il voulait des réponses à son comportement, comprendre ce qui la motivait à le chasser.

Il n'avait pas l'habitude de côtoyer des petits, à l'exception de sa nièce de quatre ans et du petit frère de celle-ci, encore bébé. Ils l'amusaient, certes — surtout sa nièce, très précoce —, mais il peinait à comprendre ce qui rendait son demi-frère aussi gâteux.

La paternité ne le tentait pas. Non, pas après l'enfance que son demi-frère et lui avaient connue. Comme ses pensées dérivaient dans une direction trop sombre, il les chassa de son esprit.

— Ne devriez-vous pas vous occuper de votre fille ? demanda-t-il d'un ton bourru.

Consternée par le tour que prenait la situation, Gypsy se leva pour rejoindre Lola. Dès que celle-ci vit sa mère, un grand sourire illumina son visage et les pleurs cessèrent instantanément. Gypsy la souleva dans ses bras et la serra contre elle dans un grand élan de tendresse.

Rico ressentit soudain une tension qu'il ne s'expliquait pas. *Laissez-nous seules...* Les mots prononcés par Gypsy résonnaient dans sa tête. Curieusement, il avait le sentiment que quelque chose allait se produire, quelque chose de menaçant. Une sensation absurde et bien réelle à la fois...

Malgré son agacement, Gypsy sourit à sa fille qui la contemplait les yeux encore pleins de sommeil. Lola était joyeuse, souriante et presque toujours d'humeur égale. Si Gypsy maudissait son comportement la nuit fatidique où elle avait rencontré Rico, elle ne regrettait pas qu'un enfant soit né de cette aventure. Aujourd'hui, elle ne pourrait plus envisager sa vie sans elle.

Sans se préoccuper du regard pesant de Rico dans son dos, elle entreprit de débarrasser Lola de son manteau. Bientôt, le père et la fille seraient face à face pour la première fois... A cette idée, Gypsy ne put réprimer un frisson. Le seul avantage qu'elle voyait à cette situation était que Rico, quoi qu'il ait eu en tête jusque-là, n'allait certainement pas s'éterniser : la présence d'un enfant n'avait rien de très sexy.

A présent libre de ses mouvements sans son manteau, Lola passa un bras autour du cou de sa mère et, nichée contre elle, pencha la tête pour mieux voir l'inconnu assis sur le canapé. Son pouce dans la bouche, elle paraissait intimidée par cette présence.

A contrecœur, Gypsy se tourna vers Rico, prête à affronter son regard. Mais il n'avait d'yeux que pour le joli minois de Lola.

Soudain, cette dernière retira le pouce de sa bouche pour bafouiller quelque chose d'incompréhensible. Comme elle avait commencé à gigoter dans ses bras, Gypsy comprit qu'elle réclamait d'être posée par terre. Délicatement, elle la déposa sur ses pieds et s'assura qu'elle était bien stable avant de la laisser marcher. Aussitôt, elle trottina vers Rico et s'immobilisa devant lui. Comme il paraissait totalement abasourdi, incapable de faire le moindre geste, Gypsy se sentit envahie par un sombre pressentiment. Son attitude ne présageait rien de bon.

Dans un geste instinctif de défense, elle se précipita vers Lola pour la soulever dans ses bras.

— Comment avez-vous dit qu'elle s'appelait ? finit par articuler Rico d'une voix rauque, le regard toujours rivé sur sa fille.

Au bord des larmes, Gypsy ferma un instant les yeux. *Il savait*. Il aurait fallu être aveugle pour ne pas voir la ressemblance entre le père et la fille : leurs yeux étaient de la même couleur gris ardoise, ils avaient le même menton volontaire, le même front haut.

Lola était la version féminine de Rico.
— Lola, répondit-elle faiblement.
— Quel âge a-t-elle ?

Accablée par le destin qui s'acharnait contre elle, Gypsy prit une profonde inspiration pour tenter de réprimer son angoisse. Même si elle mentait effrontément, son répit serait de courte durée. Jamais elle n'échapperait à Rico Christofides s'il décidait de la pourchasser, sauf en changeant de nom et en s'exilant. Mais elle n'était pas agent secret, et n'en avait aucun dans ses relations.

— Quinze mois, murmura-t-elle.
— Pardon ? Je ne vous ai pas entendue.
— Quinze mois, répéta Gypsy un peu plus fort, sans parvenir à réprimer le tremblement de sa voix.

Les yeux de Rico quittèrent Lola pour sonder les siens. Son regard s'était durci.

— Mais, commença-t-il prudemment, c'est impossible... Parce que si elle a quinze mois, à moins que vous ayez couché avec quelqu'un d'autre juste après moi... cela signifierait que cette enfant est de moi. Mais si tel était le cas, vous m'auriez contacté, n'est-ce pas ?

Le souffle court, Gypsy resserra les bras autour de Lola, qui commençait à ressentir l'électricité dans l'air. Acculée, elle ne pouvait pas nier l'évidence. Courageusement, elle planta ses yeux dans ceux de Rico.

— Je n'ai couché avec personne d'autre que vous depuis notre rencontre. Et je n'étais la maîtresse de personne quand je vous ai rencontré.

Elle omit de préciser qu'elle n'avait eu qu'un seul amoureux avant lui, à l'époque où elle était à l'université.

— Vous êtes en train de me dire que votre fille est aussi la mienne ? demanda-t-il, toujours aussi circonspect.

Gypsy acquiesça d'un signe de tête, tandis que des

gouttes de sueur perlaient sur son front. La tension était insupportable. Heureusement, Lola choisit ce moment pour se tortiller et se mettre à geindre doucement.

— Elle a faim, dit Gypsy précipitamment. Il faut que je lui prépare à manger.

Sur ces mots, elle s'enfuit lâchement dans la cuisine où, après avoir installé Lola dans sa chaise haute, elle se mit à s'affairer, toujours en état de choc.

L'homme qui se tenait dans son salon avait le pouvoir de détruire sa vie…

Abasourdi, sonné, Rico se demandait s'il était plongé dans un cauchemar ou si ce qu'il vivait était la réalité. Depuis ses seize ans, âge auquel il avait dû se prendre en charge, jamais il ne s'était retrouvé dans une situation aussi invraisemblable. Alors qu'il était persuadé de maîtriser sa vie, toutes ses belles certitudes venaient de voler en éclats.

Laissez-nous seules… Ces mots revenaient en boucle dans son esprit. Si Gypsy ne les avait pas prononcés, peut-être ne se serait-il douté de rien. Une violente colère s'insinuait progressivement en lui, même si pour le moment il était trop hébété pour réagir.

Il avait remarqué combien Lola était adorable. Elle avait la peau très claire, de longs cils marron et un visage rond encadré de cheveux ondulés d'une jolie teinte dorée. Mais lorsque ses yeux avaient croisé les siens, il avait eu l'impression de plonger dans un gouffre. Son cœur s'était alors mis à battre follement tandis qu'il contemplait l'abîme gris ardoise des prunelles de Lola. Le gris de ses propres yeux, hérité de son père.

Planté là, dans le salon de Gypsy, il avait le sentiment

irrationnel que les pièces d'un puzzle se remettaient en place, que quelque chose de fondamental allait bouleverser sa vie.

Soudain, c'en fut trop. Comme mû par un ressort, Rico se leva vivement de son siège, courut à la porte, qu'il ouvrit à la volée, et se précipita vers sa voiture sans se préoccuper de la pluie qui tombait dru. Surpris, le chauffeur sortit du véhicule pour lui ouvrir la portière mais au lieu de grimper en voiture, Rico se jeta sur le minibar à l'arrière pour en extraire une bouteille de whisky. Il la déboucha et but une longue rasade au goulot. Par discrétion, le chauffeur avait regagné sa place au volant.

Debout sous la pluie, Rico fermait les yeux, laissant le liquide ambré s'écouler dans sa gorge. Cette femme l'avait trahi de la manière la plus odieuse qui soit.

Le passé remontait à la surface, lui rappelant la double souffrance vécue enfant : sa propre mère et son beau-père lui avaient fait croire que son père biologique l'avait rejeté, alors qu'il n'en était rien. Il avait tout d'abord été meurtri par cet abandon, puis blessé par le mensonge de sa mère.

A seize ans, Rico s'était promis de ne plus jamais faire preuve de vulnérabilité. Il avait élevé ce vœu en code de conduite lorsqu'il avait retrouvé son vrai père et découvert à quel point tous deux avaient été dupés pendant de longues années. Depuis, il avait banni le mot confiance de son vocabulaire.

Et voilà que Gypsy Butler l'obligeait à revivre la même tragédie en décidant d'élever seule son enfant, sans la moindre intention de le mettre au courant. Elle avait même tenté de le chasser de chez elle !

Seul le hasard l'avait conduit dans le restaurant où

travaillait cette femme. Seigneur, il s'en était fallu de peu pour qu'il n'apprenne jamais l'existence de sa fille ! Il jeta un regard dédaigneux vers la façade décrépie derrière laquelle Gypsy élevait sa fille. Cette situation était intolérable.

Désormais, elle ne lui échapperait plus comme elle avait encore tenté de le faire la veille au soir. Non seulement il la surveillerait étroitement, mais il la punirait de lui avoir caché l'existence de son propre enfant.

Dans la cuisine, Gypsy tremblait comme une feuille. Depuis le départ précipité de Rico, elle se sentait partagée entre colère et soulagement. Comment pouvait-il rejeter sa fille avec une telle violence ? Elle avait toujours craint cette réaction, d'où sa réticence à l'informer de sa paternité. Désormais, elle savait à quoi s'en tenir... Soudain, elle fut prise d'un énorme élan de tendresse pour Lola. Quoi qu'il arrive, elle la protégerait.

Après tout, mieux valait qu'il en soit ainsi. Lola ne serait pas ballottée entre ses parents, et Gypsy avait soulagé sa conscience en avouant la vérité à Rico Christofides. Elle révélerait plus tard à Lola l'identité de son père, quand sa fille serait en mesure de comprendre pourquoi ses parents ne pouvaient l'élever ensemble. Que Rico soit multimillionnaire ne changeait rien à l'affaire : cela ne suffisait pas à en faire un bon père.

Gypsy poussa un profond soupir. A travers sa fille, sa propre histoire se répétait puisqu'elle avait elle aussi été rejetée par son père. Celui-ci dirigeait l'entreprise qui employait sa mère en qualité de femme de ménage. Riche et puissant, il avait abusé de sa position pour la séduire et l'entraîner dans son lit, lui promettant monts et merveilles. Lorsqu'il avait appris sa grossesse, il ne s'était pas contenté de la chasser de sa vie mais l'avait licenciée. Dans l'incapacité de trouver un autre emploi, sa mère avait alors plongé dans la précarité ; très vite, elle avait perdu son domicile puisqu'elle ne pouvait plus payer son loyer.

Gypsy avait passé les premiers mois de sa vie dans un foyer pour mères célibataires, où la sienne avait petit à petit repris le contrôle de son existence. A force d'enchaîner les petits boulots, elle avait enfin pu emménager dans une HLM d'un quartier défavorisé de Londres.

Gypsy avait compris très jeune les difficultés auxquelles était confrontée sa mère. D'une certaine manière, elle veillait sur elle, à l'affût du moindre signe inquiétant. Jusqu'à ce jour fatidique où elle l'avait retrouvée inanimée en rentrant de l'école, avec une boîte de cachets vide à son côté. Les services d'urgence étaient parvenus de justesse à la sauver. Agée de six ans à l'époque, Gypsy avait évité le placement en famille d'accueil grâce à l'intervention de son père, qui l'avait recueillie. Non par bonté d'âme mais par peur du scandale. Elle n'avait jamais revu sa mère. Plus tard, elle avait appris que son père lui avait interdit de reprendre contact avec elle.

D'une grimace, elle chassa ces tristes pensées et tendit l'oreille dans l'espoir d'entendre démarrer la voiture de Rico. Depuis son départ, et malgré la porte d'entrée demeurée ouverte, aucun son ne lui parvenait, excepté la pluie qui tombait sans discontinuer.

Que faisait-il donc ?

Après s'être assurée que Lola était bien harnachée sur sa chaise, elle lui donna de l'eau puis se dirigea vers le vestibule, le cœur battant à tout rompre.

Au moment où elle posait la main sur la poignée de la porte pour la refermer, elle entendit des pas se diriger vers le perron. *Trop tard, il était de retour.* Repoussant fermement le battant, Rico lança d'une voix sèche :
— Vous ne vous débarrasserez pas de moi comme ça !

4

Sans un mot Gypsy, s'effaça pour le laisser entrer. Les cheveux dégoulinant de pluie, il avait une mine sinistre. Soudain, une étrange sensation la traversa, comme si le passé remontait à la surface pour la harceler. Elle se rappelait ce jour épouvantable où elle avait retrouvé sa mère inconsciente. Elle avait alors compris que sa vie ne serait plus jamais la même.

Comme maintenant...

La colère ressentie un instant plus tôt lorsque Rico avait tourné le dos à sa fille pour s'enfuir s'était métamorphosée en frayeur, comme si une terrible menace pesait sur elle. Elle ne voulait pas que Lola vive ce qu'elle-même avait vécu avec un père indifférent.

Pour trouver le courage d'affronter Rico, elle se mordit la lèvre et prit une profonde inspiration.

— Je ne veux pas de vous ici, monsieur Christofides. Je ne souhaitais pas vous informer...

Un rire nerveux l'interrompit.

— Je n'en doute pas ! Mais le hasard a voulu que je dîne dans le restaurant qui vous employait. Et croyez-moi, ça me glace le sang d'imaginer que jamais je n'aurais rien su de ma fille si j'avais dîné ailleurs.

— Vous ne m'avez pas laissée finir, murmura Gypsy. En fait, je ne voulais pas que vous l'appreniez de cette manière. Je vous aurais informé... à un moment ou à un autre.

— Quand? demanda-t-il en plissant les yeux d'un air dubitatif. Quand elle aurait eu dix ans, ou seize ans? A l'âge adulte, une fois qu'elle aurait nourri une haine farouche contre ce père qui l'avait abandonnée? C'est ce que vous aviez décidé, n'est-ce pas? Lui mentir, lui faire croire que son père n'avait pas voulu la connaître?

Gypsy secoua la tête, impuissante face à la haine rentrée que lui témoignait Rico.

— Non, je n'avais rien planifié du tout. J'avais l'intention de lui dire la vérité; et à vous aussi.

A l'expression sceptique de Rico, elle comprit que son ton avait manqué de conviction. Il serrait les poings, comme s'il se retenait pour ne pas la secouer — voire pire... A cette idée, Gypsy recula d'un pas. Son mouvement ne passa pas inaperçu.

— Ne vous inquiétez pas. J'éprouve un tel mépris à votre égard que je ne vous toucherais même pas avec des pincettes. Toutefois, si vous étiez un homme...

Gypsy refréna l'impulsion de lui dire la vérité : elle avait pour ambition de s'installer en qualité de psychologue pour enfants et *alors seulement* de l'informer de sa paternité. Car il était hors de question de lui annoncer cette nouvelle avant de pouvoir lui prouver qu'elle était indépendante et n'avait pas besoin de lui.

Raté...

Elle leva les yeux vers Rico, et brusquement elle se rendit compte avec stupeur que son charme agissait toujours sur elle. Malgré ses traits tendus, la dureté de son regard, il était toujours aussi beau et sexy. Elle se rappelait la passion de leurs étreintes, leurs caresses, le plaisir qu'ils avaient partagé...

Choquée par le cours de ses pensées, elle se laissa tomber sur la chaise juste derrière elle. Rico la contemplait sans la moindre compassion, alors qu'elle était livide, au bord de l'évanouissement. Son attitude dominatrice lui rappelait celle de son propre père.

Soudain, un gémissement leur parvint de la cuisine. Dans un bel ensemble, ils se tournèrent vers la porte restée ouverte. Lola les contemplait de ses grands yeux gris. Comme mue par un ressort, Gypsy se précipita vers sa fille pour la prendre dans ses bras.

— Laissez-nous, maintenant, dit-elle avec fermeté. Désormais vous êtes au courant. Vous savez où nous trouver. *Nous* n'avons pas besoin de vous.

La voix tranchante de Rico la cingla comme un coup de fouet :

— Désolé, mais cela ne se passera pas comme ça. Je veux ma fille. Et tant qu'elle ne pourra pas exprimer ses propres souhaits, c'est moi qui déciderai de ce dont elle a besoin.

Gypsy secoua la tête, atterrée. Encore de l'arrogance ; comme son père autrefois… Elle pressa Lola contre elle, comme pour la protéger.

— Je suis sa mère, donc responsable de son bien-être.

Rico lui jeta un regard perçant teinté de suspicion.

— J'imagine que vous avez dû dire à tout le monde autour de vous que j'avais refusé de reconnaître cette enfant. Suis-je au moins mentionné sur le certificat de naissance ?

Gypsy blêmit au souvenir du mensonge proféré à l'hôpital : elle avait déclaré ne pas connaître le nom du père. Puis elle s'était dit qu'après tout cela aurait parfaitement pu être le cas si elle n'avait pas regardé la télévision ce fameux matin. Malgré tout, mentir n'était pas dans sa nature.

Elle hocha la tête, honteuse, puis tressaillit lorsqu'elle le vit s'avancer. De peur qu'il ne lui arrache Lola de force, elle eut un mouvement de recul. Du coup, sa fille se mit à pleurnicher. Rico s'immobilisa.

— Allez au diable, Gypsy Butler ! Comment avez-vous osé ne pas me déclarer comme son père ? Vous saviez qui j'étais !

Occupée à apaiser Lola, Gypsy déclara d'une voix tremblante :

— Je voulais la protéger... nous protéger.

— De quoi ? demanda-t-il d'un ton bas. Vous n'aviez pas le droit de prendre cette décision.

Elle ne savait quoi répondre. Comment aurait-elle pu lui expliquer qu'à l'époque, elle se sentait trop vulnérable pour le contacter ?

— Je vous avais vu à la télévision, finit-elle par avouer. Vous sortiez d'un tribunal après avoir démoli le témoignage d'une femme qui prétendait avoir porté votre enfant.

Rico se passa une main dans les cheveux tout en soupirant d'un air exaspéré.

— Vous ne savez rien de cette affaire. Je voulais que cette femme serve d'exemple afin qu'on cesse de chercher à m'extorquer des fonds par des moyens aussi infâmes !

— Peut-être, mais vous ne pouvez pas me reprocher mon attitude. Non seulement vous veniez de salir la réputation d'une femme, et en plus vous m'aviez quittée *le matin même* d'une manière sordide.

Rico refréna son envie de lui répéter à quel point il avait regretté son départ précipité. Peu après la conclusion du procès, il avait appelé l'hôtel dans l'espoir que

Gypsy s'y trouverait encore. Mais elle était partie... Il ne pouvait pas lui révéler cette faiblesse ; encore moins maintenant, à la lumière de ce qu'il venait de découvrir.

— Votre cas et celui de cette femme n'ont rien en commun. J'avais couché avec vous, pas avec elle, dit-il d'une voix glaciale. Je l'avais rencontrée une fois seulement. C'est parce que j'avais refusé ses avances qu'elle a voulu me piéger ; j'ai réclamé un test de paternité et j'ai porté l'affaire au tribunal, où mon innocence a été démontrée.

Gypsy frissonna devant l'air implacable de Rico.

— Mais vous avez ruiné la réputation de cette femme en la traînant devant la justice.

— Tout est sa faute. Elle voulait me faire chanter et pensait que je ferais le maximum pour éviter que l'histoire s'ébruite. L'affaire a duré des semaines, jusqu'à ce qu'elle craque et avoue qui était le père de son enfant. Croyez-moi, cette femme ne mérite pas votre compassion.

Comment cette personne avait-elle pu croire qu'elle ferait céder Rico ? Il n'était pas le genre d'homme à se laisser impressionner, encore moins à céder au chantage.

— Qu'est-ce qui vous fait croire que Lola soit votre fille ? demanda-t-elle, brisant le silence.

Quelque chose de brûlant dans le regard de Rico la fit rougir.

— Je me rappelle très bien qu'un préservatif s'était déchiré cette nuit-là. Mais vous m'avez dit que vous ne risquiez rien et je vous ai crue.

Gypsy détourna les yeux, affreusement gênée. Elle se rappelait la scène comme si elle datait de la veille...

— Et puis votre fuite d'hier soir prouve qu'il s'agit bien de ma fille, reprit-il. Sans compter cette ressemblance flagrante entre elle et moi... Mais je ne suis pas naïf au point de renoncer à un test de paternité. Quant au fait que vous n'attendiez rien de moi, je n'y crois pas un seul instant.

Il s'interrompit pour émettre un petit rire amer.

— Peut-être aviez-vous l'intention de me poursuivre une fois que Lola serait grande, pour faire encore plus de publicité autour de cette histoire ? Vous auriez essayé de me soutirer encore plus d'argent, tout en veillant à distiller une haine farouche dans le cœur de Lola pour qu'elle n'ait jamais envie de côtoyer son père.

Scandalisée par ce qu'elle venait d'entendre, Gypsy resserra ses bras autour de sa fille, sans quitter Rico du regard.

— Je vous interdis de dire des choses aussi abjectes ! s'emporta-t-elle. Même si nous habitons un appartement délabré, je suis une bonne mère. Lola ne manque de rien. Je m'occupe très bien d'elle. Elle est heureuse, aimée et en sécurité.

Rico contempla longuement la femme campée face à lui, le menton fièrement relevé en signe de défi. Ses grands yeux verts, lumineux, le subjuguaient. Il entendait la pluie qui tombait à verse à l'extérieur et l'eau qui gouttait dans le bol qu'il avait placé un peu plus tôt sous une fuite.

Il ne doutait pas un seul instant d'être le père de Lola : au-delà de la ressemblance, il le ressentait dans sa chair, dans son cœur — ce qu'il n'avouerait jamais à Gypsy. Mais il ne comprenait pas cette dernière. Pourquoi n'avait-elle pas cherché à tirer parti de la situation une fois qu'elle avait découvert sa grossesse ?

— Pourquoi ne m'avez-vous rien dit ? demanda-t-il de nouveau.

Il l'observa tandis qu'elle détournait la tête en se mordant la lèvre.

— Parce que je voulais protéger ma fille et faire ce qu'il y avait de mieux pour elle.

Rico leva les yeux au ciel, excédé. Cette réponse ne lui convenait pas.

— Bon sang mais de quoi aviez-vous peur ?!

— De perdre ceci, murmura-t-elle en montrant son appartement décrépit.

— Mais c'est insensé ! protesta-t-il. Comment votre situation actuelle peut-elle être meilleure que celle que j'aurais pu offrir ?

— Je ne savais pas comment vous alliez réagir. Je ne pouvais pas prendre le risque.

Rico lâcha un soupir agacé. S'il avait eu connaissance de la grossesse de Gypsy dès le départ, ils auraient pu trouver un arrangement. Ils auraient continué à se fréquenter jusqu'à ce qu'ils se lassent l'un de l'autre et, dans le même temps, il aurait profité de sa fille. Au lieu de cela, il avait souffert de la disparition de Gypsy — même s'il en était seul responsable — et perdu quinze précieux mois. Quel gâchis ! Désormais, le mal était fait : sa fille le regardait comme un étranger. Non, décidément, cette femme ne méritait pas d'être pardonnée.

Le souvenir de son innocence lors de leur nuit d'amour lui traversa l'esprit. Elle s'était montrée passionnée et timide à la fois, comme une jeune vierge. Soudain, une bouffée de désir l'assaillit. Refrénant l'envie de happer ses lèvres pulpeuses, de caresser la fine texture de sa peau, il se figea.

— Beaucoup de gens survivent avec moins que moi, reprit Gypsy. L'argent ne fait pas tout. Et je n'avais pas envie de me retrouver au tribunal ni dans les journaux pour une sordide histoire de paternité à prouver. Ensuite, j'ai pris seule la décision de garder Lola ; elle est donc sous ma responsabilité.

Rico renonça à poser d'autres questions, même si les réponses de Gypsy ne le satisfaisaient pas. Elle lui cachait une partie de la vérité, il en était persuadé, mais l'urgence était ailleurs : il fallait à tout prix qu'il sorte Lola de cet environnement misérable. Il aurait amplement le temps d'interroger Gypsy plus tard.

L'énigme qu'elle représentait était de taille, certes, mais il la résoudrait. L'expérience lui avait appris que les femmes étaient des êtres diaboliques qui toutes, sans exception, avaient des buts cachés...

5

Rico semblait animé d'une détermination farouche, et Gypsy doutait de parvenir à se débarrasser de lui. Quant à Lola, elle faisait preuve d'un calme alarmant. Lui jetant un coup d'œil, elle découvrit que sa fille observait son père avec des grands yeux curieux, le pouce dans la bouche.

— Rassemblez quelques affaires, vous venez avec moi, déclara soudain Rico.

— Quoi ?

— Vous m'avez parfaitement entendu. Je veux que vous prépariez vos bagages. Nous quittons cet endroit immédiatement.

Prise de panique, Gypsy secoua violemment la tête. Comment cet homme, presque un inconnu, pouvait-il exiger une chose pareille ?

— Il n'en est pas question. Je refuse de vous suivre !

— Pourquoi ? demanda Rico en croisant les bras. Qu'est-ce qui vous retient ici ? Etes-vous attendue à votre travail ? Impossible, puisque vous avez été licenciée hier soir, par votre faute. Voilà qui n'était pas très raisonnable pour une mère célibataire !

Gypsy blêmit sous le reproche.

— Au fait, reprit-il, qui gardait Lola hier soir ?

Immédiatement sur la défensive, Gypsy le toisa sans la moindre aménité.

— Mme Murphy, qui habite en bas de la rue. Il s'agit d'une nourrice retraitée, parfaitement qualifiée pour ce travail. Je lui confie Lola tous les soirs.

— Vous faites garder ma fille par une étrangère, dans ce quartier mal famé ?

— Il ne s'agit pas d'une étrangère mais d'une femme adorable, et Lola a toujours été en sécurité auprès d'elle. Par ailleurs, Mme Murphy garde Lola ici car la plupart du temps, ma fille est déjà couchée lorsque je pars travailler.

— Lorsque vous *partiez* travailler, corrigea Rico. De toute façon, ici ou ailleurs, c'est du pareil au même. Vous vivez dans un coupe-gorge. Il est hors de question que vous y restiez une nuit de plus.

Exaspérée, Gypsy secoua la tête.

— Comment osez-vous débarquer ainsi et décider de chambouler toute notre vie ?

— Qu'avez-vous à perdre ? Cet endroit ne conviendrait même pas à un chien. Ce soir, vous dormirez chez moi.

A ce moment précis, Lola posa une main glacée sur le visage de Gypsy, qui se sentit aussitôt envahie de culpabilité. Le chauffage collectif tardait à se remettre en route et l'appartement était humide à souhait.

— Qu'a-t-elle ? demanda Rico en montrant Lola.

— Elle est fatiguée, admit Gypsy. Elle n'a pas très bien dormi la nuit dernière et sa sieste dans la poussette n'a pas duré assez longtemps.

Rico garda un instant le silence tandis que ses traits se durcissaient encore plus.

— Ecoutez, Gypsy, se força-t-il à dire d'un ton calme, s'il le faut, je vous sortirai de cet appartement par la force. Je ne veux pas rester ici plus longtemps. Et puis il faut que nous parlions ; vous me devez bien ça.

Elle sentit ses défenses faiblir. L'argument de Rico était imparable. Il avait raison : maintenant qu'il connaissait l'existence de Lola, sa demande était légitime.

— Où proposez-vous de nous emmener ? demanda-t-elle d'un ton las.

— Chez moi, en ville. J'habite un appartement beaucoup plus confortable que le vôtre. J'emploie une gouvernante qui pourra s'occuper de Lola pendant que nous parlerons.

— D'accord, capitula Gypsy.

Après avoir déposé Lola dans sa poussette, elle rassembla quelques effets dans une valise. Cette tâche achevée, elle retrouva Rico dans le salon, son téléphone portable rivé à l'oreille. Il lui sembla qu'il donnait des ordres en grec. Lorsqu'il reporta son attention sur elle, Gypsy frémit devant son attitude glaciale. Il ne ressemblait plus du tout à l'homme séduisant avec qui elle avait dansé deux ans plus tôt...

Elle chassa les souvenirs qui affluaient pour se diriger vers Lola. Avant qu'elle puisse intervenir, Rico détacha le siège de la poussette, qui faisait office de siège auto, et le chargea dans ses bras.

— Fermez tout, intima Rico en sortant avec son précieux fardeau.

Gypsy voulut protester mais n'en fit rien. Elle refréna son envie d'arracher Lola des bras de Rico puis se raisonna. Il ne cherchait pas séparer la mère et la fille mais plutôt de les mettre à l'abri. Malgré tout, elle sentait qu'une terrible menace pesait sur elle. Les yeux pleins de larmes, elle verrouilla sa porte...

**

Une fois dehors, le chauffeur les rejoignit ; pendant que Rico protégeait Lola sous les pans de son manteau, il abrita Gypsy sous un grand parapluie. Lorsqu'elle fut installée à l'arrière de la voiture, Rico s'occupa du siège auto puis s'installa à son côté.

— Mince ! Nous avons oublié les roues de la poussette, s'écria soudain Gypsy.

— Aucune importance, répondit négligemment Rico. J'ai demandé à ce qu'on m'en livre une neuve chez moi.

Elle tourna la tête vers lui.

— Ce n'est pas parce que vous êtes son père que...

— Désolé de vous contredire, coupa Rico, mais j'ai autant de droits que vous sur cette enfant. A présent que je sais qu'elle existe, il est hors de question que je la perde de vue. Je veux qu'elle connaisse son père et je remuerai ciel et terre si vous cherchez à l'éloigner de moi.

Sur ces mots, il détourna la tête pour regarder par la vitre. Gypsy reporta elle aussi son attention sur la route, malgré sa frustration, comme son propre père, Rico se fermait à toute discussion dès lors qu'il était convaincu d'avoir raison.

Pour se rassurer, elle se dit que leur cohabitation serait de courte durée : elle doutait que Rico supporte longtemps la présence d'un jeune enfant...

Quelques minutes plus tard, ils atteignaient le quartier de Mayfair, avec ses rues bien entretenues, ses voitures de luxe et ses habitants élégants. Gypsy ébaucha une grimace de dégoût au souvenir de l'appartement de son père situé précisément dans ce quartier, appartement dans lequel il recevait ses nombreuses maîtresses. La pluie avait cessé, comme si les gros nuages gris s'étaient tous agglutinés au-dessus des faubourgs les plus misérables de Londres.

La voiture stoppa en douceur devant un bel immeuble aux lignes pures. Un portier vint à leur hauteur pour les accueillir. Gypsy souleva Lola dans ses bras et sortit de la voiture. La petite, endormie, pesait sur sa poitrine. Un peu déboussolée, il lui semblait avoir atterri sur une autre planète. Hélas, il ne s'agissait pas d'un rêve, mais d'un cauchemar...

Sans un mot, Rico récupéra la valise dans le coffre et les précéda dans l'immeuble. Dans l'ascenseur, il appuya sur le dernier bouton, qui portait la mention « privé ».

Les portes s'ouvrirent sur un corridor somptueux, envahi de cartons et de boîtes. Une femme entre deux âges se tenait à la porte de l'appartement, occupée à donner des instructions à deux livreurs. Lorsqu'elle aperçut Rico, un large sourire illumina ses traits.

— Monsieur Christofides, vous êtes déjà de retour ! Comme vous le voyez, tout a été livré.

— Gypsy, je vous présente Mme Wakefield, ma gouvernante.

La douceur de sa voix la fit frémir, comme deux ans plus tôt. Maîtrisant sa nervosité, elle parvint à sourire à Mme Wakefield qui, après l'avoir saluée, porta son attention sur Lola.

— Cette fillette est adorable ! Un vrai petit cœur ! Mais vous devez être épuisée et avoir faim. Comme je me doutais que la petite s'endormirait pendant le trajet en voiture, je lui ai installé un petit lit d'appoint dans le séjour afin que vous puissiez la coucher.

La gouvernante s'exprimait avec tant de gentillesse que Gypsy la suivit de bon cœur à l'intérieur de l'appartement. Après avoir traversé une vaste entrée moderne, elles aboutirent dans une pièce gigantesque, décorée dans des tons gris, sobres et élégants. Effectivement, un petit lit était déposé dans un angle de la pièce. Lorsque Lola fut allongée, Mme Wakefield la recouvrit d'un plaid blanc en cashmere.

— J'ai moi-même cinq filles, confia-t-elle avec un sourire attendri. Le drame, c'est que les enfants grandissent trop vite. Vous avez à peine le temps de vous retourner que vous vous retrouvez avec des adolescentes qui font les quatre cents coups !

Gypsy sourit en retour et risqua un coup d'œil à Rico, resté en retrait. Elle sentait peser sur elle son regard sévère, comme s'il lui adressait un reproche muet. Les propos de la gouvernante lui rappelaient sans doute les mois durant lesquels il avait été privé de Lola.

Mme Wakefield les abandonna pour aller préparer du thé et des sandwichs.

— Est-il normal que Lola dorme autant ? demanda Rico d'une voix bourrue.

— Bien sûr ! Les enfants de cet âge ont besoin de beaucoup de sommeil. Et de toute façon, elle fait toujours la sieste l'après-midi.

— Comment pourrais-je le savoir ?

Gypsy se sentit de nouveau assaillie par un sentiment de culpabilité. Elle observa Rico tandis qu'il se débarrassait de son manteau pour le déposer sur le dossier d'une chaise. Il se rapprocha ensuite de la grande baie vitrée. Elle se sentait abattue, à la limite de l'épuisement, tant physique qu'émotionnel.

Malgré sa fatigue, elle se dirigea elle aussi vers la fenêtre, qui donnait sur les lumières de Londres.

La vue était époustouflante, tout comme le luxe de l'appartement.

— Nous ne pouvons pas rester chez vous, déclara Gypsy. Cet endroit ne convient pas à un enfant en bas âge.

Montrant une table de verre du doigt, elle ajouta :

— Lola est très intrépide ; elle risque de se blesser...

Les mains dans les poches, Rico la dévisagea en plissant les yeux. Aussitôt, Gypsy sentit le rouge lui monter aux joues.

— Je ferai le nécessaire pour que cet endroit soit parfaitement sûr pour Lola. Laissez tomber vos prétextes futiles : vous ne me découragerez pas.

— Ces hommes, demanda-t-elle, soudain alarmée, que sont-ils en train de livrer ?

— Une poussette, un petit lit, une table à langer... Bref, tout le nécessaire pour Lola. Vous me direz s'il manque quelque chose.

— Mais... nous sommes juste venues passer une soirée et une nuit, pour parler ! Demain, nous rentrerons chez nous ! Il faut que je retrouve un travail, et Lola a ses habitudes à la maison. Nous n'avons pas besoin de tout cela pour une nuit...

Rico fit un pas dans sa direction et elle eut soudain envie de fuir avec sa fille. Mais l'intensité de son regard la pétrifia. Désormais, une chose était certaine : elle avait affaire à un adversaire redoutable.

— Cette enfant est ma fille, jeta-t-il d'un air menaçant. Vous m'en avez privé pendant quinze mois. Quinze mois durant lesquels je n'ai pas pu la voir grandir. Sans doute ne mesure-t-elle pas l'importance d'être privée d'un père, mais moi je sais ce que cela signifie. Ecoutez-moi bien, mademoiselle Butler : à partir d'aujourd'hui, je compte bien prendre la place qui me revient de droit. Désormais, je ferai partie de sa vie, et aussi de la vôtre. Et ce n'est pas vous, qui n'avez plus de travail et vivez dans un taudis, qui allez contrecarrer mes plans.

Curieusement, malgré la dureté des propos qui lui étaient tenus, Gypsy sentit croître son courage et sa ténacité. Comme autrefois face à son père, elle était bien décidée à tenir tête.

— S'agit-il d'une menace, Rico ? demanda-t-elle avec assurance. Sous-entendez-vous que si je décidais de partir sur-le-champ avec Lola, vous nous en empêcheriez par tous les moyens ?

Elle vit ses mâchoires se contracter nerveusement tandis que la teinte ardoise de ses yeux virait au noir.

— Exactement, admit-il. Si vous décidiez de partir maintenant, je vous laisserais faire. Mais à condition que vous partiez *seule* !

Il accompagna ces mots d'un sourire féroce. Comme Gypsy gardait le silence, il ajouta :

— Mais vous ne le ferez pas ! Votre détermination à me cacher l'existence de Lola le prouve.

Rico venait de lui infliger une blessure terrible, mais Gypsy n'en laissa rien paraître.

— Vous avez raison. Jamais je ne vous abandonnerai ma fille. Quant à notre situation, j'admets qu'elle n'est pas très enviable. Nous sommes trop vulnérables pour espérer vous échapper et je ne suis pas assez stupide pour me battre contre vous. Je sais comment les hommes de votre trempe fonctionnent, Rico Christofides. Vous n'avez aucun scrupule lorsque vous désirez obtenir quelque chose. Dans l'immédiat, nous nous soumettrons à votre volonté puisque nous n'avons pas d'autre choix ; mais très vite, c'est vous qui nous demanderez de partir. Vous

vous lasserez de vivre avec un jeune enfant et n'aurez qu'une hâte : reprendre le cours normal de votre vie d'égoïste en quête de pouvoir imbu de sa personne. En ce qui me concerne, j'ai hâte de voir arriver ce moment !

Gypsy se tut pour reprendre son souffle. Rico semblait la jauger du regard. Soudain, elle regretta d'avoir exprimé le fond de sa pensée. Peut-être aurait-il mieux valu feindre l'humilité, le laisser jouer son rôle de père jusqu'à ce qu'il se lasse et ait envie de se remettre en chasse de créatures sublimes, comme celle avec laquelle il avait dîné la veille. A l'idée qu'elle ait pu succomber à son charme autrefois, Gypsy sentit son sang se glacer.

Elle avait commis une erreur impardonnable...

L'irruption de Mme Wakefield, chargée d'un plateau-repas, rompit la tension qui régnait entre eux. Au même moment, Lola se réveilla et entreprit de descendre de son lit de fortune. Gypsy se précipita vers elle pour l'empêcher d'approcher de la table basse, contre laquelle elle risquait de se blesser. Mais sa fille lui échappa pour courir vers la baie vitrée. Les mains plaquées contre la vitre, elle semblait fascinée par les lumières de la ville.

Après avoir posé son plateau sur la table, Mme Wakefied rejoignit Lola et se lança avec elle dans une conversation animée, ponctuée de rires.

— Cette petite est un vrai rayon de soleil ! s'exclama-t-elle.

— C'est vrai la plupart du temps, convint Gypsy avec un sourire forcé. Mais quand elle a faim ou sommeil, c'est une autre histoire !

Mme Wakefield tendit la main à Lola, qui s'en saisit en toute confiance.

— Dis, Lola, si on allait explorer la maison pendant que maman et M. Christofides prennent leur thé ?

Gypsy les suivit du regard tandis qu'elles quittaient la pièce. Puis, reportant son attention sur Rico, elle vit qu'il l'invitait à le rejoindre à table.

— Ne vous inquiétez pas. Mme Wakefield ne va ni la kidnapper ni lui faire un lavage de cerveau !

Lorsqu'elle fut installée, Rico lui tendit une assiette de sandwichs et lui versa une tasse de thé. Visiblement, elle évitait son regard, comme si elle avait honte de quelque chose. Regrettait-elle de s'être emportée ? Ses paroles avaient-elles dépassé sa pensée ? Non, sans doute pas. Au contraire, elle s'était vraisemblablement exprimée en toute sincérité. Pourquoi avait-elle manifesté autant de hargne ? Et pourquoi, durant ces longs mois, cette volonté farouche de lui cacher l'existence de Lola ?

Décidément, cette femme piquait sa curiosité. Il ne savait rien d'elle, et pourtant elle était la mère de sa fille. Jamais il n'aurait envisagé avoir des enfants avec une inconnue, mais le sort en avait décidé autrement. Aveuglé par une passion dévorante, il avait pris des risques.

Une passion dévorante...

Au souvenir de leurs étreintes passées, son désir de la posséder encore se raviva. Il la contempla tandis qu'elle dégustait son sandwich avec un bel appétit. Elle avait bien besoin de se remplumer. Toutefois, malgré sa silhouette frêle, elle était toujours aussi séduisante.

Agacé par la tournure que prenaient ses pensées, il se leva pour aller se poster à la fenêtre. Cette jeune femme l'énervait et l'attendrissait à la fois. Alors qu'elle ne méritait aucune compassion, il avait envie de la protéger, de la prendre sous son aile. Sans doute était-il influencé par le fait qu'elle était la mère de sa fille. Il ne pouvait y avoir d'autre explication.

Lorsqu'il se tourna de nouveau vers elle, il constata que Gypsy le regardait avec de grands yeux anxieux ; comme Lola quelques heures plus tôt, dans l'appartement délabré qui leur tenait lieu de domicile.

Avec ses cheveux délicieusement ondulés, son teint frais, ses lèvres pleines, elle avait un charme fou, irrésistible… Comme autrefois, il sentit une attraction terrible.

Se forçant à réagir, il se remémora le mal qu'elle lui avait fait. Elle était blâmable, capable du pire et totalement inconsciente.

Fort de cette certitude, il planta son regard dans le sien.

— Je ne vous pardonnerai jamais ce que vous avez fait. Vous le savez, n'est-ce pas ?

6

Je ne vous pardonnerai jamais ce que vous avez fait.
Ces mots résonnaient encore dans la tête de Gypsy, tandis qu'elle peinait à trouver le sommeil dans ce grand lit inconnu.

Après avoir dîné et pris un bain, Lola avait mis beaucoup de temps à se calmer tant elle était excitée par ce nouvel environnement. Tout le monde lui avait témoigné beaucoup d'attention, notamment Mme Wakefield, qui fondait littéralement devant elle. A plusieurs reprises, le regard de celle-ci s'était porté sur Rico, puis Lola, comme si elle avait compris que la ressemblance ne pouvait être due au hasard.

Gypsy avait été subjuguée par la taille de l'appartement. Toutes les pièces étaient spacieuses, élégamment meublées. On l'avait installée dans une suite immense, comprenant un grand lit et un plus petit pour Lola. Dans la salle de bains attenante se trouvait tout le nécessaire requis pour la toilette de sa fille. Gypsy avait aussi eu un aperçu des appartements de Rico, encore plus vastes, eux aussi sobrement décorés.

La gouvernante lui avait ensuite fait visiter la cuisine en lui expliquant où se trouvaient les divers ingrédients et ustensiles. Gypsy avait découvert avec stupeur qu'un placard entier était dédié aux aliments destinés à Lola. Il y avait là de quoi la nourrir pendant plus d'une semaine !

La fillette dormait profondément, comme en témoignait sa respiration régulière. Malgré le calme environnant et le confort de la chambre, Gypsy se sentait oppressée, tendue, un état qui ne la quittait pas depuis qu'elle avait revu Rico. Dire que leurs retrouvailles dataient seulement de la veille...

Il lui était difficile de croire qu'en l'espace de seulement vingt-quatre heures, sa vie avait été chamboulée de la sorte. Elle avait toujours su que ce mauvais coup du sort arriverait un jour ; toutefois, contrairement à ses prévisions, Rico n'avait pas rejeté Lola. Il paraissait même prendre son rôle de père avec le plus grand sérieux.

Il l'avait rejointe en cuisine alors qu'elle se préparait un chocolat chaud après avoir couché Lola.

— Mon médecin viendra demain matin, lui avait-il dit. Il prélèvera quelques échantillons sur Lola et nous aurons les résultats des tests de paternité avant la fin de la semaine. En attendant, vous séjournerez ici. Ensuite, si les résultats sont positifs, nous modifierons l'acte de naissance pour que mon nom figure dessus.

Il s'était interrompu et sur ses lèvres était apparu un froid sourire.

— A présent, si vous voulez bien m'excuser, du travail m'attend dans mon bureau. J'imagine que vous connaissez la maison désormais ?

— Mme Wakefield s'est montrée très obligeante, avait-elle acquiescé.

— Parfait.

Demeurée seule, Gypsy s'était mise à réfléchir à sa situation. Elle comparait son propre sort à celui de Lola. Même s'il existait une différence de taille puisque Rico, lui, ne repoussait pas sa fille, ce dernier se montrait toutefois tout aussi implacable que son père. Celui-ci n'avait pas eu d'autre choix que de la reconnaître, mais il avait fait en sorte qu'elle ne revoie plus jamais sa mère. Bien plus tard, Gypsy avait appris qu'elle était morte dans un hôpital psychiatrique. Cette nouvelle l'avait profondément peinée. Même si sa mère était d'une nature fragile, sujette aux accès de dépression, elle aurait pu s'en sortir si la vie lui avait souri davantage. Seule, sans abri, privée de sa fille, pas étonnant qu'elle ait sombré dans la folie !

Après la mort de son père, Gypsy avait retrouvé les lettres bouleversantes écrites par sa mère, lettres dans lesquelles elle mendiait de l'aide et réclamait de pouvoir voir sa fille. Gypsy avait été profondément choquée par cette découverte... Quelle déveine pour elle d'être tombée sur un homme de la trempe de son père, qui en avait fait une victime !

Recroquevillée dans son lit, elle se força à chasser ces sombres réminiscences. Avec un soupir, elle se tourna pour contempler le visage paisible de Lola dans la pénombre. Cette vision l'apaisa. En tout état de cause, elle ne vivrait jamais le même drame que sa mère. D'une part, son père était mort et, de l'autre, elle était forte. Sa détermination ne faiblirait pas. Il s'agissait juste d'une épreuve à traverser — une de plus...

Le lendemain matin, Rico prit place à la table de la cuisine pour lire le *Financial Times*, mais les lignes dansèrent devant ses yeux. Il ne parvenait pas à se concentrer. Avec une grimace, il regarda autour de lui. Gypsy avait raison : cette pièce, comme les autres, recelait mille dangers pour une enfant comme Lola. La veille au soir, il n'avait cessé de trembler : sa petite fille, intrépide, avait frôlé plusieurs fois la catastrophe.

Avec un serrement de cœur, il se remémora ce qu'il avait ressenti à son contact : un mélange d'émotion et de fierté. Elle était jolie, vive, intelligente, attachante. Et il devait bien admettre que Gypsy était une bonne mère.

Lorsqu'il l'avait retrouvée dans la cuisine, un peu plus tôt, il avait été surpris de constater à quel point sa présence lui avait semblé naturelle. L'époque où il se servait de cet appartement pour recevoir ses maîtresses lui avait alors paru appartenir à un lointain passé, un passé qu'il préférait oublier.

Malgré tout, il n'avait pu s'empêcher de se montrer désagréable en évoquant les projets de la semaine. Ensuite, il était allé regarder Lola dormir. Il avait caressé ses joues rebondies, aussi douces que des pétales de rose. Il avait alors ressenti un grand élan de tendresse pour sa fille… Décidément, il ne nourrissait aucun doute quant à sa paternité. Son intuition ne pouvait le tromper.

Songeant aux quinze mois qui s'étaient écoulés, à ces quinze mois perdus, il se sentit envahi de colère. Gypsy était responsable de cette situation : il ne fallait pas qu'il renonce à la punir.

Soudain, des pleurs provenant du babyphone abandonné sur le comptoir de la cuisine se firent entendre. Comme ils se prolongeaient, il serra les poings. Que faisait donc Gypsy ? Ne pouvait-elle s'occuper de sa fille ? Un accident s'était-il produit ?

Alors que la panique commençait à le gagner, il entendit soudain la voix de la jeune femme :

— Bonjour, mon bébé. Bien dormi ?

La petite se mit à gazouiller, puis à rire. Agacé, tendu

à l'extrême, Rico éteignit l'Interphone. Gypsy devrait se faire une raison : Lola était également sa fille, et désormais ils seraient deux à l'élever.

Après avoir bu son café, il partit s'enfermer dans son bureau pour passer quelques coups de fil.

Gypsy terminait de préparer le petit déjeuner de Lola lorsque Rico fit irruption dans la cuisine. Aussitôt, son cœur se mit à battre la chamade. Vêtue comme la veille d'un vieux jean trop ample et d'un sweat-shirt informe, elle avait relevé ses cheveux à la hâte avec une pince. Consciente de son apparence négligée, elle rougit de honte ; mais Rico ne la regardait pas. Il avait les yeux rivés sur Lola qui, depuis sa chaise haute, lui souriait en bafouillant des mots incompréhensibles. Comme à son habitude, Rico était très élégant dans son pantalon noir au pli impeccable et sa chemise blanche.

— Laissez cela, intima-t-il à Gypsy. Mme Wakefield peut s'occuper de Lola.

— Je ne veux pas lui occasionner plus de travail.

— Votre intention est louable mais rassurez-vous, Mme Wakefield dispose d'une armée de petites mains pour l'aider.

Appuyé contre le réfrigérateur, il reporta son attention sur Lola. Il la contemplait avec indulgence, un sourire attendri sur ses lèvres. Quelle différence avec la manière dont il la regardait, elle !

— Avez-vous bien dormi ? lui demanda Rico.

— Très bien. J'ai de la chance parce que Lola a toujours été une grande dormeuse et elle était très fatiguée hier soir.

— Vous avez pourtant l'air épuisée.

Surprise par cette remarque, Gypsy garda un instant le silence.

— Je travaille… enfin *travaillais* dur, bredouilla-t-elle finalement en haussant les épaules.

Avisant l'inscription sur le sweat-shirt que portait Gypsy, Rico demanda :

— Vous êtes allée à l'université de Londres ?

— Oui. J'ai étudié la psychologie et je me suis spécialisée en psychologie infantile.

Gênée par cet échange trop intime à son goût, elle se leva pour nettoyer la tablette où Lola avait renversé un peu de son petit déjeuner.

— Quand avez-vous obtenu votre diplôme ?

— Il y a deux ans.

Peu de temps avant de vous rencontrer dans cette boîte de nuit, songea-t-elle amèrement.

Lorsque Rico se dirigea vers la machine à café, elle se mit à respirer plus calmement. Enfin son regard inquisiteur ne pesait plus sur elle.

— Il faudra que je sorte aujourd'hui, déclara-t-elle. J'ai besoin de couches pour Lola et de quelques autres bricoles.

Après s'être servi un expresso, Rico se retourna pour s'adosser au comptoir.

— J'ai pris ma journée. Le docteur sera là dans une heure. Une fois qu'il aura effectué les prélèvements, je pourrai vous accompagner. Nous ferons les petites courses dont vous avez besoin, puis nous pourrons nous arrêter un moment au parc près d'ici pour que Lola s'amuse un peu.

Bien qu'étonnée par ce programme, Gypsy n'en laissa rien paraître. S'affairant autour de Lola, qui jouait avec son gobelet et sa cuiller, elle repensait à son père et à sa belle-mère, qui n'avaient jamais pris un jour de congé pour s'occuper d'elle. Même pas le jour de son arrivée chez eux, après qu'elle avait été arrachée à sa mère — une gouvernante revêche l'avait conduite à sa chambre et lui avait demandé de ne pas en sortir jusqu'au dîner.

— Craignez-vous que nous disparaissions si vous nous tournez le dos ? demanda-t-elle d'un ton sec.

Le regard de Rico vira au ciel d'orage.

— Disons que, pour le moment, je n'ai pas encore tout à fait confiance en vous...

Gypsy ne trouva rien à répondre à cela. Préférant changer de sujet, elle déclara :

— Nous serons prêtes dès que Lola sera baignée et changée.

Sur ces mots, elle prit sa fille dans ses bras et disparut. Rico dut se retenir pour ne pas les suivre. Il avait envie de s'occuper de Lola, de mieux la connaître ; mais il devait se maîtriser. Il était trop tôt encore. S'il brûlait les étapes, Gypsy risquait de réagir violemment. Or, il fallait qu'elle s'habitue à l'idée de partager Lola...

Après la visite du médecin, Gypsy, Lola et Rico s'étaient comme prévu rendus en ville pour faire quelques emplettes. Puis ils avaient fait une halte dans un jardin public, où Rico s'était occupé de Lola avec une gentillesse étonnante. Gypsy s'était presque sentie de trop. Une grande complicité naissait entre le père et la fille, comme si chacun cherchait à rattraper le temps perdu.

D'ailleurs, à peine revenus de leur promenade, Rico s'était mis à jouer dans le salon avec sa fille. Au bout d'un moment, Gypsy décida de les abandonner pour se reposer quelques minutes dans la chambre. Lorsqu'elle ouvrit la porte, elle étouffa un cri de surprise : le lit était recouvert de vêtements neufs, pour elle et Lola. Aussitôt, son passé refit surface. Elle revoyait la garde-robe que son père lui avait constituée peu après son arrivée chez lui. Tous les vêtements qu'il avait prévus pour elle étaient soit trop grands, soit trop petits. Elle avait rapidement compris qu'il ne les avait pas achetés pour lui faire plaisir mais uniquement par souci du qu'en-dira-t-on.

Et voilà que Rico procédait de la même manière... Il ne lui avait même pas demandé son avis. Certes, elle aurait refusé qu'il dépense autant d'argent mais au moins aurait-elle eu le sentiment d'exister. Qu'espérait-il ? Pensait-il qu'en l'achetant, il vaincrait toutes ses résistances ?

Gypsy saisit une poignée de vêtements et courut jusqu'au salon, dont elle ouvrit la porte à la volée. Rico tenait Lola dans ses bras devant la baie vitrée. A son arrivée, il se retourna d'un bloc.

— Que veut dire ceci ? demanda-t-elle en montrant les vêtements.

— Vous aviez toutes deux besoin d'une nouvelle garde-robe.

— Je vous l'ai déjà dit : nous n'avons pas besoin de vous, ni de votre argent. Ces dépenses sont extravagantes. Vous avez acheté de quoi habiller un village entier d'enfants ! Lola grandit tellement vite qu'elle n'aura même pas l'occasion de porter tous ces vêtements.

Le visage de Rico se ferma.

— Peu importe. J'ai décidé de pourvoir à ses besoins. Quant à vous, tant que vous résiderez sous ce toit, je vous interdis de porter vos vêtements informes.

— C'est vrai, nous logeons chez le grand Rico

Christofides ! lança Gypsy avec un soupçon d'ironie. Il ne faudrait pas que nous lui fassions honte ! Maintenant, rendez-moi Lola. L'heure de son dîner approche.

Après un long silence tendu, Rico s'exécuta.

— Je serai dans mon bureau pour le reste de la soirée. Faites le tri dans les vêtements neufs. Si certains vous semblent superflus, nous les rendrons.

Sur ces mots, il disparut, laissant Gypsy complètement désorientée.

Deux heures plus tard, alors qu'elle veillait Lola qui s'endormait doucement, elle était accablée par un sentiment de culpabilité. L'hostilité dont elle avait fait preuve à l'égard de Rico était impardonnable.

Certes, il s'était montré outrageusement généreux mais l'affection qu'il portait à Lola était bien réelle. Plusieurs fois dans la journée, elle avait été témoin de démonstrations qui ne laissaient aucun doute sur les sentiments qu'il vouait à sa fille.

Rico faisait les cent pas dans son bureau en réfléchissant. Soudain, il saisit le téléphone et composa un numéro. Lorsqu'on lui répondit, il dit sèchement :

— Gypsy Butler. Je veux tout savoir sur elle. Peu importe combien ça coûtera.

Après avoir reposé le combiné, il se versa un whisky et en but une longue rasade pour calmer sa nervosité. Cette jeune femme le hantait. Ces dernières années, il avait accumulé les conquêtes, n'ayant que l'embarras du choix parmi les candidates. Il avait agi sans états d'âme, du moins jusqu'à cette fameuse nuit où toutes ses certitudes avaient volé en éclats... Depuis, l'envie de revivre ce moment fabuleux l'obsédait.

Hélas, la situation ne s'y prêtait pas. Gypsy l'étranglerait s'il tentait la moindre approche. Pourtant, il sentait bien qu'il suffirait d'un rien pour que la magie opère de nouveau : tous deux partageaient la même attirance l'un pour l'autre.

Rico ébaucha un sourire féroce à l'idée de vaincre les résistances de Gypsy. Il était prêt à se lancer dans un duel dont il ne doutait pas de sortir vainqueur. Le jeu en valait la chandelle. Et puis une pause dans ses activités professionnelles lui ferait le plus grand bien.

Il avait beaucoup apprécié la promenade au parc avec Lola et sa mère. Toutefois, il gardait un souvenir amer de la scène qui l'avait opposé à celle-ci au sujet des vêtements. Au lieu d'accueillir ses cadeaux avec gratitude, Gypsy l'avait humilié. Il y avait longtemps que personne ne l'avait traité ainsi. Elle prétendait ne pas vouloir de son argent. Soit. Il fallait à tout prix qu'il trouve autre chose pour la retenir. Car désormais, il était hors de question qu'elle disparaisse de sa vie. Elle et Lola lui étaient aussi indispensables que l'air qu'il respirait...

Gypsy bouillait de colère dans la pénombre du salon désert. Le soir était tombé sur Londres, et l'appartement était plongé dans le silence. Mme Wakefield était partie et Lola dormait profondément.

Le matin, à son réveil, elle avait trouvé un mot griffonné par Rico : « *Je serai au bureau toute la journée. Appelez-moi si vous avez besoin de quoi que ce soit.* »

Sur le moment, elle s'était sentie soulagée à l'idée de ne pas avoir à subir sa présence. Mais l'impatience avait fini par la gagner. Elle s'était mise à guetter chaque bruit dans l'espoir de voir revenir Rico.

En fin de matinée, alors qu'elle déposait les vêtements

superflus dans le vestibule pour qu'ils soient ramenés au magasin, elle était tombée sur plusieurs quotidiens du jour, sans doute remontés par Mme Wakefield. Gypsy en avait feuilleté un, dans lequel elle avait découvert une photo prise la veille dans le parc. Le cliché montrait Lola dans les bras de Rico, elle-même souriant à leurs côtés. « *La famille cachée de Rico Christofides !* » annonçait la légende.

Horrifiée par cette découverte, Gypsy avait froissé le journal avant de le jeter par terre. Puis elle s'était ruée sur le téléphone pour joindre Rico mais n'avait pas réussi à passer le barrage de sa secrétaire.

— Je suis vraiment désolée, lui avait dit cette dernière. Je ne peux pas déranger M. Christofides pour le moment, à moins que ce ne soit très urgent. Puis-je lui transmettre un message ?

— Dites-lui que sa *famille cachée* cherche à le joindre, avait-elle répondu, avant de raccrocher impétueusement.

Rico avait tout manigancé... Il ne pouvait pas en être autrement. Il voulait que sa paternité soit révélée au public. Désormais, Lola et elle seraient sans cesse traquées.

Soudain, un mouvement dans son dos l'alerta. Elle se retourna pour se retrouver en face de Rico. Les poings sur les hanches, elle le toisa, bien décidée à en découdre.

— Merci de m'avoir rappelée, aujourd'hui, lança-t-elle, agressive.

— Votre message m'a bien été transmis, répliqua-t-il, impassible.

— Si j'étais sortie avec Lola aujourd'hui, nous aurions été traquées par la presse ! Du coup, nous sommes restées terrées dans l'appartement. Une enfant de l'âge de Lola a besoin de se défouler à l'extérieur.

Rico ne répondit pas immédiatement. Après s'être débarrassé de sa cravate, il ouvrit le premier bouton de sa chemise.

— J'ai entendu parler des photos parues dans les journaux, finit-il par dire. Des gardes du corps étaient postés à la porte. Si vous étiez sorties, ils vous auraient protégées.

Elle leva les mains au ciel, exaspérée.

— Comment aurais-je pu le deviner ? Et puis comment aurions-nous pu nous promener tranquillement en étant entourées de dizaines de paparazzi ?

Adossée à la baie vitrée, Gypsy le regarda avancer vers elle. Malgré ses traits tirés, il était toujours aussi séduisant. Son regard, planté dans le sien, était indéchiffrable.

— Je ne vous ai pas rappelée parce que j'étais en pleine négociation.

— Bien sûr ! ironisa-t-elle. Rien ne compte plus que vos maudites affaires !

Une lueur menaçante brilla dans ses yeux, mais il se maîtrisa pour répondre calmement :

— Je vous savais à l'abri, Lola et vous. Mais si j'avais eu le sentiment que vous appeliez pour quelque chose de sérieux...

— C'était sérieux ! coupa-t-elle. Notre sécurité était compromise et nous étions enfermées comme des fugitives. Sans compter que, désormais, nos visages s'étalent dans tous les journaux. Tout le monde va vouloir enquêter sur cette *famille cachée*.

Gypsy frémit devant l'horreur de la situation. Si la presse devait fouiller son passé, elle se retrouverait dans une situation impossible. Elle craignait que Rico découvre qui était son père et lui reproche son comportement à sa mort. Et il fallait à tout prix lui cacher que sa mère avait fini ses jours dans un hôpital psychiatrique...

— Je partirai dès demain avec Lola, souffla-t-elle. Nous retournons chez nous. Pas question de rester une minute de plus ici. J'ai des droits en tant que mère. Je vous ai autorisé à voir Lola, mais je ne veux pas que nos vies soient démolies à cause de vous.

Alors qu'elle ébauchait un geste pour fuir, Rico lui saisit le bras, la forçant à le regarder.

— Lâchez-moi !

— Vous n'irez nulle part, Gypsy ! dit-il d'une voix cinglante. Nous n'avons pas encore reçu les résultats des tests. Par ailleurs, la presse vous traquera jour et nuit. Vous ne serez plus tranquille nulle part.

— C'est ce que vous vouliez, n'est-ce pas ? lança-t-elle d'une voix vibrante. Vous avez tout manigancé ! N'espérez pas me faire croire que vous ignoriez tout des photos dans les journaux. Je parie que les patrons de presse sont vos amis. Vous devez être passé maître dans l'art de la manipulation.

— C'est faux ! protesta Rico. Les paparazzi me traquent sans arrêt, et je ne peux rien faire. Il me semblait effectivement en avoir aperçu quelques-uns dans le parc hier, mais je n'imaginais pas que leurs clichés susciteraient autant d'intérêt.

La poigne de Rico ne faiblissait pas sur son bras ; ce contact électrisait Gypsy. Ils étaient proches l'un de l'autre. Trop proches... Elle tenta vainement de dégager son bras.

— Lâchez-moi, Rico, murmura-t-elle. Vous n'aviez pas le droit de nous exposer de la sorte. Désormais, le mal est fait. Il faut que nous partions dès demain et, si nécessaire, nous quitterons Londres.

Au lieu de desserrer son emprise, Rico l'attira plus près de lui et saisit son autre bras. Il planta son regard dans le sien tout en secouant la tête en signe de dénégation. Une lueur étrange brillait dans ses yeux. Il la dévisageait avec une intensité qui fit frémir Gypsy. Soudain, le passé remonta à la surface : l'intimité qu'ils avaient partagée, leurs baisers, la passion de leurs étreintes.

Rico sentit nettement Gypsy tressaillir, et nota que son regard se troublait légèrement. Aussitôt, le désir enflamma ses sens. Il en oublia instantanément le conflit qui les opposait. Pourtant ses accusations l'avaient blessé, même s'il se sentait coupable d'avoir donné l'occasion à la presse de fouiller dans sa vie. Il avait presque ressenti de la fierté à l'idée que tout le monde connaisse l'existence de sa fille, mais à présent il regrettait cette indiscrétion. Le désespoir qu'il lisait dans les yeux de Gypsy l'émouvait profondément, même s'il ne voulait pas l'admettre.

— Seigneur ! Je vous désire encore, lâcha-t-il d'une voix rauque. Je n'ai jamais réussi à vous oublier. C'est la raison pour laquelle j'ai cherché à vous revoir.

Gypsy sentit son cœur battre follement dans sa poitrine. Elle luttait contre l'envie de s'abandonner entre les bras de Rico. Au prix d'un suprême effort, elle murmura :

— Pensiez-vous à moi l'autre soir, lorsque vous avez couché avec cette femme ?

Un sourire se dessina sur les lèvres de Rico.

— Seriez-vous jalouse, Gypsy ? Parce que si tel est le cas, cela signifie que vous n'avez pas réussi à m'oublier non plus !

— Allez au diable !
— Volontiers, si c'est avec vous...
Sur ces mots, il l'attira contre lui. Elle ne résista pas...

Le souffle court, Gypsy entrouvrit les lèvres pour accueillir celles de Rico. Plus rien n'existait désormais, excepté cette exaltation des sens, ce désir fou qui les liait. Il la serrait contre son torse puissant et l'embrassait avec une fougue inégalable. Il glissa les mains sous son T-shirt pour caresser sa peau. A ce contact, elle se sentit vaciller. Les quinze mois de séparation s'envolaient en fumée tandis qu'ils retrouvaient l'intense passion partagée autrefois.

Alors qu'ils étaient au comble de l'excitation, prêts à se débarrasser de leurs vêtements, ils se figèrent instantanément lorsqu'un grésillement provenant du babyphone se fit entendre.

Gypsy ouvrit de grands yeux effrayés en reprenant contenance. Elle s'écarta vivement de Rico, qui ne fit pas le moindre geste pour l'en empêcher. Il avait les cheveux ébouriffés, le regard brillant.

Gypsy recula de quelques pas pour s'adosser à la fenêtre. Le silence était revenu dans la pièce. Fausse alerte. Lola ne s'était pas réveillée.

— Désolée... Je regrette..., dit-elle en tremblant comme une feuille.

— Pas moi, murmura Rico.

Il prit son visage entre ses mains avec une grande douceur avant d'ajouter :

— J'ai désormais la preuve que le désir que nous avons l'un pour l'autre est toujours aussi brûlant. Vous n'irez nulle part tant que je ne vous y autoriserai pas. Si vous tentez de m'échapper, je vous retrouverai. Où que vous alliez, j'irai vous chercher. Vous et Lola m'appartenez désormais. Et je réclame toujours mon dû.

A ce moment précis, une faible plainte leur parvint du babyphone.

— *Maman...*

— Je vous déteste, lança Gypsy.

— Moi aussi. Mais notre désir est plus fort que notre antipathie mutuelle.

7

Après le départ de Gypsy, Rico s'assit sur le canapé. Encore sous le coup de l'émotion, il avait les jambes tremblantes et son cœur tambourinait dans sa poitrine. L'odeur printanière de la jeune femme flottait encore autour de lui, le goût de ses lèvres l'obsédait, tout en elle lui faisait l'effet d'un puissant aphrodisiaque. Si Lola ne les avait pas interrompus, ils auraient succombé au désir fou qui les animait l'un et l'autre.

Lorsqu'elle avait manifesté sa volonté de partir, la panique l'avait gagné. L'idée de la perdre était devenue inconcevable.

Soudain, sa voix lui parvint à travers le babyphone.

— *Qu'y a-t-il, ma chérie ? Pourquoi t'es-tu réveillée ?*

Puis le récepteur se tut brutalement. Sans doute Gypsy l'avait-elle éteint...

Agacé, Rico rejoignit ses appartements.

Le vendredi matin, Gypsy reçut l'appel qu'elle redoutait : Rico était en possession des tests de paternité. Positifs, bien entendu.

Vous auriez pu éviter ces frais, eut-elle envie de lui crier. Au lieu de cela, elle accueillit la nouvelle silencieusement et raccrocha après avoir appris qu'il serait de retour de bonne heure pour lui parler.

Pendant que Mme Wakefield faisait déjeuner Lola, Gypsy arpentait nerveusement le salon. Tous ses muscles étaient tendus à l'extrême, un état qui ne l'avait plus quittée depuis ce funeste baiser, trois soirs plus tôt. Depuis, elle avait évité de se retrouver seule en présence de Rico. Heureusement, il s'était absenté chaque jour pour son travail; il était chaque fois rentré tard, ce qui leur avait épargné de dîner ensemble.

Désormais, elle n'avait plus qu'une idée en tête : se protéger de cet homme qui bouleversait ses sens au-delà de la raison. Car elle détestait l'état de faiblesse qui s'était emparé d'elle, et il était hors de question qu'il se transforme en dépendance.

Alertée par le bruit d'une porte qui s'ouvrait, elle comprit que Rico était de retour. Elle gagna la cuisine où Mme Wakefield jouait avec Lola. Rico se tenait appuyé contre le réfrigérateur, sourire aux lèvres. Il n'avait pas encore remarqué sa présence.

— Madame Wakefield, commença-t-il d'un ton fausse-ment bourru, permettez-moi de vous présenter ma fille, Lola.

— Oh, vous savez, je l'ai su dès que je l'ai vue! dit la gouvernante. Elle est votre portrait craché, monsieur Christofides.

Gypsy se manifesta par un léger raclement de gorge, et le sourire de Rico se figea instantanément. Il reporta son attention sur la gouvernante.

— Pourriez-vous aller vous promener avec Lola après le déjeuner ? Sa mère et moi devons parler.

Comme Mme Wakefield hochait la tête en signe d'assentiment, Rico se tourna vers Gypsy.

— Allons dans mon bureau, intima-t-il sèchement.

Résistant à l'envie de se rebeller, elle prit une profonde inspiration et suivit la haute silhouette du maître des lieux.

Il lui tint la porte et s'effaça pour la laisser entrer. Lorsque Gypsy passa devant lui, il ne put réprimer un frisson et, pour éviter toute tentation, se retrancha derrière son imposant bureau.

Comme elle l'observait d'un air mal assuré, il ressentit une pointe de culpabilité. Elle avait l'air très jeune et vulnérable avec son visage vierge de tout maquillage, ses cheveux indisciplinés et ses grands yeux verts innocents.

Il chassa vivement l'émotion qui le gagnait. Il ne pouvait pas laisser le désir qu'il éprouvait pour cette femme lui masquer la réalité. Et la réalité était que Gypsy n'était pas innocente, loin de là. Elle lui avait caché l'existence de Lola et, contrairement à ce qu'elle prétendait, elle ne la lui aurait sans doute jamais révélée si le hasard ne les avait pas réunis.

Une vague de colère le submergea de nouveau en songeant aux quinze mois écoulés, mais il la maîtrisa. L'heure n'était plus aux reproches. Il devait juste faire preuve de fermeté. Son but était d'asseoir son autorité et de démontrer que le pouvoir était entre ses mains.

— Vous vouliez me parler ? demanda Gypsy en levant le menton.

— En effet. Comme je vous l'ai dit tout à l'heure, les tests de paternité sont positifs.

Gypsy croisa les bras sur sa poitrine.

— Et alors ? demanda-t-elle avec morgue.

Rico dut se retenir pour ne pas sourire devant cette bravade. Personne n'osait lui tenir tête de la sorte et il admirait le courage de Gypsy.

— Cela signifie que j'ai des droits et que je compte bien les faire valoir. Mon rôle de père est de protéger Lola et de subvenir à ses besoins.

— Je n'y vois aucune objection à condition que vous nous laissiez vivre notre vie à notre guise. Il nous suffit de trouver un arrangement.

— Je ne vous laisserai pas retourner dans ce taudis avec ma fille. Est-ce clair ? cria-t-il en frappant du poing sur le bureau.

Comme Gypsy sursautait, effrayée, il regretta aussitôt son emportement. Il prit une profonde inspiration avant de reprendre :

— L'arrangement auquel vous pensez ne me convient pas. Il est hors de question que je m'installe à Londres pour rendre visite deux fois par mois à Lola dans ce ghetto où vous avez votre appartement.

Furieuse, Gypsy s'emporta à son tour :

— Je vous traînerai en justice si...

— En justice ? coupa-t-il. Pour quoi faire ? Vous n'aurez aucune chance face à mes avocats. Quel juge accorderait le moindre crédit à une mère qui a empêché sa fille de connaître son père sans raison valable ? Quel juge laisserait une enfant à la charge d'une mère sans emploi ?

Rico se rendit compte qu'il avait touché un point sensible. Gypsy tremblait comme une feuille et luttait visiblement contre les larmes. Il décida de lui porter l'estocade.

— Vous n'avez pas de travail, et aucune perspective malgré le diplôme que vous prétendez posséder. Pour pouvoir travailler, vous avez besoin de faire garder Lola. Désolé, mais vous êtes dans une situation inextricable.

— Très bien, articula Gypsy avec difficulté, le visage

blême et les yeux agrandis par l'effroi. Dites-moi ce que vous voulez...

Rico garda un instant le silence. Enfin, il avait vaincu les résistances de cette coriace adversaire !

— Je veux les quinze mois que vous me devez. Je souhaite que Lola et vous viviez avec moi pendant quinze mois afin de rattraper le temps perdu.

Comme Gypsy vacillait, il la rejoignit pour l'aider à s'asseoir sur une chaise. Puis il lui servit un verre de cognac.

— Je... je ne bois pas, dit-elle d'une voix très faible.

Rico reposa le verre sur le bureau sans cesser de l'observer. Elle était d'une pâleur mortelle ; même ses lèvres avaient perdu toute couleur. L'air complètement perdu, elle regardait dans le vague. Cette apparente vulnérabilité ne pouvait pas être réelle. Il s'agissait d'un stratagème, elle jouait la comédie. Comment pouvait-elle refuser son offre ? Il lui proposait de vivre comme une reine pendant plus d'un an !

Comme si elle avait eu conscience de ses pensées, elle leva des yeux pleins d'espoir vers lui.

— Quinze mois... et ensuite, vous nous laisserez partir ?

De nouveau, il sentit poindre la colère. Il ne supportait pas l'idée que Gypsy puisse chercher à lui échapper.

— Pas exactement... Disons qu'après ces quinze mois, je vous aiderai à trouver un emploi et un nouveau logement. Et bien entendu, je garderai mes droits sur Lola et la possibilité de la voir aussi souvent que je le souhaiterai.

Rico constata que Gypsy avait retrouvé quelques couleurs.

— En attendant, comment vivrons-nous ? Avez-vous

l'intention de nous traîner avec vous dans tous vos déplacements à l'étranger ? Ce n'est pas une vie pour une enfant ! Lola a besoin de points de repère, Rico, pas d'un père millionnaire qui passe sa vie à jouer les séducteurs. A moins que vous ayez l'intention de nous séquestrer dans un appartement aseptisé, où vous nous rendrez visite quand l'envie vous en prendra...

Gypsy s'interrompit, tendue à l'extrême. Elle avait retrouvé sa combativité, mais l'effort qu'elle venait de fournir l'avait épuisée mentalement. Les paroles de Rico résonnaient encore dans sa tête. Il avait raison : elle n'avait rien à attendre de la justice ; elle était bel et bien piégée. Il fallait qu'elle digère ce qu'elle venait d'entendre, même si elle ne pouvait rien entreprendre pour lutter contre lui. Pourquoi avoir caché l'existence de Lola si longtemps ? Pourquoi avait-elle commis une telle erreur ? Que se serait-il passé si elle avait informé Rico dès le début ? Auraient-ils trouvé un compromis équitable ?

— Je suis basé en Grèce, expliqua soudain Rico, la faisant sortir de ses pensées. Je vis entre Athènes et l'île de Zakynthos. En fait, ce séjour à Londres est le premier depuis deux ans.

— Vous n'allez pas... exiger le mariage ? demanda Gypsy, soudain totalement affolée.

Rico leva un sourcil, étonné.

— Est-ce ce que vous voulez ? Vous marier ?

Avant qu'elle ne puisse protester, il ajouta :

— Je n'ai aucune envie d'épouser une femme qui joue avec la vie d'un enfant. Si un jour je me marie, ce sera avec une personne honnête, en qui je pourrai avoir confiance.

Elle se leva de sa chaise d'un bond, effarée et terriblement blessée par ce qu'elle venait d'entendre.

— Les hommes de votre trempe ignorent la signification des mots *honnêteté* et *confiance*. Et si je revenais en arrière, je prendrais exactement les mêmes décisions !

Comme elle voulait s'éloigner de lui, Rico lui saisit les deux bras pour l'obliger à lui faire face. L'attaque l'avait touché, comme en témoignait la rage qui brillait dans ses yeux.

— Je n'ai pas terminé ! Je n'ai pas encore exprimé ma deuxième volonté.

Tremblant de tous ses membres, Gypsy n'avait pas la force de lutter. Haletante, elle parvint toutefois à le toiser d'un air bravache.

— Quoi ? N'avez-vous pas obtenu assez ? Que puis-je encore vous donner ?

Rico la dévisagea longuement.

— Vous, lâcha-t-il simplement.

Eperdue, elle ferma un instant les yeux, tandis que des images de leurs deux corps enlacés lui revenaient à la mémoire.

— Non... non, protesta-t-elle faiblement. Je ne veux pas...

Rico posa les mains doucement de chaque côté de son visage. Ses doigts étaient brûlants sur sa peau. Dans un geste réflexe, elle posa ses mains sur les siennes.

— Rico, je vous en prie, ne faites pas ça..., murmura-t-elle.

— Je ne peux pas m'en empêcher, lui répondit-il en secouant la tête.

Avec une douceur extrême, il posa ses lèvres sur les siennes tout en l'enlaçant tendrement. Totalement vaincue, Gypsy s'abandonna dans ses bras. Elle n'avait plus la moindre envie de lutter. Toute animosité semblait s'être envolée comme par magie.

Lorsque leur baiser prit fin, Rico contempla longuement le visage bouleversé de Gypsy. Emu par son trouble, il la serra plus fort contre lui. Elle avait les yeux à demi fermés, son souffle était court ; lorsqu'il glissa ses mains sous son T-shirt, elle laissa échapper un gémissement.

Toute au plaisir de ce contact, Gypsy se cambra pour mieux s'offrir à ses caresses. Lorsqu'il entreprit de dégrafer son soutien-gorge, elle ne protesta pas. Au contraire, elle s'arqua encore plus, libérant dans ce mouvement sa poitrine voluptueuse. Devant cette invitation explicite, il sentit son excitation monter d'un cran ; mais il la refréna. Il voulait prolonger son exploration sensuelle, savourer chaque instant, emmener sa partenaire jusqu'au comble de l'extase. Il se mit à déposer des baisers aériens sur ses seins, s'arrêtant sur ses tétons pour les titiller de la langue.

Gypsy haletait tandis que des ondes de plaisir lui parcouraient le corps. Lorsqu'elle ouvrit les yeux pour contempler le visage de son amant, une vague de tendresse l'étreignit. Elle prit sa tête entre ses mains pour sonder ses yeux de braise. Dans un commun élan, leurs lèvres se joignirent en un baiser passionné. Fiévreusement, Gypsy déboutonna sa chemise pour glisser les mains sur son torse puissant. Puis elle se colla à lui pour sentir sa peau contre la sienne. Un frisson délicieux la parcourut.

Lorsque Rico glissa une main dans son jean jusqu'à son intimité, elle poussa un petit cri, qu'il étouffa de ses lèvres.

Sous ses caresses expertes, elle se trouva entraînée dans un tourbillon de sensations délicieuses. Le corps agité de spasmes, elle finit par s'abandonner à la jouissance, tandis que son amant la serrait encore plus fort entre ses bras.

Petit à petit, Gypsy revint à la réalité... une réalité qui lui arracha une plainte étouffée. Dans un sursaut de dignité, elle s'écarta pour remettre de l'ordre dans sa tenue.

Puis, accablée de honte, elle s'enfuit du bureau sans que Rico ait le temps d'esquisser le moindre geste pour la retenir.

Courant à perdre haleine, elle regagna sa chambre et se réfugia dans la salle de bains. Des larmes de colère coulaient sans retenue sur son visage en feu. Elle se débarrassa rageusement de ses vêtements pour se glisser sous la douche.

Rico avait gagné. Désormais, Lola et elle étaient en son pouvoir.

Qu'allaient-elles devenir ? Comment survivraient-elles lorsqu'il serait lassé de leur présence ? Car l'issue ne faisait aucun doute : un jour, il les rejetterait...

Lorsqu'elle fut remise de ses émotions et eut enfilé des vêtements propres, Gypsy releva ses cheveux humides avec une barrette et gagna le salon. A sa grande consternation, elle constata que Mme Wakefield et Lola n'étaient pas encore rentrées. Rico, posté devant la baie vitrée, lui tournait le dos. Les mains dans les poches, il paraissait parfaitement détendu.

Agacée par cette présence importune, Gypsy s'immobilisa sur le seuil. Pourquoi n'était-il pas retourné travailler ? Lorsqu'il pivota vers elle, elle fut surprise par la froideur de son expression. Soudain, il sortit une main de sa poche et lui tendit une feuille de papier pliée en quatre.

Hésitant à se rapprocher pour le prendre, elle demanda :
— De quoi s'agit-il ?
— D'un communiqué de presse.

Gypsy avança de quelques pas pour saisir le papier du bout des doigts. Un frisson la parcourut à la lecture du communiqué.

« Après une brève rupture, Rico Christofides et Gypsy Butler ont décidé de reprendre la vie commune et d'élever ensemble leur fille Lola. »

— Est-ce bien nécessaire ? demanda-t-elle.
— Absolument. Cette annonce mettra un terme aux spéculations de la presse. Les journalistes n'auront pas besoin d'enquêter pour savoir qui vous êtes, qui est Lola et quelle est la nature de nos relations. Une fois en possession de ce communiqué et d'une « photo de famille », ils nous laisseront tranquilles.

Gypsy fut prise d'un accès de faiblesse et dut poser sa main sur le dossier du canapé pour ne pas chanceler.
— En êtes-vous sûr ? demanda-t-elle à mi-voix.

Rico l'observait attentivement, comme s'il cherchait à lire dans ses pensées. Elle craignait qu'il ne devine à quel point elle était inquiète. Si certains aspects de son passé étaient étalés dans les journaux, Rico se servirait de ces informations pour exercer encore plus de pression sur elle.

— Oui, finit-il par répondre. Ils continueront à nous espionner pendant quelque temps, puis ils se lasseront.

Gypsy lui rendit le communiqué.
— Très bien, concéda-t-elle avec un soupir. Faites comme bon vous semble.

Cette remarque fut accueillie par un léger sourire.

— Je l'ai déjà remis à la presse, avoua-t-il.
— Bien sûr! Quelle idiote! siffla-t-elle avec rage. Vous agissez et demandez ensuite la permission!
— Disons que je ne perds jamais de temps en discussions inutiles, lâcha-t-il sèchement.

Il jeta un coup d'œil à sa montre.

— Maintenant, écoutez-moi bien : mon chauffeur vous attend en bas. Il va vous conduire chez vous pour que vous puissiez récupérer quelques affaires. Prenez juste ce qui vous est indispensable; le reste sera empaqueté par mes collaborateurs, qui enverront le tout à Athènes.
— Mais… l'appartement?
— Rassurez-vous, le propriétaire trouvera vite un locataire pour vous remplacer!

Glacée par cette nouvelle, qui avait quelque chose de définitif, Gypsy fut instantanément sur la défensive.

— Et ensuite?

Comme Rico esquissait un pas pour se rapprocher d'elle, elle recula vivement.

— Demain, nous nous envolerons pour Buenos Aires pour assister au baptême de mon neveu, prévu dans quelques jours. Je serai son parrain. J'aurai aussi quelques affaires à régler sur place.

Ouvrant de grands yeux étonnés, elle ne put refréner sa curiosité.

— Vous avez un neveu?
— C'est le fils de mon jeune demi-frère. Eh oui, Lola a des cousins : Beatriz, quatre ans et Luis, six mois. Mon frère Rafael et son épouse Isobel ont hâte de faire votre connaissance à toutes les deux.

Gypsy accueillit cette information avec stupeur. Décidément, elle n'était pas au bout de ses surprises. Rico allait devenir parrain et Lola avait des cousins.

Une famille... Son cœur se serra à cette idée. Elle avait toujours rêvé d'avoir une famille. Des frères, des sœurs, des cousins... Hélas, ses deux parents étaient enfants uniques et Gypsy était leur fille unique.

Hébétée, elle se laissa conduire dans le hall par Rico, qui l'aida à enfiler son manteau. Puis il l'accompagna jusqu'à la voiture.

Pendant tout le temps que dura le trajet jusqu'à son appartement, puis l'empaquetage de ses affaires, elle fut comme plongée dans un état second. Son logement lui paraissait encore plus insalubre après une semaine dans le luxueux appartement de Rico. L'idée même d'y revenir avec Lola lui paraissait inconcevable.

Elle rassembla ses objets les plus précieux dans une vieille boîte : les photos de sa mère et les fameuses lettres trouvées dans le bureau de son père après sa mort. Le reste lui importait peu.

Lorsqu'elle eut terminé, elle s'assit sur une chaise pour s'accorder un moment de réflexion. Elle se sentait triste à l'idée de partir. L'avenir l'effrayait. Elle craignait que Lola ne connaisse le même sort qu'elle auprès d'un père autoritaire. L'histoire allait-elle se répéter ? Elle se promit que non, et de veiller toujours au bonheur de sa fille. Elle se montrerait bien plus forte et déterminée que sa propre mère.

Et puis Rico n'était pas *exactement* comme son père. Apprendre qu'il avait une petite fille lui avait causé un choc, mais à aucun moment, il n'avait rejeté Lola. Il n'avait même pas attendu le verdict de l'ADN pour l'accepter comme sa fille. Certes, il était autoritaire, habitué à commander et à se faire obéir, mais on ne pouvait pas lui enlever son sens de l'honneur.

Gypsy se rappelait à quel point les choses avaient

été différentes avec son propre père. Comme elle ne lui ressemblait absolument pas, il avait exigé les tests dans l'espoir qu'ils démentiraient sa paternité. Une fois confronté à la réalité, il avait secoué la tête et déclaré, d'un air dégoûté :

— Si au moins tu ressemblais aux autres Bastion... Hélas, tu tiens de ta pauvre folle de mère, une Irlandaise stupide et sans le sou... Et en plus, elle a choisi de t'appeler Gypsy. Comme si j'avais besoin d'une gitane dans la famille !

Ce souvenir douloureux lui arracha un frisson ; elle le chassa vivement pour revenir au présent. Au moins Lola ressemblait-elle à son père...

Après un dernier regard circulaire sur son ancien cadre de vie, Gypsy se leva de sa chaise avec un soupir. Chargée de ses bagages et de sa boîte de souvenirs, elle quitta l'appartement. Sur le chemin du retour, elle songea à l'avenir incertain qui l'attendait auprès de Rico, cet homme détestable et fascinant à la fois...

Le lendemain, après leur arrivée sur le terrain d'aviation où les attendait un avion privé, Gypsy se remémora les événements du matin même, qui s'étaient enchaînés à une allure vertigineuse. Rico lui avait demandé de compléter les documents nécessaires afin que son nom figure sur l'acte de naissance de Lola.

— Des paparazzi attendent dehors, dans l'espoir de saisir quelques clichés au moment de notre départ, avait-il annoncé ensuite. Je vous serais donc reconnaissant de bien vouloir porter l'une des tenues que je vous ai achetées. A Buenos Aires aussi j'aimerais que vous fassiez quelques efforts vestimentaires lorsque nous apparaîtrons ensemble en public, lors du baptême, par exemple...

Gypsy avait donc renoncé à emporter ses vieux vêtements.

Assise au côté de Rico dans l'avion, avec Lola sur ses genoux, elle lui jeta un coup d'œil à la dérobée au moment du décollage. Concentré sur les documents qu'il compulsait, il ne se rendit compte de rien. Contemplant son beau profil, elle eut un frisson. Cet homme était dangereux...

Elle reporta son attention sur le paysage qui défilait par le hublot. L'Angleterre disparaissait à mesure que l'avion prenait de l'altitude, l'emportant vers un destin qu'elle appréhendait.

Après deux heures de vol, durant lesquelles Lola avait exploré l'appareil de fond en comble, et après l'avoir nourrie et changée, Gypsy l'installa pour sa sieste. Très vite, elle sombra dans le sommeil, son pouce dans la bouche.

Alors qu'elle reportait son attention sur Rico, elle rougit en comprenant qu'il l'avait observée durant tout le temps où elle s'était occupée de Lola.

— Avez-vous l'intention de paraître en public avec moi ? lui demanda-t-elle timidement. Comme si... comme si nous formions un couple ?

— Auriez-vous oublié le communiqué de presse ? Donc, oui, nous paraîtrons en public ensemble. Vous me serez très utile. Dernièrement, je n'ai trouvé personne qui puisse jouer ce rôle.

— Pas même cette splendide rousse qui vous accompagnait au restaurant ? ne put-elle s'empêcher de rétorquer avec hargne.

Un franc sourire se dessina sur les lèvres de Rico, le

faisant paraître beaucoup plus jeune. Seigneur, comme il lui rappelait cette maudite soirée à Londres...

— C'est fou comme Elena vous obsède !

Gypsy haussa les épaules tout en levant les yeux au ciel, excédée.

— Pas du tout ! mentit-elle. Je me demande juste ce que les gens vont penser lorsqu'ils me verront à votre côté.

— Ils se diront que vous êtes la mère de mon enfant et aussi ma compagne. Si cela peut vous rassurer, sachez que je n'ai pas couché avec Elena cette nuit-là. Vous revoir m'avait ôté tout désir pour elle.

Gypsy rougit et détourna vivement les yeux.

— Je ne partagerai pas votre lit, déclara-t-elle sèchement.

Après un haussement d'épaules, Rico reporta son attention sur les papiers étalés sur la tablette devant lui.

— Allons donc, dit-il négligemment. Nous savons tous deux qu'il suffirait d'un baiser pour que nous fassions l'amour. Mais par respect pour notre fille, je préfère résister à la tentation.

Gypsy le maudit intérieurement. Elle devait reconnaître que la perspective de coucher de nouveau avec Rico avait fait naître en elle un désir brûlant. Aussitôt, elle avait imaginé la scène : leurs deux corps mêlés, leurs souffles haletants, la moiteur de leurs peaux...

Furieuse contre elle-même, elle détacha sa ceinture de sécurité pour se rendre dans le cabinet de toilette. Une fois enfermée, elle s'aspergea le visage d'eau froide pour calmer les battements de son cœur. Elle contempla longuement son visage blême dans le miroir. Coucher avec Rico serait la pire des éventualités. Toutes ses défenses seraient brisées et elle serait affreusement vulnérable. Or, il avait déjà trop de pouvoir sur elle. S'il la possédait encore, elle ne serait plus maîtresse de son destin.

Plus jeune, elle n'avait pas réussi à lutter contre l'autorité de son père. Ce dernier avait tout mis en œuvre pour brider sa personnalité, pour l'empêcher d'être elle-même. Il fallait à tout prix qu'elle combatte la domination que souhaitait exercer Rico. Ne serait-ce que pour Lola…

Lorsqu'elle s'éveilla, Gypsy fut surprise de découvrir Rico à son côté, Lola nichée contre lui.

— Maman… voler…, dit-elle en lui souriant, ravie.

Gypsy lui sourit à son tour. Elle se sentait un peu désorientée. Visiblement, Rico s'était occupé de Lola à son réveil.

— Laissez, je m'en occupe, lui dit-il lorsqu'elle voulut se rasseoir pour prendre sa fille sur ses genoux. Attachez votre ceinture, nous allons bientôt atterrir.

Ce disant, il boucla sa propre ceinture autour de Lola et lui. Le père et la fille semblaient s'entendre à merveille. A mesure que le temps passait, leurs liens se resserraient. Lorsqu'ils étaient sortis sous les flashes des paparazzi ce matin-là, Rico avait protégé Lola en la serrant dans ses bras. Elle s'étonnait de ce comportement.

— Avez-vous toujours eu envie d'avoir des enfants ? demanda-t-elle, curieuse.

Comme Rico ne lui répondait pas, elle ajouta :

— Vous avez l'air… tellement à l'aise avec Lola.

Il détourna les yeux, pensif. Cette remarque l'avait surpris au moment où il se faisait exactement la même réflexion. Lola lui devenait de plus en plus précieuse au fil des jours. Il savait que désormais il donnerait sa vie pour elle. Reportant son attention sur Gypsy, il fut ému par ses grands yeux interrogateurs, son beau visage un peu tendu. Quelle réponse pouvait-il lui donner ? Il n'avait jamais réellement songé à avoir des enfants. Seulement voilà : lorsqu'il avait appris l'existence de Lola, il s'était aussitôt senti investi d'une lourde responsabilité. Et il avait compris à quel point son propre père avait dû souffrir. Une bouffée de haine le saisit au souvenir de son beau-père, qui lui avait infligé un traitement d'une cruauté sans nom. Il aurait aimé ressentir la même haine à l'égard de Gypsy, qui avait tout mis en œuvre pour l'empêcher de voir sa fille.

Hélas, il en était incapable. Lorsqu'elle s'était endormie à son côté dans l'avion, il avait été ému par son innocence. Il avait dû refréner son envie de la prendre dans ses bras et de lui faire l'amour. Il s'en voulait de la désirer autant.

S'efforçant de paraître très calme et maître de ses émotions, il finit par dire :

— La question n'est pas là… Il se trouve que Lola existe. Je suis à l'aise avec elle parce qu'elle est ma fille, et je ferai tout ce qui est en mon pouvoir pour la protéger.

8

Tandis, qu'ils empruntaient les larges boulevards de Buenos Aires pour gagner le domicile du frère de Rico, Gypsy sentait la moiteur de l'air s'infiltrer sous ses vêtements, malgré l'air conditionné de la voiture. A la descente de l'avion, le soleil argentin l'avait éblouie et elle avait eu le sentiment de s'engouffrer dans un four.

Heureusement, elle avait opté pour un pantalon léger et un chemisier. Quant à Lola, elle portait une jolie tunique à pois rouges sur un caleçon blanc et des sandales assorties.

Assise dans un siège auto, elle contemplait ce nouveau paysage avec des sourires ravis. De temps à autre, elle pointait du doigt par la vitre en criant : « Voiture », ou « Ouah, ouah » lorsqu'elle apercevait un chien.

Installé à l'avant, Rico parlait espagnol avec le conducteur. Chaque fois que Lola disait quelque chose, il lui jetait un regard indulgent et l'encourageait :

— Très bien, *mi nenita*...

La gorge serrée, Gypsy gardait les yeux rivés sur le paysage. Elle se demandait si un jour Rico la regarderait elle aussi avec indulgence, s'il cesserait de lui en vouloir.

Après avoir quitté le centre-ville, ils atteignirent un quartier résidentiel, avec de grandes avenues bordées de bâtisses imposantes nichées dans des parcs luxuriants.

La voiture ralentit devant de hautes grilles noires rutilantes, qui s'ouvrirent sur un chemin. Au bout apparut une splendide maison.

Une jolie jeune femme aux cheveux courts se tenait sur le perron avec un bébé potelé dans les bras. Tous deux avaient les cheveux noirs et bouclés. L'homme qui était à son côté ressemblait étonnamment à Rico. Il devait s'agir de Rafael, son demi-frère. Une petite fille, aux cheveux noirs elle aussi, sautillait sur place. Pieds nus, elle portait un vieux short trop ample pour elle. Cette vision rasséréna Gypsy, sans qu'elle en comprenne tout à fait la raison.

Les doigts gourds, elle eut du mal à extraire Lola du siège auto. La petite, un peu impressionnée par tous ces nouveaux visages, se pelotonna contre sa mère, le pouce dans la bouche.

Une main passée autour de la taille de Gypsy, Rico les conduisit jusqu'au perron, où ils furent accueillis par de grands sourires. La femme de Rafael les embrassa chaleureusement.

— Je suis ravie de faire votre connaissance, Gypsy, dit-elle avec émotion. Vous avez une petite fille adorable !

Isobel n'avait pas le moindre accent. D'ailleurs, elle paraissait plus anglaise qu'argentine.

Gypsy observa les deux hommes tandis qu'ils se saluaient avec une réserve qui l'étonna un peu. De près, elle constata que quelques détails différenciaient les deux frères. Contrairement aux yeux de Rico, gris acier, ceux de Rafael étaient marron.

Beatriz, la petite de quatre ans, paraissait ravie d'avoir une nouvelle cousine. Avec sa bouille ronde et ses grands yeux bruns pétillants, elle était craquante à souhait.

Rico la souleva dans ses bras.

— Un peu de patience, coquine ! lui dit-il. Laisse donc Lola arriver !

— D'accord, tonton ! gloussa la petite en posant un baiser sonore sur sa joue.

Lorsqu'ils pénétrèrent dans la maison, ils furent accueillis chaleureusement par une gouvernante avenante. Un peu rassérénée, Gypsy sentit sa tension baisser d'un cran. Apparemment, cette maison respirait la joie de vivre. Abandonnant les enfants et les deux frères dans le salon, Isobel fit visiter les lieux à Gypsy.

Au bout d'un moment, elle s'immobilisa sur le seuil d'une chambre.

— Vous devez être épuisée ! dit-elle, l'air désolé. Je sais que le vol est long depuis l'Angleterre. Je suis allée à l'école là-bas... Vous n'avez probablement qu'une envie : vous rafraîchir et vous reposer !

Gypsy lui sourit de bon cœur. Isobel lui paraissait vraiment sympathique et chaleureuse.

— J'avoue que tout ceci est très nouveau pour moi, mais je suis très heureuse de vous rencontrer. Vos enfants sont adorables.

— Hum... Pas toujours, mais bon, j'imagine que vous savez ce que c'est !

Elles échangèrent un regard complice. Gypsy se sentait en confiance auprès d'Isobel, qui ne la jugeait pas et ne lui posait aucune question embarrassante. Rico les rejoignit, Lola dans les bras. Sa belle-sœur s'effaça pour les laisser entrer dans la pièce.

— J'espère que cette chambre vous conviendra à tous les trois, fit-elle. J'ai installé un lit pour Lola dans la petite pièce adjacente ; ainsi elle restera près de vous. Si vous avez besoin de quoi que ce soit, n'hésitez surtout pas. Vos bagages vous seront montés dans un instant. Reposez-vous maintenant. Nous dînerons à 20 heures, lorsque les enfants seront couchés.

— Merci, Isobel, c'est parfait. A tout à l'heure.

La jeune femme disparut après les avoir salués d'un petit geste de la main.

Rico referma la porte de la chambre sous le regard inquiet de Gypsy, qui commençait à mesurer l'horreur de la situation. Elle se trouvait dans une suite avec un seul grand lit, un dressing, une petite pièce attenante pour Lola et une seule salle de bains.

Elle se tourna vers Rico.

— Cette chambre est parfaite pour Lola et moi mais vous, où allez-vous dormir ?

— Ici, déclara-t-il en croisant les bras d'un air de défi.

Prenant Lola dans ses bras, Gypsy se détourna vivement.

— Il n'est pas question que nous partagions le même lit, rétorqua-t-elle. Apparemment, Isobel nous a pris pour un vrai couple. Il faut que je lui explique la situation.

Comme elle se dirigeait vers la porte, Rico l'intercepta.

— Ne faites pas cela ! Elle s'est donné beaucoup de mal pour installer cette chambre et serait très déçue si elle ne nous convenait pas. Le lit est largement assez grand pour deux. Mettez des oreillers entre nous si vous le souhaitez. Mais peut-être avez-vous peur de vous jeter à mon cou ? ajouta-t-il avec un petit sourire.

Comme Lola tendait les bras vers son père, Gypsy dut se résoudre à la lui confier.

— Vous vous moquez de moi, maugréa-t-elle en serrant les poings. Vous ne me ferez pas croire que cette maison ne dispose pas d'autres chambres.

— La question n'est pas là, Gypsy. Ou vous dérangez

Isobel, alors qu'elle a franchement autre chose à faire que de résoudre votre petit problème, ou vous vous conduisez en adulte. Auriez-vous oublié qu'elle a deux enfants en bas âge et un baptême à préparer ?

L'argument était imparable.

— Très bien, concéda Gypsy, renonçant à lutter. Mais prenez garde, Rico : si vous approchez un peu trop près, je hurlerai, et tant pis si je réveille toute la maison !

Un sourire ironique dansa sur les lèvres de Rico.

— Criez si ça vous chante. Ce n'est pas ça qui m'éloignera de vous !

Les joues cramoisies, Gypsy saisit aussitôt l'allusion. Elle se rappelait à quel point elle s'était abandonnée lors de leur nuit d'amour, et aussi dans son bureau, la veille... Sans doute avait-elle crié de plaisir. Honteuse, elle tendit les bras vers Lola, qui ne manifesta aucune envie de quitter son père.

— Donnez-la-moi, ordonna-t-elle. Elle doit avoir faim, il faut que je la nourrisse.

— Laissez-moi m'en occuper, proposa Rico. Pendant ce temps, vous pourriez vous rafraîchir et vous reposer. Je vous la ramènerai dès qu'elle sera prête pour le coucher. Je suis sûr que Beatriz trépigne d'impatience en attendant de revoir sa cousine.

Il se dirigea vers la porte sans qu'elle puisse s'y opposer : Lola paraissait ravie de suivre son père.

Lorsqu'ils eurent disparu, elle décida de prendre une douche rapide. La caresse de l'eau sur sa peau l'apaisa. Elle enfila un peignoir de bain douillet et regagna la pièce principale. Elle y découvrit une femme de chambre qui s'affairait. A son entrée, cette dernière lui sourit puis se remit à l'ouvrage. Elle était occupée à ranger leurs affaires dans l'armoire. *Leurs affaires... Celles de Rico et les siennes*. A cette idée, son cœur se serra. Lorsque la domestique eut terminé, elle s'éclipsa discrètement.

Gypsy posa les yeux sur le lit gigantesque, qui l'attirait inexorablement. Avec un soupir, elle s'allongea, dans l'intention de se reposer quelques minutes. Mais elle sombra aussitôt dans un sommeil lourd, peuplé de rêves étranges.

Elle se réveilla en entendant Lola pleurer. Rico venait de pénétrer dans la chambre, sa fille blottie dans ses bras. Alarmée, Gypsy regarda autour d'elle et constata qu'il faisait presque nuit. Reportant son attention sur Lola, elle vit que ses joues étaient baignées de larmes. Rico semblait rongé par l'inquiétude.

Elle se leva d'un bond et, après avoir resserré les pans de son peignoir, se précipita vers Lola pour la prendre dans ses bras. Les pleurs diminuèrent instantanément.

— J'ignore ce qu'elle a, dit Rico. Elle a pris son repas, ensuite elle a joué avec Beatriz, et soudain elle s'est mise à pleurer...

Il paraissait si démuni que Gypsy n'eut pas le courage de l'affliger davantage. Curieusement, cette scène familiale, intime, avait quelque chose d'émouvant.

— Lola devient grincheuse lorsqu'elle est fatiguée, expliqua-t-elle. Elle est capable de passer du rire aux larmes en une fraction de seconde. La journée a été longue pour elle, voilà tout. Elle a besoin de dormir. Je vais lui préparer un biberon et je la mettrai au lit.

Rico proposa de préparer le biberon et, pendant son absence, Gypsy baigna Lola et la changea pour la nuit. Elle repensa à la mine contrite de Rico, et à son soulagement lorsqu'il avait compris qu'il n'était pas responsable des pleurs.

Lorsqu'il revint, Lola reposait paisiblement dans les bras de sa mère. Elle accueillit le biberon avec plaisir. Après en avoir bu quelques gouttes, elle ferma les yeux et s'endormit profondément.

Rico avait observé toute la scène, sans mot dire, appuyé contre la porte de la chambre. Il demeura silencieux lorsque Gypsy partit coucher la petite dans la chambre attenante.

— Je vais prendre une douche rapide, lança-t-il lorsqu'elle revint. Vous pouvez m'attendre en bas ; le dîner sera bientôt servi.

Gypsy acquiesça d'un signe de tête. Lorsque Rico eut disparu dans la salle de bains, elle quitta son peignoir pour enfiler une robe noire toute simple et des sandales. Tant bien que mal, elle noua ses cheveux indisciplinés et disparut de la chambre avant que Rico réapparaisse. Elle refusait de le voir à demi nu avec une serviette nouée sur les hanches...

Arrivée au rez-de-chaussée, une domestique surgit comme par enchantement pour la conduire vers le salon. Sur le seuil, elle fut témoin d'une scène qui la fit rougir : Isobel et Rafael étaient enlacés sur le canapé du salon, leurs visages tout proches l'un de l'autre.

Se rendant compte de sa présence, Isobel se leva d'un bon pour l'accueillir.

— Désolée, Gypsy, dit-elle avec un sourire espiègle. Nous ne vous avions pas vue arriver... Désirez-vous un apéritif ?

Rico les rejoignit peu après, rasé de près, vêtu d'un élégant pantalon noir et d'une chemise blanche. Gypsy, qui expliquait à ses hôtes l'origine de son prénom, sentit sa gorge se nouer tant l'idée de devoir partager son lit avec cet homme la terrifiait...

Bientôt, la gouvernante apparut pour leur annoncer que le dîner était servi.

Après avoir terminé son dessert, Gypsy poussa un soupir de contentement. Ignorant le regard inquisiteur de Rico, assis à sa gauche à un bout de la table, elle s'adressa à son hôtesse :

— Le repas était vraiment délicieux.

Isobel lui sourit d'un air ravi.

— C'était un vrai plaisir de vous avoir avec nous. J'ai cru comprendre que demain soir vous étiez attendus à une réception. Cela vous évitera de devoir accueillir nos autres invités et d'assister aux préparatifs du baptême.

— Y a-t-il quelque chose que je puisse faire pour aider ? demanda aussitôt Gypsy.

— Non, rassurez-vous ! Tout est en ordre. Profitez simplement de votre séjour.

Après un regard malicieux adressé à Rico, elle ajouta :

— Nous n'aurions jamais imaginé que tu viendrais un jour nous voir avec une petite famille ! Qu'avais-tu dit, déjà, à notre mariage ? Quelque chose comme : ne comptez pas sur moi pour vous retourner un jour l'invitation !

Rico regarda Gypsy droit dans les yeux.

— Etant donné que je n'ai pas encore fait ma demande, répondit-il, mes propos d'alors sont toujours d'actualité.

Consciente de la réaction étonnée de ses hôtes, Gypsy, gênée, rougit. C'est alors que la porte s'ouvrit sur la nurse. Après avoir glissé un mot à l'attention d'Isobel, celle-ci se leva.

— C'est Luis, expliqua-t-elle. Il n'arrive pas à s'endormir. Si vous voulez bien m'excuser...

Profitant de cette interruption, Gypsy intervint à son tour :

— Je ferais mieux d'aller voir Lola...

— Mais non! protesta Isobel. Prenez votre café tranquillement, je vais jeter un coup d'œil à Lola.

Légèrement nauséeuse, Gypsy n'insista pas. Les yeux baissés sur la table, elle fut soulagée d'entendre les deux frères commencer à parler d'autre chose. Elle s'en voulait de se sentir aussi blessée par les paroles de Rico, dont le sous-entendu avait été clair : il ne la jugeait pas digne de devenir son épouse, même si elle était la mère de son enfant.

Après quelques minutes, profitant d'un silence dans la conversation entre les deux frères, elle s'adressa à Rafael :

— Le décalage horaire m'a épuisée. Il est temps que j'aille me coucher.

Avec un sourire contrit, elle se retira, heureuse de constater que Rico ne la suivait pas. Une fois dans le vestibule, elle grimpa les marches à la volée. Dans sa précipitation, elle faillit heurter Isobel.

— Tout va bien ? lui demanda celle-ci.

Gypsy acquiesça d'un mouvement de la tête tout en retenant ses larmes.

— Je suis désolée, reprit Isobel en posant une main sur son épaule. Je me suis montrée maladroite tout à l'heure. A vous voir ensemble, Rico et vous, j'en ai bêtement déduit que...

La jeune femme paraissait si contrariée que Gypsy se sentit obligée de la rassurer.

— Vous n'avez rien fait de mal, Isobel. C'est juste

que... la situation est faussée. En réalité, Rico et moi ne sommes pas en couple.

— Et moi qui vous ai installés ensemble dans cette chambre ! Je suis vraiment désolée. Ecoutez, je vais déplacer Rico et...

— Non ! protesta Gypsy en s'efforçant de demeurer calme. Surtout n'en faites rien ! Je... je ne veux pas vous causer plus de tracas.

Isobel la scruta quelques secondes, puis hocha doucement la tête.

— Comme vous voudrez...

Tout en accompagnant Gypsy le long du corridor qui desservait les chambres, elle ajouta, sur le ton de la confidence :

— Je pense avoir une petite idée de ce que vous traversez avec Rico. Rafael et moi avons connu une période trouble, nous aussi.

— Mais... vous avez l'air tellement unis !

— Maintenant, nous le sommes, en effet. Mais cela n'a pas toujours été le cas. Rico et Rafael ont beaucoup souffert autrefois. Il faut dire que leur père — c'est-à-dire celui de Rafael, le beau-père de Rico — leur a fait beaucoup de mal. D'où cette arrogance qui les caractérise aujourd'hui, ce désir de domination. La vie de Rico a été un enfer, parce qu'il était le fils d'un autre homme. Il s'est enfui en Grèce à l'âge de seize ans pour partir à sa recherche. On ne sait pas ce qui s'est passé entre eux lorsqu'ils se sont retrouvés.

— Il est parti... à seize ans ? s'étonna Gypsy en ouvrant de grands yeux.

— Oui. Après avoir été battu par son beau-père. S'il ne s'était pas rebellé ce jour-là, il se serait retrouvé à l'hôpital, voire pire... Après cet épisode, Rafael a subi un peu moins de mauvais traitements.

Une fois parvenue devant la porte, Isobel se tourna vers Gypsy.

— Ecoutez, si je peux faire quoi que ce soit pour rendre ce séjour plus agréable pour vous, n'hésitez pas à me le dire.

— C'est gentil. Mais ne vous inquiétez pas, tout ira bien.

Après s'être réfugiée dans la chambre, Gypsy s'adossa au mur, tandis que son visage se couvrait de larmes. La sollicitude d'Isobel l'avait profondément touchée.

Elle songea à ce qu'elle venait de découvrir au sujet de Rico. Ainsi, il avait quitté sa famille à seize ans, après avoir été sauvagement battu par son beau-père. Voilà qui expliquait en partie son comportement... Plus elle apprenait à le connaître, plus elle décelait des différences notables entre lui et son propre père, ne serait-ce qu'à travers l'affection qu'il portait à Lola. D'ailleurs, il reprochait à Gypsy non pas de lui avoir imposé sa fille mais d'avoir cherché à lui en cacher l'existence.

Avec un serrement au cœur, elle se remémora ses propos à table : il la jugeait indigne de devenir sa femme...

Craignant de devoir l'affronter, Gypsy se débarrassa rapidement de ses vêtements et, après avoir enfilé une chemise de nuit, elle se blottit dans le lit. Pour se protéger de Rico, elle posa un traversin au milieu du lit. Après l'affront qu'il lui avait fait, elle doutait toutefois que Rico tente la moindre approche...

*
* *

Rico pénétra dans la chambre à pas de loup. Dans la pénombre environnante, il aperçut la forme frêle de Gypsy dans le lit. Doucement, il s'en approcha pour la regarder dormir. Lorsqu'il vit sur ses joues les traces de larmes séchées et les coulures de mascara, il eut un serrement de cœur. Il n'avait pas pu s'empêcher de l'humilier, une fois de plus.

Son frère lui en avait fait le reproche et, à son retour, Isobel s'était montrée particulièrement hostile. Malgré son envie de leur avouer que ses mots avaient dépassé sa pensée, il s'était retenu.

Il ne comprenait pas le besoin qu'il avait de blesser cette femme. Il ne comprenait pas non plus pourquoi Gypsy le méprisait à ce point. *Je sais comment les hommes de votre trempe fonctionnent*, lui avait-elle dit plusieurs fois. Que sous-entendait-elle ? Qui étaient ces hommes auxquels elle faisait allusion ? Le mystère demeurait entier.

Ce soir en tout cas, il avait probablement franchi les limites du supportable pour Gypsy...

— Je vous dois des excuses, lui dit-il le lendemain matin, tandis qu'ils dégustaient leur café dans la salle à manger.

Gypsy se figea instantanément, méfiante.

Lorsqu'elle s'était réveillée, elle avait été soulagée de se retrouver seule dans la chambre. Rico et Lola étaient déjà descendus prendre leur petit déjeuner. A son arrivée dans la salle à manger, elle avait appris qu'Isobel était partie se promener avec Beatriz et Lola.

— Des excuses ? demanda-t-elle du bout des lèvres.

— Oui. Hier soir, je me suis montré odieux. Vous êtes la mère de ma fille et méritez plus de respect.

Si Gypsy n'avait pas été assise, elle serait tombée à la renverse. Ces mots lui coûtaient probablement beaucoup, mais Rico avait décidé de faire amende honorable. Pourquoi ce revirement ?

Amusé par l'interrogation muette qu'il lisait dans ses yeux écarquillés par la surprise, Rico sourit.

— Surtout, ne vous méprenez pas ! Je n'ai toujours pas l'intention de me marier ; mais je n'aurais pas dû le dire d'une manière aussi effroyable. Disons simplement que je ne pourrais jamais épouser une femme qui a tout fait pour me tenir à l'écart de ma fille.

— Oh, je ne me fais aucune illusion ! ironisa Gypsy en levant le menton. Et puis je n'ai aucune envie de vous épouser. Enfin, je vous ai déjà expliqué les raisons qui m'ont poussée à vous cacher l'existence de Lola. J'estime toujours qu'elles sont légitimes.

— Parlons-en, de ces raisons, suggéra Rico, l'air menaçant. Je trouve au contraire que vous vous êtes montrée bien évasive sur ce sujet. Depuis que nous nous sommes revus, j'ai conscience que vous avez une piètre opinion de moi. Dès que vous avez su qui j'étais, vous avez nourri une haine farouche à mon égard. C'est la raison pour laquelle vous ne m'avez jamais contacté, n'est-ce pas ? Même si c'est difficile à croire, je suis prêt à admettre que vous ignoriez mon identité lorsque nous avons couché ensemble. Mais cela n'explique pas le mépris que je vous inspire.

— Je vous le répète : j'ai su qui vous étiez le lendemain matin seulement, lorsque je vous ai vu à la télévision.

Gypsy se sentait glacée tout à coup. Rico la poussait dans ses retranchements. Il n'était pas loin de la vérité... Pourtant, il ne pouvait pas savoir qui était son père ; il ignorait la terrible décision qu'elle avait prise après sa mort. Il ne pouvait avoir eu connaissance de l'instabilité mentale de sa mère. Il ne comprendrait pas. Comme la plupart des gens, et il se servirait de ces informations contre elle.

Gypsy ressentait une frayeur viscérale, irrationnelle, mais elle ne parvenait pas à la contrôler. Jamais elle ne pourrait faire confiance à Rico — ni à personne d'autre d'ailleurs. *Confiance* était un mot banni de son vocabulaire...

Maîtrisant sa nervosité, elle déclara :

— Comme je vous l'ai déjà dit, je ne voulais pas être traînée devant les tribunaux. Et votre départ ce matin-là prouvait à quel point vous étiez désireux de ne plus me revoir.

Rico garda un instant le silence. Il semblait hésiter, comme si dire la vérité lui pesait.

— Quand je suis venu chez vous, je vous ai dit que j'avais regretté de vous avoir quittée de cette manière-là.

Gypsy sentit sa gorge se nouer. La première fois qu'il avait avancé cet argument, elle ne l'avait pas pris au sérieux. Se pouvait-il qu'il ait été sincère ?

— J'ai appelé l'hôtel à la fin du procès, mais vous étiez déjà partie.

En effet, Gypsy avait entendu le téléphone sonner au moment précis où elle quittait la chambre. Mais elle avait cru que c'était un appel pour Rico puisque c'était sa chambre d'hôtel.

Il avait donc essayé de la joindre... Pour lui dire quoi ? Qu'il désirait la revoir ? Avec un serrement de cœur, elle se dit que, de toute façon, cela n'aurait rien changé. Puisqu'elle connaissait son identité à ce moment-là, elle l'aurait fui, trop honteuse de s'être laissé séduire par un individu de son espèce.

Elle détourna les yeux pour cacher ses émotions.

— Que vous ayez appelé ou non ne change rien à la situation actuelle, finit-elle par dire.

— C'est exact.

La brusquerie de la réponse l'étonna. Jetant un coup d'œil vers Rico, elle lut une grande contrariété sur son visage. Il se leva brusquement, comme s'il voulait mettre un terme à cet échange.

— Je dois me rendre à mon bureau, en ville. Nous sommes attendus à une vente aux enchères ce soir. C'est pour une œuvre de bienfaisance dont je suis le parrain. Soyez prête pour 19 heures.

Lorsque Rico eut disparu, Gypsy ressentit une grande lassitude. Elle n'avait pas envie de l'accompagner à cette soirée. Plus jeune, elle avait souvent suivi son père dans ce type de manifestations. Lui aussi parrainait certaines œuvres, principalement pour satisfaire son ego. Car d'un autre côté, il s'était rendu coupable de malversations écœurantes, dont personne n'avait jamais rien su. Il s'en était vanté auprès de Gypsy pour lui prouver à quel point il était intouchable. Elle avait été tentée de le dénoncer à l'époque mais ne disposait d'aucune preuve.

Chassant ces sombres souvenirs, elle réfléchit à sa situation. Alors qu'elle voulait oublier son passé, vivre à l'écart du monde dans lequel avait évolué son père, le destin en avait décidé autrement. Voilà qu'elle devait accompagner Rico dans le genre de soirées qu'elle exécrait. Sans compter qu'apparaître en public à son bras la terrifiait.

Une fois de plus, il allait se conformer à l'image qu'elle

avait de lui. Pas de doute, il était aussi égocentrique que l'avait été son propre père...

Assise près de Rico à la table d'honneur, dans l'un des hôtels les plus huppés de Buenos Aires, Gypsy souffrait en silence. Elle ressentait un profond dégoût pour ces réjouissances où tous les convives ne poursuivaient qu'un but : afficher leur opulence. Rico avait revêtu un smoking d'une élégance inouïe. Il était de loin le plus bel homme de l'assemblée. Mais au lieu d'en ressentir de la fierté, Gypsy éprouvait de la honte.

Isobel avait proposé de garder Lola et avait même gentiment aidé Gypsy à se préparer. Les deux jeunes femmes étaient devenues très proches, presque complices. Isobel avait avoué qu'elle aussi détestait ce genre de soirées.

Une fois prête, Gypsy avait admiré son reflet dans le miroir. Ses cheveux, bien lissés, avaient été réunis en un chignon bas, très élégant, qui lui dégageait le cou et le visage. Elle avait opté pour une longue robe de soie verte, sans manches, ornée d'un col cheminée. Autrefois, son père avait souvent paradé à son côté, jouant les chevaliers servants en public. Puis, dans l'intimité, il redevenait un odieux tyran.

Juste avant de partir, Rico était venu la retrouver dans la chambre.

— Qu'avez-vous fait à vos cheveux ? s'était-il exclamé, effaré.

Gypsy avait alors rougi comme une adolescente prise en faute.

— Isobel m'a aidée à les lisser... J'ai pensé que ce serait mieux pour la soirée.

— Dépêchons-nous ou nous allons être en retard, s'était-il contenté de répliquer.

A présent, assise à son côté, elle frissonnait chaque fois que sa cuisse frôlait la sienne. Il l'attirait inexorablement et elle devait fournir de gros efforts pour n'en rien laisser paraître.

Soudain, le silence se fit dans la salle tandis qu'un animateur montait sur la scène. Elle entendit alors soupirer Rico et comprit que lui aussi s'ennuyait prodigieusement. Les traits tendus, il écouta sans mot dire la présentation de l'orateur. Puis, lorsque son nom fut prononcé et accueilli par un tonnerre d'applaudissements, il se leva pour rejoindre le podium.

Jusque-là, Gypsy ignorait à quoi étaient destinés les fonds qui seraient réunis dans le cadre de cette vente. Elle comprit qu'il s'agissait d'une œuvre de charité à laquelle son père avait lui aussi participé, allant jusqu'à extorquer des fonds à de généreux donateurs pour son propre usage. Mortifiée, elle se rencogna dans son siège, regrettant de ne jamais l'avoir dénoncé.

Rico s'exprimait à présent en des termes éloquents, avec une sincérité qui la bouleversa. Il semblait vraiment passionné par la cause qu'il défendait. Quelques personnes autour de Gypsy s'impatientaient. Ils s'attendaient à un petit discours de circonstance, pas à ce long argumentaire bien ficelé. Rico alignait les constats et les chiffres avec une maîtrise parfaite du sujet. Il n'hésitait pas à aborder certaines questions dérangeantes pour obliger son auditoire à l'écouter jusqu'au bout. Puis il donna le coup d'envoi de la vente aux enchères, non sans annoncer une surprise : un des donateurs serait tiré au sort et recevrait une voiture flambant neuve, offerte par Rico lui-même.

Gypsy comprenait mieux sa tactique. Il avait prononcé un discours culpabilisant, pour pousser les acheteurs potentiels à mettre la main au portefeuille. D'ailleurs, les enchères s'envolèrent rapidement, atteignant des sommes vertigineuses.

La voisine de Gypsy, qui avait travaillé à l'organisation de la soirée, murmura avec un sourire entendu :

— Je ne sais pas ce que nous ferions sans lui. Il est doué pour pousser les gens à sortir de leur inertie. Ah, si tout le monde s'investissait autant que lui !

Gypsy faillit s'étrangler.

Quand enfin la vente prit fin, la foule commença à se disperser. Soudain, Rico se matérialisa près d'elle, l'air épuisé.

— Venez, rentrons !

Sur ces mots, il lui prit le bras pour l'inviter à se lever.

Gypsy peinait à le suivre tant il marchait vite. Quelques personnes tentèrent d'aborder Rico, mais il ne ralentit même pas à leur hauteur.

— Vous ne voulez pas rester ? souffla-t-elle. Leur parler ?

— Certainement pas, rétorqua-t-il, sauf s'ils veulent faire des dons spontanés, ce qui m'étonnerait. Et vous, avez-vous envie de rester ?

— Oh non, admit-elle en secouant vigoureusement la tête.

Rico la dévisagea un instant avec curiosité ; puis il accéléra l'allure jusqu'à ce qu'ils regagnent la voiture.

Avant de démarrer, il desserra sa cravate et défit le premier bouton de sa chemise. Gypsy ne pouvait détacher ses yeux de sa main, de ses longs doigts fuselés.

Soudain, la main cessa de bouger et elle releva les yeux vers lui. Il l'observait avec attention.

— Si vous continuez à me regarder comme ça, je ne vais pas résister longtemps à la tentation... J'étais sincère à Londres : je vous désire, et j'ai bien l'intention d'arriver à mes fins.

— Taisez-vous ! protesta Gypsy, cramoisie.

— Nous ne pouvons pas lutter. Peut-être n'avez-vous pas confiance en moi, ni moi en vous ; nous ne nous apprécions guère semble-t-il. Il n'en reste pas moins qu'un même désir nous anime. Toutefois rassurez-vous, je n'userai pas de la force. Je veux que vous soyez demandeuse. Je suis prêt à attendre, mais sachez tout de même que je ne suis pas très patient...

Gypsy aurait voulu détourner les yeux, mais elle n'en avait pas la force. Elle se sentait brûlante. Cette déclaration l'avait désarçonnée, tout comme la prestation de Rico lors de la vente aux enchères. Contrairement à ce qu'elle avait cru, il avait détesté cette soirée. Il avait joué le jeu pour servir une cause et non pour satisfaire son ego. Cette nouvelle facette de sa personnalité l'étonnait.

— Je ne serai jamais... demandeuse, balbutia-t-elle.

9

Trois jours après la vente aux enchères, ils s'envolèrent pour la Grèce à bord de l'avion de Rico. Tandis que ce dernier était plongé dans ses dossiers, à l'arrière de la cabine, Lola dormait sur les genoux de Gypsy. Le séjour chez ses nouveaux cousins l'avait épuisée, mais elle vouait désormais une admiration sans bornes à Beatriz et raffolait de Luis comme s'il était son propre frère.

Gyspy avait fait la connaissance de la mère de Rico, une petite femme aux yeux les plus tristes qu'elle ait jamais vus. Il était évident que les deux frères éprouvaient peu d'amour pour leur mère qui, malgré tous les efforts entrepris par Isobel pour l'intégrer, était demeurée à un peu l'écart.

Songeuse, Gypsy se remémorait les événements survenus à Buenos Aires. Elle avait découvert en Rico des facettes qu'elle ne soupçonnait pas. Lors d'un autre gala de charité auquel ils avaient assisté ensemble, il avait manifesté beaucoup de cynisme à l'égard des généreux donateurs. Il détestait ces élites qui faisaient étalage de leur fortune. Il savait bien que leurs dons n'avaient rien de désintéressé : ils servaient juste leurs affaires.

Dans la voiture qui les avait conduits à la réception, il lui avait encore reproché de s'être lissé les cheveux.

— Je n'aime pas quand vous vous coiffez de cette

manière. La prochaine fois, laissez vos cheveux tranquilles.

Cette remarque l'avait sidérée. Elle tranchait tellement avec ce que lui disait son père, qui la sommait de discipliner sa « crinière de gitane » lorsqu'elle paraissait en public avec lui.

De plus en plus déstabilisée par cet homme qu'elle connaissait si mal, elle avait demandé la permission à Isobel d'utiliser l'ordinateur familial. Elle avait alors entrepris une recherche sur Google pour en savoir plus — ce qu'elle aurait dû faire bien avant...

Son malaise avait augmenté à mesure qu'elle avait dévoré les articles sur Rico Christofides. Contrairement à ce que lui avait dit son père, Rico était mondialement apprécié. On le disait dur en affaires, mais juste. Elle avait compris l'animosité de son père en tombant sur un article qui expliquait qu'il avait cherché à nuire à Rico, qui l'avait alors ridiculisé... Pas étonnant qu'il lui ait ensuite voué une haine farouche.

Comble de la surprise : Gypsy avait par ailleurs appris que Rico avait sauvé une entreprise de la faillite lors de son dernier séjour à Londres. Il était parvenu à la redresser, sauvant ainsi plusieurs dizaines d'emplois.

Cette découverte l'avait rendue malade, parce qu'il s'agissait des fameuses *négociations* qui l'avaient occupé la journée où Lola et elle-même s'étaient retrouvées cloîtrées dans son appartement à cause des paparazzi. Et elle lui avait alors vertement reproché son indifférence...

Soudain, Rico s'installa sur un siège non loin d'elle et ferma les yeux, la tête appuyée sur le dossier. Gypsy ne parvenait pas à quitter son beau visage du regard. Elle se rappelait la tendresse dont il avait fait preuve à l'égard de Luis, la veille, lors du baptême.

Plongée dans ses pensées, elle sursauta lorsque Rico tourna la tête vers elle. Aussitôt, le rouge lui monta aux joues. La scène survenue le matin même lui revint à la mémoire. Lorsqu'elle s'était réveillée, elle avait découvert le visage de Rico au-dessus d'elle. Appuyé sur un coude, il la dévisageait, un mince sourire aux lèvres. Effrayée, elle n'avait pas esquissé un geste lorsqu'il avait saisi le traversin qui les séparait pour le jeter au sol.

— Non, Rico…, avait-elle murmuré.

Mais il s'était rapproché dangereusement, jusqu'à ce que leurs peaux se touchent.

— Je veux vous entendre dire « Oui, Rico », avait-il chuchoté.

Puis, doucement, il avait posé les lèvres sur les siennes, éveillant instantanément en elle mille sensations délicieuses. Sans même se rendre compte de ce qu'elle faisait, Gypsy avait passé les bras autour de son cou. Après un baiser passionné, Rico avait déboutonné sa chemise de nuit pour caresser ses seins. Le corps frissonnant de désir, elle s'était collée à lui. Puis, lorsque sa main avait effleuré son intimité, elle s'était cambrée pour mieux s'offrir.

Mais le charme avait été rompu par un gémissement provenant de la petite pièce attenante où dormait Lola. Tous deux s'étaient immobilisés, jusqu'à ce que les pleurs s'intensifient.

Totalement affolée, Gypsy s'était levée d'un bond.

— La prochaine fois, je vous promets que personne ne nous interrompra, avait déclaré Rico avec un sourire amusé.

A présent, il la dévisageait avec intensité, comme s'il cherchait à lire en elle. Sentant le rouge lui monter aux joues, elle reporta son attention sur Lola, qui dormait toujours.

— Au fait, avez-vous trouvé des choses intéressantes sur internet ? lui demanda-t-il soudain.

— Que voulez-vous dire ?

— Vous le savez très bien. Dans le fil de la conversation, Isobel m'a dit que vous aviez utilisé son ordinateur. Il est très facile de consulter l'historique des recherches, vous savez ? Vous avez dû découvrir des tas de choses sur moi ; sauf peut-être ma pointure…

Gypsy baissa la tête, honteuse. Elle ne pouvait lui avouer à quel point elle avait été frustrée de ne rien trouver de personnel sur lui, sur son père biologique, sur ce qu'il avait fait entre seize et vingt ans, ou sur les événements qui l'avaient conduit à devenir l'un des hommes les plus riches de la planète.

— Je pensais que peut-être, je devais… vous accorder le bénéfice du doute, finit-elle par dire. Je m'étais rendu compte que rien ne justifiait…

— La piètre opinion que vous aviez de moi ? finit-il à sa place. Peut-être sommes-nous tous les deux pareillement coupables. Car après tout, vous ne m'avez rien révélé sur vous…

— Il n'y a pas grand-chose à dire.

Rico se tourna davantage vers elle, pour mieux observer ses réactions.

— Je ne suis pas d'accord. Vous êtes une vraie énigme. Vous n'avez pas cherché à tirer profit de ma fortune, comme d'autres l'auraient fait à votre place. Par ailleurs, vous paraissiez très à l'aise au milieu de tous ces magnats des affaires lorsque vous m'avez accompagné, comme si vous aviez fait cela toute votre vie. Or, vous viviez dans un taudis, lorsque je vous ai retrouvée.

Pour la première fois, Gypsy eut envie de se confier ; mais un sursaut de panique l'en empêcha. Malgré tout ce qu'elle savait sur Rico désormais, elle ne pouvait pas lui accorder sa confiance. Les risques étaient trop importants. Peut-être se montrait-il juste en affaires, mais qu'en était-il du domaine privé ? Utiliserait-il ses confidences pour lui arracher Lola ? Il avait déclaré qu'il ne lui pardonnerait *jamais* de lui avoir caché l'existence de sa fille. Elle comprenait à présent pourquoi il avait réagi aussi violemment : son passé le poursuivait...

— Il n'y a vraiment rien à dire, s'obstina-t-elle à répéter.

Se forçant à le regarder en face, elle ne cilla pas sous son examen.

— Pourquoi n'iriez-vous pas dormir un peu avec Lola dans la cabine du fond ? finit-il par proposer. J'ai encore du travail.

Gypsy accueillit la suggestion avec joie et disparut prestement.

Après quelques heures passées à étudier des dossiers, Rico se leva pour aller jeter un coup d'œil dans la cabine. Gypsy reposait sur le côté, un bras autour de Lola. La scène était si intime qu'il en ressentit une profonde émotion. Il s'avança à pas de loup pour les recouvrir d'un drap. Il les observa longuement, le cœur serré.

Il avait déclaré à Gypsy qu'elle représentait une énigme pour lui. Certes, les pièces du puzzle commençaient à s'assembler à mesure qu'il recevait des informations sur elle, mais le mystère demeurait entier. Il voulait comprendre pourquoi elle refusait d'évoquer son passé.

Et plus le temps passait, plus il se sentait lié à cette

femme, qu'il désirait comme jamais il n'avait désiré personne. Pour ne jamais la perdre, l'idée du mariage lui avait même traversé l'esprit. A regarder vivre son demi-frère en famille, l'envie lui était venue de fonder un vrai foyer. Quand Gypsy l'avait accompagné au milieu de l'élite de Buenos Aires, il avait été agréablement surpris par son attitude. Elle ne s'était pas émerveillée à l'idée de rencontrer des célébrités ; au contraire, elle avait été ravie de s'échapper dès la fin des deux manifestations.

Rico sentait aussi que son attachement pour Lola ne cessait de croître. La savoir endormie dans la petite chambre attenante à la leur l'avait rendu très heureux. Chaque fois qu'elle s'était réveillée la nuit, il avait résisté à la tentation d'aller s'en occuper, pour ne pas contrarier Gypsy. L'oreille aux aguets, il l'avait écoutée lui murmurer des mots de réconfort. Lorsqu'elle était revenue se coucher, il avait dû chaque fois lutter contre son envie de la prendre dans ses bras et de la serrer contre son cœur.

Tandis qu'il écoutait le souffle régulier de Lola et de sa mère, il repensait aux propos qu'il avait tenus plus tôt. Persuadé que Gypsy finirait par céder, il avait déclaré qu'il s'armerait de patience. Quelle arrogance ! D'autant qu'il n'avait pas tenu parole, puisque le matin même, il n'avait pas pu résister à l'envie de l'étreindre. Si Lola ne les avait pas interrompus, ils se seraient donnés l'un à l'autre...

Lola poussait des petits cris de joie chaque fois que son père la soulevait à bout de bras au-dessus de l'eau de la piscine — la splendide demeure grecque de Rico était équipée de deux bassins, l'un intérieur, l'autre extérieur.

— Encore ! cria Lola.

Il s'agissait d'un nouveau mot dans son vocabulaire, que Beatriz lui avait appris. Un mot dont elle abusait désormais.

Gypsy sentit poindre la culpabilité. Sa fille rayonnait de bonheur dans ce nouvel environnement, à mille lieues de leur appartement délabré de Londres. Alors que leur seul loisir consistait autrefois à se promener dans un parc mal entretenu, elles étaient aujourd'hui au paradis.

La veille au soir, ils avaient atterri à Athènes, pour embarquer ensuite dans un plus petit avion qui les avait conduits au sud de la Grèce, sur l'île de Zakynthos. Là, ils avaient grimpé à bord d'une jeep pour gagner la villa de Rico, à peu de distance du terrain d'aviation privé.

Gypsy était trop fatiguée à ce moment-là pour apprécier pleinement ce nouveau lieu de séjour. Ils avaient été accueillis chaleureusement par Agneta, la gouvernante, qui les avait aussitôt menés à leurs appartements respectifs. Rico ne s'était pas attardé. Il avait semblé distant, presque indifférent. Gypsy s'en était alarmée, au lieu de ressentir du soulagement. Pourquoi ce revirement ? Avait-il pris de nouvelles décisions ?

A son réveil, elle avait découvert la beauté de son nouvel environnement. La villa était nichée en pleine nature. Pourvues de grandes baies vitrées, toutes les pièces étaient très lumineuses. La vue sur la mer en contrebas était absolument fabuleuse.

Agneta avait ensuite conduit Gypsy et Lola auprès de Rico, qui prenait son petit déjeuner sur une terrasse ombragée. En bout de table trônait une chaise haute dernier cri. A leur arrivée, il se leva de table pour les accueillir.

— Avez-vous bien dormi ?

— Très bien, merci. Nos chambres sont très confortables, avait-elle déclaré.

Curieusement, elle avait regretté l'absence de Rico. Le lit lui avait paru immensément vide...

La suite de Gypsy comptait un salon, deux chambres et un espace nursery avec tout ce dont elle pouvait avoir besoin pour s'occuper de Lola. Visiblement, Rico avait pensé à tout et géré leur installation à distance.

Sortant de sa rêverie, Gypsy posa de nouveau les yeux sur le père et la fille dans la piscine. Ils partageaient un moment de pur bonheur, comme en témoignaient leurs rires et le pétillement de leurs si semblables yeux gris. Lola avait définitivement adopté son père. Elle se jetait dans ses bras à la moindre occasion. Dès que Gypsy se montrait intransigeante devant ses caprices, elle courait vers son père dans l'espoir d'obtenir de lui ce que sa mère lui refusait.

Munie d'une serviette de bain, Gypsy s'approcha du bassin.

— Il vaudrait mieux sortir Lola maintenant, dit-elle. Si elle s'énerve trop, elle n'arrivera pas à faire la sieste après le déjeuner.

Deux paires d'yeux se tournèrent vers elle. Rico lui tendit Lola, qui gesticulait et protestait contre cette décision. Puis il se hissa sur le bord de la piscine. Gypsy retint son souffle devant le spectacle de son corps délié, admirablement proportionné.

— Je vais devoir me rendre à Athènes aujourd'hui. Ne m'attendez pas ce soir pour le dîner. Je risque de rentrer tard.

Sur ces mots, il embrassa Lola et disparut sans un regard pour Gypsy, qui se sentit affreusement délaissée.

Rico jura entre ses dents, maudissant la chaleur ambiante. Il conduisait au pas dans le centre-ville d'Athènes et sa chemise lui collait à la peau ; il n'avait qu'une envie : desserrer son nœud de cravate. D'ordinaire, chaque fois qu'il revenait en ville, il était ravi de retrouver son travail et sa maîtresse du moment — ou celle qu'il convoitait. Mais aujourd'hui, tout cela ne le tentait pas. Il aurait aimé demeurer sur l'île près de ses femmes. L'une le rendait fou et l'autre le faisait fondre. Cependant, il allait découvrir au bureau ce que ses limiers avaient pu rassembler comme informations sur Gypsy.

Au bout d'une semaine à la villa, les nerfs de Gypsy étaient tendus comme des cordes de violon. Tous les matins, Rico la rejoignait pour le petit déjeuner. Après avoir joué quelques minutes avec Lola, il disparaissait en hélicoptère pour se rendre à ses bureaux d'Athènes. Tous les soirs ou presque, ils dînaient ensemble. Leur conversation revenait constamment sur des sujets qui la mettaient mal à l'aise, alors elle se fermait.

Ce soir-là, pour une raison qu'elle ne comprenait pas, Gypsy se sentait encore plus nerveuse que d'habitude. Elle avait entendu l'hélicoptère atterrir quelques minutes plus tôt et s'attendait à voir surgir Rico.

Lorsqu'il la rejoignit, elle retint sa respiration. Visiblement, il venait de se doucher, comme en témoignaient ses cheveux humides. Vêtu d'un jean délavé et d'une chemise assortie, il avait un charme fou. Il lui rappelait cette fameuse soirée à Londres, lorsqu'ils s'étaient rencontrés pour la première fois...

Elle détourna les yeux, gênée. Heureusement, ils n'étaient pas seuls : Agneta venait de pénétrer dans la salle à manger, chargée d'un plateau d'entrées. Rico lui demanda des nouvelles de Lola.

— Elle est couchée. Aujourd'hui, nous sommes allées pique-niquer à la plage. Elle était épuisée en rentrant, alors j'ai préféré la faire dîner de bonne heure et la mettre au lit.

Ils attaquèrent leurs entrées en silence. Gypsy sentait peser le regard de Rico sur elle, comme s'il épiait ses moindres gestes. Lorsqu'elle eut reposé ses couverts, gagnée par l'agacement, elle finit par demander :

— Pourquoi me regardez-vous ainsi ?

Rico secoua la tête avant de sourire. Puis, la prenant totalement au dépourvu, il leva la main pour saisir une mèche de ses cheveux ondulés entre ses longs doigts fins.

— Qui vous a donné l'idée de commencer à lisser vos cheveux ?

Bouleversée par ce simple contact, elle recula sur son siège, comme pour se mettre à l'abri.

— Gypsy, répondez à ma question. Si vous continuez à vous montrer aussi secrète, les quinze mois que nous devons passer ensemble seront vraiment pénibles.

Elle se mordit la lèvre et se mit à triturer sa serviette de table.

— Mon père..., finit-elle par lâcher. Il détestait mes cheveux bouclés.

C'était la première fois qu'elle confiait cette information à quelqu'un. Elle avait l'impression de sombrer dans un gouffre sans fond.

— Quel idiot ! souffla Rico d'une voix très douce.

Surprise, Gypsy croisa son regard, persuadée d'y découvrir de l'ironie. Au contraire, il paraissait sincère, voire attendri. Souvent, il regardait Lola de la même manière.

— Il disait que je ressemblais à une gitane, poursuivit-elle, encouragée par son attitude bienveillante. Alors quand je devais l'accompagner en public, il me demandait de lisser mes cheveux.

— Même enfant ?
— Oui.
— Et votre mère ? Qu'en disait-elle ?

A cette évocation, Gypsy se raidit instantanément. Heureusement, Agneta revenait avec le plat principal. Ils poursuivirent leur repas en silence. Une fois leurs assiettes desservies, Rico l'interrogea de nouveau sur sa mère.

— J'avais six ans lorsqu'elle est tombée malade, expliqua Gypsy à contrecœur, alors je suis venue vivre chez mon père.

Rico fronça les sourcils.

— Ils n'étaient pas mariés ?

Comme Gypsy secouait la tête, il continua :

— Parlez-moi d'elle.

Un sourire triste se dessina sur les lèvres de Gypsy tandis que les souvenirs remontaient à la surface.

— Elle était irlandaise. Et pauvre. Très naïve... trop naïve. Mon père était son patron. Il l'a séduite à coup de fausses promesses mais lorsqu'elle est tombée enceinte, il l'a répudiée.

— Comment pouvez-vous être sûre de cela ?

La véhémence de la question la surprit.

— Ce sont des suppositions. Je n'ai jamais su exactement ce qui s'était passé... Je sais toutefois que ma mère le tenait informé de nos pérégrinations, mais il ne nous a jamais aidées financièrement. Lorsque ma mère est tombée malade, il a même refusé de m'héberger. Puis il s'est exécuté après que les tests de paternité eurent prouvé que j'étais bel et bien sa fille.

Elle marqua une pause, curieuse de savoir pourquoi Rico l'avait ainsi agressée.

— Vous est-il arrivé quelque chose de similaire ?

La question fit mouche. Les doigts crispés sur son verre, il détourna les yeux.

— En quelque sorte, oui, avoua-t-il. Ma mère a eu une aventure avec un magnat grec. Lorsqu'il a su qu'elle était enceinte, il s'est enfui. Ma mère a alors accepté un mariage de convenance pour préserver la réputation de sa famille.

Il s'interrompit un instant, comme pour rassembler ses souvenirs.

— En fait non, cela ne s'est pas passé exactement de cette façon. A seize ans, je suis parti en Grèce à la recherche de mon père biologique pour essayer de comprendre pourquoi il nous avait abandonnés. Lorsque je l'ai retrouvé, ici, sur l'île de Zakynthos, il avait tout perdu ; il ne lui restait qu'un an à vivre. Il croyait que ma mère avait fait une fausse couche. Il l'a suppliée de l'épouser mais ma mère lui a demandé de la laisser tranquille et de disparaître de sa vie. Il n'a jamais su que j'existais. De mon côté, je croyais qu'il ne voulait pas me connaître. Et mon beau-père m'a rendu la vie infernale simplement parce que je lui rappelais l'aventure de ma mère avec un autre homme.

Gypsy se sentit soudain très proche de Rico, dont elle partageait la peine.

— Quel gâchis, murmura-t-elle. Comme vous avez

dû souffrir de retrouver votre père et de le perdre si peu de temps après...

Rico eut un petit rire amer.

— Cette histoire n'a rien de romantique ! C'était un vieil homme aigri lorsque je l'ai retrouvé. Il m'a tout de même légué quelque chose : une taverne, qui battait de l'aile. Mais je l'ai remontée et revendue avec un joli profit quelques années après. Et j'ai changé de nom, en souvenir de lui.

Gypsy ne parvenait pas à regarder Rico droit dans les yeux. Tous deux avaient traversé une enfance douloureuse et étrangement similaire.

— Je comprends mieux votre réaction maintenant, lorsque vous avez appris l'existence de Lola. Jamais je ne vous l'aurais dissimulée si j'avais été sûre de pouvoir vous faire confiance.

— Pourquoi avez-vous douté de moi, Gypsy ? demanda-t-il doucement.

Elle osa enfin lever les yeux et soutenir son regard.

— Lorsque vous avez de nouveau surgi dans ma vie — dans *nos* vies —, vous vous êtes montré si autoritaire... J'ai grandi auprès d'un père dominateur qui ne m'a jamais acceptée telle que j'étais. Je ne voulais pas que Lola vive la même chose. Et je ne sais toujours pas si je peux me fier à vous.

— Il semble que nous nous trouvions dans une impasse. Vous admettez ne pas pouvoir me faire confiance, et j'ignore si je peux vous pardonner de m'avoir tenu à l'écart de Lola.

Gypsy eut un pauvre sourire.

— Dans quinze mois, vous pourrez reprendre votre ancienne vie.

Rico sentit poindre le désir irraisonné de la saisir à bras-le-corps pour l'emporter dans son lit, sur-le-champ.

— Vous n'irez nulle part tant que nous n'aurons assouvi le désir qui nous torture tous les deux.

— Eh bien, allons-y immédiatement et finissons-en !

Aussitôt ces paroles prononcées, Gypsy les regretta. Rico sonda longuement son regard, puis ses traits se détendirent.

— Non, pas comme ça, déclara-t-il nonchalamment. Il ne s'agit pas d'un défi à relever mais d'une issue inéluctable. Autant vous faire à cette idée.

Furieuse, elle se leva et, après avoir jeté sa serviette sur la table, tourna les talons.

Rico renonça à la poursuivre, malgré le désir qui le tenaillait. Il regrettait ses propos. En réalité, il n'en voulait plus à Gypsy de lui avoir caché la naissance de Lola, même s'il déplorait de ne pas avoir partagé les quinze premiers mois de sa vie. Non, plus aucune colère ne l'habitait, et c'était bien là ce qui le dérangeait le plus...

Gypsy se rendit au chevet de Lola pour la regarder dormir, espérant ainsi calmer sa nervosité. Hélas, elle ressentait une tension insoutenable dans tous ses membres. Comprenant qu'elle ne parviendrait pas à s'endormir, elle décida de sortir prendre l'air. A tâtons, elle quitta la chambre pour se rendre dans le jardin, où un clapotis attira son attention. Lorsqu'elle approcha de la piscine, elle fut témoin d'une scène étonnante. Rico, intégralement nu, nageait un crawl puissant. Après avoir effectué plusieurs longueurs, il sortit du bassin. L'eau ruisselait sur son torse puissant. Elle admira sa haute silhouette ciselée comme une statue, ses muscles bien dessinés, ses hanches étroites... Puis elle s'enfuit sur la pointe des pieds pour regagner sa chambre.

Une fois couchée, des images indécentes se mirent à danser devant ses yeux jusqu'à ce qu'enfin, le sommeil la gagne. Elle se réveilla plusieurs fois, en proie au même cauchemar : complètement nue, elle marchait dans l'eau pour aller à la rencontre de Rico. Mais plus elle tentait de l'approcher, plus il semblait inaccessible.

Soudain, il lui sembla entendre un gémissement. Elle se leva aussitôt pour aller voir ce qu'il se passait. Lorsqu'elle entrouvrit la porte de la chambre de Lola, elle faillit pousser un cri de surprise : sa fille dormait dans les bras de Rico, qui avait pris place sur un fauteuil au pied de son lit, ses longues jambes étaient étendues devant lui.

Emue par le spectacle du père et de la fille tendrement enlacés, les larmes lui montèrent aux yeux. Elle se dit que la position de Rico devait être particulièrement inconfortable. Retenant son souffle, elle approcha et se baissa pour prendre Lola dans ses bras afin de la reposer dans son lit. Au moment où elle allait soulever la petite forme endormie, Rico ouvrit instantanément des yeux.

Comprenant son intention, il la laissa prendre Lola. Gypsy la recoucha et remonta le drap sur elle. Elle avait pleinement conscience du regard de Rico dans son dos. Dans sa courte chemise de nuit, elle se sentait particulièrement vulnérable. Lorsqu'elle se retourna, elle vit qu'il l'observait, les yeux mi-clos.

Alors qu'elle se dirigeait vers sa chambre, Rico se leva pour la suivre. Comme il lui prenait la main, elle voulut protester, mais il lui posa un doigt sur la bouche pour lui intimer le silence.

Une fois refermée la porte de la petite chambre, Gypsy voulut retirer sa main ; il l'en empêcha. Lorsqu'elle leva les yeux vers lui, elle eut soudain l'impression de se noyer dans l'océan de ses yeux gris. Ce regard... Elle n'avait jamais pu l'oublier au cours des deux années écoulées.

Rico la plaqua doucement contre le mur. Elle était prise au piège de ses bras puissants mais également de ses propres émotions. Elle revoyait son corps nu au bord de la piscine, ses muscles saillants...

— Ceci est inévitable, murmura-t-il. Tout comme la première fois, à Londres. Cela fait deux ans que nous attendons ce moment...

Elle voulut secouer la tête, mais il l'en empêcha en posant ses mains de chaque côté de son visage.

— Tu es à moi, Gypsy, et je n'attendrai pas davantage. Ton corps exprime ce que tu refuses de dire...

Il l'embrassa passionnément. Aussitôt, elle succomba au désir foudroyant qui l'assaillit. Glissant les mains sous le T-shirt de Rico, elle s'accrocha à son dos comme à une bouée de sauvetage. Dans un commun élan, ils s'écartèrent pour se dépouiller de leurs vêtements, afin que plus aucun obstacle ne les sépare.

Après un regard admiratif sur son corps dénudé, Rico souleva Gypsy de terre pour la déposer délicatement sur le lit. Lorsqu'il pressa sa peau contre la sienne, elle lâcha un soupir satisfait. Une chaleur intense venait de se répandre dans tous ses membres jusqu'à son intimité. Dans un sursaut de dignité, elle voulut cacher sa poitrine offerte.

— Il est un peu tard pour faire preuve de pudeur, dit Rico en riant doucement.

Une main posée sur sa hanche, il baissa le visage vers elle pour happer ses lèvres frémissantes.

Elle se cambra lorsque la main de Rico glissa entre ses jambes, les ouvrant doucement. Elle sentait qu'il luttait pour ne pas brusquer les choses. Soudain, il s'écarta. Les yeux fermés, elle attendit qu'il se protège, puis elle l'accueillit en elle.

Leurs corps fusionnèrent dans une explosion de sensations délicieuses. Ils ondulèrent longtemps, frôlant l'extase plusieurs fois, jusqu'à ce que Gypsy murmure :

— Maintenant, Rico... Maintenant.

Dans un dernier soubresaut, leurs corps se soulevèrent sous le feu intense de la passion et du plaisir. Gypsy tremblait de tous ses membres, les yeux humides de larmes.

Ils firent l'amour plusieurs fois cette nuit-là, tant ils avaient soif l'un de l'autre. Comme s'ils cherchaient à rattraper le temps perdu...

10

— Je sais quand tu ne dors pas, Gypsy. Ta respiration n'est pas la même. A Buenos Aires, je faisais bien la différence, lorsque, allongée de ton côté, tu simulais le sommeil.

Gypsy ouvrit les yeux pour croiser le regard de Rico, penché au-dessus d'elle, un léger sourire sur les lèvres.

Il la regardait avec adoration, comme s'il s'étonnait de la retrouver à son côté, détendue, paisible, après la plus folle nuit d'amour qu'elle ait vécue.

Au souvenir de leurs étreintes, elle rougit soudain, comme une gamine prise en faute. Résistant à l'envie de se ruer hors du lit, elle demanda :

— Quelle heure est-il ? Où est Lola ?

— En bas avec Agneta et son petit-fils, qui a le même âge qu'elle.

— Avez-vous... As-tu pensé à changer sa couche ? demanda-t-elle, inquiète.

— Oui, mais je n'ai pas réussi du premier coup.

— Il vaudrait mieux que je me lève.

— Non...

— Je suis nue.

— Je sais ! plaisanta Rico.

Gypsy réprima une grimace tout en relevant le drap sur elle. Comme elle devenait de plus en plus rouge,

Rico eut pitié d'elle. Il se leva pour aller lui chercher un peignoir dans la salle de bains. Elle se drapa dedans en s'efforçant de lui cacher sa nudité. Puis elle ébaucha un geste pour quitter le lit à son tour, mais Rico l'en empêcha.

— Non, pas maintenant...

— Bien que j'aie très envie de te faire l'amour, là, tout de suite, je renonce. Je souhaite juste te dire ceci : je ne veux pas entendre le moindre regret ou reproche. A partir d'aujourd'hui, tu intègres mes appartements et Lola dormira dans la petite chambre près de la nôtre.

Elle voulut protester, mais Rico fut le plus rapide. Il happa ses lèvres pulpeuses et l'embrassa. Aussitôt, elle se colla contre lui tandis qu'une bouffée de désir la saisissait. Brûlante sous le regard intense de son amant, elle n'avait pas la force de le repousser. Une fois de plus, il la dominait ; elle n'était qu'un jouet entre ses mains. Cette pensée la glaça par ce qu'elle sous-entendait. Dans un suprême effort, elle parvint à s'écarter.

— Je ne te ferai aucun reproche ni n'émettrai la moindre remarque, mais je tiens à garder ma chambre. Si je te rends visite, j'emporterai le babyphone pour entendre Lola si elle se réveille.

Rico effleura son visage d'un doigt léger.

— Cela signifie que quelque chose t'effraie encore...

Elle se mordit la lèvre de dépit. Rico avait su lire en elle. Mais elle ne pouvait pas lui dire de quoi elle avait peur. Partager son intimité de jour comme de nuit la terrifiait. Elle n'était pas encore prête...

*

Gypsy jeta un coup d'œil sur la terrasse où Rico jouait avec Lola. Le soleil de fin d'après-midi répandait une lueur orangée sur la mer en contrebas.

Depuis leur folle nuit de luxure passionnée, son désir d'indépendance était mis à rude épreuve. Si Rico la rejoignait la nuit, il ne la quittait pas avant le matin. Si l'inverse se produisait, il l'empêchait de regagner sa chambre. Lorsqu'il revenait d'Athènes le soir, sa simple apparition la faisait trembler de désir. Elle n'avait qu'une hâte : que la nuit les enveloppe et qu'ils puissent s'offrir l'un à l'autre.

— *Kalispera, mi pequeña*, dit Rico en soulevant Lola pour déposer deux baisers sonores sur ses joues.

— Tu vas la perturber en lui parlant une autre langue, lança Gypsy, d'un ton faussement réprobateur.

Il fronça les sourcils.

— Pas du tout ! Lola est ma fille ; par conséquent, son QI est au-dessus de la moyenne. Ce qui signifie qu'elle sera bilingue avant ses trois ans.

Gypsy sourit à cette fanfaronnade. Elle savait que son amant ne parlait pas sérieusement. Soudain, elle envia Lola, pelotonnée contre le torse de son père.

— Demain, il y aura une réception à Athènes, l'informa-t-il. J'aimerais que tu m'accompagnes.

— Une vente de charité ? demanda-t-elle avec une grimace.

— Non, une fête pour inaugurer le nouvel hôtel d'un ami.

— Oh... D'accord.

Non seulement elle n'avait aucune raison valable de refuser de l'accompagner, mais rester confinée sur l'île commençait à lui peser.

— Parfait, dit Rico en souriant. Je demanderai à

Demi de venir te chercher en hélicoptère à 4 heures. Nous nous retrouverons à l'hôtel.

— Et Lola ? demanda soudain Gypsy, inquiète.

— Agneta pourra s'en occuper jusqu'à demain.

— Nous ne reviendrons pas avant demain ?! s'exclama-t-elle. Mais... je ne l'ai jamais laissée seule si longtemps.

— Il faut bien commencer un jour ! Je suis souvent convié à des réceptions et il est plus pratique de passer la nuit à Athènes. Si nous avions une nurse, nous pourrions emmener Lola, mais ce n'est pas le cas.

— Nous n'avons pas besoin d'une nurse ! Je peux parfaitement m'occuper de ma fille !

— Pas tout le temps. Je vais faire en sorte qu'on nous envoie des candidates à la villa d'ici quelques jours.

— Voilà que tu recommences...

Gypsy suivit Rico dans la villa, où il confia sa fille à Agneta. Ils reprirent leur discussion dans le salon.

— Je suis un homme occupé, asséna Rico. Nous avons passé un contrat de quinze mois, qui comprend ta présence à mes côtés en public. Nous ne pouvons pas sortir avec un bébé. Rafael et Isobel, par exemple, ont recruté une nurse précisément pour ces occasions.

— Leur cas est... différent, dit Gypsy sans parvenir à masquer son amertume.

— Pourquoi ? Parce qu'ils forment un vrai couple ?

— Oui.

— Il n'y a aucune raison pour que nous n'en formions pas un, nous aussi. Nous nous désirons.

— Ce contrat, c'est toi qui l'as imposé ; je n'ai pas eu voix au chapitre, protesta-t-elle. Rafael et Isobel partagent bien plus que du désir. Tu ne m'apprécies même pas !

— Disons que ce que j'éprouve pour toi est en pleine... métamorphose. Quant aux quinze mois de notre contrat, je songe à les prolonger. J'envisage une union beaucoup plus longue. Pourquoi cesserions-nous de vivre ensemble si le désir ne faiblit pas entre nous ?

Ce constat analytique fit frémir Gypsy. Qu'entendait-il par *métamorphose* ? Elle ne pouvait pas envisager une liaison dénuée d'amour, gouvernée uniquement par le sexe.

— Rien ne garantit que mon désir pour toi durera au-delà des quinze mois du contrat. Tu ferais mieux d'y réfléchir avant de faire ce genre de déclaration.

Désireuse de mettre un terme à cet échange, elle voulut tourner les talons ; Rico l'intercepta. Un bras passé autour de sa taille, il l'entraîna dans le bureau et en referma la porte.

— Que disais-tu ? murmura-t-il en la plaquant contre le mur.

Elle fut incapable de répondre. Déjà, la chaleur familière se répandait dans son corps, tandis que Rico déboutonnait son chemisier. Palpitante, elle détourna la tête lorsqu'il entreprit de caresser ses seins à travers la soie du soutien-gorge.

— Le désir que nous éprouvons l'un pour l'autre est toujours intact, ajouta-t-il d'une voix rauque. Il nous a foudroyés dès notre première rencontre, et deux années de séparation n'ont pas suffi à le tempérer.

— Rien ne dure indéfiniment, remarqua-t-elle d'une voix haletante.

Partagé entre la colère et le désir, Rico étouffa sa protestation d'un baiser passionné. Puis il entreprit de la déshabiller, ce qui porta son excitation à son comble. Il se débarrassa de ses vêtements et Gypsy enroula aussitôt les jambes autour de sa taille. D'un coup de reins puissant, il la pénétra, lui arrachant un gémissement de plaisir. Arrimée à ses épaules, elle accompagnait son mouvement de va-et-vient avec une exaltation inégalée.

Lorsque l'orgasme emporta Gypsy, il étouffa son cri dans un baiser passionné et s'abandonna à son tour. Il resta longtemps fiché en elle tandis qu'ils reprenaient leur souffle. Il avait le visage niché dans son cou ; elle lui caressait doucement les cheveux. Ce geste tendre l'émut profondément. Un événement fondamental venait de se produire, même s'il était incapable de l'analyser. Une chose était sûre néanmoins : il ne pouvait plus nier que ses sentiments envers Gypsy avaient radicalement changé.

Quand ils se séparèrent pour se rhabiller. L'air hagard de sa maîtresse alerta Rico.

— Tout va bien ?

— Oui... je crois.

— Je t'ai fait mal ? demanda-t-il sans masquer son inquiétude.

— Non.

Il se rapprocha pour prendre son visage entre ses mains et sonder ses grands yeux verts.

— Le désir que nous éprouvons l'un pour l'autre est exceptionnel. Jamais il ne pourra décroître.

Gypsy devait convenir que, contrairement à ce qu'elle avait supposé, son désir n'avait pas diminué d'un cran. Bien plus : chaque fois qu'ils faisaient l'amour, elle s'envolait toujours plus haut sur les cimes de la volupté.

— Tu dis ça maintenant, mais... tu ne peux pas te contenter d'une seule femme.

— Qu'en sais-tu ? Tu ne me connais pas, Gypsy.

Sache que depuis notre toute première rencontre, ton image m'obsède.

Le cœur battant, elle ne parvenait pas à déchiffrer l'expression énigmatique de son amant.

— Qu'essaies-tu de me dire ? Je ne comprends pas...

— Simplement ceci : je souhaite que tu t'ouvres à moi, que tu me fasses confiance. Je ne veux pas te perdre, mais je ne supporterai pas éternellement l'opinion déplorable que tu as de moi. Je fais partie de ta vie désormais, et de celle de Lola. Il faut que nous trouvions un terrain d'entente. Pour que tu puisses m'accompagner lorsque j'ai besoin de toi, il nous faut une nurse pour Lola.

Tremblante à l'idée que Rico ait pu lui faire l'amour avec autant de passion simplement pour la convaincre de se rallier à son avis, elle rétorqua :

— Tu veux que je t'obéisse au doigt et à l'œil, comme tout à l'heure ?

— Tu en avais envie autant que moi ! Ne prétends pas le contraire. Je le répète, jamais je n'ai séduit une femme dans une discothèque pour l'emmener dans un hôtel. Tu es la seule à m'avoir ensorcelé de la sorte, Gypsy Butler.

A ce moment précis, ils entendirent la voix de Lola. Visiblement, elle les cherchait. Gypsy remit vivement de l'ordre dans sa tenue avant de quitter prestement le bureau.

— Je suis fatiguée ce soir, lança-t-elle sans se retourner une fois à la porte. J'irai me coucher tôt... seule.

— Pas de problème, répondit Rico en riant. Je ne te rejoindrai pas. De toute façon, il faut que je me lève de bonne heure. Sois prête à 16 heures, demain, pour me rejoindre à Athènes.

**

Cette nuit-là, Gypsy se retourna maintes fois dans son lit sans trouver le sommeil. Rico lui manquait terriblement. Elle aurait aimé s'endormir sur son épaule. Et lui parler à cœur ouvert...

Un peu plus tôt dans la soirée, il lui avait semblé percevoir un avenir possible avec lui. Par peur d'être déçue, elle n'avait pas osé lui poser les questions qui lui brûlaient les lèvres.

D'une certaine manière, il avait raison d'affirmer qu'elle l'avait mal jugé. Et ce, depuis le début.

Il ne ressemblait en rien à son propre père, ni en affaires ni sur le plan privé. Son terrible passé expliquait sa réaction vis-à-vis de Lola, mais depuis qu'ils vivaient ensemble elle voyait bien qu'un réel attachement le liait à sa fille. Il lui vouait un amour inconditionnel, un amour dont elle-même avait été privée pendant toute son enfance.

Il s'était montré autoritaire et inflexible non parce que c'était sa nature profonde mais plutôt par crainte qu'elle disparaisse avec Lola.

Le souvenir de leur toute première nuit remonta à la surface. Elle se rappela l'instant magique de leur rencontre. Au-delà du charme dévastateur de Rico, elle avait été séduite par sa douceur, son humour, sa simplicité. Ils avaient ri ensemble, puis ils avaient fait l'amour avec une intensité fulgurante. Ils s'étaient donnés l'un à l'autre sans retenue, peut-être en partie parce qu'ils s'étaient sentis protégés par leur anonymat. Aucun d'entre eux n'avait alors quoi que ce soit à prouver...

Aujourd'hui, Gypsy sentait bien que Rico se tenait sur ses gardes. Il lui reprochait la piètre image qu'elle avait de lui, la trouvant injuste, et surtout infondée.

Même si elle ne pouvait que lui donner raison, elle doutait encore... Il lui semblait improbable que leur relation s'apparente un jour à celle de Rafael et Isobel.

Même si elle était follement éprise de Rico, elle devait penser à Lola et à son bonheur. Que se passerait-il si un jour elle découvrait qu'il l'avait séduite simplement pour asseoir son pouvoir sur elle ? Comment Lola supporterait-elle de vivre loin de son père s'il les chassait une fois lassé de leur présence ?

Non, elle n'était pas encore prête à accorder sa confiance à Rico. Le serait-elle jamais, d'ailleurs ?... Des images de son passé la harcelaient sans relâche. Elle pensait à son père, qui l'avait recueillie à contrecœur, qui l'avait humiliée pendant toute son enfance, qui avait laissé mourir sa mère dans le dénuement le plus total.

Les souvenirs, plus affreux les uns que les autres, se bousculèrent dans sa tête jusqu'à ce qu'elle sombre enfin dans un sommeil agité.

Dans l'une des suites luxueuses de l'hôtel dont on célébrait l'inauguration le soir même, Gypsy contemplait son reflet dans le miroir d'un œil critique. Elle ne se reconnaissait pas dans cette robe qui épousait parfaitement ses formes. Très ajustée, elle mettait en valeur sa poitrine et la finesse de sa taille. La teinte or sombre du tissu s'accordait à merveille à la nuance cuivrée de ses cheveux qui tombaient librement sur ses épaules dénudées.

Plusieurs vêtements de soirée lui avaient été proposés mais son regard s'était immédiatement arrêté sur cette pièce. Son choix effectué, un coiffeur s'était annoncé, porteur d'instructions précises : Gypsy avait l'interdiction totale de demander à ce qu'on lui lisse les cheveux. Malgré le sourire chaleureux du personnel qui l'entourait et veillait aux préparatifs, elle avait ressenti une sourde angoisse l'étreindre.

Après un dernier regard sur son reflet, elle sursauta en apercevant la haute silhouette de Rico, posté sur le seuil de la suite. Plus élégant que jamais dans son smoking noir, il tenait une bouteille de champagne et deux coupes dans les mains.

Avec un sourire radieux, il s'avança vers elle.

— Tu es splendide, dit-il simplement.

Le compliment la fit rougir.

— Tu peux répondre : merci, Rico ! ajouta-t-il.

Après un léger froncement de sourcils, elle se dérida à son tour.

— Merci, Rico. Tu n'es pas mal non plus.

Il versa le champagne dans les coupes et lui en tendit une. Gypsy hésita un instant, puis elle laissa s'écouler le liquide pétillant dans sa gorge.

— On dirait que c'est la première fois que tu bois du champagne !

— Ça ne m'est pas arrivé depuis longtemps.

Gypsy observa son amant avec attention. Les traits de son visage frôlaient la perfection, à l'exception d'un détail.

— Qu'est-il arrivé à ton nez ? demanda-t-elle, curieuse et intriguée.

Rico cessa de sourire.

— Un souvenir de mon beau-père, le jour où j'ai quitté Buenos Aires. Une dernière marque d'affection, histoire de me rappeler que je n'étais pas son fils.

Gypsy se remémora les propos d'Isobel : Rico avait

failli être hospitalisé suite aux mauvais traitements qui lui avaient été infligés.

— Comme les cicatrices que tu as dans le dos ?
— Oui. Difficile d'échapper à des coups de ceinture quand on est petit...

Bouleversée par cette confession, Gypsy sentit sa gorge se nouer. Elle comprenait mieux désormais pourquoi il voulait s'investir auprès de Lola. Levant la main pour lui toucher la joue, elle murmura spontanément :

— Si j'avais été là, je me serais interposée pour prendre les coups à ta place...

Elle s'était exprimée avec la plus grande sincérité. Le doute n'était plus permis : elle aimait Rico, à la folie. Cette révélation la frappa comme la foudre. Elle garda les yeux baissés, de peur que Rico ne soit témoin de la fièvre soudaine qui l'habitait.

Après un long silence, il reposa la bouteille de champagne sur une table.

— Descendons, maintenant, proposa-t-il d'une voix un peu rauque. La soirée va débuter et je dois prononcer un discours.

Rico regardait droit devant lui, encore ébranlé par les paroles de Gypsy. Ainsi, elle se serait interposée pour lui éviter les coups ?... Il ne doutait pas de sa sincérité : il l'avait lue au fond de ses yeux. Seul Rafael savait ce qu'il avait enduré autrefois. Bien souvent, son demi-frère aurait voulu intervenir pour que les mauvais traitements cessent. Mais il n'avait pas osé, par peur des représailles.

Après avoir prononcé son discours, Rico rejoignit aussitôt Gypsy. Ensuite, ils furent entraînés par le rythme de la soirée. Toujours côte à côte, ils saluaient les personnes qu'ils croisaient, échangeaient quelques mots avec les convives, toutes des personnes qui semblaient beaucoup apprécier Rico. Jamais elle n'aurait imaginé qu'il se montrerait aussi tendre avec elle, aussi possessif.

Soudain un couple se matérialisa à leurs côtés.

— Gypsy, je te présente mes amis Leo Parnassus et son épouse Angel…

La jeune femme était enceinte et semblait souffrir de la station debout. Visiblement, le terme était proche. Ils discutèrent aimablement quelques instants. Lorsqu'ils se furent éloignés, Rico se tourna vers elle, l'air un peu tendu :

— Au fait, tu ne m'as jamais rien dit au sujet de ta grossesse et de la naissance de Lola…

— Oh, je suis désolée! s'excusa-t-elle. Je ne pensais pas que…

— Je ne t'en veux pas, précisa-t-il, avec un sourire indulgent qui la rasséréna. Je ne ressens plus de colère. J'aimerais que tu me racontes tout, un jour. D'accord?

Gypsy se sentit fondre littéralement. C'est alors qu'une exclamation dans son dos la plongea en plein cauchemar :

— Ça alors! Alexandra Bastion… C'est bien toi, n'est-ce pas?

11

Glacée, Gypsy se tourna lentement vers la jeune femme qui s'était approchée. Elle la reconnut aussitôt. Toutes deux avaient fréquenté la même école privée en Ecosse, un endroit très sélect, loin de tout — surtout de son père.

— Alexandra ! Je n'arrive pas à le croire. Nous ne nous sommes pas revues depuis… sept ans, non ? Comment vas-tu ? Que deviens-tu ?

Le regard de la jeune femme glissa sur Rico. Visiblement, elle espérait être présentée mais Gypsy ne pouvait rien dire, ni esquisser le moindre geste. Elle était sous le choc de cette rencontre et se sentait presque nauséeuse. Conscient de son trouble, Rico intervint :

— Je suis désolé… Vous devez faire erreur, mademoiselle.

Puis il entraîna Gypsy à l'écart de la foule.

La voix de la jeune femme lui parvint au milieu du brouhaha ambiant :

— Incroyable ! J'aurais juré qu'il s'agissait d'Alexandra Bastion… Qui est cet homme qui l'accompagne ?

Sans marquer la moindre hésitation, Rico quitta la réception pour se diriger vers les ascenseurs. Un bras passé autour de la taille de Gypsy, il l'aida à regagner la suite. Elle tremblait de tous ses membres et sa démarche était chancelante.

Une fois dans la chambre, Gypsy s'effondra dans un fauteuil. Elle craignait d'être malade. Rico se précipita dans la salle de bains et en revint avec un gant de toilette humide. Agenouillé près du fauteuil, il lui rafraîchit le visage. Emue par autant de sollicitude, Gypsy sentit des larmes lui picoter les yeux. Rico se releva pour s'asseoir face à elle, au bord du lit. A son regard insistant, elle comprit que l'heure était venue pour elle de parler.

— Je t'écoute, fit-il d'ailleurs d'une voix douce et encourageante. Parle-moi de ton père, John Bastion.

— Comment... comment sais-tu cela ? s'écria-t-elle, interloquée. Depuis quand es-tu au courant ?

— Je l'ai su avant notre retour d'Athènes.

Ainsi, il connaissait la vérité depuis des jours, mais il n'avait rien dit !

— Je voulais que ce soit toi qui m'en parles, reprit-il, comme s'il avait perçu son interrogation muette. Pourquoi ne l'as-tu pas fait ?

— Par où commencer ? balbutia-t-elle, affreusement mal à l'aise. Je ne t'ai rien dit, parce que je détestais mon père. Depuis sa mort, je n'ai qu'un désir : oublier qu'il a jamais existé.

— Et d'où vient ce prénom, *Alexandra* ?

— Il ne voulait pas de moi. C'est uniquement par peur des rumeurs et des commérages qu'il s'est résolu à me recueillir. Les services sociaux ne comprenaient pas ses réticences et il avait peur que la vérité éclate au grand jour, ce qui aurait nui à sa réputation. A partir du moment où j'ai vécu sous son toit, il a exigé qu'on m'appelle Alexandra. Puis il a fait croire à tout le monde qu'il m'avait adoptée. Personne ne devait savoir qu'il avait eu une aventure avec une femme de ménage et qu'il était mon père biologique. D'autant plus que je n'étais pas blonde comme sa propre mère ou sa nouvelle épouse.

Rico se leva pour arpenter la chambre, les sourcils froncés.

— Et ta mère ? Où était-elle ? finit-il par demander en se postant devant Gypsy.

A cette évocation, elle se tordit les mains de désespoir.

— Elle et moi... vivions dans le dénuement le plus total. L'appartement que j'habitais avec Lola était un palace comparé à celui que ma mère et moi partagions. Elle n'arrivait plus à s'en sortir. Elle a tenté de se suicider... C'est pour cette raison qu'elle voulait me confier à mon père. Il a exigé qu'elle subisse une évaluation psychiatrique. Sans ressources, sans soutien ni famille, elle s'est retrouvée internée. Elle est morte à l'hôpital quand j'avais treize ans, mais je ne l'ai pas su à l'époque. Je ne l'ai appris qu'à la mort de mon père, dans un courrier envoyé par l'hôpital.

Gypsy s'interrompit pour essuyer ses larmes.

— Ton père et ta belle-mère sont morts dans un accident d'avion, c'est bien ça ?

— Oui. Au-dessus de la Manche, alors qu'ils revenaient d'un voyage en France.

— Que faisais-tu dans cette discothèque le soir de notre rencontre ? demanda soudain Rico, la prenant au dépourvu.

Un frisson glacé la parcourut à l'idée de tout lui révéler. Mais elle n'avait pas le choix. S'il poussait un peu ses investigations, il serait vite informé. Et puis n'était-il pas temps d'essayer de lui faire confiance ?...

— Eh bien... En qualité de parente la plus proche de mon père, j'ai hérité de toute sa fortune. Non pas parce qu'il désirait qu'il en soit ainsi mais parce qu'il n'a pas eu le temps d'en décider autrement. Il ne s'attendait pas à mourir brutalement...

Elle s'interrompit pour prendre une grande inspiration. Elle releva fièrement le menton et vrilla son regard à celui de Rico.

— Le soir de la discothèque, six mois s'étaient écoulés depuis son décès. Je venais juste de me séparer de tous ses biens. Je ne voulais pas un sou de lui, pas après ce qu'il nous avait fait, à ma mère et à moi. J'avais fait de gros dons à plusieurs œuvres de bienfaisance dont il était le parrain. Comme il en avait escroqué plusieurs, j'estimais de mon devoir de les dédommager — je m'en suis toujours voulu de ne pas l'avoir dénoncé. Ensuite, j'ai donné le reste de l'argent à la recherche médicale. Je tenais à ce que mes dons demeurent anonymes pour ne pas être harcelée par les médias. Pour finir, j'ai repris mon nom de baptême. J'étais enfin libre... Ce soir-là, j'ai eu envie d'écouter de la musique et de danser pour fêter mon indépendance.

Rico cessa de faire les cent pas et se rassit sur le lit, face à elle. Attentif, il garda le silence, comme pour l'encourager à poursuivre.

— Mon père me savait au courant de ses malversations, reprit Gypsy. Quand j'ai eu dix-sept ans, il m'a forcée à partir en Afrique, avec l'une des organisations humanitaires qu'il avait escroquées. Pour asseoir son pouvoir et se débarrasser de moi tout un été. Au lieu de la punition attendue, ce voyage a été l'une de mes meilleures expériences. C'est à mon retour d'Afrique que j'ai eu envie d'étudier la psychologie.

Elle jeta un coup d'œil à Rico avant d'ajouter très bas :

— Il parlait souvent de toi. Il enviait ta richesse et disait que tu étais sans scrupules. J'en avais déduit que tes méthodes et les siennes étaient comparables.

Rico eut une grimace de dégoût.

— Je n'ai jamais rien eu à voir avec ce type ! La manière dont il gérait ses affaires ne me plaisait pas.

— Maintenant je le sais, murmura Gypsy avec une infinie tristesse.

Bouleversée de s'être ainsi mise à nue — ce qu'elle n'avait jamais fait auparavant —, elle se leva de son fauteuil.

— Cessons de parler de tout cela ! Le passé est mort et enterré. Alexandra Bastion n'a quasiment jamais existé. J'aimerais retrouver Lola ce soir, si c'est possible.

Rico se leva à son tour, une expression mystérieuse sur les traits.

— C'est tout à fait possible. Change-toi pendant que j'appelle Demi...

Pendant tout le trajet en hélicoptère jusqu'à la villa, Rico demeura silencieux, au grand soulagement de Gypsy qui se sentait épuisée après sa longue confession. Arrivés à destination, ils se rendirent ensemble dans la chambre de Lola pour s'assurer que tout allait bien. Puis ils se séparèrent sur un tendre baiser.

— Nous reparlerons de tout cela demain matin, repose-toi maintenant, lui dit Rico en lui caressant la joue.

Elle acquiesça avec un pauvre sourire. Cette nuit-là, pour la première fois depuis une éternité, elle dormit profondément...

**

Le lendemain matin, elle fut réveillée par Lola qui jouait dans son lit en parlant à ses peluches. Une sensation étrange la saisit, comme si quelque chose de grave allait survenir. Des bribes de sa conversation de la veille avec Rico lui revinrent à la mémoire. Il connaissait son identité, certains aspects de son passé, mais avait préféré ne pas en faire état tant qu'elle n'était pas décidée à en parler d'elle-même. Contrairement à ce qu'elle avait craint, il n'avait pas tiré profit de ces informations. Il ne s'en était pas servi contre elle.

A présent, elle se sentait sans défense. Qu'allait-il se passer ?

Chassant l'angoisse qu'elle sentait monter en elle, Gypsy se leva pour rejoindre sa fille, qui l'accueillit avec un grand sourire ravi. Elle la serra contre son cœur en enfouissant son visage dans ses cheveux. Mais très vite, Lola réclama d'être posée à terre pour partir en exploration. Lorsque son père pénétra à son tour dans la petite chambre, elle se précipita dans ses bras. Rasé de près, les cheveux encore humides après la douche, il avait opté pour un jean et un T-shirt décontractés. Dans cette tenue, Gypsy le trouva encore plus sexy que d'habitude.

— Je vais descendre avec Lola pendant que tu t'habilles, dit-il simplement.

Le sous-entendu était très clair : *ensuite, nous parlerons*. A cette idée, elle ne put réprimer un frisson. Elle s'en voulait de réagir ainsi, comme si seul le pire pouvait arriver. Que craignait-elle donc ? Rico n'était pas son père ; il ne lui ressemblait pas le moins du monde. Même si elle ignorait ses intentions, il ne lui voulait apparemment pas de mal.

Lorsqu'elle gagna la cuisine, une joyeuse agitation

régnait autour de Lola. Agneta lui servit un café et un croissant, mais Gypsy avait la gorge trop serrée pour avaler quoi que ce soit.

Lorsque Lola eut terminé son petit déjeuner, Agneta proposa d'aller la changer et l'habiller. Rico se leva alors de table.

— Allons dans mon bureau, proposa-t-il à Gypsy.
— Maintenant ?
— Oui, maintenant, confirma-t-il en lui lançant un regard noir.

Elle le suivit, le cœur lourd. Soudain, le rouge lui monta aux joues au souvenir de leurs folles étreintes dans cette pièce. Rico s'assit sur le bord de sa table de travail. Soucieuse de ne pas s'exposer, elle demeura à distance, les bras croisés sur la poitrine.

— J'ignorais que tu avais autant souffert auprès de ton père, lui lança-t-il sans autre préambule.

Gypsy détourna les yeux pour échapper à son regard intense.

— Personne ne savait, excepté moi.
— C'est pour cette raison que tu m'as tenu éloigné de Lola, n'est-ce pas ?
— En partie, oui, avoua-t-elle. Mais tu dois me croire : j'avais l'intention de t'informer. Seulement je voulais attendre de me trouver en meilleure posture financière, éviter de reproduire les erreurs de ma mère... Et puis j'étais terrorisée à l'idée que tu me traînes au tribunal. Je ne voulais pas que les gens sachent que j'étais Alexandra Bastion, ni qu'ils se demandent ce que j'avais bien pu faire de mon héritage.

Rico grimaça à la mention du tribunal.

— Je t'ai expliqué le motif du procès dans lequel j'ai été entraîné malgré moi...

Il se mit à faire les cent pas dans le bureau, l'air songeur. Gypsy l'observait, inquiète.

— Ecoute, finit-il par dire d'un air las. Nous avions tous deux de bonnes raisons pour réagir comme nous l'avons fait : toi en décidant de me cacher Lola et moi en la réclamant dès que j'ai appris son existence. J'ai eu peur que tu sois aussi égoïste que ma mère, en ne cherchant que ton intérêt. Et l'idée qu'un jour Lola soit élevée par un autre homme que moi, un beau-père indifférent ou violent m'était insupportable.

Un autre homme, songea Gypsy. Impossible. Non, il n'y aurait jamais personne d'autre que Rico dans sa vie...

— J'avais peur que tu ressembles à mon père, finit-elle par avouer. En pire, car tu étais encore plus puissant que lui. Je n'étais qu'une misérable intruse pour lui. Je craignais que tu me voies de la même manière et que tu me chasses de la vie de Lola, comme mon père l'avait fait avec ma propre mère.

— J'étais très en colère, mais je ne t'aurais jamais séparée de ta fille, répondit Rico en secouant la tête. J'avoue avoir envisagé à un moment de vivre seulement avec Lola... mais c'est du passé, maintenant.

— Que veux-tu dire ? osa-t-elle timidement.

— L'avenir, je l'envisage à trois. Je ne veux plus que nous nous séparions dans quinze mois. Il n'est plus question que vous partiez, Lola et toi. Je veux que nous formions une famille tous les trois.

Profondément émue, Gypsy se mit à trembler. Les paroles qu'elle venait d'entendre étaient inespérées. Ainsi, Rico désirait qu'elle reste auprès de lui ? Une perspective fantastique et terrifiante à la fois...

Dans un sursaut de panique, elle se mit de nouveau à envisager le pire. Elle entendait une sorte de petite voix insidieuse qui lui conseillait de se méfier. Elle avait affaire à un beau parleur, à un homme puissant, habitué à obtenir tout ce qu'il désirait. La preuve : Lola et elle se trouvaient à sa merci, sur une île, à l'écart de tout. D'autre part, elle n'avait aucune certitude quant aux sentiments de Rico à son égard. Même s'il prétendait l'avoir pardonnée, que se passerait-il si un jour le ressentiment remontait à la surface ? Qu'arriverait-il si son désir pour elle s'estompait ?

Bouleversée par les idées noires qui lui traversaient l'esprit, Gypsy secoua la tête avant de se détourner. Le regard incendiaire de Rico ne lui avait pas échappé. Visiblement, il s'attendait à plus de docilité et de reconnaissance de sa part.

— Tu voudrais que j'obéisse en te remerciant, n'est-ce pas ? demanda-t-elle avec froideur. Que je me jette à tes pieds pour te montrer ma gratitude. Nous partageons ta vie depuis un mois, Rico, et tu t'imagines déjà que nous pouvons former une famille ?

— Tu dis cela tout simplement parce que tu n'arrives pas à me faire confiance !

— Cesse de me faire la leçon ! Depuis que tu as surgi dans ma vie, tu as tout régenté. Or, c'est tout ce qui me fait peur et me fait fuir.

— Tu n'es pas raisonnable, fit-il d'un ton las.

Ce mot eut soudain une résonnance insupportable pour Gypsy.

— Je ne suis pas ma mère, Rico ! Mes capacités mentales sont intactes ! Je suis parfaitement en mesure de m'occuper de Lola.

— Je n'ai jamais dit le contraire. Je veux juste que nous soyons ensemble, tous les trois.

— Oui, pour pouvoir exercer un contrôle sur nous ! s'écria-t-elle.

— Mais non, Gypsy ! Tu n'y es pas du tout. J'aime Lola. Je ne veux pas que nous soyons séparés et... Quoi ? Qu'y a-t-il ?

Il s'interrompit, soudain alarmé par la pâleur de Gypsy, par son regard affolé. Lorsqu'il voulut s'approcher, elle recula vivement. Elle eut honte de sa réaction. Visiblement, Rico aimait Lola et il voulait simplement qu'elle grandisse dans un foyer uni.

— Que faut-il que je fasse pour que tu aies confiance en moi ? demanda-t-il. Quand comprendras-tu que je ne suis pas comme ton père ?

— Je veux être sûre que tu nous laisseras partir si nous en manifestons le désir...

Pendant un long moment, Rico demeura silencieux. Il la dévisagea avec le plus grand sérieux, puis il sortit du bureau. A son retour, quelques minutes plus tard, il lui tendit une clé. Gypsy la reconnut : il s'agissait de celle de la jeep.

— Tiens, prends-la, lui dit-il froidement. J'ai demandé à Agneta de vous préparer un bagage.

Gypsy saisit la clé, hébété. Les yeux de Rico avaient pris une teinte métallique.

— Tu nous laisses partir ? Maintenant ? Comme ça ?

— C'est ce que tu veux, n'est-ce pas ?

Elle voulut protester, mais elle se retint. Peut-être était-elle allée trop loin. Cette fois, il en avait assez de ses tergiversations. Une chose était certaine : il n'éprouvait rien pour elle.

*
**

Les événements s'étaient enchaînés avec une rapidité fulgurante. En un rien de temps, elle s'était retrouvée au volant de la jeep, Lola bien sanglée dans son siège auto à l'arrière de la voiture. Agneta observait la scène depuis le perron, la mine affreusement triste. Après avoir déposé les bagages dans le coffre, Rico se pencha à la vitre du conducteur.

— Ceci ne signifie pas que vous disparaissez de ma vie. Je serai toujours là pour Lola.

Gypsy tourna la clé de contact d'une main tremblante, puis se tourna vers Rico. Ils échangèrent un long regard. Elle ne savait pas quoi faire, ni où aller, mais elle était libre. Etouffant ses sanglots, elle reporta son attention sur la route et descendit le chemin qui menait au portail de la villa. Soudain, alors qu'elle s'engageait sur la route côtière, Lola se mit à pleurer.

— Papa... Papa...

C'était la première fois qu'elle prononçait ce mot. Sous le choc, Gypsy faillit emboutir une voiture. Totalement bouleversée, elle stoppa la jeep sur le bas-côté. Les yeux remplis de larmes, elle ne pouvait pas conduire. Percevant le désespoir de sa mère, Lola se mit à pleurnicher de plus belle. C'est alors qu'une forme se matérialisa à côté de la jeep.

— Papa ! Papa ! cria Lola.

La porte côté conducteur s'ouvrit brutalement et Rico se pencha à l'intérieur de la voiture.

— Que se passe-t-il ? demanda-t-il avec inquiétude.

Hoquetant, la gorge serrée par la violence de ses émotions, Gypsy ne pouvait pas lui répondre. A l'arrière, Lola ne cessait de réclamer son père.

— Elle m'a appelé « papa »... ,murmura Rico,

bouleversé. Tout va bien, *mi pequeña*. Veux-tu rentrer à la maison ?

Visiblement, Lola devait avoir répondu par l'affirmative, car Rico poussa doucement Gypsy sur le siège passager pour s'installer au volant.

Puis il fit demi-tour pour rentrer à la villa. A leur arrivée, Agneta se précipita à leur rencontre, l'air soulagé. Rico détacha Lola et, après l'avoir embrassée sur les deux joues, la confia à la gouvernante. Il lui dit quelque chose en grec, ce à quoi Agneta répondit par un sourire avant de rentrer.

Soudain, Gypsy sentit que Rico la soulevait dans ses bras, comme si elle avait été une plume. Il la porta jusqu'à l'étage. Ils s'assirent côte à côte sur le canapé de la chambre de Rico. Gypsy sanglotait toujours. Elle saisit la boîte de mouchoirs qu'il lui tendait.

— Tu vois, tu peux partir quand tu veux... Alors, est-ce que tu me crois maintenant ? demanda-t-il doucement en l'attirant contre lui.

Sa crise de larmes passée, Gypsy lui jeta un regard empreint de suspicion.

— Tu n'étais pas très loin derrière nous, maugréa-t-elle.

— Réponds à ma question, Gypsy Butler : est-ce que tu me crois quand je dis que je te laisserai partir si tu le désires ?

Doucement, elle acquiesça d'un signe de tête. Non seulement elle le croyait, mais elle l'avait cru avant même qu'il ne mette en scène ce départ précipité.

— Je vous ai suivies juste pour voir si tout allait bien. Tu me semblais en état de choc ; j'étais inquiet. C'est bien que tu me croies parce que maintenant je ne te laisserai plus jamais partir.

Totalement incapable de se rebeller, Gypsy baissa la tête. Les larmes se remirent à couler sur ses joues.

— Je ne veux pas partir... Ce n'est pas cela..., fit-elle, la voix entrecoupée de sanglots. L'amour que tu portes à Lola ne te rendra pas heureux sur le long terme. N'as-tu pas envie de rencontrer quelqu'un que tu aimeras et de t'installer avec cette personne ?

Elle posa une main sur la bouche de Rico pour l'empêcher de répondre.

— Lola t'adore, reprit-elle, et tu le lui rends bien. La relation entre vous est formidable. Je sais que tu ne lui feras jamais de mal. Seulement voilà : je... t'adore, moi aussi, et je ne veux pas que tu me chasses. J'ai confiance en toi. Mais ça me fait peur parce que je n'ai jamais eu confiance en personne. Et le jour où tu tomberas amoureux de quelqu'un d'autre, je serai de trop.

Rico l'attira plus près de lui. Avec un mouchoir, il lui essuya le visage. Puis il déposa un baiser sur ses lèvres tremblantes.

— Peux-tu cesser de parler une minute ? demanda-t-il avec beaucoup de douceur.

Elle hocha la tête, l'air contrit.

— Es-tu aveugle, Gypsy ? Tu ne vois donc pas à quel point je suis fou de toi ?

Elle fronça les sourcils et secoua négativement ses boucles dorées.

— Eh bien, c'est la vérité. J'allais te le dire, tout à l'heure, mais j'ai cru que tu allais défaillir. Je suis tombé amoureux de toi à la minute où je t'ai vue dans cette discothèque. J'étais blasé, j'en avais assez de tout, je ne croyais plus à rien et tu m'es apparue. Je ne pouvais pas détacher mon regard de ton visage. Il y avait quelque chose de sauvage en toi, de libre, de... différent.

Il s'interrompit pour lui caresser le visage.

— Et puis cette nuit-là, nous avons partagé un moment magique, inoubliable. Pour la première fois de ma vie, j'ai eu le sentiment d'être moi-même. Quelle folie de ma part de te quitter comme je l'ai fait ! J'ai eu peur… Tu avais déclenché en moi des sentiments inconnus, un désir de possession totalement irraisonné. Alors je me suis enfui, et je l'ai regretté immédiatement.

— Pour moi aussi, cette rencontre a été… inoubliable, murmura Gypsy.

— Ensuite, tu as disparu. J'ai eu beau interroger l'hôtel, ils n'ont rien pu me dire. Je savais juste que j'avais passé la nuit avec une jeune femme prénommée Gypsy. Pendant deux longues années, tu as hanté mes jours et mes nuits. J'ai bien tenté de revivre ce que nous avions partagé, mais ça ne s'est jamais reproduit. Alors je me suis fait une raison. Je suis devenu de plus en plus blasé, de plus en plus cynique. Quand je t'ai revue, j'ai cru que je rêvais tout éveillé !

— Pourtant, tout à l'heure, tu m'as laissée partir…

Les yeux de Rico devinrent brûlants.

— Honnêtement, j'ai pensé que tu abandonnerais l'idée de t'en aller. Mais il fallait que je te prouve ma bonne foi, d'une manière ou d'une autre, afin que tu puisses enfin me faire confiance. Lola et toi m'êtes devenues indispensables ; mais si vous n'êtes pas heureuses avec moi, je ne vous retiendrai pas contre votre volonté. Il faut toutefois que je te prévienne : je vous suivrai partout où vous irez…

Son visage se rapprocha et il entreprit de déposer des baisers délicats partout sur son visage. Gypsy avait le sentiment d'être aussi fragile qu'une porcelaine. La sensation était délicieuse, empreinte d'une tendresse infinie. Puis le baiser devint plus sensuel et le désir d'aller plus loin devint pressant. Ils furent pris d'une frénésie qui les poussa à se débarrasser de leurs vêtements et à se jeter sur le lit dans les bras l'un de l'autre. Ils s'enlacèrent étroitement pour échanger un baiser de feu. Puis Rico se souleva et captura son regard comme s'il voulait sonder son âme.

— Il nous reste une chose à régler, murmura-t-il.

Soudain alarmée, Gypsy écarquilla les yeux.

— Quoi donc ?

— Eh bien, si ça ne t'effraie pas trop, et si je promets de te donner toute la liberté que tu souhaites, serais-tu d'accord pour m'épouser, Gypsy Butler ?

Trop émue pour répondre, elle lui offrit un sourire venu du tréfonds de son cœur. D'une main tremblante, elle caressa la joue de son amant.

— J'ai confiance en toi, mon amour, finit-elle par articuler, les yeux brillants de larmes. Je t'aime... et je serais ravie de devenir ta femme.

Rico embrassa ses paupières humides, puis ses lèvres frémissantes. Enfin, dans un même élan de passion, leurs corps fusionnèrent.

— Je ne veux plus jamais te voir pleurer, lui murmura Rico plus tard, allongé contre elle. Sauf de joie, bien sûr. A partir de maintenant, place au rire, à la tendresse... et à l'amour !

Epilogue

Lola rendit à son père le téléphone avec lequel elle jouait.

— Tiens, papa, lui dit-elle avec un grand sourire malicieux. Je t'ai mis une sonnerie toute neuve !

Rico esquissa une grimace en saisissant l'appareil.

— Hum... Merci, Lola. J'espère que celle-ci sera plus appropriée que la précédente.

Il se souvenait encore de la surprise amusée de ses pairs lorsque son téléphone avait sonné en plein conseil d'administration...

Lola se jeta au cou de son père.

— Tu vas beaucoup l'aimer, celle-là ! Elle est très forte, pour que tu l'entendes de loin quand on essaiera de t'appeler !

Rico secoua la tête avec indulgence tandis que sa fille partait rejoindre en courant le petit-fils d'Agneta, dont elle était devenue inséparable. Il sourit à la vue de ses cheveux bouclés, indisciplinés, qui ressemblaient tant à ceux de sa mère.

A cet instant, Gypsy fit irruption dans la pièce, vêtue d'une petite robe de plage qui révélait ses formes délicieuses. Une bouffée de désir le saisit, comme chaque fois qu'il se retrouvait en sa présence. La magie opérait toujours entre eux. Plus que jamais.

Elle tenait Zack par la main. Visiblement, leur dernier-né s'était réveillé prématurément de sa sieste, comme en témoignaient ses grands yeux ensommeillés.

Rico se baissa et lui tendit les bras. Zack courut se blottir contre son torse. Comme le faisait sa sœur avant lui, il enfonça son pouce dans la bouche tandis que Rico l'installait sur ses genoux. La tête nichée dans le cou de son père, Zack s'endormit, tel un bienheureux

Gypsy s'installa sur le canapé à côté de son mari. Après avoir passé un bras autour de ses épaules, elle se pencha pour l'embrasser amoureusement. Lorsque leur baiser prit fin, Rico caressa longuement son visage. Posant une main sur son ventre rebondi, Gypsy lui sourit.

— J'ai un mal fou à faire la sieste quand je suis enceinte.

Rico lui rendit son sourire.

— Je ne vois qu'une solution : nous coucher de bonne heure ce soir. D'ailleurs, cela fait bien trop longtemps que je n'ai pas serré ton corps contre le mien.

Gypsy rougit au souvenir de leurs membres emmêlés le matin même. Ils avaient fait l'amour voluptueusement, avec une sensualité infinie.

— Tu es insatiable, dit-elle d'un air faussement réprobateur.

— C'est vrai. J'ai tout le temps besoin et envie de toi, *mi amor*.

Il lui décocha un regard tellement amoureux que Gypsy remercia de nouveau le destin d'avoir jeté un beau soir Rico Christofides sur la même piste de danse qu'elle.

SANDRA MARTON

Le secret de Gabriella

Traduction française de
JEAN-BAPTISTE ANDRÉ

Titre original :
DANTE : CLAIMING HIS SECRET LOVE-CHILD

Ce roman a déjà été publié en 2011.

© 2009, Sandra Myles.
© 2011, 2019, HarperCollins France pour la traduction française.

1

Dante Orsini était dans la fleur de l'âge.

Il était riche, puissant et aussi séduisant qu'un homme pouvait espérer l'être. Il travaillait avec acharnement, s'amusait de la même façon et, les rares fois où il allait se coucher seul, dormait du sommeil du juste.

Mais pas ce soir.

Ce soir, il rêvait.

Dans son rêve, il marchait le long d'une route étroite qui menait à une maison. Il la discernait à peine à cause de la brume qui enveloppait tout, mais il savait qu'elle était là.

Il ralentit enfin. C'était le dernier endroit où il aurait voulu se trouver : une maison en banlieue, avec un break garé devant. Un chien. Un chat. Deux enfants.

Et une femme. Une seule et unique femme, la même jusqu'à la fin de ses jours.

Dante se redressa dans son lit, inspirant une profonde goulée d'air. Un frisson secoua son corps musclé. Il dormait nu et avec la fenêtre ouverte, même si les nuits d'automne étaient fraîches. Pourtant, il était couvert de sueur.

C'était juste un rêve. Ou plutôt, un cauchemar.

Les huîtres de la veille, peut-être. Ou ce cognac juste avant de se mettre au lit. Ou alors…

Ou alors, c'était une résurgence de ce qui lui était arrivé quand il avait dix-huit ans, à l'époque où il était amoureux et stupide. Ou du moins, il s'était *cru* amoureux.

Il était sorti avec Teresa D'Angelo pendant trois longs mois avant de se montrer un peu plus audacieux. A Noël, il lui avait offert un pendentif doré et elle lui avait asséné la nouvelle.

— Je suis enceinte, Dante.

La stupeur lui avait d'abord coupé la parole. D'accord, il n'était qu'un gamin, mais pas stupide au point de ne pas utiliser de préservatif.

Il avait pleuré avec elle, lui avait dit qu'il l'aimait, et qu'il était prêt à l'épouser. Et c'était ce qu'il aurait fait si le destin, ou la chance, quel que soit le nom qu'on lui donnait, n'avait décidé d'intervenir. Ses frères avaient remarqué son humeur étrange et l'avaient forcé à s'asseoir avec eux. Puis ils lui avaient fait avaler assez de bière pour lui délier la langue.

Nicolo lui avait demandé de but en blanc ce qui se passait. Et Dante leur avait tout avoué. Ses trois frères, Nicolo, Raffaele et Falco, s'étaient regardés avant de lui demander s'il avait perdu la tête. S'il avait utilisé un préservatif, comment Teresa pouvait-elle être enceinte de lui ?

Le plus plausible, c'était qu'elle était enceinte d'un autre.

Il avait bondi sur Falco parce qu'il l'avait suggéré le premier. Quand Rafe et Nick l'avaient répété, il s'en était pris à eux. Falco l'avait alors immobilisé.

— Je l'aime ! s'était récrié Dante. Vous m'entendez ? Je l'aime et elle m'aime !

— Elle aime ton argent, imbécile, avait répliqué Nicolo.

Pour la première fois, Dante s'était mis à rire.

— Quel argent ?

— Elle croit que nous sommes riches. Personne ne sait que nous refusons de toucher à l'argent de notre père, avait fait valoir Rafe. Demande autour de toi : tout le monde s'imagine que nous roulons sur l'or.

— Et profites-en pour demander avec combien de types elle a couché pendant qu'elle était avec toi, avait ajouté Falco.

Dante lui avait de nouveau sauté au cou. Nick et Rafe l'avaient ceinturé.

— Réfléchis, Dante. Avec ta tête, cette fois !

— Jamais elle ne m'aurait menti ! Elle m'aime !

— Dis-lui que tu veux un test de paternité. Si tu ne le fais pas, nous le ferons pour toi.

Dante savait que ce n'était pas une menace en l'air. Alors, tout en s'excusant une douzaine de fois, il avait suggéré cette idée de test à Tessa.

Les larmes de la jeune femme avaient laissé place à une colère noire. Elle l'avait traité de tous les noms et il n'avait plus jamais entendu parler d'elle. Certes, elle lui avait brisé le cœur. Mais elle lui avait appris une leçon importante, qui revenait le hanter quand il s'y attendait le moins. Comme dans ce rêve ridicule, par exemple.

Dante attendit que les battements de son cœur se calment puis se carra contre ses oreillers, les mains croisées derrière la tête.

Marié, lui ? Une femme et des enfants ? Jamais. Après quelques années passées à tenter de trouver un sens à sa vie, après avoir manqué la perdre plusieurs fois dans des endroits fort peu recommandables, il avait enfin trouvé la paix.

Il avait désormais tout ce qu'un homme pouvait désirer. Un loft magnifique. Une Ferrari rouge vif. Un jet privé.

Et des femmes.

Un sourire illumina son beau visage. Des femmes, il en avait à foison. Toutes étaient superbes et assez intelligentes pour ne pas lui demander davantage que quelques mois de plaisir mutuel.

En ce moment, cependant, il était célibataire et devait bien admettre qu'il profitait à fond de sa liberté. Par exemple avec cette blonde rencontrée à un gala de charité la semaine passée. « Sauvez la ville », « Sauvez le monde », « Sauvez les écureuils », il ne se rappelait plus le thème de l'événement. Il savait simplement qu'il était de corvée et que c'était à son tour de s'y rendre pour représenter Orsini Brothers Investments.

Après avoir serré des centaines de mains et bu quelques verres d'un vin ignoble — le vin était invariablement mauvais dans ces soirées — il avait senti un regard peser sur lui.

C'était une grande blonde aux jambes interminables et au décolleté parfait. Il s'était avancé vers elle, s'était présenté et, après quelques minutes, la fille était allée droit au but.

— C'est trop bruyant, ici. Nous pourrions peut-être trouver un endroit pour... parler au calme ?

Il ne s'était pas fait prier. Ils avaient appelé un taxi, à l'arrière duquel la blonde avait commencé à lui montrer ce qu'elle entendait par « parler ».

Arrivés chez lui, ils avaient failli faire l'amour à même la porte d'entrée et n'avaient jamais atteint le lit.

Avec un sourire, Dante rejeta les couvertures et se dirigea vers la salle de bain. Il avait toujours le numéro de la fille mais ne comptait pas l'utiliser ce soir. Non, ce soir, il dînait avec une ravissante rousse rencontrée la même semaine. La vie était belle.

Quant à ce rêve... il était ridicule. Tout cela s'était passé quinze ans plus tôt. Il savait désormais qu'il n'avait jamais aimé Teresa mais il lui devait une fière chandelle.

Elle lui avait ouvert les yeux.

Dante entra dans la douche, se savonna vigoureusement et, les deux mains à plat sur le mur, laissa l'eau chaude couler sur ses cheveux d'un noir de jais.

Aucune femme, aussi belle soit elle, ne méritait qu'un homme lui consacre sa vie entière.

Sans crier gare, un visage s'imposa à son esprit. Des yeux couleur café. Des cheveux qui semblaient avoir emprisonné le soleil tant ils avaient de nuances d'or. Des lèvres douces, au dessin magnifique et au goût de miel...

Irrité, il tourna brusquement le robinet et prit une serviette. Que lui arrivait-il ce matin ? D'abord ce rêve idiot, et maintenant ça ?

Gabriella Reyes. Etrange qu'il se souvienne de son nom et pas de celui de la blonde. D'autant qu'un an s'était écoulé depuis sa relation avec Gabriella.

Un an et vingt-quatre jours si l'on voulait *vraiment* être précis. Un sourire cynique lui échappa. Voilà ce que c'était que d'être doué pour les chiffres.

Abandonnant sa serviette sur le sol de marbre, il passa un vieux T-shirt de l'université de New York et un short qui avait lui aussi connu de meilleurs jours. Puis il descendit l'escalier circulaire qui menait à la salle de gym, au rez-de-chaussée du loft. L'endroit n'avait rien d'extraordinaire : un tapis pour courir quand le temps ne lui permettait pas de le faire dans Central Park, des poids, un banc de musculation.

Le soleil brillait ce matin mais il savait que dix kilomètres de jogging ne suffiraient pas à exorciser les fantômes du passé. Et comme c'était samedi, il avait le temps de s'exercer un peu plus que d'habitude.

Sa séance terminée, il passa deux heures sur internet à rechercher une Ferrari 250 GT Berlinetta « Tour de France » de 1958. Il en avait raté une de peu un an auparavant, en vente à Gstaad. Il s'était apprêté à prendre l'avion pour aller la voir quand quelque chose, il ne se rappelait plus quoi, l'avait retenu.

Ses doigts se figèrent soudain sur le clavier.

Gabriella Reyes. Voilà ce qui l'avait retenu. Il l'avait rencontrée et en avait oublié tout le reste.

Un juron lui échappa. Cela faisait deux fois qu'il pensait à elle aujourd'hui, sans raison. Preuve qu'il avait encore besoin d'exercice !

Refermant son portable, il se leva et sortit courir.

L'afflux d'endorphines fit l'affaire. Il revint de meilleure humeur et le fut plus encore quand Rafe l'appela pour lui confirmer que la prise de participation qu'ils visaient dans une banque française avait été un succès. Son frère avait déjà prévenu Falco et Nick et lui proposa de les retrouver dans leur bar préféré de Chelsea pour célébrer l'affaire.

Lorsque les quatre frères se séparèrent enfin, Dante avait presque oublié que sa journée avait mal commencé. Jusqu'à ce que le téléphone sonne.

Il adorait sa mère, il adorait même les questions dont elle l'accablait à chaque appel. Mangeait-il assez ?

S'était-il trouvé une jolie petite Italienne pour faire de beaux bébés ?

Mais ce fut le message qu'elle était chargée de lui transmettre qui assombrit son humeur.

— Dante, *mio figlio*, papa aimerait te voir avec Raffaele demain matin, au petit déjeuner.

Dante soupira. Il savait ce que cela signifiait. Son père traversait une phase étrange et semblait obsédé par l'âge, son héritage, et la mort qu'il sentait sur le point de frapper à sa porte. Dante allait devoir supporter une interminable litanie sur leurs avocats, leurs comptables, leurs comptes en banque... Comme si ses fils allaient toucher un dollar de son argent après la disparition de Cesare !

Sa mère savait très bien ce que Dante pensait. Ce que *tous* ses fils pensaient. Seules leurs deux sœurs, Anna et Isabella, faisaient mine de croire que les affaires paternelles étaient parfaitement légales et fermaient les yeux sur l'empire dont il était le *don*, le parrain.

— Dante ? Je te ferai cette *pesto frittata* que tu adores. *Si ?*

Il leva les yeux au ciel, dépité. Il détestait l'odeur, la vue, la couleur du pistou. Mais comment le dire à sa mère sans la vexer ? C'était d'ailleurs parce qu'il le savait incapable de rien refuser à sa mère que Cesare la chargeait de ce genre de message...

Il soupira donc et répondit que d'accord, bien sûr, il viendrait.

— Avec Raffaele. 8 heures demain matin. Tu appelles ton frère, *si ?*

Cette perspective eut le mérite de lui arracher un sourire.

— Compte sur moi, *mamma*. Il va être ravi.

Voilà donc comment par un beau dimanche matin, alors que le reste de Manhattan dormait toujours, Dante se présenta chez ses parents, dans ce qui avait autrefois été Little Italy mais était peu à peu grignoté par Greenwich Village.

Rafe était arrivé avant lui. Sofia, leur mère, l'avait déjà installé à la grande table où ils avaient partagé tant de repas *a famiglia*. En cet instant, elle ployait sous le poids de plats variés, salés, sucrés, frits, en sauce… Rafe avait l'air présentable, nota Dante, fait d'autant plus admirable qu'ils avaient tous deux passé la nuit à faire la fête avec la rousse et une amie à elle.

Son frère leva les yeux vers lui, marmonna quelque chose qui ressemblait à « bonjour » et les plongea de nouveau dans sa tasse de café. Dante marmonna en retour.

La rousse l'avait épuisé, d'abord dans un club du quartier de Meatpacking District, puis lorsqu'ils étaient rentrés chez elle. Il l'avait quittée à l'aube — il mettait un point d'honneur à dormir dans son propre lit — et s'était réveillé avec une migraine, de mauvaise humeur et sans la moindre envie de parler à son père.

Ou de manger la *frittata* que sa mère venait de déposer devant lui.

— *Mangia*, dit-elle.

C'était un ordre, pas une suggestion. Avec un frisson, il prit sa fourchette.

Les deux frères en étaient à leur seconde tasse d'*espresso* lorsque le lieutenant de Cesare, Felipe, entra dans la pièce.

— Votre père va vous recevoir.

Dante et Rafe se levèrent mais Felipe secoua la tête.

— Pas ensemble. L'un après l'autre. Raffaele, toi d'abord.

Rafe eut un sourire crispé. Dante lui souhaita avec une lourde ironie de bien s'amuser. Lorsqu'il baissa de nouveau les yeux vers son assiette, elle contenait une autre *frittata*.

Il la mangea, but une troisième tasse de café, puis repoussa les nouvelles propositions de sa mère. Un peu de fromage ? Des *biscotti* ? Elle avait aussi de ce pain rond qu'il adorait, de chez Celini.

Dante lui assura qu'il n'avait plus faim avant de jeter un coup d'œil discret à sa montre, de plus en plus impatient. Après quarante minutes, il repoussa sa chaise et se leva.

— Je suis désolé, *mamma*, mais j'ai à faire. Tu diras à père que...

Au même instant, Felipe réapparut sur le seuil de la pièce.

— A ton tour, annonça-t-il.

— Tu es bien dressé, lui lança Dante avec un sourire ironique. Comme un bon petit chien-chien.

L'autre lui retourna un regard assassin, mais Dante sourit aimablement.

— Excellente journée à toi aussi.

Puis il le dépassa pour entrer dans le bureau de son père. La pièce était telle qu'il s'en souvenait, décorée avec un parfait mauvais goût de peintures de saints et de madones. De lourds rideaux masquaient partiellement les portes-fenêtres menant au jardin.

Cesare, trônant dans un fauteuil derrière un bureau d'acajou massif, fit signe à Felipe de les laisser seuls.

— Et ferme la porte, ordonna-t-il de sa voix rendue rauque par les havanes qu'il fumait depuis des années.

Dante s'installa face à son père, les jambes tendues et les chevilles croisées. Il portait un pull bleu marine sur un jean délavé et de vieilles tennis aux pieds. Son père réprouvait ce genre de laxisme, et c'était exactement pour cela que Dante s'était habillé ainsi.

— Dante.
— Père.
— Merci d'être venu.
— Tu m'as convoqué. Que veux-tu ?

Cesare soupira, puis croisa ses mains aux ongles impeccables sur le bureau.

— Tu n'es même pas capable d'avoir une conversation polie, mon garçon ? Ni de me demander comment je me sens ?

Dante ne cilla même pas.

— Je sais très bien comment tu te sens. Tu te portes comme un charme malgré ta certitude d'être au seuil de la mort. Quant à tes affaires, je préfère ne pas en entendre parler. En revanche, je suis sûr que les fédéraux en seraient ravis, eux.

— J'aime ton sens de l'humour, fit Cesare en riant.

— J'ai peut-être le sens de l'humour, mais aucune patience. Alors, allons droit au but. Est-ce que c'est l'une de tes fameuses séances « je me meurs, il y a des choses que tu dois savoir » ? Parce que si c'est le cas...

— Non ce n'est pas ça.

— Vraiment ? Quelque chose de nouveau alors ? Je suis impressionné.

— Deux de mes fils qui m'insultent de bon matin, c'est *moi* qui suis impressionné.

— J'en déduis que ta conversation avec Rafe lui a tellement plu qu'il a préféré sortir par le jardin plutôt que de passer une minute de plus sous ce toit ?

— Dante, tu veux bien me laisser parler ?

Quelle surprise, songea Dante. Une nouvelle approche… Pas d'ordres, pas d'aboiements, un ton presque poli. Sa curiosité en fut piquée.

— Bien sûr, répondit-il. Tu as cinq minutes.

Cesare crispa fugitivement la mâchoire mais ne dit rien. Ouvrant un tiroir, il en sortit un dossier qu'il fit glisser vers son fils.

— Tu es un investisseur avisé, n'est-ce pas, *figlio mio* ? Tu es doué pour ce que tu fais. Alors dis-moi ce que tu penses de ça.

Diable, une autre surprise ! Jamais son père ne lui avait fait un compliment. C'était également une manœuvre habile, reconnut Dante.

Il ouvrit le dossier — un sourire narquois aux lèvres pour bien montrer au vieil homme qu'il n'était pas dupe — et découvrit une liasse de documents surmontée d'un feuillet libre portant la mention : « Vue générale ».

— C'est un ranch, observa-t-il un peu platement.

— Pas juste un ranch. C'est Viera y Filho. Une énorme *fazenda* au Brésil.

— Au Brésil, répéta Dante, fronçant les sourcils.

— Oui. Tu as entendu parler de ce pays, je suppose ?

— Très drôle.

— Le ranch couvre des dizaines de milliers d'hectares.

— Et ?

— Et, répondit Cesare avec un haussement d'épaules, je veux l'acheter.

Dante fixa son père en silence. Ce dernier possédait toutes sortes de biens. Mais un ranch ?

— Pourquoi diable ?

— Parce que selon ces documents, c'est un bon investissement.

— L'Empire State Building aussi.

— Je connais son propriétaire, poursuivit Cesare, ignorant la remarque. Juan Viera. Ou plutôt, je le connaissais bien autrefois. Il avait pris contact avec moi… pour affaires.

— Je vois, répliqua Dante avec un rire sombre.

— A l'époque, il m'a demandé un prêt. J'ai refusé.

— Et alors ?

— Alors, il est malade. Et je me sens coupable. J'aurais dû… Tu trouves ça amusant ? demanda brusquement Cesare.

— Toi ? Te sentir coupable ? Allons, arrête ta comédie. C'est moi, Dante, pas Anna ou Isabella. Epargne-moi tes effets de manche.

— Viera se meurt, reprit sèchement son père. C'est son fils, Arturo, qui va hériter de la propriété. Et il n'en est pas digne. Le ranch fait partie de la famille depuis des générations mais je suis sûr qu'Arturo va très vite le perdre, d'une façon ou d'une autre.

— Attends, tu veux me faire croire que tes motivations dans cette affaire sont purement altruistes ? Tu veux que j'achète ce ranch pour qu'il échappe à cet Arturo ?

— Je sais que tu n'as pas une très bonne image de moi…

Dante ne put s'en empêcher : il éclata de rire. Imperturbable, Cesare poursuivit :

— J'ai peut-être fait des choses que je regrette. Pas la peine d'avoir l'air si choqué, *figlio mio*. Il est normal qu'un homme de mon âge songe à son âme…

Secouant la tête, Dante reposa le dossier sur le bureau. La journée prenait décidément une tournure bien étrange.

— Je te demande juste d'aller au Brésil, d'étudier le

ranch et, si tu penses que c'est un bon investissement, de faire une offre.

— Les marchés s'affolent et tu me demandes d'abandonner mon travail, de m'envoler pour l'Amérique du Sud et de faire à l'un de tes ennemis une offre qu'il ne pourra pas refuser ?

— Très amusant. Et faux. Viera n'est pas mon ennemi.

— Peu importe. Je suis un homme occupé. Je n'ai pas le temps d'aller piétiner dans le fumier pour soulager ta conscience.

— C'est pourtant une tâche plus simple que celle que j'ai confiée à ton frère.

— Peut-être. Mais quoi que tu lui aies demandé, je suis sûr qu'il t'a répondu ce que je vais te répondre, déclara Dante en se levant. Tu peux faire ce que tu veux avec ta soi-disant conscience et...

— Es-tu déjà allé au Brésil, Dante ? Que sais-tu de ce pays ?

Involontairement, Dante crispa la mâchoire. Tout ce qu'il savait du Brésil, c'était que Gabriella Reyes y était née. Et cela n'avait rien à voir avec son problème actuel.

— Je suis allé à São Paolo, répondit-il froidement. Pour affaires.

— Pour affaires, répéta son père. Pour cette société que vous avez créée, tes frères et toi.

— Elle s'appelle Orsini Brothers Investments, fit valoir Dante, plus glacial encore.

— On dit que tu es un excellent négociateur.

— Et alors ?

— Alors pourquoi demanderais-je à un inconnu de m'aider, quand j'ai sous la main, dans ma propre famille, l'un des meilleurs ?

Un autre compliment ? Pur calcul, sans doute, mais il fit son effet. Dante devait bien admettre qu'il était flatté.

— Bon, reprit son père avec un soupir théâtral. Puisque tu ne veux pas y aller...

— Deux jours, coupa-t-il. Pas plus.

Cesare sourit, la mine réjouie.

— Ça devrait suffire. Et qui sait ? Tu apprendras peut-être quelque chose de nouveau dans l'affaire ?

— Quel genre de chose ?

De nouveau, Cesare sourit.

— Sur l'art de la négociation, par exemple.

Dans un autre monde, à cinq mille kilomètres au sud-ouest de New York, Gabriella Reyes était assise sous la véranda de la grande maison où elle avait grandi.

La *fazenda*, autrefois, avait été magnifique.

Mais sa beauté s'était fanée. Les choses étaient différentes, à présent.

Elle-même était différente. Enfant, elle avait été maigrelette, tout en angles, et d'une timidité confinant à l'autisme. Son père avait détesté cela. Comme d'ailleurs tout ce qui la concernait.

Cet endroit, la véranda, avait été son sanctuaire et celui de son frère. Arturo, le pauvre, avait été encore plus méprisé qu'elle par leur père. Rien d'étonnant à ce qu'il eût quitté le ranch quand il avait dix-huit ans. Gabriella en avait eu le cœur brisé mais avait compris sa décision.

Au même âge, elle s'était soudain épanouie, et le vilain petit canard s'était transformé en cygne. Elle ne s'en était pas rendu compte mais un agent américain croisé dans une rue de Bonito l'avait arrêtée pour lui donner sa carte de visite.

Une semaine plus tard, elle s'envolait pour New York et décrochait son premier contrat de mannequin. Elle avait même rencontré un homme. Elle avait été brièvement heureuse.

A présent, elle était de retour à Viera y Filho. Son père était mort, son frère aussi. L'homme qu'elle avait connu, Dante Orsini, était sorti de sa vie depuis longtemps.

Elle était seule. Mais sans doute l'avait-elle toujours été, même avec Dante. *Surtout* avec Dante.

— *Senhorita?*

Gabriella leva les yeux vers la vieille femme qui l'avait élevée.

— *Sim, Yara?*
— *Ele chama lhe.*

Gabriella bondit sur ses pieds et rentra en hâte. Il l'appelait! Comment avait-elle pu l'oublier, même quelques secondes?

Non, elle n'était pas seule. Plus maintenant.

2

Falco ayant emprunté le jet privé des Orsini, Dante dut prendre un vol commercial pour se rendre au Brésil.

A en juger par leurs tenues, la plupart des autres passagers de première classe se rendaient à Campo Grande pour les vacances. De fait, l'employée de son agence de voyage n'avait pas tari d'éloges sur les possibilités touristiques de la région, si bien que Dante avait dû l'interrompre.

— Réservez-moi juste un hôtel correct et une voiture.

Lui ne partait pas en vacances. C'était un voyage professionnel, et même pas pour *ses* affaires. Il s'en voulait déjà de s'être laissé manipuler par son père.

— M. Orsini, fit l'hôtesse avec un sourire aimable, puis-je vous offrir quelque chose ?

« Un bon psychiatre », songea-t-il avec ironie.

— Monsieur ? Une boisson ?

Il commanda du vin rouge. La jeune femme se lança dans une énumération sans fin des vins disponibles, à laquelle il coupa court d'un geste.

— N'importe lequel. Je vous laisse choisir.

Puis il ouvrit son attaché-case et étudia les documents que son père lui avait donnés. Ils ne lui apprirent malheureusement rien de plus que ce qu'il savait déjà. Le ranch comptait quelques milliers de têtes de bétail et un petit nombre de chevaux. Il appartenait à la même famille depuis des générations.

Une carte de visite en vélin portait le nom, le numéro de téléphone et l'adresse de l'avocat de Juan Viera. Au dos, Cesare avait écrit :

« Passe par lui, pas par les Viera. »

Parfait.

Il appellerait l'avocat le plus vite possible, peut-être même ce soir. Il expliquerait le but de sa visite et ferait une offre pour le ranch.

Combien de temps l'affaire prendrait-elle ? Peut-être moins de deux jours. A cette idée, son moral remonta. Avec un peu de chance, il serait très vite de retour à New York.

La nuit était tombée quand il descendit de l'avion. Avec le décalage horaire, il était trop tard pour téléphoner à l'avocat de Viera, et c'était peut-être tant mieux. Tout ce qu'il souhaitait après ce vol interminable, c'était une bonne douche et un repas digne de ce nom.

L'hôtel était en plein centre de Bonito, à environ vingt minutes de l'aéroport de Campo Grande. Il était confortable et tranquille. Dante s'installa dans sa suite, se doucha et enfila une chemise de coton bleue sur un jean. Le service d'étage lui apporta ensuite le saumon grillé, la salade et le café qu'il avait commandés.

Tout en mangeant, il étudia de nouveau les documents relatifs au ranch. Peut-être qu'un détail lui avait échappé la première fois ?

Dix minutes plus tard, il abandonna les papiers sur son lit. Non, rien ne lui avait échappé. Il n'y avait pas mention du mystérieux *filho* de Viera y Filho. Pas davantage d'indice pour expliquer l'intérêt de Cesare pour la propriété.

Songeur, Dante prit une bouteille de bière dans le minibar, l'ouvrit et sortit sur son balcon, qui dominait la piscine. La lune était presque pleine. Il était épuisé mais savait qu'il ne pourrait dormir à cause du décalage horaire. Sans parler de la colère qu'il éprouvait toujours à l'idée d'être là sans vraiment comprendre pourquoi.

Quitte à entreprendre un tel voyage, il aurait préféré que ce soit pour ses propres affaires. Ou pour des vacances. Ou pour retrouver Gabriella.

Dante se renfrogna, porta la bouteille à ses lèvres et avala une longue gorgée de bière. D'où lui venait une idée aussi saugrenue ? Pourquoi voudrait-il retrouver Gabriella ? Le Brésil était un pays immense et il n'était même pas sûr qu'elle y était revenue. Il le supposait simplement parce qu'une ex-petite amie de Rafe, mannequin elle aussi, en avait parlé un jour.

C'était ridicule. Il n'avait aucune raison de penser à elle. Ils avaient passé du bon temps ensemble, environ deux mois si ses souvenirs étaient bons, puis ils avaient poursuivi leur chemin, chacun de leur côté.

Bon d'accord, ce n'était pas exactement ainsi que les choses s'étaient passées...

La version exacte, se remémora Dante, était que Nick devait partir en voyages d'affaires mais avait été retenu à la dernière minute. Dante s'était offert de le remplacer au pied levé.

— Tu es sûr ? avait demandé son frère. Je peux reporter.

— Non, ne t'en fais pas. Je m'en charge.

Il s'était donc envolé pour Rome, à moins que ce ne soit Paris, sans rien en dire à Gabriella. Pourquoi l'aurait-il fait ? Ils se voyaient de façon informelle, c'était tout.

Ce voyage lui avait donné le temps de réfléchir à leur relation et il avait soudain songé qu'il était temps d'en finir. Dès son retour, il était allé chez Tiffany's, avait acheté une paire de boucles d'oreilles en diamants, puis l'avait appelée pour l'inviter à dîner chez Perse.

Il avait été étonnamment nerveux durant tout le repas, ce qui était d'autant plus incompréhensible qu'il était passé maître dans l'art de la rupture. Enfin, au café, il lui avait pris la main.

— Gabriella. J'ai quelque chose à te dire.
— Je... j'ai quelque chose à te dire, moi aussi.

Elle avait parlé d'une voix tremblante, les joues rouges et les yeux brillants. Bon sang... Elle allait lui dire qu'elle était amoureuse. Cela lui était déjà arrivé et il connaissait tous les signes avant-coureurs. Il avait donc agi le premier. Il avait ouvert l'écrin devant elle et lui avait dit à quel point il l'appréciait, mais qu'il n'était pas au stade de sa vie où il recherchait quelque chose de durable, qu'il lui souhaitait bonne chance et que si jamais elle avait besoin de quelque chose...

Gabriella n'avait pas dit un mot.

Elle avait pâli, au point qu'il s'était demandé si elle n'allait pas s'évanouir. Mais elle s'était levée et était partie, laissant les boucles d'oreilles. Elle n'avait pas jeté un seul regard en arrière.

Secouant la tête, Dante termina sa bière, troqua son jean contre un short et partit courir. Lorsqu'il revint, une heure plus tard, il s'effondra dans son lit et dormit d'un sommeil sans rêve jusqu'à ce que son réveil sonne.

Eduardo De Souza, l'avocat de Viera, avait une voix aimable au téléphone. Dante lui expliqua qu'il était le fils d'une vieille connaissance de Juan, et demanda un rendez-vous le plus rapidement possible.

— Ah..., dit en soupirant l'avocat au bout du fil. Et votre père est au courant de tout ?

Que Viera se mourait ? Que son fils était en passe d'hériter du ranch ?

— Oui, répondit Dante. C'est pour ça que je suis là. Mon père voudrait acheter le ranch.

Il y eut un silence. Puis De Souza demanda d'un ton perplexe :

— A qui ?

— A Viera. Ou à son héritier. Ecoutez, si nous pouvions nous rencontrer pour en discuter...

— En effet, je vois que nous allons devoir discuter. J'allais justement partir pour la *fazenda* Viera. Pourquoi ne pas nous retrouver là-bas ?

De Souza lui donna les indications pour s'y rendre. A cinquante kilomètres de la ville, un chemin partait de la route principale et conduisait au ranch ; Dante ne pouvait pas le manquer : c'était la seule intersection à des kilomètres à la ronde.

— Franchissez ensuite la grille, le ranch est deux kilomètres plus loin.

Dante trouva facilement la bifurcation, emprunta une route pleine d'ornières qui montait et, après quelques minutes, vit des bâtiments apparaître. Une demi-douzaine de hangars entouraient une imposante maison.

Il fronça les sourcils, intrigué. L'endroit dégageait une impression d'abandon. Plusieurs véhicules étaient garés devant : de vieux camions, des voitures aux portières maculées de boue et un énorme 4x4 noir aux vitres fumées et aux pare-chocs chromés. Il était idiot de détester une voiture, songea Dante, mais c'était la réaction que le tout-terrain lui inspirait.

Il mit lentement pied à terre, regardant autour de lui. Ça, un excellent investissement ? Peut-être s'était-il trompé de route ?

— *Senhor* Orsini ?

Un homme corpulent émergea de la maison principale, essuyant son visage avec un mouchoir.

— *Senhor* De Souza ? fit Dante en lui tendant la main. Enchanté de faire votre connaissance.

— J'ai essayé de repousser le début des opérations, *senhor*, mais les gens étaient impatients. Vous comprenez...

Quelles opérations ? voulut demander Dante. Mais déjà, l'avocat l'avait pris par le coude et entraîné à l'intérieur. Plusieurs hommes se tenaient debout dans l'entrée, les bras croisés. L'un d'entre eux, grand, gros et vêtu tout de noir, tirait sur un énorme cigare. Dante l'identifia aussitôt comme le propriétaire du 4x4.

Devant l'escalier qui menait au premier étage, un petit homme en costume blanc débitait quelque chose en portugais. De temps en temps, l'un ou l'autre des spectateurs grognait en guide de réponse.

— Qu'est-ce qui se passe au juste ? demanda Dante avec un froncement de sourcils.

— Mais... la vente aux enchères bien sûr, murmura De Souza. Du ranch. Par la banque. Vous savez bien.

Non, songea Dante, furieux, il n'en savait rien. Son père l'avait parachuté au milieu de cette histoire sans lui fournir le moindre détail. Agrippant l'avocat par le bras, il l'entraîna dans un coin.

— Juan Viera vend son ranch ?

L'homme de loi eut une réaction d'étonnement.

— Juan Viera est mort, *senhor*.

— Mort ? répéta Dante. C'est son fils alors, Arturo ? Il vend le ranch ?

— Arturo est mort lui aussi. Ce n'est pas pour ça que vous êtes là ? Pour faire une offre concernant Viera y Filho ?

— Eh bien, si, mais j'ignorais que...

— Préparez-vous à une guerre d'enchères, *senhor*.

Dante étouffa un juron. Ce n'était vraiment pas une façon de travailler !

— Combien vaut cet endroit ?

De Souza lui donna une estimation en *reals*, qu'il convertit aussitôt en dollars.

— C'est tout ? Cinquante mille ?

— Cela couvre la dette de la banque. Mais si *vous* enchérissez, le prix va monter. Il y a de la concurrence, souffla l'avocat en désignant l'homme en noir du menton.

Ce n'était pas la première fois que Dante assistait à des enchères. Il avait acheté quelques peintures à Sotheby's mais l'atmosphère avait été alors très différente de celle qui régnait actuellement dans ce salon.

— Bon, à combien en sommes-nous ?

— Vingt mille dollars, lui apprit l'avocat après avoir tendu l'oreille.

Dante acquiesça. Ce n'était pas son argent, après tout, mais celui de son père. Et ce dernier l'avait autorisé à monter jusqu'à un demi-million, ce qui lui donnait une confortable marge de manœuvre.

— Enchérissez pour moi, dit-il à De Souza. Cent mille.

L'avocat s'éclaircit la gorge et s'exécuta. Le silence tomba dans la pièce tandis que tous les visages se tournaient vers eux. Dante soutint sans ciller le regard du gros homme en noir, dont le cigare passa furieusement d'un coin à l'autre de sa bouche.

— Deux cent mille dollars, annonça ce dernier dans un anglais au léger accent.

Les autres lâchèrent des hoquets incrédules. Dante hésita, se demandant si son père était devenu fou. Retaper cet endroit allait coûter des dizaines de milliers de dollars. Mais après tout, si c'était ce que Cesare voulait…

Il s'apprêtait à surenchérir lorsqu'une voix incrédule, et douce comme une caresse, prononça son prénom.

Il sut de qui il s'agissait avant même de se retourner.

Gabriella sentait son cœur battre à cent à l'heure.

Dante, ici ? Non, c'était impossible. Cet homme appartenait au passé, il n'était qu'un mauvais souvenir, un fantôme…

— Gabriella ?

Deus, il était bien réel !

Plus d'une année s'était écoulée mais c'était à croire qu'elle l'avait vu la veille. Il n'avait pas changé : même corps souple et musclé, même carrure athlétique, même taille étroite. Son visage était dur et infiniment séduisant à la fois, ses yeux d'un bleu presque lavande.

Et sa bouche… Ferme et sensuelle… Elle se rappelait encore la sensation de ses lèvres contre les siennes.

Il s'avançait vers elle…

Secouant la tête, elle fit instinctivement un pas en arrière. Non, elle ne le laisserait pas la toucher, de peur de s'effondrer. Elle avait passé tant de nuits à penser à lui, et à se maudire parce qu'elle pensait à lui ! Elle s'était répété qu'elle le détestait.

Et c'était vrai.

Pourtant, lorsqu'elle l'avait aperçu au milieu de cette foule anonyme qui décidait de son destin, elle n'avait pu s'empêcher de prononcer son prénom. Comme par réflexe.

Elle prit une profonde inspiration, luttant contre une envie irrationnelle de sourire à Dante. Elle n'avait aucune raison de lui sourire ! Elle ne ressentait rien pour lui. Pas même de la haine. Elle était juste surprise de le voir, c'était tout.

A moins que... A moins qu'il ne soit venu pour elle ? Aux heures les plus sombres des nuits les plus noires, elle laissait parfois son imagination l'emporter. Elle s'autorisait à rêver qu'il la cherchait, la retrouvait...

— Mais qu'est-ce que tu fais ici ? demanda-t-il alors.

Gabriella cligna des yeux comme la réalité s'imposait soudain à elle, glaciale. Non, Dante n'était pas là pour elle.

Elle comprit qu'elle devait se débarrasser de lui le plus vite possible. Refusant de lui montrer à quel point il la perturbait, elle lui opposa une mine calme et résolue.

— La question est plutôt de savoir ce que *tu* fais là, riposta-t-elle.

Il tressaillit, visiblement surpris. Evidemment, il n'était pas habitué à ce qu'on lui parle sur ce ton.

— Je suis ici pour affaires.
— Quel genre d'affaires ?
— Je veux acheter le ranch.

A ces mots, Gabriella se sentit pâlir plus encore. Un rire rauque éclata dans la pièce et elle vit Dante se tourner lentement vers Andre Ferrantes. Un vent de panique la submergea.

— Quelque chose vous amuse ? demanda Dante d'une voix glaciale.

Ferrantes sourit et déclara dans une bouffée de cigare :

— Tout m'amuse dans cette petite scène de retrouvailles. Je me demandais juste... quelles étaient vos relations avec la *senhorita*.

— Dante, intervint Gabriella, écoute-moi...

Mais Ferrantes fit un pas en avant, écartant un autre homme d'un coup de coude.

— Je pose la question, reprit-il, parce que pour ma part, je la connais bien.

Gabriella eut un tressaillement de stupeur lorsque Ferrantes passa un bras épais autour de sa taille pour l'attirer sans douceur contre lui.

— Je dirais même *intimement*, ajouta-t-il avec un éclat de rire.

Les yeux de Dante s'assombrirent tel un ciel de tempête.

— De quoi parle-t-il ?

Il fixait Ferrantes mais Gabriella savait que la question s'adressait à elle. Elle avait déjà vu cette expression sur son visage, une nuit où ils revenaient d'un restaurant dans New York, et où il avait volé au secours d'un clochard maltraité par deux autres dans une ruelle mal éclairée.

— Qu'est-ce que ce type veut dire ? insista-t-il, comme elle ne répondait pas.

Elle ouvrit la bouche, puis la referma. Que pouvait-elle lui dire ? Certainement pas la vérité. Surtout pas la vérité !

— Je peux peut-être vous aider, *senhor*, intervint l'avocat, tout en fixant nerveusement Dante. Apparemment, vous et la *senhorita* vous êtes déjà rencontrés. C'était aux Etats-Unis, je suppose ? Dans ce cas, vous la connaissez sans doute sous le nom de Gabriella Reyes.

Dante croisa les bras sur sa poitrine, sourcils froncés.

— Bien sûr que je la connais sous ce nom mais…

— Son véritable nom, ou plutôt son nom complet, est Gabriella Reyes Viera. C'est la fille de Juan Viera.

— Je croyais que Viera avait seulement un fils.

— Un fils et une fille, corrigea De Souza.

Puis, s'éclaircissant la gorge, il reprit :

— Ah, peut-être que nous devrions… discuter de tout ça en privé, *senhor* Orsini ?

— Oui, vous devriez, ricana Ferrantes. Parce qu'ici, il y a une vente aux enchères en cours, au cas où vous ne l'auriez pas remarqué.

Mais Dante l'ignora ; son regard était rivé sur l'avocat.

— Laissez-moi éclaircir un point : ce ranch, qui devrait revenir à Gabriella, est à vendre au plus offrant ?

— Et le plus offrant, c'est moi, intervint Ferrantes, remontant sa main le long de la taille de la jeune femme. Alors vous voyez, l'Américain, vous n'avez plus rien à faire ici.

Dante le dévisagea, puis étudia Gabriella. Quelque chose n'allait pas. Il ignorait de quoi il s'agissait et n'avait pas le temps de le découvrir. Il ne pouvait agir que par instinct, comme il l'avait toujours fait.

— Quelle était la dernière enchère ? demanda-t-il en se tournant vers le commissaire-priseur.

— *Senhor* Ferrantes a offert deux cent mille dollars.

— Quatre cent mille, répliqua Dante avec un hochement de tête.

Un murmure parcourut la foule. Ferrantes plissa les yeux et déclara :

— Six cent mille.

Dante se tourna de nouveau vers Gabriella. Que lui était-il arrivé ? Elle était toujours aussi belle que dans son souvenir mais elle avait perdu du poids. Ses beaux yeux paraissaient à présent immenses, sertis dans un visage las. Et même si elle n'avait pas repoussé Ferrantes, il était évident que sa main sur sa taille lui répugnait. Elle semblait absente, comme si elle s'était retirée en elle-même.

— Gabriella, fit-il d'une voix douce. Je peux acheter cet endroit pour toi.

La foule s'agita. Le visage de Ferrantes s'assombrit mais Dante ne lui prêta pas la moindre attention.

— Tu ne me devras rien. Je l'achète, je le mets à ton nom et l'affaire est réglée.

Elle le fixa sans répondre. Il voyait bien qu'elle était tentée mais qu'elle pesait le pour et le contre. Mais qu'y avait-il à peser ?

— Gabriella, la pressa-t-il, dis-moi ce que tu veux.

Ferrantes relâcha soudain la jeune femme pour faire un pas en avant, la mâchoire serrée.

— Vous croyez que vous pouvez débarquer ici et faire comme bon vous semble, l'Américain ?

Mais Dante continua de l'ignorer.

— Gabriella ? Parle-moi.

A ces mots, Gabriella faillit éclater de rire. Lui parler ? Il était trop tard pour ça. Ils auraient dû se parler ce jour fatidique où sa vie avait basculé. Elle s'était sentie seule, apeurée, avait eu besoin du réconfort de son amant… Elle avait appelé son bureau mais une secrétaire lui avait appris qu'il était parti à l'étranger.

Il ne lui avait pas parlé de ce voyage et elle avait songé que c'était de mauvais augure. Mais quand il lui avait téléphoné le lendemain soir pour lui dire qu'il était de retour et qu'il voulait lui parler, elle avait senti une bouffée d'espoir l'envahir. Le destin avait-il répondu à ses prières ? Peut-être Dante allait-il lui annoncer que durant ces quelques jours sans elle, il avait compris à quel point elle lui manquait...

Mais c'était exactement l'inverse qui s'était produit. Il s'était lassé d'elle.

Elle n'oublierait jamais le petit écrin bleu, les boucles hors de prix, presque indécentes, et le discours bien rodé qu'il lui avait servi.

La colère, face à une telle arrogance, avait momentanément étouffé la douleur. Lorsqu'il avait ajouté qu'il serait là si elle avait un jour besoin de lui, elle était partie.

Jamais elle n'aurait cru que ce jour arriverait. Mais sa vie avait bien changé, depuis.

— Cette *fazenda* m'appartient, gronda Ferrantes. Et cette femme aussi.

Gabriella prit une profonde inspiration, puis tourna un regard implorant vers Dante.

— *Sim*. S'il te plaît. Achète la *fazenda* pour moi. Je... je te rembourserai jusqu'au dernier dollar. Ça prendra du temps, mais je le ferai.

Dante n'hésita pas un seul instant.

— Cinq millions de dollars.

Un silence stupéfait retomba. Ferrantes recula comme s'il venait de recevoir un coup de poing, puis jura.

Le marteau du commissaire-priseur s'abattit.

Alors Dante prit Gabriella dans ses bras et l'embrassa.

3

Ce baiser était bien la dernière chose à laquelle Gabriella s'attendait.

C'était aussi la dernière chose qu'elle désirait.

Autrefois, embrasser Dante suffisait à lui faire tourner la tête et oublier le monde réel. Tour à tour tendre et passionné, il avait eu le pouvoir d'abolir le temps, de bannir ses doutes et ses craintes.

Bien sûr, elle avait toujours su qu'il n'en était pas de même pour lui. Riche et puissant, il était un de ces magnats qui s'affichaient avec des mannequins parce que cela flattait leur ego, ou tout simplement parce qu'ils le pouvaient.

Au départ, elle n'avait pas attendu grand-chose de leur relation. Elle s'amusait, c'était tout. Mais malgré ses bonnes résolutions, elle était tombée éperdument — et inexplicablement — amoureuse.

Mais la magie était morte depuis longtemps, balayée par la froide réalité de l'année qui venait de s'écouler.

Lorsqu'elle vit le regard de Dante s'assombrir et son visage se rapprocher du sien, elle plaqua les deux mains contre son torse et fit de son mieux pour le repousser.

— Non !

Mais Dante ne l'écoutait pas.

— Gabriella..., murmura-t-il, prononçant son prénom comme lorsqu'il lui faisait l'amour, autrefois.

Ses bras glissèrent autour de sa taille, il l'attira contre lui.

Puis il l'embrassa de nouveau.

La pièce se mit à tourner et la foule parut s'évanouir. Ses lèvres étaient douces, son corps dur comme de l'acier. Le cœur de Gabriella s'emballa.

— Dante..., dit-elle dans un souffle.

Comme animées d'une volonté propre, ses mains se nouèrent derrière la nuque de son compagnon. Se dressant sur la pointe des pieds, elle s'affaissa contre lui et entrouvrit les lèvres pour laisser leur baiser s'approfondir. Elle le sentit qui frémissait. Il la désirait encore !

A cette idée, une bouffée d'adrénaline pulsa dans ses veines et elle s'abandonna totalement à leur étreinte, l'embrassant à pleine bouche comme s'ils étaient seuls au monde, comme s'il ne l'avait jamais abandonnée...

Une main s'abattit soudain sur son épaule et la tira en arrière.

— *Pirhana !*

Le juron portugais fut suivi d'une flopée d'autres tandis que Ferrantes l'arrachait à Dante. Mais ce dernier, vif comme l'éclair, agrippa le poignet du gros homme et l'emprisonna d'une clé de bras.

— Je vous tuerai, Orsini ! hurla Ferrantes.

— Dante ! intervint Gabriella. Laisse-le. Il est dangereux.

Mais Dante l'ignora. Approchant ses lèvres de l'oreille du Brésilien, il murmura :

— Touchez-la encore une fois, et c'est moi qui vous tuerai.

— C'est une sorcière ! Elle vous manipule ! Vous ne voyez pas que… Aaah !

Dante venait de remonter le bras de Ferrantes dans son dos. Le gros homme se mit à suer, le visage déformé par la douleur.

— Ecoutez-moi bien, Ferrantes. Dorénavant, vous ne parlerez plus à Gabriella. Vous ne parlerez plus *de* Gabriella. Si vous vous avisez de l'approcher, si vous vous avisez de poser les yeux sur elle, vous êtes un homme mort.

Dante se rendit vaguement compte que la pièce se vidait. Les hommes se précipitaient vers la sortie et, dehors, des moteurs rugissaient déjà. Mais il ne quitta pas son adversaire des yeux.

— Vous m'avez bien compris ?

Le gros homme respirait difficilement. Enfin, il inclina la tête.

Dante le relâcha et fit un pas en arrière. Aussitôt, l'autre pivota et essaya de l'atteindre au menton de son énorme poing. Mais Dante avait appris beaucoup de choses durant ses années en Alaska, dont la façon de se défendre dans certains des bars les plus dangereux du monde.

Il esquiva donc aisément et, lorsque Ferrantes bascula en avant, emporté par son propre élan, le poing fermé de Dante le heurta violemment en plein plexus.

Ferrantes s'abattit au sol.

Dante le regarda un long moment avant de lever les yeux. Il vit alors De Souza, le commissaire-priseur… mais pas Gabriella. Il saisit l'avocat par le bras et le secoua légèrement.

— Où est-elle ? demanda-t-il.

De Souza déglutit en regardant Ferrantes, toujours inconscient aux pieds de Dante.

— Vous vous êtes fait un ennemi dangereux, *senhor*.

— Répondez à la question. Où est Gabriella ?

L'*advogado* haussa les épaules.

— Elle est partie.

— Je le vois bien. Où ça ?

— Ecoutez, *Senhor* Orsini, la situation est un peu plus… comment dire, compliquée que vous ne le pensez.

Dante retint un éclat de rire incrédule.

— Vraiment ? Ça alors, quelle surprise ! Où est Gabriella ? Est-elle montée ?

— Non, répondit aussitôt De Souza. Elle est partie avec les autres.

Dante n'attendit pas une seconde de plus. Il sortit en courant de la maison et constata qu'il ne restait que trois véhicules dans la cour envahie d'herbes folles. Une Cadillac — sans doute celle de l'avocat — le 4x4 de Ferrantes et la sienne.

Avec un soupir, il se laissa aller contre la balustrade de la véranda. Gabriella était partie. Et c'était peut-être mieux ainsi.

Il était venu acheter ce ranch pour son père. Au lieu de cela, il l'avait acquis pour une femme qui autrefois avait été sa maîtresse mais qui ne représentait plus rien pour lui.

D'accord, il l'avait embrassée. D'accord, ce baiser avait failli lui faire perdre la tête. Et alors ? Il était un homme normalement constitué, Gabriella était une femme superbe. Il n'y avait donc rien d'étrange à cela.

Il regarda autour de lui, perplexe. Des mauvaises herbes poussaient un peu partout, en bordure d'un enclos, entre les dalles de la cour ; les bâtiments étaient décrépits. Il avait dépensé cinq millions — son argent, pas celui de Cesare — pour cet endroit.

Evidemment, ce n'était pas un drame. Pour être honnête, il était riche, très riche. Cinq millions étaient une goutte d'eau dans l'océan de sa fortune. Mais cela ne l'empêchait pas de se poser des questions. Pourquoi Gabriella tenait-elle tant à la *fazenda* ? Et pourquoi ce porc de Ferrantes s'y intéressait-il lui aussi ? Quels étaient leurs rapports, exactement ?

Et il y avait la question la plus importante : pourquoi avait-elle ainsi fondu dans ses bras quand il l'avait embrassée ? Et bon sang, pourquoi l'avait-il embrassée en premier lieu ? Il n'était en général pas homme à regarder en arrière et...

— Eh, l'Américain !

Ferrantes avait émergé de la maison, un sourire aux lèvres, massant son plexus.

— Vous avez une sacrée droite.

Dante lui adressa un sourire méprisant.

— A votre service.

L'autre gloussa, puis reprit :

— Ecoutez, il est ridicule que deux hommes intelligents se disputent pour une femme comme ça...

— Vous n'avez pas compris ce que je vous ai dit ? demanda Dante, serrant les poings. Je ne veux pas vous entendre parler d'elle.

Le gros homme leva les deux mains, feignant la reddition.

— Croyez-moi, *meu amigo*, je vous laisse Gabriella. Mais je dois être honnête et vous remercier. Vous m'avez évité de faire une erreur colossale.

— Ravi d'avoir pu vous aider.

— C'est à mon tour de vous devoir une faveur, renchérit Ferrantes.

Il fit mine de regarder autour de lui, puis baissa la voix et reprit :

— Avant que vous ne vous enfonciez davantage, posez une question à Gabriella.

— Ecoutez, quand j'aurai besoin de vos conseils...

— Ou demandez à l'*advogado*. Il vous apprendra des choses très intéressantes sur sa charmante cliente.

Dante sentit un frisson glacial lui parcourir l'échine. « Ne tombe pas dans le panneau », se reprit-il. Mais il lui fut impossible de résister à sa curiosité.

— Qu'est-ce que ça veut dire, au juste ?

Toute suavité disparut du visage porcin de Ferrantes comme il répondait :

— Demandez à De Souza avec qui Gabriella couchait avant que vous n'arriviez et qu'elle se dise qu'il lui serait plus profitable de coucher avec vous.

Dante avait voulu étrangler Ferrantes mais sa fierté l'en avait dissuadé. Pourquoi accorder à ce sale type une victoire, aussi petite soit-elle ?

Il avait roulé au hasard après avoir quitté le ranch, s'enfonçant de plus en plus profondément dans un paysage verdoyant. Pourtant, cela n'avait en rien calmé sa colère.

Gabriella s'était jouée de lui au vu et au su de tous, y compris de l'avocat — qui savait très bien ce qu'elle avait en tête — et du commissaire-priseur, qui devait remercier le ciel de la vente qu'il venait d'effectuer.

Et, pour couronner le tout, elle était la maîtresse de Ferrantes !

Il se moquait bien des amants de cette femme. Elle pouvait coucher avec qui elle voulait, elle n'était plus rien pour lui. Mais Ferrantes ? Il y avait des limites, tout de même. Elle avait dû vouloir le ranch à tout prix pour laisser ce porc s'allonger sur elle et...

Ses doigts se crispèrent sur le volant. Il s'était laissé berner. Elle s'était servie de lui quand elle avait compris ne plus avoir besoin de Ferrantes.

Il devait lui reconnaître une certaine habileté. D'ailleurs, ses talents de manipulatrice ne dataient pas d'aujourd'hui. En laissant les boucles d'oreilles qu'il lui avait offertes, à l'époque, elle avait en quelque sorte préparé l'avenir... Elle lui avait laissé croire qu'elle n'était pas vénale, sans doute en pensant qu'elle pourrait un jour en tirer un bénéfice plus juteux encore.

Dante ne pouvait que lui tirer son chapeau. Il croyait avoir tout vu, en affaires, et c'était la preuve qu'il avait encore des choses à apprendre. Même si la leçon était coûteuse.

En tout cas, il comprenait à présent la colère de Ferrantes lorsqu'ils s'étaient embrassés. Tout comme il comprenait enfin que l'abandon et les soupirs de Gabriella avaient été feints, un petit numéro parfaitement rodé.

— Bon sang..., marmonna-t-il.

Il écrasa la pédale d'accélérateur. Le moteur rugit et la voiture bondit.

Tout de même, quel imbécile il était. Il avait fait exactement ce qu'elle attendait de lui. Il était à présent propriétaire de bâtiments en ruine et envahis par les herbes folles, au milieu de nulle part. Il avait signé le chèque, refusé la main tendue du commissaire-priseur et était sorti sans un mot. Il s'était fait berner et tous le savaient. N'auraient-ils pas pu le prévenir ?

Le prévenir ? Allons, il savait que c'était ridicule. Le rôle du commissaire-priseur était de faire la meilleure vente possible ; celui de l'avocat de protéger sa cliente. Non, il ne pouvait même pas leur en vouloir.

Soudain, quelque chose traversa la route, juste devant lui, et s'arrêta au beau milieu pour le dévisager avec de grands yeux rouges et ahuris. Dante écrasa le frein, lutta pour contrôler sa trajectoire. Le véhicule dérapa, puis glissa dans un crissement de pneus aigu. Un mur d'arbres fonçait sur lui. Dante braqua violemment...

La voiture s'arrêta enfin et, dans un dernier spasme, cala. Le silence de la nuit se referma sur lui, seulement troublé par les battements de son cœur. Expirant lentement, il laissa ses mains glisser du volant.

Il avait fait un tête-à-queue. Regardant dans le rétroviseur, il vit que la route derrière lui — elle avait été *devant* quelques secondes plus tôt — était vide. L'animal qui avait bien failli signer son arrêt de mort, sans doute un gros chat, avait disparu.

Il s'adossa à son siège, attendant que sa respiration se calme. Voilà ce que c'était que de penser au passé, de se lamenter sur ce qui était fait et ne pouvait plus être changé. C'était pourtant ce qu'il s'était toujours interdit de faire, depuis le jour où il était parti pour l'Alaska afin de trouver un sens à sa vie.

Et à bien y réfléchir, pourquoi se lamenter ? Après tout, rirait bien qui rirait le dernier.

D'accord, il s'était laissé rouler. Mais l'affaire n'était pas finie. Il devait encore transférer les titres de propriété du ranch à Gabriella Reyes, ce que De Souza n'avait pas manqué de lui rappeler quand il était parti.

Un sourire apparut sur ses lèvres, pour la première fois depuis des heures.

Pourquoi céder le ranch à Gabriella ? Elle lui avait fait perdre son temps, elle s'était jouée de lui. Pour la punir, il allait vendre le ranch au premier venu. Ou il le garderait et le laisserait pourrir sur pied. En tout cas, il ferait tout ce qui était en son pouvoir pour l'empêcher d'en profiter !

Toujours souriant, il remit le contact. Le moteur toussa mais redémarra et il prit la direction de Bonito. L'accident lui avait permis de reprendre ses esprits. Il se sentait à présent beaucoup mieux et avait l'impression de contrôler de nouveau les choses, sentiment qu'il appréciait infiniment.

Il en avait fini avec le Brésil, il rentrait chez lui. Il pourrait très bien se débarrasser du ranch de là-bas. En attendant, une bonne douche et un copieux dîner dans un restaurant huppé de la ville lui permettraient d'achever cette journée de bien meilleure façon qu'elle n'avait commencé.

Oui, tout allait bien dorénavant.

Mais lorsqu'il passa de nouveau devant l'embranchement qui menait à Viera y Filho, il vit une lumière briller au sommet de la colline, là-bas sur l'horizon. Sa bonne humeur se dissipa aussitôt.

La lumière signifiait qu'il y avait quelqu'un. Et ce quelqu'un, il le sentait, ne pouvait être que Gabriella. De Souza lui avait donc menti : elle ne s'était pas enfuie, elle était simplement montée se réfugier à l'étage.

Sa colère revint telle une lame de fond et l'embrasa tout entier. Non, il ne pouvait pas partir ainsi, sans affronter la jeune femme. Il allait lui montrer qui il était.

Il donna un brusque coup de volant et emprunta l'allée qui menait à la *fazenda*.

4

Gabriella redescendit lentement l'escalier, épuisée après une longue et éprouvante journée. Yara était partie et la maison, enfin, était silencieuse.

C'était parfait. Gabriella n'aspirait qu'à un peu de calme. Le ranch était plein de souvenirs, bons comme mauvais, et elle voulait en profiter, s'immerger dans le passé.

Elle alluma la lumière dans le salon et la salle à manger attenante, puis regarda autour d'elle. Elle s'était levée à l'aube pour récurer la maison. Certes, il était impossible de faire oublier le manque d'entretien et l'état d'abandon général de la propriété. Mais une bouffée de fierté l'avait poussée à faire de son mieux pour la rendre présentable. Un geste d'autant plus futile, quand elle savait que la maison allait être vendue au plus offrant !

C'est-à-dire à Andre Ferrantes.

Elle frémit en songeant à lui. Il était apparu de bon matin, mais cela n'avait rien eu d'étonnant. Tel un requin, il avait senti l'odeur du sang. Evidemment, il avait caché ses intentions derrière des paroles de sympathie et un masque de fausse compassion.

Mais rien de tout cela ne suffisait à dissimuler la lueur

avide dans son regard, ou la façon dont il s'humectait les lèvres quand il posait les yeux sur elle.

Aujourd'hui, il avait enfin abattu son jeu. Il avait glissé son bras épais autour de sa taille et fait comprendre à tous qu'en achetant le ranch, il voulait l'acheter, elle.

Jamais! songea-t-elle, la mine sombre. Ramassant un coussin sur le sofa, elle le bourra de coups sous prétexte de lui redonner sa forme. Elle aurait encore préféré se retrouver à la rue que dans le lit de Ferrantes. Mieux valait renoncer à la *fazenda* que de céder à ce porc. Cette seule idée lui donnait la nausée.

Et puis, tout à l'heure, un miracle s'était produit. Un second miracle, corrigea-t-elle. Le premier avait été d'entendre la voix de Dante, de le voir dans son salon. L'espace d'un instant, elle avait cru qu'il était venu pour elle. Qu'il l'avait cherchée, qu'il la désirait toujours.

Elle avait rapidement déchanté. Il était là, en chair et en os, mais pas pour elle. Malgré cela, sa présence l'avait sauvée. Il avait acheté la *fazenda* en son nom. Du moins, c'était ce qu'il avait prétendu.

Car pour le moment, techniquement, le ranch ne lui appartenait toujours pas. Dante ne s'était pas présenté chez De Souza pour signer les documents nécessaires; l'*advogado* n'avait aucune idée de l'endroit où il se trouvait.

— Peut-être qu'il est rentré à New York? avait-il suggéré, haussant les épaules. Je n'en sais pas plus que vous, *senhorita*. Je sais seulement qu'il a parlé avec le *Senhor* Ferrantes après leur... désaccord.

Gabriella secoua la tête. Un désaccord? Le mot était bien faible pour désigner ce qui s'était passé. Elle n'avait pas supporté de voir les deux hommes se battre et avait couru se réfugier à l'étage, n'en redescendant que lorsque De Souza l'avait appelée.

— Comment… comment ça s'est terminé ? avait-elle demandé d'une voix tremblante.

— Le *Senhor* Orsini a gagné, lui avait appris l'avocat avec un petit sourire.

Puis son visage s'était assombri et il avait ajouté :

— Après quoi Ferrantes et lui ont eu une discussion. A la fin, le *senhor* est parti à toute vitesse.

Sans signer les documents qui transféraient la propriété du ranch à Gabriella. Pourquoi ? La question la torturait depuis des heures. Elle l'avait tournée et retournée dans sa tête sans trouver de réponse.

— Que fait-on, maintenant ? avait-elle demandé à De Souza.

Cela lui avait valu un autre petit sourire.

— Nous attendons que le *Senhor* Orsini se manifeste, bien sûr. Il est bon d'avoir un homme aussi puissant comme ami, non ?

La façon dont il avait prononcé le mot « ami » lui avait donné envie de le gifler. Evidemment, la méprise de son avocat était compréhensible. Sous ses yeux, elle avait fondu dans les bras de Dante avec autant de passion que Juliette pour Roméo. Mais c'était une simple réaction hormonale, aggravée par le fait qu'il l'avait surprise en réapparaissant si soudainement dans sa vie.

Non, Dante Orsini ne signifiait plus rien pour elle. Elle avait perdu toute estime pour lui le jour où il l'avait…

Qu'est-ce que c'était que ça ?

Gabriella leva la main pour protéger ses yeux de la lumière des phares. Une voiture venait de se garer juste devant la fenêtre du salon. Son cœur se mit à battre la chamade. Etait-ce Ferrantes ? Humilié par Dante, il venait sans doute prendre sa revanche sur elle...

Une porte claqua. Des pas précipités résonnèrent sur les planches de la véranda, puis son visiteur appuya rageusement sur le carillon, à plusieurs reprises.

Elle hésita, paniquée. Que devait-elle faire ? Appeler la police ? Le poste le plus proche était à plusieurs dizaines de kilomètres. Et Ferrantes avait tout le monde dans sa poche.

Le carillon retentit de nouveau. Elle devait agir. Jetant un coup d'œil vers l'escalier, elle hésita une dernière fois avant de prendre son courage à deux mains et d'aller ouvrir.

Mais la silhouette puissante qui emplissait l'encadrement n'était pas celle de Ferrantes.

C'était Dante. Et à en juger par son expression, il ne s'agissait pas d'une visite de courtoisie...

Dante vit un mélange d'émotions traverser le visage de Gabriella. De la surprise. De la peur. Et juste avant cela, quelque chose qu'il ne put identifier. De toute façon, cela n'avait aucune importance. Ce qu'elle ressentait n'était rien en comparaison de la fureur qui le dévorait.

— Dante, fit-elle du ton froidement poli qu'elle aurait réservé à un importun. Je ne m'attendais pas à te voir.

— J'imagine, oui.

— En fait, je pensais... Le *Senhor* De Souza et moi pensions que tu étais reparti aux Etats-Unis.

— Sans signer le transfert de propriété ?

Gabriella crut voir un sourire sarcastique se dessiner sur ses lèvres, mais se força à ne pas réagir.

— Je voulais seulement dire...

— Oh, je sais très bien ce que tu voulais dire. Tu ne m'invites pas à entrer ?

Elle hésita imperceptiblement avant de répondre :

— C'est-à-dire qu'il est tard et…

— La nuit vient juste de tomber. A New York, nous sortirions à peine pour aller dîner.

Malgré elle, Gabriella rougit.

— C'était il y a longtemps.

— Après quoi, poursuivit-il comme s'il ne l'avait pas entendue, nous irions prendre un verre dans l'un de ces petits clubs que tu aimais tellement.

— C'est toi qui les aimais. Pour ma part, j'avais des plaisirs simples.

Dante sentit un flot d'adrénaline courir dans ses veines. L'accent de Gabriella s'était soudain accentué. En général, il était presque imperceptible — elle avait appris l'anglais très jeune, lui avait-elle expliqué autrefois — mais se faisait plus prononcé lorsqu'elle était émue.

Ou lorsqu'elle faisait l'amour.

Il adorait l'entendre soupirer et gémir dans sa langue natale. Des mots dont il ignorait le sens mais que son corps, lui, comprenait à merveille.

— Comme ce que nous faisions quand nous rentrions chez moi ? suggéra-t-il.

Elle rougit violemment, et Dante savoura ce moment de triomphe. Si elle pensait contrôler la situation comme elle l'avait fait ce matin, elle allait à présent déchanter.

Elle inspira profondément et, par réflexe, il baissa les yeux sur ses seins. Ils semblaient plus voluptueux, plus pleins que par le passé. Mais sa mémoire lui jouait peut-être des tours. Il ne l'avait pas vue nue depuis longtemps.

Depuis trop longtemps, songea-t-il comme une bouffée de désir inattendue l'assaillait.

Du désir ? Pour une femme même pas maquillée ? Pourtant, il devait avouer qu'elle était magnifique, même s'il ne l'avait jamais vue habillée ainsi.

— Ce qui s'est passé entre nous à New York est de l'histoire ancienne, répliqua-t-elle enfin.

— Dommage, riposta Dante d'un ton ironique. Après tout ce que nous avons été l'un pour l'autre, je m'attendais à un accueil plus chaleureux.

— Qu'est-ce que tu veux, au juste ?

— Ce que je veux ? J'ai acheté ce ranch, aujourd'hui. Tu l'as déjà oublié ?

Gabriella croisa les bras sur sa poitrine, puis soupira.

— Non. C'était... très généreux de ta part.

— Vu la façon dont tu regardais Ferrantes, tu me dois une fière chandelle. Ça a dû être dur pour toi de devoir coucher avec un porc pareil...

Elle le gifla. Si rapidement que Dante ne put même pas réagir. Il réussit seulement à lui agripper le poignet après coup, et à attirer la jeune femme contre lui.

— Qu'est-ce qui se passe, ma chère ? La vérité te déplaît ?

— Sors d'ici ! Sors de chez moi !

— Ce n'est plus chez toi.

A ces mots, des larmes emplirent les yeux de Gabriella. Des larmes de crocodile ou des larmes de colère, songea Dante.

— J'ai acheté la *fazenda*, comme tu l'avais sans doute prévu.

Gabriella le dévisagea, médusée, comme s'il avait perdu l'esprit.

— Comme je l'avais prévu ? Et comment aurais-je

pu le prévoir ? Je ne savais même pas que tu étais au Brésil ! D'ailleurs, maintenant que j'y pense, qu'est-ce que tu fais ici ?

— Je suis venu pour affaires. Des affaires de famille.

— Ah, c'est vrai, la célèbre *familia* Orsini. Comment ai-je pu l'oublier ?

Elle hoqueta comme Dante resserrait son étreinte. Durant les quelques mois qu'ils avaient passés ensemble, ils n'avaient jamais parlé de son père, de ses relations avec le milieu du crime.

— Qu'est-ce que tu veux dire ? demanda-t-il.

— Que les chiens ne font pas des chats. Tu me fais mal, bon sang !

Elle se débattit pour lui échapper mais chaque mouvement lui faisait prendre plus douloureusement conscience du corps de Dante tout contre le sien.

C'était une torture.

Et c'était merveilleux.

Avec un gémissement sourd, Dante l'attira contre lui et l'embrassa.

D'abord, elle se débattit. Mais il s'en moquait. Il savait qu'elle ne lui résisterait pas longtemps. Ce matin, elle lui avait fait faire ce qu'elle voulait. C'était à son tour de la soumettre à sa volonté.

Il la désirait comme il n'avait jamais désiré personne. Il lui ferait oublier Ferrantes, la marquerait d'un sceau indélébile. Elle gémirait dans ses bras, s'abandonnerait à ses caresses, s'ouvrirait à lui comme autrefois. Ses soupirs seraient la plus douce des musiques...

Il murmura son prénom. Puis il glissa la main sous son haut et soupira en sentant le poids de ses seins, chauds, galbés. Leurs pointes se dressèrent et tendirent la dentelle qui les emprisonnait.

— Gabriella...

Sa langue attira celle de la jeune femme, l'enveloppa... Seigneur ! Mais qu'était-il en train de faire ?

Avec un juron, il la repoussa brutalement. Déséquilibrée, elle fit un pas en arrière et ses épaules heurtèrent le mur. Elle avait l'air choqué, au bord des larmes, mais Dante n'était pas dupe. Il savait exactement ce qu'elle faisait. Elle utilisait son corps et leur indéniable alchimie sexuelle pour endormir sa méfiance, l'ensorceler.

— Très agréable, fit-il d'un ton indifférent, comme s'il avait tout calculé et n'avait pas un seul instant perdu le contrôle de lui-même. Nous allons bien nous entendre, tous les deux.

— Sors d'ici, ordonna la jeune femme d'une voix tremblante.

— Allons, tu sais très bien que ce sera beaucoup plus agréable avec moi qu'avec Ferrantes.

Elle voulut le gifler de nouveau mais cette fois, il était prêt. Il lui arrêta la main en plein vol.

— Tu as dit... tu as dit que tu allais acheter le ranch pour moi ! lança-t-elle, accusatrice. Que tu ne demanderais rien en échange.

— C'était avant de connaître la nature de ton accord avec Ferrantes. Je ne vois pas pourquoi je n'en profiterais pas moi aussi !

Elle lança un mot en portugais qui, ainsi que Dante le nota avec amusement, ressemblait étonnamment à un juron sicilien.

— Tu trouves ça drôle ? demanda-t-elle.

— Non, répondit-il sans cesser néanmoins de sourire avec ironie. Je me disais juste que tu n'avais pas vraiment le choix dans cette affaire.

— Qu'est-ce que ça veut dire ?

— Ça veut dire que je n'hésiterai pas à revendre la *fazenda* à Ferrantes si besoin est.
— Il ne paiera jamais cinq millions de dollars.
— Je perdrai de l'argent. Mon comptable en sera ravi, il dit que je paie trop d'impôts et qu'il faut que je fasse quelques pertes stratégiques.

De nouveau, les lèvres de Gabriella se mirent à trembler, tandis que ses yeux s'emplissaient de larmes. Il était difficile de ne pas éprouver de la pitié pour elle. Difficile, mais pas impossible.

— Je te déteste, Dante !
— Mais la question est : qui détestes-tu le plus ? Moi ou Ferrantes ? Bien sûr, tu as toujours la possibilité de prendre tes affaires et de vider les lieux mais...

Soudain, un gémissement l'interrompit et Dante fronça les sourcils. Il vit Gabriella se raidir.

— Qu'est-ce que c'était ?
— Un... un renard, répondit-elle aussitôt.

Elle mentait, cela se voyait sur son visage. Le cri se fit de nouveau entendre, ajoutant à la perplexité de Dante.

— Un renard dans la maison ?
— Ou un singe. Ils parviennent parfois à entrer dans le grenier.

Dante secoua la tête. Il n'avait pas eu besoin de grandir dans la nature pour savoir qu'il ne s'agissait ni d'un renard, ni d'un singe. Relâchant Gabriella, il se dirigea vers l'escalier. Aussitôt, elle le dépassa pour lui barrer le passage, les mains tendues.

— Pousse-toi, lança-t-il.
— Dante, s'il te plaît. Va-t'en. Je ferai mes affaires dès ce soir, je serai partie demain matin. Je te le promets...

Mais il l'ignora. La soulevant comme si elle n'était guère plus légère qu'une plume, il la déposa sur le côté et grimpa les marches quatre à quatre. Puis il remonta un couloir vers la source de ce qui ressemblait à présent à des sanglots.

Il entra dans la dernière pièce, dont la porte était ouverte, et se figea.

Elle contenait un berceau. Dans le berceau, il y avait une couverture bleue. Et sous la couverture bleue, il y avait un bébé. Un bébé qui criait, agitant ses petits poings et ses petits pieds.

Gabriella débarula dans la pièce et prit l'enfant dans ses bras. « Dis quelque chose », songea Dante, stupéfait. Mais aucun mot ne vint. Il ne pouvait que fixer le bébé avec ébahissement.

— *Meu querido*, murmura la jeune femme, ne pleure pas.

Les sanglots se changèrent en hoquets. Gabriella serra le petit corps contre elle et l'enfant posa la tête sur son épaule. Une paire d'yeux bleu pâle, frangés de longs cils noirs, fixa Dante.

Le silence retomba dans la pièce, oppressant. Enfin, Dante retrouva l'usage de la parole.

— C'est le tien ?

Ce n'était guère brillant, mais c'était la seule chose qu'il avait trouvée à dire.

Gabriella posa sur lui un regard impénétrable, sans répondre.

— J'ai dit...

— J'ai entendu la question, coupa-t-elle d'un ton méprisant. Oui, c'est mon fils.

Dante eut l'impression de recevoir un coup de poing au creux de l'estomac.

— Ton fils... et celui de Ferrantes.

Gabriella répondit par un son étranglé, mi-rire,

mi-sanglot, avant d'approcher son visage de celui de l'enfant. Dante la fixa de nouveau, cherchant quelque chose à dire. Ou plus simplement, il aurait pu donner un bon coup de poing dans le mur.

Il ne fit ni l'un ni l'autre. Il préféra tourner les talons et sortir.

5

Dante conduisait comme s'il avait tous les démons de l'enfer à ses trousses, la rage au corps. Le seul fait d'imaginer que Gabriella avait couché avec ce porc de Ferrantes, porté son enfant...

Du poing, il martela le volant. Cette voiture ne pouvait-elle pas aller plus vite ? Il avait hâte de rentrer à l'hôtel, de faire ses bagages et de prendre le premier avion pour New York. Là, il lui faudrait apprendre à son père qu'il n'avait trouvé ni Viera, ni son fils. Juste une fille aux mœurs dissolues. Une femme avec laquelle il était autrefois sorti pendant quelques semaines.

Bon d'accord, trois mois exactement. Ils avaient fait l'amour dès le premier soir, emportés par une passion qui ne s'était jamais éteinte. Mais quelque chose avait fini par changer dans leur relation. Dante avait été incapable de dire quoi. Or, il détestait ce qu'il ne pouvait pas contrôler.

Etait-ce pour cela qu'il avait rompu avec elle ? Peu importait, après tout. Il avait des questions plus urgentes à régler.

Comme ce qu'il allait faire de ce ranch, par exemple... Le plus raisonnable serait d'appeler De Souza et de lui ordonner de vendre au plus offrant, même s'il s'agissait de Ferrantes. *Surtout* s'il s'agissait de Ferrantes, songea Dante avec colère. Gabriella le méritait bien.

Un pincement de culpabilité lui serra le cœur, mais il l'ignora. Il n'était pas un chevalier en armure étincelante venu délivrer la jeune femme ! Il avait plutôt le sentiment d'être Don Quichotte chargeant des moulins à vent. Gabriella l'avait ridiculisé et allait payer pour cela. Il se moquait bien de ce qu'elle et son bébé aux yeux bleus allaient devenir...

Avec un juron, il donna un coup de volant, écrasa le frein et s'arrêta sur le bord de la route. Puis il crispa les mains sur le volant, jusqu'à ce que ses phalanges blanchissent.

Le peu qu'il savait sur les enfants aurait tenu dans un dé à coudre. Et comment aurait-il pu s'y connaître ? Ses frères et sœurs n'en avaient pas. Si les quelques types avec lesquels il jouait parfois au football dans Central Park le dimanche en avaient, ils n'en parlaient jamais. Les enfants, pour lui, étaient une espèce mystérieuse et lointaine.

Bien sûr, il en voyait passer dans des poussettes, ou avec leurs parents dans son immeuble. Deux semaines plus tôt, il était sorti en même temps qu'une femme qui tenait un bébé dans ses bras. Comme ils attendaient tous deux un taxi sous l'auvent, à cause de la pluie, il avait senti le regard de la femme posé sur lui.

— Sale temps, avait-il commenté pour dire quelque chose.

Elle avait hoché la tête mais continué de le fixer, comme si cela ne suffisait pas. Alors il avait compris.

— Beau bébé, avait-il ajouté.

C'était juste un bébé, ni plus beau ni plus laid que

les autres, mais la femme lui avait décoché un sourire radieux.

— Elle a quatre mois aujourd'hui, avait-elle expliqué avec fierté, comme s'il s'agissait d'un exploit.

Quatre mois. Le bébé de Gabriella était à peu près de la même taille, donc probablement du même âge. La seule différence était ses yeux bleus, presque solennels, et...

Soudain, ce fut comme si un voile se déchirait. La vérité s'imposa à lui, si brutalement qu'il en eut le souffle coupé.

Il connaissait ces yeux. Il les voyait tous les matins dans le miroir en se rasant !

— Non ! s'exclama-t-il à voix haute. Ce n'est pas possible !

Pourtant, tout collait. Il refit le calcul, encore et encore, mais il était impossible d'échapper à l'implacable logique.

Dante se radossa à son siège, blême. Comment cela pouvait-il lui arriver, à lui ? N'avait-il pas assez souffert avec Teresa D'Angelo et ses mensonges ? Il n'avait jamais oublié d'utiliser un préservatif, avec aucune femme. Ce qui signifiait que Gabriella mentait.

Il secoua la tête. Non, elle ne mentait pas. Elle n'avait jamais dit que l'enfant était le sien, contrairement à Teresa. Et contrairement à cette dernière, elle ne lui avait rien demandé.

Ce qui voulait dire, conclut-il avec un soupir de soulagement, que l'enfant n'était pas le sien. Elle avait sans doute rencontré quelqu'un très vite après leur séparation. Les yeux bleus n'étaient qu'une coïncidence. Tous les bébés avaient les yeux bleus, non ?

— *Merda*, lâcha-t-il.

Il passa la première et, pour la seconde fois de la journée, retourna à la *fazenda*.

Daniel s'était finalement endormi.

Il s'était agité pendant une demi-heure, ce qui était inhabituel. Il était en général très calme, docile, et souriant. Quand il souriait, il ressemblait à son…

Gabriella secoua la tête. Non, elle ne voulait pas penser à cela. Il lui avait fallu des semaines pour pouvoir enfin regarder son fils sans penser à l'homme qui l'avait engendré. Elle n'allait pas laisser les événements de la journée gâcher sa tranquillité d'esprit.

Avec précaution, elle déposa l'enfant assoupi dans son lit, remonta la couverture sur lui et se pencha pour l'embrasser sur le front. *Deus*, elle adorait son fils. Et dire qu'elle avait été terrifiée en apprenant qu'elle était enceinte ! Il était à présent le centre de sa vie.

C'était pour lui qu'elle avait voulu sauver la *fazenda*. Pour lui léguer cet endroit plein des souvenirs d'un frère qu'elle avait adoré, et qui lui aussi l'avait aimée. Il avait bien été le seul. Son père ne l'avait pas aimée. Dante non plus.

Avec un soupir, elle passa dans la salle de bain, ouvrit la douche en grand et laissa le jet brûlant chasser la tension de ses muscles.

Dante appartenait au passé. Son fils, lui, était l'avenir. Elle devait donc réfléchir à ce qu'elle allait faire, maintenant qu'elle avait perdu le ranch. Elle avait espéré qu'un miracle se produirait jusqu'à la dernière minute. Mais leurs dettes étaient trop importantes. Son père avait hypothéqué la *fazenda* à plus d'une reprise et dilapidé leur argent en femmes, en chevaux et aux cartes. Quand Arturo avait hérité du ranch, la banque avait lancé un ultimatum.

Et puis, malgré les médecins, les traitements, les sommes folles qu'elle avait dépensées pour lui, son frère était mort. Les banquiers n'avaient pas attendu longtemps pour passer à l'attaque, refusant l'offre pitoyable qu'elle leur avait faite.

C'était alors que Ferrantes était apparu, fondant comme un charognard sur sa proie. Révoltée, elle avait repoussé sa proposition. Avec un rire sinistre, Ferrantes lui avait alors assuré qu'elle changerait d'avis après les enchères. Elle frissonna, songea à la main lourde et grasse sur sa taille...

Puis elle se figea.

Quelqu'un sonnait et frappait à la porte, elle l'entendait malgré l'eau qui coulait. Le visiteur allait réveiller Daniel mais elle ne voulait pas lui ouvrir. Car cette fois, elle était sûre qu'il s'agissait de Ferrantes. Sans prendre le temps de se sécher, elle enfila un peignoir en coton, attacha sa ceinture et descendit en courant, le cœur battant.

Il lui fallait une arme. Son père avait des fusils de chasse mais elle ignorait où ils étaient. Et il y avait fort à parier qu'Arturo, qui n'aurait pas fait de mal à une mouche, les avait jetés.

— Gabriella ! Ouvre cette fichue porte !

Elle tressaillit en reconnaissant cette voix. Dante ? Etait-ce vraiment lui ? Précautionneusement, elle s'approcha de la fenêtre pour regarder à l'extérieur. Oui, c'était bien sa voiture. Pourquoi était-il revenu ?

Il n'y avait qu'un moyen de le savoir. Après une hésitation, elle entrebâilla la porte.

— Qu'est-ce que tu veux ?

D'une seule main, il poussa le battant sans effort et pénétra dans la maison. Gabriella sentit son cœur se serrer en le voyant mais, Dieu merci, la colère reprit bien vite le dessus.

— Excuse-moi, mais je ne me souviens pas de t'avoir invité à entrer. Il est tard et...

— Oui, coupa-t-il en la clouant sur place d'un regard glacial. Trop tard.

Ses yeux descendirent le long de son corps et Gabriella se rendit compte que le tissu de son peignoir devait coller à son corps mouillé. Elle fit de son mieux pour ne pas rougir.

— Tu attendais de la visite ? ironisa Dante.

— Non, je m'apprêtais à aller me coucher. Figure-toi que mes journées commencent tôt.

Le sourire de Dante s'évanouit aussitôt.

— Ta vie sociale a dû prendre du plomb dans l'aile, avec un enfant.

— Qu'est-ce que tu veux, au juste ?

— J'ai peine à imaginer qu'une fille active comme toi puisse aimer ce genre de vie.

— Ça montre que tu me connais mal.

L'accusation irrita Dante. Lui, mal la connaître ? Au contraire ! Il savait qu'elle préférait le vin blanc, qu'elle ne mangeait pas de viande rouge, et qu'elle aimait s'habiller chez les grands couturiers.

N'était-ce pas cela, connaître une femme ? Cela signifiait qu'il savait dans quels restaurants l'emmener et que demander à sa secrétaire d'acheter lorsqu'il décidait de faire un cadeau.

— Je t'ai posé une question, Dante. Que veux-tu ? Nous nous sommes dit tout ce que nous avions à nous dire.

— Vraiment ? Ce n'est pas mon impression.
— De quoi parles-tu ?
— Tu n'as jamais répondu à la question la plus importante.

Gabriella ne cilla pas mais il crut la voir pâlir.
— Quelle question ?
— Inutile de jouer avec moi.

Dante fit un pas en avant et demanda de but en blanc :
— Est-ce que l'enfant est de lui ou de moi ?

La question fit à Gabriella l'effet d'un coup de poing. Quand elle avait compris qu'elle était enceinte, elle avait joué et rejoué dans sa tête la scène où elle le dirait à Dante. Et imaginé les pires scénarios. C'était la raison pour laquelle elle ne s'était pas effondrée quand il avait rompu avec elle, le soir même où elle comptait lui annoncer la nouvelle.

Que devait-elle répondre, à présent ? C'était d'autant plus dur à savoir qu'elle ignorait tout de ses intentions.
— Alors ? demanda Dante d'un ton dur.

Elle hésita, le cœur battant. Elle n'avait pas de raison d'avoir peur. Après tout, elle avait traversé le plus dur toute seule : la perte de son travail, le retour au Brésil, la froide ironie de son père, la maladie de son frère, l'accouchement... Après ça, elle pouvait tout affronter.

Rejetant ses cheveux en arrière, elle lui décocha ce regard hautain qui avait fait sa célébrité sur les podiums de Paris, Milan ou New York.
— Pourquoi poser la question, puisque tu as déjà la réponse ?

La mine sombre, Dante referma les mains sur les poignets de Gabriella. Elle sentit ses doigts mordre douloureusement dans sa chair.

— Je ne suis pas d'humeur à jouer, Gabriella. De qui est ce gamin ?

— Ce gamin, comme tu dis, est le mien ! Sors d'ici, maintenant !

Elle poussa un petit cri comme il resserrait encore son étreinte.

— Tu n'oublies pas quelque chose ? déclara-t-il d'un ton menaçant. Je suis chez moi.

Gabriella crut que son cœur allait s'arrêter de battre.

— *Senhor* De Souza a dit que j'avais quarante-huit heures pour partir, protesta-t-elle faiblement.

— Tu partiras quand je le déciderai. Si tu veux bénéficier de ces quarante-huit heures, dis-moi simplement ce que je veux savoir.

— Ça... ça ne te regarde pas.

— Quel âge a le gamin ?

— Quatre mois. Voilà, je t'ai donné une réponse. Tu es content ?

— Quatre mois. Et tu m'as quitté il y a un an.

— *Je* t'ai quitté ? répéta-t-elle avec un éclat de rire incrédule. C'est toi qui a rompu avec moi, Dante ! Tu m'as jetée comme un vieux jouet cassé.

— Je ne t'ai jamais considérée comme un jouet.

— « Nous avons eu du bon temps, Gabriella, fit-elle en imitant sa voix solennelle. Mais je ne suis pas prêt pour une véritable relation. Il y a tant d'autres femmes qui m'attendent... »

— Je n'ai jamais dit ça ! protesta Dante.

— C'était ce que tu voulais dire !

Elle eut un mouvement de recul, tel un étalon furieux.

Elle était magnifique, songea Dante malgré lui. Fière, indomptable.

Ses yeux descendirent sur son fin peignoir de coton,

qui ne cachait rien de ses courbes affolantes. Ses seins tendaient le tissu blanc et il dut résister à l'envie de les envelopper, de les caresser doucement. Ses mains se rappelaient encore leur poids et leur texture, ses yeux leur couleur, ses lèvres leur goût.

Il avait adoré taquiner leurs pointes tendues, les suçoter, les mordiller, les embrasser, pendant qu'elle gémissait et murmurait son prénom, arc-boutée contre le lit. Il les avait comblés de ses attentions avant de glisser plus bas, le long de son ventre, vers le cœur de son désir.

Une violente érection le surprit, presque douloureuse. Relâchant brutalement Gabriella, il lui tourna le dos et s'éloigna, furieux d'avoir perdu le contrôle de lui-même. Après de longues secondes, il se retourna enfin vers elle.

— Ne me fais pas perdre mon temps. Un coup de fil à mon avocat et je saurai où le gamin est né...

— Arrête de l'appeler comme ça ! Il a un prénom : Daniel.

— Et son nom de famille ? Qu'y a-t-il d'inscrit sur son certificat de naissance ?

— Reyes, mentit-elle, regrettant l'accès de sentimentalisme qui lui avait fait inscrire « Orsini ».

— Très bien, fit Dante en sortant son téléphone de sa poche.

— Qu'est-ce que tu fais ?

— J'appelle mon avocat. Tu veux la guerre ? Tu l'auras. Mais je te promets une chose : tu vas le regretter.

Gabriella laissa échapper un soupir. Il avait raison. Il ferait un ennemi dangereux. De plus, que gagnait-elle à lui cacher la vérité ? Rien du tout. La seule chose qui la retenait de parler, c'était la fierté.

— Alors, qu'est-ce que tu préfères ? La manière douce

ou la manière forte ? Pour la dernière fois, est-ce que
Daniel est de moi ?

Peut-être était-ce la fatigue, ou peut-être accepta-t-elle
ce qu'elle savait inévitable. Ou peut-être était-ce l'émotion d'entendre Dante prononcer le nom de son fils...

Quelle qu'en fût la raison, elle sut qu'il était temps
de capituler.

— Oui, répondit-elle. Daniel est ton fils. Et alors ?
Et alors ?

Alors Dante comprit, en cet instant, que sa vie ne
serait plus jamais la même.

6

Gabriella regretta aussitôt son aveu. Dante, en effet, avait l'air d'un homme qui venait d'être frappé par la foudre.

Si elle avait été une héroïne de film, si elle avait été Meg Ryan et qu'il avait été Tom Hanks, sa stupeur aurait laissé place à une explosion de joie. Mais ils n'étaient pas dans un film. Et Dante Orsini était un homme qui se lassait des femmes après un ou deux mois. Elle l'avait su dès le départ mais s'était crue assez forte et libérée pour se contenter d'une telle relation.

Grossière erreur. Elle avait eu le cœur brisé lorsqu'il l'avait soudain rejetée comme s'il n'y avait jamais rien eu entre eux.

Non, songea-t-elle en le regardant. Ce n'était pas un film. C'était la vie. Et le visage de Dante en disait long. Il exprimait la stupéfaction, l'incrédulité, l'horreur. Il avait pâli et ses yeux — les mêmes que ceux de Daniel — paraissaient plus bleus que jamais.

Elle prit une profonde inspiration pour se calmer. Elle ne se sentait pas très bien. Les enchères, Ferrantes, l'apparition de Dante, voilà qui était plus qu'elle n'en pouvait supporter. Ou peut-être couvait-elle simplement quelque chose…

Quoi qu'il en soit, elle avait hâte qu'il parte. Elle ne

voulait pas l'entendre nier qu'il était le père de Daniel, car elle savait que c'était ce qu'il allait faire.

D'une certaine façon, elle devait admettre qu'elle le comprenait. Elle aussi avait d'abord refusé l'évidence lorsqu'elle n'avait pas eu ses règles. Ces dernières avaient toujours été irrégulières et elle ne s'était pas inquiétée. Jusqu'au moment où, un soir qu'elle était seule au lit parce que Dante était en voyage d'affaires, un terrible doute s'était soudain emparé d'elle.

Elle avait couru à la pharmacie de nuit la plus proche, où elle avait acheté plusieurs tests de grossesse.

Deux heures plus tard, après les avoir tous faits, elle s'était assise sur le carrelage froid de la salle de bain, nauséeuse, en état de choc. Alors, bien sûr, elle comprenait la réaction de Dante.

— ... être de moi, Gabriella ?

Clignant des yeux, elle revint à la réalité et regarda Dante. Il avait retrouvé ses couleurs, mais aussi son arrogance. Celle-ci suintait de sa voix et irradiait de son regard.

— Tu m'as entendu ? J'aimerais savoir comment cet enfant peut être de moi.

Elle grimaça, résistant à l'envie de se masser les tempes pour apaiser la migraine qui menaçait. La question était blessante mais elle ne lui laisserait pas voir sa détresse.

— De la façon habituelle, répondit-elle, sarcastique. Tu n'as pas suivi des cours d'éducation sexuelle à l'école ?

— Très drôle. Il se trouve que j'ai utilisé des préservatifs.

Gabriella ferma les yeux. Oui, elle s'en souvenait parfaitement. Elle les avait parfois glissés elle-même sur son sexe rigide et brûlant.

— Gabriella ?

— Je ne sais pas quoi te dire. Je suis tombée enceinte malgré les préservatifs.

Dante plissa les lèvres, réprimant visiblement sa colère.

— Si un préservatif s'était percé, je l'aurais su.

— Bien sûr. Tu sais toujours tout.

— Je sais qu'il est particulièrement improbable que cet enfant soit de moi. Je ne vois pas comment tu as pu le concevoir.

C'était comme s'il évoquait une expérience de laboratoire, froide et sans passion. Ne se rappelait-il donc pas leur alchimie sexuelle ? Elle, en tout cas, s'en souvenait. Elle se souvenait de sa présence en elle, de ses lèvres sur son corps, de ses mains sur ses hanches, de son parfum, de son goût...

Deus, mais que lui arrivait-il ? Pourquoi lui avait-elle avoué que Daniel était de lui ? Cette discussion ne les mènerait à rien.

Furieuse, elle agrippa la poignée de la porte et l'ouvrit en grand.

— Restons-en là, Dante. Nous n'avons plus rien à nous dire.

— Oh vraiment ? J'ai pourtant l'impression que nous ne faisons que commencer.

— Tu as eu ta réponse. Tu voulais savoir si tu étais le père de Daniel, je te l'ai dit. Tu ne veux pas l'admettre, très bien. C'est une affaire réglée.

La mâchoire serrée, Dante repoussa la porte sans effort et s'approcha de la jeune femme. Il sentait l'adrénaline courir dans ses veines, la colère se mêler en lui à l'excitation. Croyait-elle qu'il se laisserait si aisément mettre à la porte ? D'une maison qui, de plus, lui appartenait ? Et juste après lui avoir appris qu'il avait un fils ?

« C'est toi qui as voulu savoir », lui rappela une petite voix.

Mais cela ne signifiait pas pour autant qu'il devait accepter la réponse de la jeune femme. L'épisode Teresa D'Angelo lui avait enseigné une précieuse leçon.

— Supposons que l'enfant est de moi...

— Sors d'ici ! le coupa Gabriella d'une voix tremblante. Oublie cette conversation.

— Il faudrait savoir. Cet enfant est de moi, oui ou non ?

Mentir était tentant, mais Gabriella savait qu'il était trop tard pour cela.

— Oui, il est de toi. Mais par accident.

— Tu savais que tu étais enceinte la nuit où nous avons rompu ?

— La nuit où *tu* as rompu avec moi, tu veux dire ?

— Peu importe. Réponds.

— Qu'est-ce que cela change ?

— Il ne t'est pas venu à l'idée de me le dire ?

— Quand ? Avant ou après les boucles d'oreilles ?

Mal à l'aise, Dante fronça les sourcils. A l'entendre, il avait essayé de l'acheter. Or, ce n'était pas le cas.

— N'essaie pas de me faire croire que je suis responsable. Ce n'est pas ma faute si tu as choisi de me dissimuler ta grossesse.

— Je ne t'ai rien dissimulé ! J'étais enceinte, j'étais venue te le dire, et tu m'a jetée comme un vieux mouchoir en papier !

Dante sentit son cœur se serrer, bien malgré lui. Une partie de son esprit comprenait presque ce qu'elle lui disait, l'acceptait, lui soufflait qu'elle avait eu raison d'agir comme elle l'avait fait.

Mais il se ressaisit vite. Ne l'avait-elle pas assez manipulé ? Quelques larmes et un baiser, et il avait acheté la *fazenda*. Et à présent, ce nouveau numéro qui allait sans doute se conclure par une demande d'argent.

La question, au fond, était de savoir si l'enfant était vraiment le sien. Si c'était le cas, il assumerait son rôle sans rechigner et ferait ce qu'il avait à faire. Mais il n'accepterait pas la chose aussi aisément, sur la seule foi des paroles de Gabriella.

— Je veux une preuve, déclara-t-il.

— Tu n'as pas besoin de preuve, parce que je ne veux rien de toi.

— Tout comme tu ne voulais pas le ranch quand tu t'es jetée dans mes bras, ce matin ? Ne me fais pas perdre mon temps. Je veux une preuve. Quand Daniel est-il né, et où ? Quel nom de famille figure sur son certificat de naissance ?

Gabriella se mit à pleurer mais Dante demeura impassible. Il savait qu'il s'agissait d'un numéro parfaitement rodé, même s'il devait lui reconnaître un certain talent d'actrice.

— Va-t'en ! répéta-t-elle dans un souffle. Je ne te demande rien. Je n'ai jamais rien attendu de toi : ni ton argent, ni tes cadeaux...

— Et ça ? coupa Dante.

Brutalement, il la prit dans ses bras et écrasa ses lèvres contre les siennes, l'embrassant avec une férocité mêlée de désir. Sa langue enveloppa la sienne, réclamant la réponse à laquelle il était habitué.

Mais elle ne vint pas. Cette fois, Gabriella resta raide entre ses bras. Lentement, il rouvrit les yeux et frissonna en voyant la douleur qui brûlait dans ceux de la jeune femme.

— Laisse-moi, Dante. Au nom de tout ce que nous avons partagé, va-t'en.

Il hésita, mortifié et troublé à la fois. Il avait envie de la prendre de nouveau dans ses bras, de lui dire qu'il n'était pas le monstre insensible qu'elle l'accusait d'être, qu'elle avait plus compté pour lui qu'elle ne se l'imaginait. Il voulait l'embrasser encore, plus tendrement, entendre ses soupirs, la sentir s'affaisser contre lui...

Mais il fit un pas en arrière.

Une nouvelle fois, il se laissait dominer par ses émotions. Et c'était une erreur, la pire qu'il pouvait commettre.

Il devait partir d'ici, parler à son avocat, à ses frères, demander un test de paternité. En fonction du résultat, il prendrait une décision.

Sans un regard en arrière, il quitta la maison. Cette fois, songea-t-il en démarrant en trombe, il était sûr d'une chose.

Il ne reviendrait pas. Il en avait fini avec Gabriella et avec le Brésil.

Il n'y avait rien pour lui ici.

Dante n'avait à présent qu'une hâte : rentrer chez lui. Et il n'avait pas l'intention d'attendre que le jour se lève.

Sitôt arrivé à son hôtel, il réveilla le concierge assoupi derrière son comptoir pour lui dire qu'il voulait un avion. Le concierge bâilla et Dante dut répéter sa requête plus durement, tout en sortant son carnet de chèques. Il voulait un avion tout de suite. Le coût importait peu.

Deux coups de fil plus tard, l'affaire était réglée.

Une heure après, il était à bord d'un avion pour New York. L'appareil était spacieux, le pilote compétent, le ciel piqué de millions d'étoiles.

Et il se sentait plus mal que cela ne lui était jamais arrivé dans sa vie.

Il n'avait pas pour habitude de fuir les responsabilités. Mais jamais il ne s'était retrouvé dans une telle situation. Il était venu acheter un ranch pour son père et se découvrait un enfant !

Etouffant un juron, il ferma les yeux.

Il avait systématiquement utilisé un préservatif, il en était sûr, même si à de nombreuses reprises il avait brûlé d'envie de retirer cette barrière de latex pour communier plus étroitement avec Gabriella. Ce qui ne lui était jamais arrivé avec aucune autre femme. Mais il n'en avait évidemment rien fait.

— Bon sang, maugréa-t-il en s'agitant dans son fauteuil pour soulager une érection naissante.

Voilà ce qui se passait lorsqu'il repensait à ces quelques mois avec Gabriella. Il l'avait désirée comme aucune autre avant elle. Cependant, pas au point de se montrer imprudent.

Oui, il aimait le risque. Il faisait du parachute, du ski hors-piste, de la descente de rivière. Il investissait parfois des sommes à faire pâlir d'autres milliardaires.

Mais l'amour sans protection ? Ce n'était plus du risque, c'était carrément du suicide. Sauf à vouloir se marier, avoir des enfants, une maison en banlieue et un chien. Et lui ne serait jamais prêt à cela, il le savait. Les femmes, en revanche, en rêvaient depuis leur plus tendre enfance et ne reculaient la plupart du temps devant rien pour réaliser ce rêve.

Pas de sexe sans préservatif, donc.

Malgré cela, les accidents arrivaient. Il savait que le latex avait une résistance d'une durée limitée, et que des spermatozoïdes pouvaient le traverser si l'on ne se retirait pas tout de suite. S'il avait scrupuleusement suivi cette règle au départ, il n'en avait pas été de même vers la fin de sa relation avec Gabriella. Il avait aimé rester en elle après l'amour, la serrer dans ses bras, l'embrasser, répugnant à quitter sa chaleur moite. Et dans ces circonstances, que valait un préservatif ?

Pas grand-chose, apparemment...

Mais cela restait à vérifier, se rappela-t-il. Gabriella avait beau être une amante merveilleuse, ce n'était pas une raison pour abdiquer tout sens critique.

Tirant son téléphone de sa poche, il fit défiler la liste de ses contacts et s'immobilisa, le doigt sur la touche qui le mettrait en communication avec son avocat. Il songea aux tests que ce dernier lui recommanderait, au temps qu'il faudrait pour obtenir les résultats, puis à Gabriella seule dans cette grande maison décrépite, convoitée par Ferrantes...

Lâchant une bordée de jurons, il rangea son téléphone, se leva et se dirigea vers le cockpit. L'hôtesse lui jeta un regard surpris lorsqu'il la dépassa.

— Vous désirez quelque chose, *senhor* ?

Mais il l'ignora, frappa à la porte du poste de pilotage et ouvrit sans attendre la réponse.

— Capitaine ?

Le pilote et son second se retournèrent. Leur expression alarmée rappela à Dante que faire irruption dans un cockpit pouvait être mal interprété, et il se força à arborer un sourire rassurant.

— Capitaine, excusez-moi mais j'ai besoin de retourner à Bonito.

Les deux hommes, à ces mots, parurent plus inquiets encore.

— Je suis désolé, reprit-il, et je paierai bien sûr tous les frais, plus une prime.

— Et pourquoi voulez-vous rentrer ? demanda le pilote.

— A cause d'une femme, répondit Dante, la mine sombre.

Aussitôt, les deux hommes sourirent.

— Alors, si c'est pour une femme... Nous allons faire demi-tour et revenir le plus vite possible.

— Parfait.

Oui, c'était parfait. Il allait revenir au Brésil et régler tout ce qui devait l'être. Il avait promis la *fazenda* à Gabriella, il signerait donc les documents nécessaires. Quant au reste, les tests d'ADN, les prises de sang... A quoi bon ? L'enfant était de lui. Il lui ressemblait trop pour que le doute soit permis. Et puis, au fond de lui-même, il savait que Gabriella n'était pas une menteuse.

Il ouvrirait un compte en banque pour elle, un pour son fils.

Puis il reprendrait le cours de sa vie.

7

Une fois arrivé, il ne se rendit ni à la *fazenda*, ni à l'hôtel.

A quoi bon ? Il n'avait pas besoin de voir Gabriella, et encore moins d'une chambre. Son séjour à Bonito serait bref, deux heures tout au plus. Il n'avait qu'à rencontrer De Souza, signer les documents nécessaires et s'en aller.

Il téléphona donc à l'*advogado*, qui parut surpris d'apprendre qu'il était de retour à Bonito.

— Je pensais que vous étiez reparti à New York, *Senhor* Orsini.

— Vous vous êtes trompé. Je veux vous voir ce matin.

Au bout du fil, De Souza eut une hésitation.

— C'est que... c'est un peu précipité. Je vais vous passer ma secrétaire pour qu'elle vous donne mes disponibilités et...

— Je serai là dans vingt minutes, coupa Dante.

Et il raccrocha. Il se dirigea ensuite vers le comptoir de location de voitures, s'arrêtant au passage pour s'acheter un café. Son estomac vide gronda lorsqu'il en avala la première gorgée, lui rappelant qu'il n'avait pas mangé depuis longtemps. Mais il n'avait pas le temps de se restaurer. Il devait d'abord s'occuper de ses affaires.

Le reste pouvait attendre.

De Souza bondit sur ses pieds lorsque Dante entra dans son bureau. Le senhor voulait-il quelque chose à boire ? Du café ? De l'eau ? Ou alors, même s'il était un peu tôt, une caïpirihna ?

Dante le remercia, lui assura qu'il ne voulait rien et se demanda pourquoi De Souza transpirait. Il faisait chaud dans la rue, mais le bureau était climatisé. Et lorsqu'il serra la main de l'avocat, il la trouva glacée.

L'homme était à l'évidence nerveux. Mais pourquoi ?

— Asseyez-vous, *Senhor* Orsini. Je suis ravi de vous voir mais je n'ai malheureusement pas beaucoup de temps à vous consacrer. Si vous m'aviez appelé hier...

— Je n'ai pas beaucoup de temps moi non plus, l'interrompit Dante, prenant place et ouvrant son attaché-case. Venons-en donc au fait. Je suis venu signer l'acte de transfert de Viera y Filho à la *Senhorita* Reyes. De quoi avez-vous besoin ?

L'avocat tira un mouchoir de sa poche intérieure et s'épongea délicatement le front avant de répondre :

— Un transfert... Mais quand vous êtes parti sans m'avoir rappelé, j'ai supposé...

— Vous avez supposé quoi ? Cette propriété m'appartient. Les documents que j'ai signés hier étaient en portugais, mais je sais reconnaître un contrat.

— Ce n'est pas aussi simple que cela, j'en ai peur.

— Qu'est-ce que ça veut dire ?

— Vous auriez dû me remettre un chèque pour valider la signature.

— Je vous ai donné un chèque.

— Non, il m'aurait fallu un chèque, ah, comment dites-vous... certifié par la banque ?

— Un chèque de banque ? Je comprends, mais je

n'en avais pas sur moi. J'ignorais que la vente avait lieu hier et je ne pouvais pas deviner le montant final. Je vous ferai virer les fonds... Pourquoi secouez-vous la tête comme ça ?

— Vingt-quatre heures se sont écoulées. Vous avez renoncé à votre option d'achat.

— C'est ridicule !

— C'est dans le contrat que vous avez signé.

— Bon, que dois-je faire alors ? Appeler la banque ? Ne me dites pas qu'il faut faire une nouvelle vente aux enchères ?

— Non, ce ne sera pas nécessaire...

— Parfait. Je vais donc appeler New York et...

— La *fazenda* a été vendue.

Dante se raidit, stupéfait. Il avait conclu assez de marchés pour savoir qu'il ne s'agissait pas d'un bluff.

— Vendue, répéta-t-il doucement.

— *Sim*.

— A qui ? demanda Dante même s'il connaissait déjà la réponse.

De Souza le regarda en rougissant.

— Vous devez comprendre que je ne suis que l'instrument de la transaction..., commença-t-il d'un ton geignard.

Lentement, Dante se leva de sa chaise.

— Répondez à la question. Qui a acheté la *fazenda* ?

— Je... *Senhor* Ferrantes.

— Vous étiez censé travailler pour Gabriella !

— Il faut me comprendre, *Senhor* Ferrantes est un membre éminent de notre communauté...

Dante se pencha par-dessus le bureau et eut la satisfaction de voir l'avocat se renfoncer dans son siège, les yeux écarquillés. Puis, ramassant les documents qu'il avait tirés de son attaché-case, il les rangea et sortit à grands pas, sans un regard en arrière. Une fois dans la rue, il téléphona à son avocat, un associé dans l'un des cabinets les plus prestigieux de New York. Dante utilisa son numéro personnel et Sam répondit à la deuxième sonnerie.

— Dante, que me vaut le plaisir de...
— Sam, j'ai un problème.
— Je t'écoute.

Dante lui expliqua tout. Enfin, presque tout, car il omit de préciser qu'il avait eu une relation avec Gabriella, et qu'elle avait un enfant qui semblait être de lui. Il raconta simplement qu'il avait acheté un ranch au Brésil, payé par chèque et découvert après vingt-quatre heures qu'il s'était fait doubler.

Mais Sam et lui étaient amis d'enfance. L'avocat le connaissait bien et, lorsqu'il eut fini de parler, un silence gêné retomba. Puis Sam toussota.

— Tu ne me dis pas tout, n'est-ce pas ? Si tu veux que je t'aide, tu ne dois rien me cacher.

Dante soupira et capitula. Il lui fit part de son histoire avec Gabriella, ainsi que de l'existence de son fils.

— Tu veux dire, le corrigea Sam, qu'elle prétend que c'est ton fils.
— Oui.
— Et tu la crois ?
— Oui. Non. Je ne sais pas, ce n'est pas une menteuse mais...

Sam l'interrompit pour l'interroger sur le contrat. Le mot « option » avait-il été mentionné ? Puis il lui demanda le nom et le numéro de la banque, avant d'annoncer qu'il le rappellerait dans dix minutes.

Dante rempocha son téléphone, brûlant de colère et

d'impatience. Il aurait voulu retourner voir De Souza et lui administrer une bonne correction. Ou démolir Ferrantes en personne.

Mais la logique l'emporta. Il était en terre étrangère et la solution la plus raisonnable consistait à laisser son avocat travailler. Après tout, attendre dix minutes n'était pas la mer à boire.

Avisant un bar, il y entra et commanda un café qu'il s'assit pour siroter, les yeux rivés sur sa montre. S'était-elle arrêtée ? L'aiguille n'avait pas l'air de bouger.

Enfin son téléphone sonna. Vif comme l'éclair, il décrocha.

— Alors ?

— Les détails évidents d'abord, déclara Sam. Ne t'engage pas vis-à-vis de Gabriella, même oralement. Sois courtois et aimable mais attends d'en savoir plus avant de décider ou de promettre quoi que ce soit.

— D'accord. Et le ranch ?

— Ah oui, le ranch. Tu veux la version juridique ou la version courte ?

— La version courte, maugréa Dante, sentant ses espoirs sombrer.

— Tu t'es fait avoir.

Dante bondit sur ses pieds, si brutalement que les autres clients lui jetèrent un regard inquiet. Il les ignora, jeta son gobelet de café dans une poubelle et sortit.

— Comment ça ? demanda-t-il une fois sur le trottoir. J'ai remporté l'enchère et remis un chèque que la banque a accepté.

— Non, c'est le commissaire-priseur qui l'a accepté. C'était une option d'achat qui devait être suivie dans les vingt-quatre heures de la remise d'un chèque de banque.

— C'est n'importe quoi !

— Peut-être, mais tu n'y peux rien. Tu n'es pas aux Etats-Unis, Dante. Ce qu'ils ont fait est-il légal ? Peut-être que oui, peut-être que non. Au final, ça ne fait aucune différence. Mais si tu veux vraiment contester la décision, il te faudra un avocat brésilien. Je peux te trouver un nom mais...

— Je n'ai pas le temps.

— Oui, c'est ce que je pensais. Et franchement, je ne pense pas que ça changerait quoi que ce soit. Tu veux mon avis ? Trouve-toi un autre ranch. Tu es au Brésil, ça ne devrait pas être trop difficile !

Dante se mit à rire. Mais même à ses oreilles, ce rire sonnait faux. Après avoir remercié son avocat, il raccrocha et se dirigea à grands pas vers sa voiture.

La *fazenda* avait pire allure, si c'était possible, que la veille. Les fondrières semblaient plus profondes, les herbes folles plus hautes, les bâtiments plus décrépits. Après s'être garé, Dante monta les marches du perron et sonna. Il entendit l'écho du carillon se répercuter à l'intérieur.

Comme personne ne venait, il sonna une seconde, puis une troisième fois. Enfin, une femme aux cheveux blancs vêtue d'une robe à fleurs informe lui ouvrit. Elle lui posa une question d'un air hostile, en portugais. Dante supposa qu'elle lui demandait qui il était ou ce qu'il voulait. Il déclina donc son identité et annonça qu'il désirait voir *Senhorita* Reyes.

L'autre ne bougea pas. Dante commença à répéter plus lentement lorsqu'il entendit soudain la voix de Gabriella dans la maison. Dépassant la femme, qui se mit à courir à sa suite, il suivit le son de la voix jusqu'à déboucher dans une pièce qui ressemblait à une bibliothèque. Comme le reste de la maison, elle avait connu des jours meilleurs.

Gabriella, agenouillée devant un carton à moitié rempli de livres, lui tournait le dos. Elle portait un jean et un T-shirt qui était remonté et révélait le bas de son dos. Ses cheveux étaient attachés par un élastique, ses pieds nus et poussiéreux.

Et elle était si belle qu'il sentit son cœur se serrer.

— *Yara*, fit-elle sans se retourner, *quem está aí ?* C'est le déménageur ? Si c'est lui...

— Bonjour, Gabriella.

Gabriella bondit sur ses pieds, si vivement qu'elle renversa une pile de livres. Cette voix... Elle ne s'était pas attendue à l'entendre de nouveau. Lorsqu'elle se retourna et aperçut Dante, une joie immense l'envahit.

Elle se raisonna aussitôt. Quel motif avait-elle de se réjouir ? Cet homme ne signifiait rien pour elle, tout comme elle ne signifiait rien pour lui.

Machinalement, elle porta une main à sa tempe, où sa migraine de la veille semblait avoir élu résidence permanente. Elle devait incuber un virus quelconque ; le moment n'aurait pu être plus mal choisi.

— Que fais-tu ? demanda-t-il.

Dante la regardait comme un animal de zoo, et elle ne pouvait guère lui en vouloir étant donné le spectacle qu'elle devait offrir.

— J'ai une meilleure question, répliqua-t-elle en soufflant sur une mèche qui lui tombait sur le front. Qu'est-ce que tu fais là ?

— Quel aimable accueil..., ironisa son compagnon.

— Mon avocat m'a dit que tu étais rentré à New York.

— Ton avocat est au mieux un imbécile, au pire un traître.
— Réponds plutôt à ma question. Pourquoi n'es-tu pas reparti ?
— Je suis reparti. Mais j'ai réfléchi et j'ai changé d'avis. Je suis revenu pour... régler certaines choses.
— Il n'y a rien à régler, répliqua Gabriella en redressant le menton. *Senhor* De Souza m'a tout expliqué. Tu as choisi de ne pas acheter la *fazenda*, en fin de compte, et Ferrantes...
— De Souza est un menteur !
— Vraiment ? Pourquoi Ferrantes est-il le nouveau propriétaire de Viera y Filho, alors ?
— Parce que ton merveilleux avocat t'a trahie ! Ferrantes et lui se sont arrangés pour me rouler. Il y avait une clause dans le contrat dont je n'ai été informé qu'il y a une heure.

Gabriella plissa les yeux, puis haussa les épaules.
— Ça n'a pas d'importance. Tu avais décidé de ne pas me céder le ranch de toute façon. Et c'est tant mieux. Je n'aurais pas dû te le demander.
— Si, tu en avais parfaitement le droit. Nous étions... proches, toi et moi, autrefois.
— Nous n'avons jamais été proches. Nous avons simplement couché ensemble, c'est tout.

Dante se rembrunit. Elle avait raison, et ces mots décrivaient exactement ce qu'il avait attendu d'elle, à l'époque. Pourquoi, alors, l'irritaient-ils à ce point ? Sans doute parce que, qu'elle l'admette ou non, il y avait eu entre eux autre chose que du sexe.

Comme la fois où il l'avait emmenée passer le week-end dans sa maison du Connecticut. Il avait prévu de lui faire l'amour pendant deux jours mais la maison en avait décidé autrement. Bâtie au XVIIe siècle, elle avait attendu ce week-end en particulier pour décider de trahir son âge. La robinetterie — installée au XIXe — avait rendu l'âme sitôt leur arrivée, la chaudière avait refusé de s'allumer et le réfrigérateur — un modèle de 1950 — était mort dans un dernier soupir électrique. Cerise sur le gâteau, une tempête avait éclaté et le toit s'était mis à fuir.

Son week-end coquin avait été passé à réparer les divers problèmes, cuisiner dans le noir, jouer à un vieux Scrabble trouvé là-bas... Et à sa grande surprise, il s'était amusé comme un fou.

Repoussant ces souvenirs malvenus, il balaya la remarque de la jeune femme d'un geste brusque.

— Je ne vois pas l'intérêt de disséquer la nature de notre relation.

— Je suis d'accord. Si c'est pour ça que tu es venu, par conséquent...

— Ce n'est pas pour ça. Je t'ai dit que j'avais réfléchi.

— A quoi ?

Dante hésita, dardant un regard vers la femme qui lui avait ouvert la porte. Postée sur le seuil, les bras croisés sur sa généreuse poitrine, elle le dévisageait comme si elle redoutait qu'il ne vole l'argenterie.

— Fais-moi plaisir, renvoie ton chien de garde.

Grabriella regarda Yara et sourit malgré elle. La gouvernante, native du Pantanal, avait en effet l'air de monter la garde. Elle avait fait de même lorsque Ferrantes s'était présenté, le matin même, avec son odieux marché.

— Tu peux nous laisser, dit-elle en portugais. Cet homme ne me fera pas de mal.

Yara fronça ses sourcils broussailleux, visiblement perplexe.

— Physiquement, peut-être. Mais il y a d'autres façons de faire du mal à quelqu'un.

— Il n'a plus ce pouvoir sur moi, expliqua Gabriella avec un sourire triste, espérant qu'elle disait vrai.

Yara jeta un regard dubitatif en direction de Dante mais haussa les épaules et quitta la pièce.

— Dis-moi ce que tu veux maintenant, fit Gabriella, tout en s'essuyant les mains sur son jean.

Dante prit une profonde inspiration. Par où commencer ? Il repensa à tous les conseils d'administration qu'il avait présidés, à tous les contrats qu'il avait conclus. En général, il savait toujours quoi dire, comment le dire, quand le dire. Pourtant, il avait la gorge sèche et les mains moites.

— Je suis revenu... à cause de l'enfant. Daniel.
— Ah, je vois qu'il a un nom maintenant.
— Pour te dire que... j'accepte ma responsabilité.
— Quel revirement ! ironisa Gabriella.
— Ecoute, tu ne me facilites pas la tâche...
— Tu t'attendais à ce que je le fasse ? Va droit au but, s'il te plaît. J'ai des choses à faire.

Dante prit une profonde inspiration, puis poursuivit :
— J'ai réfléchi. Je ferai mon devoir. Si Daniel est mon fils...
— *Si ?* répéta froidement la jeune femme.
— Tu sais très bien ce que je veux dire.
— Non, je ne sais pas. Explique-le-moi.
— Essaie de te mettre à ma place. Tu disparais, je n'entends plus parler de toi, et tout d'un coup j'apprends que j'ai un fils !
— Ce n'est pas moi qui ai disparu ! corrigea Gabriella

avec humeur. C'est toi qui m'a chassée ! Et en effet, tu n'as plus entendu parler de moi. A quoi bon ?

— Bon, d'accord, arrêtons de parler de ça et concentrons-nous sur Daniel. S'il est de moi…

— Arrête de dire ça ! Tu crois que je te mentirais ? Tu crois que j'aurais couché avec un autre homme sitôt après notre rupture ?

— Je l'ignore, répliqua Dante, soudain furieux. Et je préfère ne pas y penser. Je préfère ne pas m'imaginer les mains d'un autre sur ton corps, ses lèvres sur les tiennes…

— Va au diable, Dante, tu m'entends ? Va…

Il ne lui laissa pas le temps de finir. Il l'embrassa furieusement, dans un baiser possessif et brutal. Cette fois, elle ne résista pas et, lorsqu'il sentit un soupir de reddition tout contre ses lèvres, Dante l'attira à lui et se fit plus doux. Leurs langues se cherchèrent, s'entrelacèrent. C'était une sensation merveilleuse, enivrante… jusqu'au moment où Gabriella le repoussa.

— Laisse-moi tranquille. S'il te plaît.

Mais Dante ne voulait pas la laisser tranquille. Il voulait la serrer dans ses bras et ne plus jamais la relâcher. C'était ridicule, il le savait. A regret, il lui obéit.

— Parle-moi de Ferrantes, ordonna-t-il.

Elle lui jeta un regard furieux, et Dante leva une main apaisante.

— Non, ce n'est pas ce que je veux dire. De Souza m'a appris qu'il avait acheté la maison et j'essaie de comprendre… Il a pris contact avec toi ?

Avec un frisson, Gabriella hocha la tête.

— *Sim*. Il est venu ce matin. Il m'a donné un ultimatum. Soit je lui donne ce qu'il veut, soit il vend Viera y Filho au propriétaire du ranch voisin.

— Et ce qu'il veut, je suppose que c'est toi ?
— Oui. Je lui ai dit ce qu'il pouvait faire de son ultimatum, repartit Gabriella, les dents serrées. Il m'a répondu que puisque c'était ainsi, j'avais jusqu'à ce soir pour vider les lieux.

A cette nouvelle, Dante lâcha une bordée de jurons siciliens appris dans les rues de son enfance.

— Il ne peut pas faire ça !
— Si.

Dante arpenta la pièce, furieux. Elle avait raison. Apparemment, Ferrantes pouvait faire ce que bon lui semblait.

— Où comptes-tu aller ?
— Yara a proposé de nous héberger le temps de trouver autre chose.
— Yara ? Le chien de garde ?
— Elle est adorable. Elle m'a élevée.
— Elle a assez de place ?

Gabriella songea à la maison de la gouvernante. C'était une toute petite construction, et sa fille, son mari et leurs trois enfants venaient d'y emménager également. Mais Dante n'avait pas besoin de savoir cela.

— Oui.

C'était le « oui » le moins assuré que Dante avait jamais entendu.

— Tu mens, lança-t-il.
— Je ferai ce que j'ai à faire.
— Il n'y a pas de place chez Yara pour toi et le bébé, n'est-ce pas ?
— Je ferai ce que j'ai à faire, répéta Gabriella.

Il savait qu'elle disait vrai. Après tout, elle n'avait pas hésité à revenir vivre dans cette maison au milieu de nulle part, après l'avoir quitté.

— Tes vêtements sont emballés ?
— Pourquoi ?
— Réponds à la question, bon sang. Je peux engager quelqu'un pour faire tes cartons.
— Je suis parfaitement capable de m'en occuper. Mais en quoi...
— Je t'emmène à New York.

Sur le coup, Gabriella crut qu'il était devenu fou. Mais l'éclat dur qui brillait dans le regard de Dante lui confirma qu'il avait toute sa raison.

— Pourquoi ferais-tu une chose pareille ? Et pourquoi accepterais-je ?
— Parce que je le veux.

Elle le dévisagea, incrédule. Il était sérieux, elle le savait. Le sang de ses ancêtres siciliens coulait en lui : il n'était pas homme à laisser quoi que ce soit le détourner de son but.

— Je n'ai pas d'ordres à recevoir de toi !
— Ecoute-moi. Je ne peux pas te laisser seule, et je ne peux pas rester. Il faut que vous veniez, toi et le bébé.
— Un bébé dont tu n'es pas sûr qu'il soit de toi...

Dante savait ce qu'elle attendait de lui, ce qu'elle voulait entendre. Mais il ne pouvait prononcer ces mots.

— Il n'y a pas d'autre solution, déclara-t-il sèchement.

Gabriella secoua la tête.

— Ça va trop vite. Beaucoup trop vite.

Dante soupira. Bien sûr que tout allait trop vite. Il était revenu pour lui céder la propriété et veiller à ce qu'elle et Daniel ne manquent de rien. Et voilà qu'il lui demandait de repartir avec lui ! Son avocat allait s'arracher les cheveux quand il l'apprendrait...

Et pourtant, que pouvait-il faire d'autre ? La laisser à la merci de Ferrantes ?

— Oui, c'est rapide, concéda-t-il, ne voyant pas l'intérêt de mentir.

Encadrant son visage de ses mains, il renchérit avec ferveur :

— Nous réglerons les détails plus tard. Tout ira bien, tu verras.

— Je... je ne pense pas...

— Parfait, coupa-t-il. Ne pense pas. Fais-moi confiance.

Gabriella mourait d'envie d'accepter. Mais si son cœur lui disait une chose, son esprit lui en soufflait une autre.

Jusqu'au moment où il l'embrassa. Alors, elle sut qu'elle acceptait.

8

Dante se tenait sur la terrasse qui entourait son duplex de Central Park, une tasse de café presque froid en main.

S'était-il vraiment absenté deux jours seulement ? Il avait l'impression d'être parti depuis des semaines. L'automne semblait être tombé sur le parc en son absence — ou alors, il ne l'avait pas remarqué avant. Les chênes, sycomores et érables s'étaient parés de livrées or, écarlate et fauve. Sur sa terrasse, les buissons plantés par sa sœur Isabella étaient encore en fleurs, comme par défi.

Isabella en serait ravie. En effet, elle avait tout planté au printemps dernier. Enfant déjà, elle adorait passer du temps dans la terre de leur petit jardin, à entretenir les marguerites qui semblaient être la seule plante acceptant de pousser en ville.

Lorsque Dante avait acheté son appartement, elle avait poussé un cri de joie en découvrant la terrasse et annoncé qu'elle s'occupait de tout. Il avait été ravi de la laisser faire.

Sa première réaction, en rentrant ce matin, avait été d'appeler sa sœur pour la complimenter. Mais évidemment, il n'en avait rien fait. Car Isabella aurait insisté pour venir. Et comment aurait-il expliqué la présence d'une femme et d'un enfant à sa famille ? « Je vous présente Gabriella, et au fait, voici mon fils Daniel, du moins je crois que c'est mon fils parce que je n'ai pas fait de test de paternité » ?

Formidable. Il imaginait déjà leur réaction. Sa mère s'évanouirait, ses sœurs crieraient, ses frères le traiteraient d'imbécile, et son père se mettrait à rire et lui dirait qu'apparemment, ce voyage au Brésil ne lui avait rien appris.

Dante inspira profondément. Puis il avala une gorgée de café, en espérant que la caféine l'aiderait à recouvrer ses esprits. D'où lui était venue l'idée de ramener Gabriella à New York ? La jeune femme la lui avait-elle soufflée, habilement, tout en lui donnant l'impression qu'elle venait de lui ?

A ce stade, il n'en savait franchement rien. Sa seule certitude était que son plan, si brillant la veille, ne l'était plus autant à la lumière du jour. Soit il s'était fait manipuler, soit il avait perdu la tête. Au final, ça ne changeait rien à l'affaire. Qu'allait-il faire d'une femme et d'un enfant ?

La seule lueur d'espoir, dans ce fiasco, était que personne ne soupçonnait rien. Et il devait veiller à ce qu'il en soit ainsi jusqu'à ce qu'il résolve son problème. Ce ne serait pas facile, mais c'était possible. Personne ne savait qu'il était de retour et on ne l'attendait pas au bureau avant deux jours. Il avait donné la semaine à sa gouvernante et à son chauffeur. Bien sûr, le portier et le concierge l'avaient vu, mais pourquoi quelqu'un irait-il les questionner ?

D'un trait, il termina sa tasse et frissonna. Le café était acide, froid, mais c'était bien le dernier de ses soucis. Dieu merci, Gabriella dormait encore, ce qui lui donnait le temps de trouver une solution. Du moins, il supposait qu'elle dormait car il n'avait pas entendu un bruit depuis qu'elle et le bébé s'étaient installés dans la chambre d'amis.

Elle devait être épuisée, car elle avait également passé le vol depuis le Brésil à dormir à l'arrière de l'appareil, le bébé attaché à elle par une sorte d'écharpe. Cela n'avait pas l'air confortable mais après tout, que savait-il des bébés ?

Rien, *nada*, à part qu'ils étaient petits et roses. Il n'avait jamais eu le moindre intérêt pour eux, jamais envisagé d'en avoir. Quand on lui montrait une photo, il ne ressentait rien mais se forçait à sourire et à faire un commentaire aimable.

Etait-ce sa faute si tous les bébés se ressemblaient ? Ou s'ils ne l'intéressaient pas ? Un jour, peut-être, mais certainement pas maintenant.

Cela laissait supposer qu'il avait agi un peu vite en invitant Gabriella et son fils. Ou pire, qu'il avait fait une erreur colossale.

Il devait revenir à son plan initial : organiser un test de paternité et, s'il s'avérait positif, ouvrir un compte pour Gabriella et son fils. Quant au ranch, comme Sam le disait, ce n'était qu'un ranch. Il y en avait d'autres. Il pourrait en acheter un à Gabriella et l'y installer, loin de Ferrantes et à l'abri du besoin.

Et à huit mille kilomètres de lui.

Il crispa la mâchoire. Oui, c'était la solution la plus raisonnable. Il n'avait pas besoin de recueillir Gabriella sous son toit pour faire son devoir. Pas besoin de la voir, de sentir son parfum, de savoir qu'elle dormait à quelques mètres de là à peine...

— Bon sang, marmonna-t-il.

D'un pas nerveux, il quitta la terrasse et rentra dans le salon. Cette façon de penser était exactement ce qui lui valait ses ennuis actuels. Comment pouvait-il vivre et réfléchir normalement près d'une femme qui éveillait chez lui un tel désir ? Sans parler d'autres émotions qu'il préférait ne pas explorer.

Avec une grimace, il abandonna sa tasse dans l'évier de la cuisine. Il devait se reprendre. D'accord, Gabriella était extraordinaire. D'accord, le sexe avec elle avait été merveilleux. Mais c'était de l'histoire ancienne. Il ne devait plus y penser. Il devait oublier la façon dont elle fondait dans ses bras quand il l'embrassait, même quand elle était en colère.

Il secoua la tête, furieux. Deux jours plus tôt, il était parti pour résoudre un problème pour son père. Au lieu de cela, il s'était retrouvé avec un problème bien à lui sur les bras.

En règle générale, les défis ne lui faisaient pas peur. Il savait les affronter, les relever. C'était pour cela qu'Orsini Brothers Investments était en pleine croissance malgré une conjoncture économique morose. Il avait un MBA en finance : pourquoi n'était-il pas capable d'affronter les situations les plus élémentaires de la vie réelle ?

Il était temps d'agir de façon rationnelle, décida-t-il. Pour commencer, il devait installer Gabriella et l'enfant ailleurs que chez lui. Son agent immobilier l'y aiderait et Dante savait qu'il pouvait compter sur sa discrétion. Oui, ce serait l'étape numéro un.

Après quoi, il appellerait Sam Cohen et lui demanderait d'organiser les tests nécessaires. En fonction des résultats, il aviserait. Il était maintenant prêt à accepter que leurs destins étaient peut-être liés.

Sans raison particulière, il repensa à la première

fois qu'il avait vu Gabriella, à son sourire, à ses yeux. Et à l'honnêteté qui avait présidé à leur relation dès le premier coup de fil qu'il lui avait passé pour lui annoncer qu'il voulait la revoir.

— C'est Dante Orsini à l'appareil. Je passe vous prendre pour dîner à 20 heures.

— J'ai raté quelque chose ? avait-elle demandé en riant. Je ne me rappelle pas avoir accepté.

— Inutile de perdre du temps, nous en avons tous les deux envie, non ?

Il l'avait entendue retenir son souffle, puis elle avait murmuré :

— Oui.

Un simple « oui », mais prononcé d'une façon si sensuelle qu'il en avait frissonné de la tête aux pieds...

L'honnêteté de Gabriella n'avait jamais faibli et c'était un trait qu'il avait adoré chez elle. Ainsi, quand il lui avait dit qu'il était fan des Giants, elle avait répondu qu'elle préférait les Jets. Toutes ses ex lui avaient dit qu'elles adoraient aussi les Giants, même si elles n'étaient pas capables de faire la différence entre un ballon de football et un ballon de rugby.

Gabriella mangeait toujours avec appétit, un autre aspect de son caractère qu'il appréciait. Il ne savait comment elle gardait la ligne, mais elle ne se privait jamais. Voilà sans doute pourquoi elle avait l'air en bien meilleure santé que les mannequins qu'il connaissait.

Bref, elle mordait dans la vie à pleines dents. Et cela continuait au lit où sa passion, son audace, son expressivité, le rendaient absolument fou de désir. Il adorait la sentir trembler quand il lui embrassait les seins ou enfouissait ses lèvres au creux de ses cuisses.

Et lorsqu'elle répondait, qu'elle le cueillait entre ses lèvres...

Il laissa échapper un juron. Rien de cela ne signifiait qu'elle disait vrai, et que l'enfant était le sien. Il ne l'accepterait pas sans preuve.

Bon, une chose après l'autre. Il devait d'abord se doucher. Puis appeler l'agent immobilier. Après quoi, il irait frapper à la porte de Gabriella et lui ferait part de son plan.

Oui, c'était parfait. Il se sentait déjà mieux.

Douché, rasé, vêtu d'un jean et d'un T-shirt bleu marine, Dante se dirigea vers la cuisine. Ce voyage au Brésil avait perturbé son horloge interne et il ne savait plus s'il était l'heure du petit déjeuner, du déjeuner ou du dîner. Une chose était sûre : il avait faim. Il n'avait mangé qu'un sandwich durant le vol et Gabriella, pour sa part, n'avait rien mangé du tout.

Il décida de préparer un déjeuner rapide, mais déchanta lorsqu'il ouvrit son réfrigérateur. Les étagères étaient vides, si l'on exceptait quelques produits de première nécessité. Il y avait des œufs, du beurre, du pain, un pot de crème encore utilisable, un morceau de cheddar dans un compartiment de la porte.

Dante n'était pas le meilleur cuisinier du monde mais il était débrouillard. Tout cela lui suffirait pour faire une omelette. Quant au bébé... Que mangeaient-ils en général ? Des petits pots aux couleurs bizarres ? De la bouillie ?

Ce n'était pas son problème, décida-t-il. Gabriella transportait un sac plein d'affaires pour Daniel et il était sûr qu'il contenait de la nourriture.

Il sortit tout ce qui était nécessaire à son omelette, puis se figea. A présent qu'il y pensait, pourquoi l'appartement était-il aussi silencieux ? Lui-même était levé depuis des heures. Et si Gabriella dormait encore, qu'en était-il de l'enfant ? N'était-il pas censé pleurer à un moment où à un autre ?

Sans raison, un frisson lui courut le long du dos. Refermant la porte du réfrigérateur, il se dirigea vers l'escalier et tendit l'oreille.

Rien. Un silence parfait régnait à l'étage.

Il grimpa les marches quatre à quatre et s'arrêta devant la chambre de la jeune femme. Il frappa à la porte mais n'obtint pas de réponse.

— Gabriella ?

Toujours rien. Après une dernière hésitation, il poussa le battant.

Les rideaux, dans la chambre, étaient tirés. Le bébé était allongé sur le lit, entouré d'oreillers. Il dormait bien, un poing dans la bouche. Dante fronça les sourcils. Bon sang, même lui devait admettre qu'il était adorable, si petit dans cet immense lit...

Il toussota, se rappelant qu'il n'était pas venu regarder un bébé dormir mais pour trouver Gabriella. Comme elle n'était nulle part en vue, il supposa qu'elle était dans la salle de bain.

Ce fut alors qu'il l'entendit. Il était impossible de s'y méprendre, même à travers la porte fermée : elle était malade.

— Gabriella ? fit-il d'une voix inquiète. Ça va ?

— Dante..., répondit-elle faiblement. N'entre pas. J'ai attrapé un virus quelconque...

Mais Dante n'hésita pas une seconde. Il entra et vit

Gabriella penchée sur les toilettes, pâle et tremblante. Il la prit aussitôt par les épaules.

— Pourquoi ne m'as-tu pas appelé ? Je vais prévenir un médecin.

— Non, je n'ai pas besoin de...

Une nouvelle convulsion la secoua et Dante resserra son étreinte. Sa chemise de nuit était trempée de sueur.

— Gaby... Que puis-je faire pour t'aider ?

Ce qu'il pouvait faire ? Si Gabriella ne s'était pas sentie si mal, elle aurait sans doute éclaté de rire. Il pouvait s'en aller, voilà ce qu'il pouvait faire. Elle n'était pas ravie qu'il la voie ainsi, échevelée, en sueur, et malade.

La douleur lui tordit de nouveau l'estomac et elle se pencha, mais rien ne vint. Lorsqu'elle se redressa, elle vacilla. Avec un juron, Dante l'attira contre lui et elle se laissa aller avec reconnaissance, oubliant momentanément l'embarrassante situation dans laquelle elle se trouvait. Son corps était rassurant, solide, et semblait lui communiquer sa chaleur.

— Gaby ?

Il paraissait inquiet. Elle voulut le rassurer, lui expliquer qu'elle avait simplement attrapé la même gastro-entérite que Yara une semaine plus tôt, mais une vague de nausée lui souleva l'estomac.

Quand elle eut fini de vomir, cette fois, elle sut que le pire était passé.

— Ça va mieux, annonça-t-elle.

— Tiens, bois.

Gabriella rougit, terriblement embarrassée.

Dante lui porta un verre d'eau aux lèvres. Elle voulut

protester qu'elle n'avait pas besoin d'aide, qu'elle était indépendante et parfaitement capable de s'occuper d'elle-même, mais elle prit une gorgée d'eau fraîche. Puis elle se lava rapidement les dents et s'essuya le visage avec un gant humide.

— Tu te sens mieux ? demanda Dante quand elle se tourna enfin vers lui.

— Oui. Mais tu peux y aller, vraiment. Je n'ai pas besoin de...

Sans la laisser finir sa phrase, Dante se pencha, la cueillit dans ses bras et la porta jusqu'à la chambre.

— Je vais appeler le médecin que ça te plaise ou non, annonça-t-il comme elle ouvrait la bouche pour protester.

Constatant qu'il ne se dirigeait pas vers le lit mais vers la porte, Gabriella demanda avec inquiétude :

— Où... où m'emmènes-tu ?

— Ne t'inquiète pas pour Daniel. Je reviendrai le chercher après t'avoir installée confortablement.

— Mais...

Il était inutile de protester, et elle le savait. Une fois que Dante avait décidé de faire quelque chose, il était impossible de le détourner de son but. Elle n'eut donc d'autre choix que de passer un bras autour de son cou et de se laisser faire.

Quand il ouvrit une porte d'un coup d'épaule, et qu'elle reconnut sa chambre, un frisson d'excitation la parcourut malgré son état de faiblesse. Cela faisait longtemps qu'elle n'y était pas entrée mais la pièce n'avait pas changé. Elle était grande, claire, masculine, un parfait reflet de l'homme qui l'occupait et avait autrefois été son amant.

Avec précaution, il la déposa sur les oreillers, et

Gabriella songea aux nombreuses fois où il avait fait de même quand ils étaient ensemble.

— Dante, attends...

Trop tard. Il était déjà reparti. Il revint quelques secondes plus tard avec Daniel et elle sentit son cœur se serrer en voyant son fils dans les bras de son père. Dante lui donna ensuite le bébé tandis qu'il disposait deux fauteuils face à face et tapissait de coussins le fond de ce berceau improvisé. Puis il lui reprit Daniel et l'y déposa.

— Comme ça, c'est bon ? demanda-t-il.

Elle acquiesça, reconnaissante.

— C'est parfait. Merci.

Dante hocha la tête en retour, avant de l'étudier avec un froncement de sourcils.

— Tu es trempée.

Gabriella baissa les yeux et rougit. Sa chemise de nuit collait à sa peau, soulignant ses formes. Elle remonta en hâte la couette jusqu'à son menton.

Lorsqu'elle releva les yeux, Dante avait de nouveau disparu. Bien sûr, songea-t-elle en réprimant un pincement de déception. Il avait fait tout ce qu'il était possible de faire. Il l'avait aidée, avait pris soin de Daniel...

— Redresse-toi.

Elle tressaillit, surprise. Dante venait de réapparaître, une carafe remplie d'eau dans une main, un T-shirt et une serviette dans l'autre.

— Dante, vraiment...

— Chut. Détends-toi. Laisse-moi prendre soin de toi.

Non, elle ne pouvait pas faire une chose pareille. Elle ne devait pas tomber de nouveau sous son charme. Car il lui briserait de nouveau le cœur, malgré toutes ses bonnes intentions. Il n'était pas homme à se contenter d'une seule femme et elle n'y pourrait rien changer.

Elle tressaillit en sentant la serviette humide lui effleurer le visage. C'était une sensation merveilleuse et, malgré ses doutes, elle ferma les yeux et s'y abandonna. Elle le laissa humidifier sa gorge, repousser les bretelles de sa chemise de nuit pour essuyer ses épaules, puis la naissance de ses seins...

La main de Dante se figea. Elle entendit sa respiration se précipiter et rouvrit les yeux. Le visage de Dante était tout proche du sien, et dévoré d'une émotion indéchiffrable. Ses yeux brûlaient comme deux saphirs.

— Gaby..., dit-il d'une voix rauque.

Il ne l'avait jamais appelée ainsi jusqu'à aujourd'hui. C'était incroyablement intime, troublant. Lorsque sa main descendit et enveloppa l'un de ses seins, elle ne put retenir un cri de plaisir. Une bouffée de désir explosa dans son ventre et fit oublier à Gabriella son état.

Dante murmura son nom. Puis, très lentement, il se pencha vers elle.

Alors un petit cri se fit entendre. Daniel! Aussitôt, Dante se recula. Avec un sourire crispé, il prit le bébé et le lui tendit. Daniel criait et agitait ses petits poings et, sans réfléchir, Gabriella abaissa sa chemise de nuit pour lui donner le sein. C'était un geste naturel, qu'elle avait répété un nombre incalculable de fois.

Mais jamais devant le père de son enfant.

Dante émit un soupir rauque et Gabriella leva les yeux vers lui. Son regard était rivé sur le bébé, et sur la petite main qu'il avait posée sur son sein. Une sensation d'une incroyable intensité bouleversa

Gabriella et, malgré elle, ses lèvres s'entrouvrirent en une muette invitation.

Sans un mot, Dante se pencha et l'embrassa farouchement, passionnément.

Puis il se redressa et quitta la chambre à grands pas.

9

Gabriella allaita son fils, puis le plaça sur son épaule et lui tapota doucement le dos. Elle fut récompensée par un rot satisfait.

— Bravo, dit-elle en riant.

Elle joua quelques instants avec Daniel, dont la joie évidente lui fit oublier pendant un court instant ses problèmes : ses muscles douloureux, ses douleurs d'estomac, sa nausée...

Et l'étrange tournure qu'avait prise sa vie.

Comme s'il avait senti son humeur changer, Daniel fronça les sourcils, tandis que ses lèvres ourlées s'affaissaient. Il ressemblait tellement à Dante...

Gabriella déglutit péniblement avant de se forcer à sourire.

— Tout va bien, mon bébé. Maman t'aime. Elle t'aimera toujours. Nous allons nous en sortir, tu verras, ajouta-t-elle en touchant du doigt le bout de son nez.

L'expression de Daniel s'adoucit, et il sourit. Lorsqu'il bâilla, Gabriella le redéposa dans son berceau improvisé. Quelques secondes plus tard à peine, il dormait. Le vol et le décalage horaire l'avaient sans doute épuisé.

Elle l'étudia avec tendresse, notant une nouvelle fois à quel point il ressemblait à son père. Ressemblance qui se ferait sûrement plus prononcée à mesure qu'il grandirait.

A ceci près que personne ne s'en apercevrait. Car Dante avait beau prétendre que Daniel faisait désormais partie de sa vie, Gabriella n'était pas naïve. Bien sûr, elle savait qu'il n'avait pas voulu mentir. Mais il avait parlé sous le coup du choc et de la stupeur.

Il était évident qu'il avait commencé à regretter ses promesses sitôt qu'ils avaient embarqué dans le jet privé. Il s'était fait distant et, lorsque l'hôtesse avait suggéré que la cabine à l'arrière serait plus confortable pour elle et Daniel, Dante avait aussitôt répliqué qu'il s'agissait d'une excellente idée.

Il n'était pas venu les voir de tout le vol. Il n'avait pas pour autant oublié leur présence, car il leur avait envoyé l'hôtesse à plusieurs reprises. Tout se passait bien ? La *senhorita* avait-elle besoin de quelque chose ? Si c'était le cas, elle n'avait qu'à presser le bouton d'appel.

Mais aucun bouton au monde n'aurait fourni à Gabriella ce dont elle avait besoin. Evidemment, elle n'en avait rien dit. Elle avait simplement souri et assuré l'hôtesse qu'elle ne manquerait pas de lui faire savoir si elle désirait quoi que ce soit. Elle avait ensuite nourri son bébé, puis s'était roulée en boule sur le canapé et s'était assoupie.

A sa surprise, elle avait dormi pendant des heures, rattrapée par l'épuisement de ces derniers mois. En effet, il lui avait fallu s'occuper de son père qui, fidèle à lui-même, n'avait pas manifesté la moindre reconnaissance. Et ensuite, elle avait dû faire de même pour son frère qui, fidèle à lui-même également, s'était constamment inquiété pour elle.

— Tu es enceinte, avait-il fait valoir. Il faut que tu

prennes soin de cette nouvelle vie qui grandit en toi, pas de la mienne.

De fait, si elle avait eu une grossesse facile, il lui avait été impossible de ne pas se faire un sang d'encre pour Arturo, en sus de ses incertitudes quant à son propre avenir. Elle n'avait pas eu un instant de répit.

Du moins jusqu'à l'arrivée de Dante.

Ce coup de théâtre lui avait permis de respirer, de redresser la tête, de refaire des projets. D'accord, elle avait perdu la *fazenda* et cela lui brisait le cœur. Mais elle serait sans doute beaucoup mieux à Manhattan, qu'elle connaissait mieux que Bonito. Elle y avait des amis, des contacts, et son ancien agent. Elle se trouverait un petit appartement, quelques contrats de mannequin, et referait surface.

Elle avait songé à tout cela durant le vol, et s'en était trouvée un peu rassérénée. Mais à son arrivée, elle avait découvert qu'elle était malade. Le virus qu'elle incubait depuis plusieurs jours l'avait enfin emporté.

Elle avait essayé de cacher la chose à Dante. Elle ne voulait pas être un poids pour lui, du moins pas plus qu'elle ne l'était déjà. Sitôt qu'elle se sentirait mieux, elle reprendrait sa vie en main.

Oui, elle devait partir, prendre ses distances vis-à-vis de Dante avant que son cœur ne lui joue des tours. Les baisers qu'ils avaient échangés et la façon dont elle avait réagi chaque fois indiquaient clairement qu'elle était en danger.

Yara lui avait dit que ce genre de désir ne reviendrait pas de sitôt après sa grossesse, mais apparemment, sa vieille *ama* s'était trompée. Le désir était revenu en force.

En entendant un coup discret frappé à la porte, Gabriella remonta la couette jusqu'à son menton.

— Oui ?
— Je peux entrer ?
— *Sim*. Oui, bien sûr.

Dante apparut, un plateau dans les mains. Il contenait une carafe d'eau, un verre, une théière fumante et une tasse, une boîte de mouchoirs en papier et une petite cloche de bronze.

— Au cas où tu voudrais boire quelque chose, annonça-t-il en le posant sur la table de nuit. Et une cloche pour appeler si tu as besoin de quoi que ce soit.

— Une cloche, répéta-t-elle stupidement, comme si elle entendait le mot pour la première fois.

Pourquoi Dante ne la regardait-il pas dans les yeux ? Quelques instants plus tôt, il l'avait embrassée comme si sa vie en dépendait. Et maintenant...

— L'une de mes sœurs, Anna, l'a rapportée de quelque part. De Thaïlande. Ou de Katmandou.

— Anna, murmura Gabriella.

C'était un prénom qu'elle entendait pour la première fois. Durant les mois qu'ils avaient passés ensemble, elle avait rencontré les frères de Dante une seule fois — et encore, par le plus grand des hasards. Il n'avait jamais parlé de sa famille.

— C'est... c'est un joli prénom, ajouta-t-elle.

— Un peu démodé, selon Anna, mais...

Dante s'arrêta net. Pourquoi parlait-il de sa sœur ? Etait-ce pour ne pas penser à ce qu'il avait vraiment envie de faire : de prendre Gabriella dans ses bras et de l'embrasser jusqu'à ce qu'elle le supplie de lui faire l'amour ?

C'était ridicule. Elle était malade, il n'avait pas le droit de profiter de sa faiblesse. En plus, la situation était déjà assez compliquée comme ça.

— Bon, fit-il d'un ton exagérément enjoué. Comme je te l'ai dit, si tu as besoin de quoi que ce soit...
— Merci.
— Tu te sens mieux ?
— Oui.
Elle mentait. Son visage était presque de la même teinte ivoire que l'oreiller.
— Nous verrons ce que le médecin en dit.
— Dante, je n'ai pas besoin de...
— Si.
— Honnêtement, Dante...
— Honnêtement, Gabriella.
Il sourit puis, parce qu'il ne pouvait pas résister, se pencha pour l'embrasser légèrement sur la bouche.
— Sonne si tu veux quelque chose.
Et il disparut.
Gabriella fixa la porte, abasourdie. Croyait-il pouvoir lui dicter sa conduite ? Il n'avait pas changé. Il était toujours aussi autoritaire.
Elle avait détesté cela du temps de leur relation.
Et elle avait aussi adoré cela.
Avant de le rencontrer, elle n'aurait jamais cru pouvoir être furieuse contre un homme et le vénérer en même temps. Mais comment lui reprocher son caractère macho ? C'était une partie de lui, le produit de son éducation. Sa façon de toujours prendre les choses en main, de ne jamais accepter un refus, avait même quelque chose de séduisant.
Comme la première fois qu'il l'avait appelée pour l'inviter à dîner.
Dante était l'incarnation de l'homme sûr de lui. Et elle ne pouvait nier que cela l'avait attirée. Malgré la

sophistication qu'elle affichait, elle était tombée amoureuse de lui instantanément...

Gabriella battit des paupières pour repousser un soudain accès de larmes. Tout cela appartenait au passé et devait y rester. L'intérêt que Dante lui manifestait à présent ne durerait pas, pas plus qu'il n'avait duré autrefois. Et si elle y répondait, c'était simplement qu'elle n'avait pas fait l'amour depuis longtemps.

Plus exactement depuis que Dante l'avait quittée...

Daniel poussa un petit gémissement et Gabriella se pencha vers lui pour poser une main apaisante sur sa tête. Elle quitterait cet appartement dès qu'elle en serait capable, décida-t-elle. Quelques coups de fil lui suffiraient à se trouver un refuge temporaire.

De nouveau, on frappa à la porte.

C'était encore Dante. Cette fois, il était accompagné d'un médecin qu'il lui présenta avant de quitter la pièce. Si le praticien fut surpris de trouver femme et enfant chez lui, il n'en montra rien. Il ausculta Gabriella et lui posa quelques questions, puis fit de même avec Daniel, qui réagit par des cris perçants.

— C'est un simple virus, annonça-t-il enfin en rangeant son stéthoscope.

— J'aurais pu vous le dire, maugréa Gabriella.

— Le bébé va bien, reprit le médecin, ignorant ses mauvaises manières. Il a déjà bu du lait en poudre ?

— Oui, pourquoi ? C'est dangereux de l'allaiter tant que je suis malade ?

— Dangereux, non, pas du tout, mais ce sera fatigant. Vous devez vous reposer et vous hydrater. Laissez M. Orsini s'occuper de vous.

Le médecin partit et Dante réapparut. L'aisance avec laquelle il avait pris le contrôle de sa vie avait quelque chose d'irritant et, quand il lui tendit deux pilules et un verre d'eau, elle secoua la tête.

— Non.

— Comment ça, non ?

— Je n'ai pas besoin de prendre des antibiotiques pour un virus. Ton médecin aurait dû te le dire.

— C'est du paracétamol, expliqua Dante, levant les yeux au ciel.

Elle soupira. Devait-elle lui céder une nouvelle fois ? En même temps, à quoi bon refuser un médicament qui lui ferait du bien ?

Elle prit donc les pilules, qu'elle avala avec un peu d'eau.

— Finis ton verre, ordonna-t-il.

Gabriella lui décocha un regard meurtrier mais obéit.

— A présent, ferme les yeux et repose-toi.

— Ecoute, Dante, je ne suis pas à tes ordres.

— Ecoute, Gabriella, la taquina-t-il gentiment, laisse-moi prendre soin de toi.

De nouveau, il déposa un baiser sur ses lèvres, s'attardant un peu plus longuement cette fois.

— Je... Tu vas attraper mon virus, protesta-t-elle faiblement.

— Ne t'en fais pas pour moi. Dors, maintenant.

— Mais Daniel...

— Je m'occupe de lui.

Dante prit le bébé dans ses bras, puis se dirigea vers la porte. Gabriella le regarda s'éloigner, trop médusée pour protester. Tout cela allait trop vite pour elle. Il avait raison, elle avait besoin d'un peu de repos. Juste quelques minutes...

Elle ferma les yeux et sombra aussitôt dans un profond sommeil.

Le secret de Gabriella 263

Il faisait encore jour quand Gabriella s'éveilla, mais un changement dans la lumière qui baignait la pièce lui fit comprendre qu'elle avait dormi de longues heures.

Précautionneusement, elle s'étira. Ses muscles étaient beaucoup moins douloureux et elle s'aventura à se lever. Ses jambes étaient encore vacillantes mais dans l'ensemble, elle se sentait mieux.

Elle fit un passage rapide par la salle de bain pour se brosser les dents et se peigner, puis s'enveloppa dans le peignoir de Dante, accroché comme autrefois derrière la porte. De retour dans sa chambre, elle enfila en hâte des sous-vêtements et sortit.

L'immense duplex était parfaitement silencieux. A la lumière pâle, elle n'aurait su dire si le jour se levait ou se couchait. Ses jambes lui paraissaient à présent plus fermes et elle gagna le rez-de-chaussée.

Etait-ce un son ? Une voix ? Elle s'arrêta au pied de l'escalier, l'oreille tendue.

Oui, des bruits venaient d'une pièce au bout du couloir. Elle se rappelait qu'il s'agissait de la cuisine ultramoderne de Dante. Pieds nus, elle s'approcha sans bruit et s'arrêta sur le seuil, sidérée.

La voix qu'elle avait entendue était celle de Dante. Pieds nus comme elle, vêtu d'un simple jean et d'un T-shirt qui moulait son torse sculptural, il était assis sur un tabouret devant le plan de travail en granit, Daniel au creux de son bras.

Le petit garçon le regardait tout en tétant goulûment un biberon de lait. C'était à croire que Dante avait fait ça toute sa vie.

— Là, disait-il, tu as presque tout fini, comme un

chef. Je sais que c'est moins bon que ce que tu bois habituellement, mais il faut faire avec.

Gabriella sentit ses yeux s'emplir de larmes. Elle s'adossa au mur, préférant se ressaisir avant de révéler sa présence. Voir son ancien amant et son fils ainsi était presque plus qu'elle n'en pouvait supporter.

Mais elle savait qu'elle ne devait pas tirer de conclusion hâtive de cette scène. Dante était un homme intelligent qui, placé face à un problème, essayait naturellement de le résoudre. En l'occurrence, elle était malade, son fils avait faim, il s'en occupait donc.

Malgré cela, il était difficile de ne pas éprouver une joie immense en les voyant ensemble.

— Bon, qu'est-ce qu'on fait maintenant ? demanda Dante en reposant le biberon.

Daniel répondit d'un énorme rot qui fit rire son père.

— Je suppose que ça répond à ma question.

Gabriella prit une profonde inspiration, puis entra.

— Bonjour, fit Dante.

— Bonjour. Merci d'avoir nourri Daniel.

— Oh, de rien, fit-il avec une fierté non dissimulée. Le médecin m'a recommandé un lait en poudre, j'en ai donc fait livrer par la pharmacie.

Puis il fronça les sourcils et reprit :

— Qu'est-ce que tu fais debout ? Tu étais censée sonner si tu avais besoin de moi.

— Je sais. Mais j'avais besoin de me dégourdir les jambes, dit-elle en tendant les bras vers son fils. Et tu me manquais.

Stupéfait, Dante crut d'abord qu'elle s'adressait à lui. Mais évidemment, elle parlait à Daniel. Dieu merci, il le comprit juste avant de répondre qu'elle lui avait manqué à lui aussi.

— Je vais remonter Daniel dans la chambre, dit-il. Attends-moi en bas des escaliers, je reviens te chercher.
— Mais...
Il l'interrompit d'un baiser sur les lèvres.
— Chut. A présent, chaque fois que tu contesteras ce que je dis, je t'embrasserai en guise de punition. Alors attends-moi, d'accord ?

Elle acquiesça faiblement, incapable de faire quoi que ce soit d'autre. Dante disparut dans l'escalier, puis le dévala de nouveau quelques secondes plus tard, sans le bébé.

— A ton tour, maintenant.

Il la souleva sans effort et, instinctivement, elle noua les mains derrière sa nuque. C'était une sensation merveilleuse. Il l'avait portée jusqu'à la chambre quelques heures plus tôt mais elle s'était sentie bien trop mal pour en profiter. A présent, c'était différent. La pression de sa main sur le côté de son sein, son parfum épicé et les battements de son cœur tout contre elle la faisaient frissonner d'excitation.

— Tu as froid ? demanda-t-il aussitôt.
— N... non.
— Tu as perdu du poids, on dirait.
— Peut-être un peu.
— Pourquoi ? Tu étais parfaite.

Parfaite. Le mot l'emplit d'une douce sensation de chaleur.

— Je... Ce n'était pas délibéré. J'ai eu beaucoup de choses à faire quand je suis rentrée à la *fazenda*.
— Le bébé..., fit-il d'un ton bourru. Je suis désolé que tu aies dû traverser cette période toute seule.

Elle fut tentée de lui dire qu'elle n'avait pas été complètement seule, que son frère avait été là, du moins les premiers temps. Mais elle s'en abstint, sachant que cela ne manquerait pas de provoquer des questions. Dante ne savait rien de son frère, pas plus qu'elle-même ne connaissait sa famille.

— Nous y voilà.

Clignant des yeux, Gabriella se rendit compte qu'il venait de rentrer non dans sa chambre, mais dans la pièce voisine.

Et c'était une chambre d'enfant. Une peluche Winnie l'Ourson souriait au sommet d'une commode en érable ; il y avait une table à langer contre un mur et un lit à barreaux occupait le centre de la pièce. Juste au-dessus, un mobile représentant des planètes dansait doucement dans un courant d'air.

Daniel, allongé sur des draps imprimés de motifs animaliers, souriait d'un air ravi.

— Je ne savais pas ce que tu aimais, j'ai donc commandé selon mes goûts.

Gabriella leva les yeux vers Dante, la gorge serrée. Ses lèvres étaient à quelques centimètres des siennes à peine. « Dis quelque chose », lui cria son esprit. Mais elle ne put articuler le moindre mot.

Dante toussota, visiblement gêné.

— Ecoute, je peux tout faire renvoyer. Si ça ne te plaît pas…

— Non, c'est merveilleux !

A ces mots, le visage de Dante s'éclaira.

— Tu trouves ?

— C'est juste que… je ne veux pas te déranger et m'imposer dans ta vie. Je sais que tu es un homme occupé. Tu as Orsini Brothers Investments, ta famille… Je ne veux pas être un poids pour toi.

Dante la fit taire de la seule façon possible.

Il l'embrassa. Encore et encore, jusqu'à l'entendre murmurer son prénom tout contre ses lèvres, de cette façon unique qu'elle avait de le prononcer et qui l'avait toujours rendu fou de désir. Il sut alors, en cet instant, qu'il avait eu raison de l'amener ici, de l'installer chez lui, d'oublier son projet de lui trouver un autre appartement.

L'idée lui était venue pendant que le médecin examinait Gabriella. Elle était malade, il fallait que quelqu'un s'occupe du bébé. Il ne pouvait pas la mettre dehors dans ces conditions. C'était juste pour quelques jours, s'était-il dit...

Mais il comprenait à présent qu'il n'avait fait que se trouver des excuses. Il ne pouvait nier plus longtemps la vérité.

— Je veux que tu restes, déclara-t-il. Que vous habitiez ici, Daniel et toi. C'est là qu'est ta place.

— Dante... Tu es sûr ?

— Nous prendrons les choses comme elles viendront, petit à petit.

Ce n'était pas la réponse qu'elle avait espérée, mais elle avait le mérite d'être honnête. Gabriella hocha donc la tête et dit dans un souffle :

— D'accord.

— Et pour commencer, je vais changer la couche de Daniel, pour te montrer de quoi je suis capable.

— J'aimerais bien voir ça, le taquina-t-elle. Je te parie un dollar que tu n'y arrives pas.

— Pari tenu.

Elle perdit.

Elle avait toujours su que Dante avait plus d'une corde à son arc. Mais jamais elle ne l'aurait soupçonné de pouvoir changer une couche avec une telle aisance.

Ensuite, il s'occupa d'elle, la remit au lit, lui fit un

thé puis, un peu plus tard, lui prépara un bouillon de poulet.

Dante Orsini, faire la cuisine ? Jamais elle n'aurait cru voir une chose pareille. Il était plutôt du genre à se faire livrer quelque chose ou à sortir au restaurant.

Gabriella proposa ensuite à Dante de l'aider à donner son bain à Daniel. Il préféra d'abord la laisser faire, de peur de ne pas savoir s'y prendre, mais la relaya en cours de route. Il rit lorsque son fils l'éclaboussa, puis l'enveloppa dans une grande serviette bleue, le sécha et lui mit son pyjama.

Enfin, il alla le coucher dans son nouveau lit. Avant d'éteindre, il caressa tendrement ses cheveux.

— Dors bien.

Il rejoignit Gabriella dans le couloir, tirant doucement la porte derrière lui. C'était la première fois qu'ils se retrouvaient seuls de la journée et leurs regards se croisèrent. Gabriella se sentit rougir mais, lorsque Dante fit un pas vers elle, elle recula d'autant.

— Non, murmura-t-elle. Ça... ça ne ferait que compliquer les choses.

Dante hésita, puis acquiesça. N'avait-il pas atteint la même conclusion ?

— Bonne nuit alors, murmura Gabriella.

— Bonne nuit, répondit-il dans un souffle.

Puis il l'attira à lui et l'embrassa malgré tout.

10

Gabriella lui tomba dans les bras comme s'ils ne s'étaient jamais quittés.

Une dizaine de pensées traversèrent simultanément l'esprit de Dante.

Il voulait lui dire à quel point elle lui avait manqué, et ce qu'il ressentait à la tenir dans ses bras. Mais le besoin de l'embrasser, de goûter à ses lèvres, de la posséder, l'emporta.

Il savait qu'elle ressentait la même chose. Ses petits gémissements le lui indiquaient, tout comme la façon qu'elle avait de s'accrocher à son cou.

Et ses lèvres...

Elles étaient douces, généreuses, offertes. Elles pouvaient rassasier le plus exigeant des hommes. Mais pas lui, pas après ces longs mois loin d'elle. Appuyant Gabriella contre le mur, il ouvrit les pans de son peignoir et passa les mains sur sa peau soyeuse pendant qu'elle entreprenait fébrilement de déboutonner son jean. Elle libéra son sexe tendu et l'enveloppa de ses doigts, lui arrachant un gémissement de plaisir.

— Gaby...

Sans réfléchir, il passa un doigt sous l'élastique de sa culotte de dentelle et s'agenouilla pour la faire glisser le long de ses jambes. Puis il remonta la main sur son mollet, sur l'intérieur de sa cuisse, jusqu'à effleurer son sexe. Gabriella gémit.

Ses doigts glissèrent en elle. Elle était moite et brûlante, prête pour lui.

Il savait qu'il aurait dû prendre son temps mais c'était impossible. Le désir avait pris le contrôle de son esprit et lui soufflait que s'il ne la possédait pas maintenant, il allait être trop tard.

Il inversa leurs positions, se plaçant lui-même contre le mur. Comme Gabriella murmurait son prénom, il la souleva et l'empala sur lui. Elle s'agrippa à son cou, ses jambes se nouèrent autour de sa taille et elle enfouit son visage au creux de son épaule. Il la sentit haleter de plaisir comme il la possédait, estoc après estoc, encore et encore.

« Tu vas trop vite ! » lui cria une voix intérieure.

Mais il ne pouvait plus s'arrêter. Gabriella cria, mordit l'épaule de Dante. Alors il s'oublia en elle, les yeux fermés, et se sentit emporté dans une volupté infinie.

Ils restèrent immobiles pendant de longues minutes, le souffle court, reprenant leurs esprits. Puis Gabriella se mit à rire doucement. Il se rappelait ce rire doux et sensuel comme si c'était hier.

— Quoi ? demanda-t-il, souriant à son tour contre son front.

— Toutes ces années de cours de yoga… Apparemment, ça en valait la peine.

Il se mit à rire, puis la laissa glisser doucement à terre. Elle était si belle, songea-t-il comme la jeune femme levait un regard presque timide vers lui. Son cœur se serra brutalement, au point qu'il en oublia momentanément de respirer.

— Gabriella ?
— Hmm ?

Mais il secoua la tête.

— Non, rien. Juste...

Il se pencha et l'embrassa. Puis, la soulevant dans ses bras, il la porta jusqu'à son lit et l'y déposa précautionneusement avant de s'allonger près d'elle. La tête sur son épaule, elle fit courir ses doigts sur son torse.

— A quoi penses-tu ? demanda-t-elle après quelques instants de silence.
— Au fait que tu m'as manqué.
— Toi aussi tu m'as manqué.

A la vérité, les pensées de Dante allaient bien au-delà de ça. Il songeait qu'un homme pouvait complètement se tromper sur le sens de la vie, sur ce qui importait, sur ce qui le rendait heureux. Un bon travail, une famille aimante, des amis, bien sûr, c'était merveilleux.

Mais ce n'était pas assez.

C'était de *ça* qu'il avait besoin.

De Gabriella dans ses bras, de son visage au creux de son épaule, de son souffle contre sa peau. Machinalement, il l'attira contre lui. Comment avait-il pu vivre sans elle ?

Sans crier gare, une idée s'imposa à son esprit, pareille à un vent glacial sur son corps nu. *Ce pouvait être dangereux*. Mais au même moment, Gabriella soupira et il sut qu'il était prêt à affronter tous les dangers.

Son désir se réveilla, enflant comme une lame de fond. Roulant sur le côté, il embrassa la jeune femme, puis se souleva sur un coude pour l'étudier.

Elle était magnifique.

Ses cheveux étaient une masse dorée aux reflets

ondoyants, ses yeux immenses et lumineux, ses lèvres paraissaient avoir enflé sous l'effet de ses baisers. Tout s'était passé si vite qu'elle portait encore son peignoir.

Il se pencha pour l'embrasser de nouveau, cette fois au creux du cou. Sa peau avait ce même goût de miel qu'autrefois.

— Gabriella…

Il brûlait d'envie de lui faire l'amour.

Il fit glisser sa main vers le creux de ses cuisses et la caressa doucement. Gabriella, les yeux clos, se mit à haleter. Il adorait la toucher ainsi mais ce n'était pas assez. Il voulait embrasser son ventre, ses seins… Lentement, il fit glisser le peignoir de ses épaules, puis commença à dégrafer son soutien-gorge. Sa peau était douce comme de la soie, et la fragrance de son désir faisait bouillonner son sang dans ses veines.

— Non, Dante, protesta-t-elle soudain, capturant ses poignets.

Il n'y avait pas d'hostilité dans son regard mais de la crainte. Il fronça les sourcils, puis comprit.

— Oh, je suis désolé. J'avais oublié que tu étais malade…

— Non. Non, ce n'est pas ça.

Dante se maudit intérieurement. Il s'était montré stupide et insensible. Elle avait eu un bébé quatre mois plus tôt à peine et il lui faudrait du temps pour s'en remettre.

— C'est… c'est…

— Le bébé, je sais. J'espère juste que je ne t'ai pas fait mal parce que…

Mais Gabriella l'interrompit en plaçant un doigt sur ses lèvres.

— Ce n'est pas ça non plus. C'est juste que... j'ai changé. Mes seins, mon corps...

Dante la fit taire d'un baiser.

— Non, je veux te voir. Tu es la plus belle femme du monde.

— Oh non. Avoir un bébé change beaucoup de choses.

— Oui, ça fait de toi une femme. Une femme sublime.

Gabriella lui offrit un sourire vacillant.

— Je sais que ça doit te paraître idiot. Mais je... je ne veux pas te décevoir. Je ne le supporterai pas...

— Tu ne me décevras jamais. C'est impossible. D'ailleurs, si quelqu'un a déçu l'autre, c'est bien moi. Je t'ai laissée affronter seule ta grossesse. Tu as dû te sentir terriblement seule.

— Tu ne pouvais pas le savoir.

— Peu importe. Je veux faire partie de ta vie, à présent.

Gabriella prit une profonde inspiration, puis relâcha enfin ses poignets.

Il la sentait qui tremblait et, instinctivement, elle couvrit ses seins de ses mains. Sans la quitter des yeux, il secoua la tête et les écarta. Il la regarda ensuite et en eut le souffle coupé.

Car elle était plus belle encore, si c'était possible, que dans son souvenir.

Ses seins étaient plus pleins, plus généreux, toujours aussi parfaits. Ses aréoles couleur de rose s'étaient légèrement assombries.

Le cœur battant, Dante fit glisser ses yeux sur son corps. Son ventre était presque imperceptiblement arrondi, ses hanches aussi, et ne la rendaient que plus séduisante encore. Oui, elle avait changé. Elle était devenue l'essence même de la féminité.

Un désir mâle, brutal et primitif, le submergea soudain. « Tu es mienne », songea-t-il, et il la prit dans ses bras pour l'étreindre.

— Gabriella, tu es merveilleuse...

— Tu n'es pas obligé de dire ça...

Les yeux dans les siens, Dante caressa du pouce l'un de ses seins. La jeune femme gémit, et il songea qu'il n'avait jamais entendu un son plus délicieux.

— Tu m'appartiens, murmura-t-il. Et je ne t'ai jamais désirée davantage qu'en cet instant.

Il l'embrassa, puis descendit le long de sa gorge, s'attarda sur ses seins, mordillant, taquinant, suçant ses tétons... Il se targuait d'être un expert dans l'art de l'amour mais avec elle, il semblait toujours sur le point de perdre tous ses moyens.

N'y tenant plus, il se mit sur le dos et installa Gabriella à califourchon sur lui. Les dents serrées, il la sentit glisser sur lui sans effort et ferma les yeux pour ne pas s'abandonner aussitôt. Elle se mit à bouger sur lui, lentement d'abord, puis plus rapidement, emportée elle aussi par la passion.

Il vit au mélange d'étonnement et d'émerveillement sur son visage qu'elle était au bord de l'orgasme. Il la sentit soudain se raidir et, tandis qu'elle renversait la tête en arrière pour crier son prénom, Dante sut qu'il était en train de vivre un moment unique, une expérience nouvelle qui allait changer son existence.

Alors, en un violent spasme de plaisir, il s'abandonna à son tour en elle.

Gabriella s'éveilla au son de la pluie contre les carreaux. La pluie, se demanda-t-elle confusément, à cette période de l'année ? C'était trop tôt. La saison des pluies ne commençait au Pantanal que...

Elle se rappela brusquement qu'elle n'était pas au Pantanal. Elle était à Manhattan, au beau milieu de New York. Dans l'appartement de Dante.

Et dans son lit.

Les souvenirs de la nuit passée l'assaillirent brutalement. Une nuit d'amour, d'étreintes passionnées, de sensualité débridée. Elle avait perdu le compte du nombre de fois où ils s'étaient réveillés pour faire l'amour. Dante était un amant extraordinaire, apparemment infatigable. Elle n'avait pas beaucoup d'expérience des hommes — elle avait eu seulement deux amants avant lui — mais son endurance et sa virilité étaient impressionnantes. Le désir apparemment insatiable qu'il éprouvait pour elle l'était tout autant.

Elle avait été choquée de sa propre réaction, des réponses de son corps, surtout aussi tôt après une grossesse et...

Deus ! Daniel !

Elle jeta un coup d'œil vers l'audi-baby qui la reliait à la chambre de son fils, mais il était muet. En hâte, elle se leva, passa le peignoir qu'elle avait mis la veille et se précipita vers la chambre de Daniel.

Elle y trouva Dante, debout devant la fenêtre, leur fils dans les bras. Lorsqu'il la vit, son visage s'illumina.

— Bonjour.

— Bonjour, murmura-t-elle, rougissant légèrement sous le feu de son regard. Je crois que j'ai dormi un peu trop longtemps. Je ne sais pas comment j'ai fait. Daniel...

— Il va bien. Pas vrai, mon grand ? ajouta-t-il à l'intention du bébé.

L'intéressé lui retourna un grand sourire.

— Tu vois, tout va bien.

— Il doit mourir de faim.

— Eh bien, nous commencions à nous dire que nous aurions peut-être à te réveiller. Parce qu'une collation, c'est bien, mais ça ne suffit pas à un homme affamé qui veut son petit déjeuner...

— Une collation ? Quelle collation ?

— Il s'est réveillé à 5 heures du matin.

— Et je ne l'ai pas entendu ?

— Il faut croire que non, répondit Dante en se tournant vers l'horloge.

Gabriella fit de même et ouvrit de grands yeux en apercevant l'heure que Mickey indiquait de ses mains gantées.

— 10 heures ? Il est déjà 10 heures ?

— Ne t'en fais pas, je lui ai donné un biberon à 5 heures.

Dante avait parlé d'un ton détaché, mais il était impossible de ne pas remarquer son sourire satisfait. Il était non seulement un amant exceptionnel mais un père merveilleux, songea Gabriella, la gorge soudain nouée par l'émotion.

— Eh, qu'est-ce qui se passe ? demanda-t-il en la dévisageant intensément.

Gabriella se força aussitôt à sourire.

— Rien. Passe-moi Daniel, je vais le nourrir.

Dante obéit. Son fils dans les bras, Gabriella s'installa dans un fauteuil. Elle s'apprêtait à ouvrir son peignoir lorsqu'elle se figea, hésitante.

— Je peux rester ? demanda Dante d'une voix sourde.

Non, songea-t-elle aussitôt. Chaque moment d'intimité serait difficile à oublier lorsqu'il se lasserait de nouveau d'elle, et elle ne voulait pas en ajouter un nouveau à une liste déjà trop longue.

— Gaby ? Si tu veux que je sorte…

— Non, s'entendit-elle murmurer. Tu peux rester avec nous.

Une expression de pur bonheur traversa le visage de Dante. Il l'embrassa, puis s'assit par terre à côté d'elle, jambes croisées. Elle dévoila son sein et Daniel l'agrippa pour téter avec appétit.

Elle sut alors qu'elle avait passé le point de non-retour. Lorsque Dante la quitterait de nouveau, il lui briserait le cœur si complètement qu'elle ne serait plus jamais la même.

11

S'il y avait une chose que les frères Orsini savaient, c'était que la vie n'était pas un long fleuve tranquille. Il y avait des rapides, des chutes, des courants, des tourbillons qui menaçaient d'avaler un homme à tout moment.

Chacun des Orsini en avait fait l'expérience. C'était ainsi que Rafe avait fini dans l'armée, Nick dans les marines, Falco dans les Forces spéciales. C'était la raison pour laquelle Dante lui-même avait atterri au fin fond de l'Alaska, à travailler sur une exploitation pétrolière.

Et c'était pourquoi les quatre frères étaient finalement revenus à New York où, prenant le plus grand des risques, ils avaient fondé Orsini Brothers Investments et y avaient englouti tout ce qu'ils possédaient : Nick et Rafe leurs économies, Falco ses gains au poker et Dante l'argent amassé en Alaska.

Parfois, il fallait savoir fermer les yeux et sauter dans le vide.

Voilà à quoi pensait Dante en se rasant, ce lundi matin. Sauter dans le vide, c'était exactement ce qu'il avait fait ce week-end. Car si ramener Gabriella et Daniel à New York était une chose, les installer chez lui en était une autre. Il avait transformé une chambre d'amis en chambre pour enfant et installé Gabriella dans ses propres quartiers. Elle avait d'abord protesté, inventant mille raisons pour ne pas le faire, expliquant que c'était prématuré.

Et parce qu'une partie de lui-même le pensait aussi, il l'avait embrassée et avait chassé leurs doutes communs. Oui, il avait sauté dans le vide. Parfois, on ne s'en relevait pas. Mais si l'on survivait...

Avec un sourire, Dante ouvrit le robinet, fit couler de l'eau dans ses mains jointes et se rinça le visage pour en chasser les restes de mousse.

Lorsque l'on survivait, la vie était merveilleuse !

Tout en s'essuyant avec une serviette fraîche, il regarda autour de lui. Quelques jours plus tôt à peine, la salle de bain était un sanctuaire exclusivement masculin et austère. Il n'y avait rien sur les étagères à l'exception d'un rasoir électrique dont il ne se servait jamais, d'un peigne et de sa brosse à dents. Mais elles débordaient à présent de flacons, de pots de crèmes, de pinceaux, et de divers accessoires dont la fonction lui échappait.

Il adorait voir les affaires de Gabriella. En temps normal, trouver ne serait-ce qu'un tube de rouge à lèvres aurait suffi à le mettre en colère. Mais pas avec elle. Gabriella était... différente. Spéciale. Unique.

Il avait plu la veille et ils avaient passé la majeure partie de la journée au coin du feu, à lire le *Times* et à faire les mots croisés ensemble. Daniel, allongé sur un tapis près d'eux, avait babillé gentiment et dormi. Un peu plus tard, elle l'avait allaité devant lui et, en l'observant, il avait senti une étrange émotion gonfler en lui, presque au point de le submerger.

— Ça va ? avait demandé la jeune femme.

— Oui, avait-il menti. A merveille.

Il avait continué de les regarder, Daniel et elle.

Son bébé, son fils. Pour la première fois de sa vie, tout lui semblait simple.

Simple comme une route conduisant à une maison de banlieue bordée d'une barrière, avec un break dans l'allée, un chien, un chat...

— Dante ?

Quelques coups à la porte le tirèrent soudain de ses rêveries.

— Oui ? fit-il d'une voix mal assurée. Oui, donne-moi une minute.

— J'ai juste une question rapide.

— Et moi, j'ai besoin d'une minute.

Il fit la grimace en entendant l'impatience qui avait percé dans sa propre voix.

— Ce n'est pas grave. Je ne voulais pas te déranger...

Bon sang, quel idiot il faisait. En hâte, il alla ouvrir et prit Gabriella dans ses bras.

— Comment pourrais-tu me déranger ?

— Ce... c'était sans importance de toute façon.

Mais Dante voyait bien qu'il l'avait blessée. Il lui encadra le visage des mains et murmura :

— Désolé, je ne suis pas du matin.

Un léger sourire apparut sur les lèvres de la jeune femme.

— Ce n'est pourtant pas ce qui m'a semblé tout à l'heure...

Le compliment lui arracha un rire.

— Ah, pour ça, je suis toujours prêt. C'est juste que... je n'ai jamais demandé à une femme de vivre avec moi.

— C'est... c'est ce que nous faisons ? Tu veux que je vive avec toi ? Je veux dire, pas seulement le temps de me trouver un appartement ?

La maison en banlieue, la barrière blanche, le 4x4 dans l'allée, les jouets dans le jardin...

Dante effaça l'image de son esprit.

— Oui, déclara-t-il.

Et il l'embrassa.

Un long, long moment plus tard, Gabriella soupira.

— Il me semble que j'avais une question à te poser.

— Hmm, murmura-t-il, glissant une main sous la ceinture de son jean, sur ses fesses.

— Je... Comment veux-tu que je réfléchisse si tu...

— Je te donne une minute pour retrouver ta question.

— Je... Ah oui ! Je voudrais dire à Mme Janiseck de rajouter des céréales à la liste des courses. Le médecin m'a dit que je pouvais en donner à Daniel.

— Eh bien, dis-le-lui.

— J'allais le faire, mais c'est ta gouvernante et je ne voudrais pas...

— Tu n'as pas à me demander mon autorisation. Demande ce que tu veux à Mme Janiseck. Tiens, maintenant que j'y pense...

Tirant son portefeuille de sa poche arrière, il en sortit une carte de crédit qu'il lui mit dans les mains.

— Non, je ne peux pas accepter...

— Et moi, je n'accepte aucune protestation. Cette carte est à toi, Gabriella. Achète ce que tu veux. Pour le bébé, pour toi... Ce que tu veux.

Sourcils froncés, la jeune femme regarda la carte, puis Dante.

— Je te rembourserai, alors. Dès que je le pourrai.

— Si tu veux. Ça se passe bien, entre Mme Janiseck et toi ?

— A merveille. Elle n'a pas bronché en trouvant une

femme et un bébé chez toi. Elle a même paru ravie. Tu savais qu'elle avait une nièce ?

— Non, mais...

— Stacia. Elle fait ses études pour devenir professeur. Mme Janiseck dit qu'elle se débrouille très bien avec les enfants en bas âge. Elle pourrait s'occuper de Daniel pendant que j'irai à mes rendez-vous.

Dante cligna des yeux, totalement dérouté.

— Tes rendez-vous ?

— Oui. J'ai appelé mon ancien agent pour voir s'il pouvait me trouver du travail. Pourquoi fronces-tu les sourcils ? J'ai besoin de gagner ma vie, Dante. Je te dois déjà une fortune.

Dante hésita. Il comprenait qu'elle ait besoin de travailler. Elle n'avait tout de même pas envie de passer ses journées entières avec lui, n'est-ce pas ? Ils avaient tous deux besoin de leur indépendance.

L'indépendance... Une notion qui avait toujours été sacrée pour lui. Un concept qu'il avait utilisé pour justifier chacune de ses ruptures. Pourtant, sans qu'il sache pourquoi, le mot lui paraissait soudain vide de sens.

— J'ai une idée géniale, déclara-t-il soudain.

— Quelle modestie ! répondit Gabriella en riant.

— Nous allons dire à Mme Janiseck que nous voulons embaucher Stacy...

— Stacia.

— Nous demanderons à Stacia si elle veut bien s'occuper de Daniel, nous élaborerons un emploi du temps...

— Oui, mais...

— Mais tu n'as pas les moyens, c'est ça ?

— Oui.

— Tu n'auras pas besoin de la payer. C'est moi qui l'embaucherai.

— Dante, je ne peux pas...

— J'ai besoin de déductions fiscales, mentit-il avec aplomb, ne sachant même pas s'il pouvait déduire le salaire d'une baby-sitter de ses impôts.

— Après la *fazenda*, une nounou ? Tu dois vraiment avoir besoin de ces déductions...

Il répondit de la seule façon possible : en l'embrassant passionnément, puis en la prenant dans ses bras pour la porter jusqu'à leur lit.

Une heure plus tard, il téléphona à sa secrétaire et lui annonça qu'il ne serait pas là de la semaine.

— Si quelqu'un veut me joindre, je serai joignable sur mon portable, annonça-t-il.

Pour l'instant, il n'avait aucune envie d'expliquer la situation à sa secrétaire, à ses frères, ou à sa mère. Il préférait laisser les choses se tasser un peu. Et puis, il avait droit à un peu de vacances, non ? Cela faisait des mois qu'il ne s'était pas accordé la moindre pause.

Ayant obtenu l'assentiment de Gabriella, il demanda à Mme Janiseck de faire venir sa nièce. Cette dernière se présenta à l'appartement en fin de matinée ; c'était une jeune fille charmante et aux manières aimables. Lorsqu'elle prit Daniel, celui-ci la regarda un long moment avant d'annoncer solennellement :

— Ba-ba-ba.

— Apparemment, vous avez son approbation, dit Gabriella en riant.

Dante la vit se détendre imperceptiblement. Glissant son bras autour de ses épaules, il déclara :

— Que dirais-tu de sortir déjeuner ?
— Allez-y, dit Stacia. Daniel et moi en profiterons pour faire connaissance.

Gabriella et Stacia discutèrent couches, lait en poudre et d'un million d'autres détails avant que Mme Janiseck ne fasse claquer sa langue d'un air réprobateur.

— Tout ira bien. Allez profiter du beau temps, tous les deux.

Et, à la stupeur de Dante, sa vieille gouvernante se hissa sur la pointe des pieds pour lui planter un baiser sonore sur la joue.

C'était une merveilleuse journée d'automne, de celles qui faisaient oublier aux habitants de New York la chaleur poisseuse de l'été et le froid à venir.

Main dans la main, Gabriella et Dante se promenaient sans but dans Central Park. Gabriella faisait des remarques sur tout ce qui les entourait : les bébés, les joggers, les promeneurs et leurs chiens. Il était inutile de demander à la jeune femme si elle aimait les animaux, car elle s'arrêta pour caresser chacun de ceux qu'ils croisèrent.

— Tu as grandi entourée de chiens ? demanda Dante, amusé.

— Oh, non. Je n'en ai jamais eu.

Il fronça les sourcils, dérouté.

— Jamais ? Sur ce ranch immense ?

— Mon père n'aimait pas les chiens.

— Pourquoi ?

La jeune femme eut un haussement d'épaules.

— Sans raison. Il ne les aimait pas, c'est tout.

Quelque chose dans sa voix alerta Dante et il lui prit la main.

— Quand j'étais petit, je rêvais d'avoir un chien, avoua-t-il.

— Mais ta mère ne voulait pas d'un animal en appartement, je parie ?

Ne lui avait-il jamais dit qu'il avait grandi dans une maison ? Il était vrai qu'ils ne savaient presque rien l'un sur l'autre, songea-t-il en entrelaçant ses doigts avec les siens.

— J'ai toujours vécu dans une maison, dans le Village. Nous ne manquions pas de place.

— Mais pas de chien ?

— Non. *Mamma* pensait qu'ils nous donneraient des puces !

— *Mamma*…, répéta Gabriella en souriant.

— Nous sommes siciliens, lui rappela Dante, souriant à son tour. Si je l'avais appelée autrement, j'aurais reçu une claque.

— Et ton père, tu l'appelles comment ?

Dante se rembrunit aussitôt.

— Je l'appelle père.

— Je suis désolée, ce n'est pas un sujet qui…

— Non, la coupa aussitôt Dante, lui embrassant la paume de la main. Tu as tout à fait le droit de demander. Mon père est… comment dire…

— Traditionnel ?

— Pire que ça. Archaïque. Tu te rappelles *Le Parrain* ? C'est un peu la même chose. Il est à la tête de ce qu'il appelle une grosse corporation mais en réalité…

— Dante…

Gabriella posa une main sur son torse.

— Je me moque de ce qu'il est ou de qui il est. Tout ce qui compte, c'est qu'il t'ait engendré.

Pouvait-on vraiment sentir son cœur tressaillir ? Dante eut en tout cas l'impression que le sien faisait des sauts de joie dans sa poitrine.

Il prit Gabriella et l'embrassa passionnément, au beau milieu du chemin.

Il l'emmena déjeuner au Central Park Boathouse. Y avait-il endroit plus parfait que ce bord du lac, par une si belle journée ?

Le restaurant était complet mais bien sûr, on trouva aussitôt une table en terrasse pour M. Orsini. Gabriella s'installa, regardant avec fascination les tortues qui prenaient le soleil sur un rocher. Dante commanda pour eux deux, une salade niçoise pour elle — il savait qu'elle adorait cela — et un hamburger pour lui.

— Et une bouteille de pinot gris, ajouta-t-il, se rappelant qu'il s'agissait du vin préféré de Gabriella.

Mais elle secoua la tête et, rougissant légèrement, expliqua en murmurant qu'elle ne pouvait pas boire, parce que l'alcool ne serait pas bon pour le bébé.

— De l'eau pétillante, peut-être ? suggéra le serveur avec un sourire discret.

Dante acquiesça. Leur bouteille arriva peu après avec deux verres remplis de glace et de tranches de citron.

— J'aurais voulu être près de toi pendant la grossesse, déclara-t-il soudain, prenant la main de Gabriella. Tu n'aurais pas dû être seule, surtout pour l'accouchement.

— Je te l'ai dit : je n'étais pas seule. Yara était là. Et... mon frère.

Dante l'étudia, frappé par les ombres qui dansaient dans son regard.

— Tu sais, tu ne parles pas souvent de lui.

— Il n'y a pas grand-chose à dire, répondit Gabriella avec un soupir. Il est mort, mais je suppose que tu le sais.

— Je ne veux pas parler de lui si c'est trop difficile pour toi...

— Il est mort du sida. C'était un homme merveilleux, Dante. Et un frère formidable.

— J'en suis sûr.

— Notre père le méprisait. Et il me méprisait moi aussi. Mon frère, parce qu'il était gay. Moi, parce qu'il pensait que ma mère était morte à cause de moi.

— Gaby...

Le serveur revint à cet instant avec leurs assiettes, et ils se turent jusqu'à son départ. Gabriella reprit ensuite son récit :

— Elle est morte en couches, et mon père m'en a tenue pour responsable. Je sais que c'est ridicule, mais quand j'étais petite, je le croyais. Bref, à peu près au moment où... où toi et moi avons rompu...

— Juste quand tu as découvert que tu étais enceinte..., murmura Dante.

— *Sim*. Mon père m'a écrit une lettre conciliante, me demandant de rentrer, affirmant qu'il se faisait vieux. Comme je n'avais plus de raison de... de rester à New York, c'est ce que j'ai fait. Mais mon père avait menti. Il se mourait, sans le sou — il avait tout perdu au jeu — et il avait juste besoin de quelqu'un pour s'occuper de lui gratuitement. C'est ce que j'ai fait.

— Je suis désolé. C'est toi qui avais besoin de quelqu'un...

— Ce n'est pas grave. Je n'ai fait que mon devoir.

Gabriella s'interrompit et sourit, mais des larmes brillaient dans son regard.

— De plus, j'ai dit à mon père que je ne prendrais soin de lui que s'il autorisait le retour de mon frère. Ça nous a permis, à Arturo et moi, de passer les derniers mois ensemble. D'une certaine façon, ça a été une période merveilleuse. Nous avons beaucoup parlé, échangé des souvenirs. Puis mon père est mort. Et peu après… Arturo l'a suivi. Pour couronner le tout, Ferrantes est arrivé et… et…

Dante prit Gabriella et l'embrassa. Puis, abandonnant quelques billets sur la table, il l'entraîna hors du restaurant, sans qu'ils aient touché à leur déjeuner.

— Comme c'est romantique, murmura une femme assise à une table voisine.

Elle se trompait, songea Dante. Ce qui se passait entre Gabriella et lui dépassait la simple romance. C'était bien plus compliqué que cela. C'était… c'était…

Resserrant son étreinte sur la main de Gabriella, il l'entraîna en hâte à travers le parc.

De retour à la maison, ils allèrent aussitôt voir comment se portait Daniel. Le bébé dormait à poings fermés.

Mme Janiseck partit, bientôt suivie de Stacia. Dante entraîna Gabriella sur la terrasse et prépara une omelette et une salade qu'ils mangèrent sous la pergola. Puis ils lézardèrent au soleil, entourés des fleurs d'Isabella.

Il lui parla de sa vie, lui révélant des détails qu'il n'avait jamais confiés à quiconque. Ses sentiments mêlés à l'égard de Cesare. Son amour pour ses frères et sœurs. La colère qui, à dix-huit ans, l'avait poussé à quitter la *famiglia* pour l'Alaska. Le fait que pour eux, cette notion de famille était très différente de celle des gens normaux. Ces derniers ne voyaient pas la police frapper à leur porte au beau milieu de la nuit ou la presse s'intéresser à eux.

Il lui avoua à quel point il s'était senti perdu, sans direction, jusqu'à ce que la dureté de la vie dans le Grand Nord lui fasse reprendre ses esprits. Là-bas, en observant les aurores boréales et en écoutant les hurlements des loups, il avait compris que sa colère était mesquine et vide de sens.

— Je suis donc rentré à New York. Mes frères étaient dans le même état d'esprit que moi et nous avons décidé de lancer Orsini Brothers Investments. C'était une façon de faire place nette, de nous affranchir de notre passé et de notre héritage.

Il lui expliqua enfin comment il s'était rendu au Brésil, à la requête de son père, et comment il avait peu à peu pris la décision de ne pas en repartir sans Gabriella ni son fils. Lorsqu'il termina son récit, la jeune femme avait les joues baignées de larmes.

— Dante, murmura-t-elle. *Meu querido*...

Il l'attira à lui et ils s'embrassèrent, se caressèrent, se touchèrent. Et lorsque ce ne fut plus assez, ils se rendirent main dans la main jusqu'à la chambre, où Dante la déshabilla avec autant de précautions que s'il déballait une œuvre d'art.

Une éternité plus tard, comme elle reposait dans ses bras et reprenait son souffle, Gabriella regarda enfin la vérité en face.

Quoi qu'il arrive, elle savait désormais qu'elle ne cesserait jamais d'aimer Dante Orsini.

12

Dante n'avait pas fait l'école buissonnière depuis bien longtemps. Depuis l'université, en fait. Une fois son diplôme en poche, il avait travaillé d'arrache-pied, d'abord dans les champs pétrolifères d'Alaska puis dans son bureau de New York, pour gagner sa liberté, son indépendance, et beaucoup d'argent. Il ne prenait quasiment pas de vacances, était joignable à tout moment, emportait des dossiers à étudier le week-end.

Et tout ça pour quoi ? se demanda-t-il tandis que Gabriella et lui dansaient langoureusement dans un minuscule club d'East Village. Pour s'enrichir ? L'argent ne lui avait pas offert ce qui comptait le plus : la femme qui était dans ses bras.

Comment sa vie avait-elle pu changer si vite ? Si on lui avait demandé, dix jours plus tôt, ce qui le rendait heureux, il aurait répondu que c'était sa famille, ou le coup de fil qu'il avait reçu la veille lui annonçant qu'une Ferrari Berlinetta de 1958 était disponible en Floride. Et il y avait les femmes, bien sûr. Son Blackberry en regorgeait : des brunes, des blondes, des rousses, toutes belles et excitantes.

En tout cas à court terme. Car il se rendait compte qu'il n'y avait rien de plus merveilleux que de tenir

Gabriella dans ses bras, de sentir ses mains derrière sa nuque et son visage contre son torse.

Comment avait-il pu être assez stupide pour la laisser partir ? Pour lui *demander* de partir ?

Elle le rendait heureux, et il la rendait heureuse. La jeune femme pâle et frêle qu'il avait retrouvée au Brésil était redevenue bronzée et souriante, pleine de vie, comme autrefois.

Elle était sienne. Il adorait se réveiller près d'elle et plonger ses yeux dans les siens, parler avec elle de tout et de rien, commenter les nouvelles du jour au petit déjeuner, marcher main dans la main le long de la plage à Fire Island, par un frais matin d'automne.

Parfois, ils ne parlaient pas du tout. Le seul fait d'être ensemble leur suffisait. Et c'était une expérience complètement nouvelle pour lui.

Et puis, il y avait Daniel. Il ne s'y connaissait toujours pas beaucoup en enfants mais son fils était le plus beau de tous. Il était, de plus, très intelligent. Dante adorait le voir fixer son mobile de ses grands yeux curieux. Oh oui, ce bébé avait de l'avenir, et pas seulement parce qu'il était de lui.

— Dante ?

Ces derniers jours avaient été les plus merveilleux de toute sa vie. Il était heureux.

— Dante !

Clignant des yeux, il fixa Gabriella. Elle lui souriait.

— Quoi ?
— Nous dansons toujours.
— Et alors ?
— Alors, la musique s'est arrêtée il y a cinq minutes.

Elle avait raison. Ils étaient seuls sur la piste et les autres clients les dévisageaient avec des mines amusées.

— Ça alors, j'aurais juré que le groupe jouait encore.
— Moi aussi.

Dante sourit, la fit tourner et la courba sur son bras comme un danseur de tango.

— Tu es *doido* ! s'exclama-t-elle.
— *Doido* de toi.

Sans cesser de danser, il l'entraîna jusqu'à leur table, prit le pashmina de Gabriella et l'entraîna vers la porte. Son chauffeur apparut aussitôt au volant de la limousine. Et, quand ils furent installés à l'arrière de la voiture, il remonta la vitre de séparation.

— Tu as passé une bonne soirée ? demanda Dante.
— Merveilleuse. La prochaine fois, nous essayerons la salsa.
— Tu veux me voir me ridiculiser sur la piste, c'est ça ?
— Ne cherche pas les compliments, tu sais que tu es un excellent danseur.
— Sauf que pour la salsa, il faut bouger des parties du corps qui ne sont pas faites pour ça.
— Je les ai vues bouger sans problème, répondit Gabriella, une lueur malicieuse dans le regard.

En riant, Dante l'attira sur ses genoux.

— Mais pas sur une piste de danse.
— Hmm, peut-être devrions-nous nous entraîner, une fois de retour à la maison ?
— Pourquoi attendre si longtemps ? murmura-t-il en se penchant sur elle.

Dante songea qu'il était fort pratique d'avoir un chauffeur. Puis il cessa de réfléchir pour se perdre dans les bras de Gabriella.

*
**

Tôt le samedi matin, il suggéra une visite au zoo du Bronx. Gabriella acquiesça avec enthousiasme et déclara qu'elle avait besoin de cinq minutes pour préparer Daniel.

— Parfait. Ça me permettra de jeter un coup d'œil à mes mails en attendant. J'ai été un peu négligent, ces derniers jours. Au fait, je vais devoir retourner au travail lundi.

Gabriella se rembrunit et Dante sourit. Il adorait passer du temps avec elle et était soulagé de constater qu'il allait lui manquer. Elle lui manquerait aussi, mais il ne pouvait pas négliger ses obligations professionnelles plus longtemps.

— A tout de suite, dit-il en déposant un baiser sur ses lèvres.

Mais il passa une bonne demi-heure dans son bureau et, lorsqu'il en ressortit, Gabriella comprit aussitôt à sa mine qu'il s'était passé quelque chose.

— Dante, ça ne va pas ?

Il lui assura que tout allait bien. Mais elle savait qu'il mentait. Son visage était sombre et il se montra inhabituellement silencieux durant tout le trajet jusqu'au zoo. Il semblait préoccupé, mais par quoi ? Il était entré dans son bureau et c'était comme si une autre personne en était ressortie. Il avait changé, elle le sentait.

Avait-il soudain décidé qu'il en avait assez ? Le zoo était rempli de familles. L'endroit lui montrait-il l'avenir qui l'attendait ?

Daniel et elle étaient une nouveauté dans sa vie. Il n'avait jamais eu d'enfant et, il l'avait avoué lui-même, il n'avait jamais proposé à une femme d'emménager avec lui. L'excitation des premiers temps avait-elle disparu ?

Pas plus tard que la veille, il lui avait parlé d'une

voiture qu'il voulait acheter. Amusée par son enthousiasme, elle lui avait demandé pourquoi les hommes aimaient tant les automobiles, et il lui avait expliqué qu'il s'agissait d'une passion dont on ne pouvait pas se lasser, car il y avait toujours de nouveaux modèles pour renouveler l'intérêt. Il s'était lassé du ski extrême, de la descente de rapides, du saut en parachute, mais jamais des voitures.

Daniel s'était réveillé au même moment, empêchant Gabriella de poser la question qui lui brûlait les lèvres : d'où lui venait cette constante nécessité de renouveler ses centres d'intérêt... et ses conquêtes ?

Au plus profond d'elle-même, elle connaissait la réponse. La marée montait et descendait mais l'océan restait l'océan. La neige tombait et fondait mais une montagne restait une montagne. Dante était ainsi fait et ne changerait jamais.

Représentait-elle son dernier hobby en date ? Et Daniel ? Son fils allait-il apprendre à aimer un père qui finirait par se lasser de lui ?

Cette idée la terrifiait.

Dante sentait son fils endormi peser sur son torse et glissa une main sous ses fesses pour le caler plus fermement. Il adorait le porter. Jamais il n'aurait imaginé que la paternité puisse à ce point exalter un homme.

Le zoo était plein de familles. Mères, pères, bébés et enfants de tous âges. Et eux. Lui, Gabriella et Daniel. Ils formaient une famille, eux aussi.

C'était merveilleux.

Et terriblement effrayant.

Il devait à présent affronter la vérité. Le mail qu'il

avait trouvé sur son ordinateur lui avait fait l'effet d'un électrochoc... Il n'arrêtait pas d'y penser. Ce qui arrivait à Rafe...

Ce qui arrivait à Rafe était exactement ce qui lui était arrivé à lui, Dante. La coïncidence était presque effrayante. Comment ne s'en était-il pas aperçu plus tôt ? Comment avait-il pu être à ce point aveugle ? Restait à espérer que Gabriella ressentait la même chose, parce que sinon...

Il devait lui parler, la prendre dans ses bras, tout lui avouer. Lui dire que...

— Gaby, commença-t-il abruptement, se tournant vers la femme qui tenait sa vie entre ses mains. Je sais que nous n'avons pas visité tout le zoo mais...

— Dante, murmura-t-elle, plongeant ses yeux dans les siens. Je veux rentrer à la maison.

Ni Mme Janiseck ni Stacia ne travaillaient le samedi. Ils mirent Daniel au lit et, quand Dante se retrouva enfin seul avec Gabriella, il toussota.

— Il faut que je te parle.

Gabriella sentit aussitôt son cœur sombrer.

— Très bien, dit-elle d'une voix blanche.

Elle savait déjà ce qu'il allait lui dire et cela la mettait à l'agonie. Bien sûr, elle avait toujours su que ce moment viendrait. Mais pas si vite.

De toute façon, cela ne faisait aucune différence. Mieux valait en finir rapidement. Après tout, ils n'étaient pas...

— ... marié.

— Pardon ?

Dante souriait, mais tout son être irradiait une tension presque palpable.

— Quand j'ai regardé mes mails ce matin, il y en avait un de mon frère Rafe. Apparemment, il se marie demain. Enfin, il semble qu'il se soit déjà marié à la va-vite en Sicile mais que demain, il le fasse pour de bon. A savoir dans une église, où ma mère pourra pleurer et remercier le ciel.

A l'entendre, il décrivait une exécution plutôt qu'un mariage. Connaissant Dante, cela n'avait rien d'étonnant. Etait-ce la raison de son étrange comportement ?

— Il a essayé de me joindre. Le reste de la famille aussi. Mais je n'ai pas été très joignable, ces derniers temps...

Face à ce qui ressemblait fort à une accusation, Gabriella se raidit.

— Je ne t'ai pas empêché de vérifier tes mails.

— Non. Et puis, qui pouvait s'attendre à une telle nouvelle ? Il connaît à peine cette fille. Tu parles d'une surprise...

— Oui, mais...

— Le mariage, c'est censé être pour la vie. Il faut réfléchir avant de se lancer dans ce genre de chose.

— Et tu penses qu'il ne l'a pas fait ?

— Ce que je pense, c'est qu'il a sauté à pieds joints dans l'inconnu et qu'à bien y réfléchir...

— Il n'est pas le seul à sauter dans l'inconnu, le coupa Gabriella, sentant la colère monter en elle. Sa femme le fait aussi.

— Ce n'est pas pareil...

— Vraiment ? Et pourquoi cela ?

— Parce qu'un homme est par nature un chasseur.

Il est fait pour l'errance. L'instinct d'une femme, au contraire, est de se fixer et de protéger sa progéniture.

Gabriella le regardait à présent d'un air médusé, et Dante ne pouvait lui en vouloir. Après avoir reçu le mail de Rafe, il avait appelé son frère pour lui demander s'il était devenu fou.

Rafe lui avait répondu :

« Pourquoi attendre quand tu sais que tu as trouvé la bonne ? Une femme qui t'aime pour ce que tu es ? Qui ne demande que ton amour en retour et n'a rien à faire de ta fortune ? »

Et soudain, Dante s'était rendu compte que son frère venait de lui décrire Gabriella. Et il avait compris qu'il était éperdument amoureux d'elle.

Il avait passé la journée à digérer la nouvelle, espérant que la jeune femme ressentait la même chose. Car si ce n'était pas le cas... La perspective d'être rejeté lorsqu'il lui déclarerait son amour le terrifiait. Il devait trouver les mots justes. Il n'aurait pas de seconde chance.

— Dante..., commença Gabriella.

— Ecoute, la coupa-t-il, parlant rapidement de peur de perdre courage. La cérémonie est demain... Je veux que tu saches que ça ne sera pas facile pour toi. Ma famille n'est pas... une famille ordinaire. Ma mère et mes sœurs vont te bombarder de questions, mes frères vont t'observer, quant à mon père... il sera sans doute trop occupé à essayer d'éviter les fédéraux. Ce n'est sans doute pas une bonne idée de...

— Je ne crois pas non plus que ce soit une bonne idée. Je préfère éviter ce genre de réunion de famille et le sentimentalisme qui va avec.

— Quoi ? Non, tu ne comprends pas...

— Je comprends parfaitement, répondit Gabriella avec un sourire figé. Tu dis que le mariage est demain ?

— Oui. Ce sera fini à midi.

— Parfait.

— Oui, parce que comme ça...

— Le nom de mon avocat est Peter Reilly.

Dante cligna des yeux, dérouté.

— Que dis-tu ?

— Son bureau est sur la 72ᵉ Rue. Il se chargeait de mes contrats de mannequin.

— Mais de quoi tu parles ?

— J'ai réfléchi, Dante. A cette... situation.

« Ne pleure pas, s'ordonna-t-elle. Ce n'est pas parce qu'il vient de confirmer tes pires craintes que tu dois t'humilier devant lui. »

— Moi aussi, j'ai réfléchi. C'est justement ce que j'essaie de te dire.

— J'ai compris. Je suis sûr que Peter acceptera de nous recevoir dimanche.

— De nous recevoir pour quoi ?

Ce regard glacial, cette voix coupante, c'était donc sa récompense alors qu'il essayait de lui dire qu'il voulait l'emmener au mariage de Rafe ? songea Dante. Qu'il voulait annoncer à sa famille qu'il l'aimait, qu'ils avaient eu un fils ensemble et qu'il avait l'intention de se marier lui aussi ?

— Peter établira un calendrier de remboursement de l'argent que je te dois.

— Pardon ?

— Moi aussi, j'ai réfléchi. Nous avons passé du bon temps ensemble. Mais il est temps que je reprenne le cours de ma vie.

Dante la dévisagea, bouche bée. Il avait l'impression

qu'un vent glacial soufflait en lui, l'anesthésiait peu à peu. Gabriella affronta son regard sans ciller, le menton légèrement redressé.

— Je vois, déclara-t-il enfin. Je veux que mon propre avocat assiste à ce rendez-vous.
— Mais bien sûr. Je te donnerai le numéro du mien.
— Parfait.

Dante tourna les talons, saisit sa veste au vol et quitta l'appartement. Lorsqu'il revint, de longues heures plus tard, leur chambre était vide. Gabriella s'était installée dans l'une des chambres d'amis.

Et c'était pour le mieux, décida-t-il en se servant le premier d'une longue série de whiskys.

13

Le soleil se leva sur un dimanche clair et inhabituellement chaud pour la saison. Le jour parfait pour un mariage, aurait-on pu dire. Pour Dante, c'était plutôt le jour parfait pour s'éveiller d'un rêve et se rendre compte qu'il avait été à deux doigts de passer la tête dans un nœud coulant.

Il se doucha, se rasa, puis s'habilla et sortit sans avoir vu Gabriella. Il était d'humeur sombre mais n'aurait su dire pourquoi. N'avait-il pas évité de justesse de commettre l'erreur de sa vie ? De demander Gabriella en mariage, de lui dire qu'il l'aimait ?

Qu'il l'aimait ? L'idée était risible et un frisson le parcourut comme il descendait du taxi devant la petite église où Rafe devait se marier. Ce n'était pas de l'amour qu'il éprouvait pour Gabriella. Il avait juste un sens du devoir exacerbé, rien de plus.

Tout en ajustant sa cravate, Dante regarda autour de lui. Pas de policiers ou de fédéraux en vue. Tant mieux. C'était un jour exceptionnel pour Rafe et rien ne viendrait le gâcher. Pour son frère, il se forcerait à sourire, porterait un toast à son mariage et à son avenir. Après quoi il irait à son rendez-vous avec l'avocat de Gabriella, prévu pour 18 heures.

Dante prit une profonde inspiration, puis entra dans

l'église. Il n'y avait personne en vue et il se demanda fugitivement si Rafe avait recouvré la raison. Mais il entendit bientôt des voix et des rires en provenance de la sacristie.

Il y trouva toute sa famille rassemblée.

— Dante, *mio figlio* ! s'exclama sa mère en l'étreignant à lui en couper le souffle.

— Te voilà enfin, fit Anna d'un ton réprobateur.

Elle l'embrassa sur la joue, bientôt imitée par Isabella. Cesare se contenta de lui décocher un regard curieux.

— Dante.

— Père.

— Ton voyage a-t-il été couronné de succès ?

Dante se rembrunit aussitôt.

— Ce n'est pas le moment de parler de ça.

Il se tourna ensuite vers Falco et Nicolo, qui sourirent. Rafe apparut et l'étreignit.

— Je me marie, tu te rends compte ?

Sans attendre sa réponse, il prit la main d'une jeune femme qui se tenait timidement en arrière et la fit avancer. Dante fut surpris de voir la fierté et l'amour qui brillaient dans les yeux de son frère.

— Je te présente Chiara.

Sa nouvelle belle-sœur, une ravissante jeune femme brune, lui sourit.

— Dante. Enchanté de te rencontrer.

Elle hésita, puis se hissa sur la pointe des pieds et l'embrassa sur les deux joues.

Bon sang, elle aussi avait l'air éperdument amoureuse. Dante sentit sa poitrine étrangement oppressée, mais l'orgue se mit à jouer et, quelques instants plus tard, il se tenait devant l'autel et assistait, vaguement médusé, au mariage de Rafe.

La cérémonie fut brève. Les femmes pleurèrent et, quand les mariés s'embrassèrent, Dante se sentit stupidement ému.

Ils se rendirent ensuite à la maison familiale pour la réception, où Anna ne tarda pas à le taquiner sur sa mine sombre. Isabella s'y mit à son tour.

— Tu pourrais au moins avoir l'air heureux. Ce mariage est un vrai conte de fées.

Dante fut tenté de répondre que les contes de fées étaient précisément des contes mais il se força à sourire, prit une flûte de champagne et alla rejoindre Falco et Nick, qui parlaient à mi-voix dans un coin.

— Je crois que je vais faire une overdose de gâteau de mariage, se lamenta Nick.

— Pour ma part, marmonna Falco, si Rafe me dit encore une fois qu'il faut que je me trouve une femme…

— Et si nous allions là où personne ne nous parlera de mariage ? proposa Dante avec un clin d'œil.

Les visages de ses frères s'illuminèrent.

Vingt minutes plus tard, ils étaient installés à leur place favorite, dans le café qui leur servait de quartier général : The Bar.

The Bar n'avait rien d'un endroit prestigieux. Il était même situé dans ce qui avait été l'un des quartiers les plus pauvres de la ville, et ce n'était que parce qu'il n'était pas loin de l'appartement de Rafe qu'à une époque lointaine, les frères Orsini avaient pris l'habitude d'y aller. Alors, il s'appelait O'Hearn's Tavern.

La bière y était fraîche, les hamburgers généreux, et c'était tout ce qui comptait. Lorsque le quartier avait été pris d'assaut par les promoteurs et que la survie de

O'Hearn's Tavern avait été menacée, les quatre avaient décidé de l'acheter. Ils l'avaient rebaptisé The Bar mais, à part refaire le plancher et les banquettes, n'avaient touché à rien. La bière était la même, les sandwichs aussi, et les vieilles tables n'avaient pas changé.

Les frères s'y retrouvaient régulièrement pour se détendre, mais cet après-midi-là, l'humeur n'était pas à la décontraction. La faute à Dante, qui n'avait pas desserré les dents depuis leur arrivée. Nick et Falco n'arrêtaient pas d'échanger des regards curieux et, bientôt, leur patience fraternelle atteignit ses limites.

— Alors comme ça, demanda Falco d'un ton faussement détaché, tu as pris des vacances ?

— Qu'est-ce que ça peut te faire ?

Falco se crispa mais Nick lui donna un coup de coude dans les côtes.

— C'est juste une question, fit-il valoir.

— Je suis allé au Brésil pour affaires, c'est tout.

— Qu'est-ce que tu as fait là-bas ?

— J'ai acheté un ranch. Enfin, j'ai failli. C'était une idée de notre cher père.

— Et qu'est-ce qui s'est passé ?

— J'ai voulu acheter ce ranch pour moi. Enfin... pour quelqu'un.

Les deux frères attendirent, puis Falco soupira.

— Tu vas nous laisser deviner, c'est ça ?

— Vous vous rappelez cette fille avec laquelle je sortais il y a un an ? Gabriella Reyes ? Un mannequin ?

Falco acquiesça.

— Oui. Une grande blonde avec des cheveux dorés, des jambes impossibles et une belle paire de...

— Fais attention à ce que tu dis, maugréa Dante.

Les deux autres se regardèrent, puis rirent.

— Tu vas nous dire ce qui se passe ? demanda Falco en reprenant son sérieux.

— Allez vous faire voir, riposta Dante.

Puis il leur raconta tout.

Quand il eut fini, le silence retomba. Il voyait bien que ses frères avaient du mal à digérer tant d'informations et il ne pouvait guère leur en vouloir. Un bébé, une ancienne petite amie, un avocat véreux, un ranch, une option d'achat valable vingt-quatre heures, un mâcheur de cigare tout de noir vêtu : tout cela sonnait comme un mauvais western.

Enfin, Falco toussota.

— Tu es sûr que l'enfant est de toi ?

— Oui.

— Parce que tu te rappelles, avec cette Teresa Machinchose...

— Gabriella n'est pas Teresa Machinchose.

— A ceci près qu'elle a essayé de t'entourlouper et de te faire acheter ce ranch.

— J'ai dit ça ? répliqua Dante avec humeur.

— Pas de cette façon, non, mais ça me paraît évident.

— Rien n'est évident dans cette affaire. De toute façon, la vente ne s'est pas faite.

— Donc, tu l'as ramenée à New York, acceptant que le gamin était de toi sans même...

— Le gamin a un nom : Daniel. Et il est de moi. Gabriella n'est pas une menteuse.

— Si tu le dis.

— Je le dis. Je l'aime, bon sang. Je veux l'épouser, passer le reste de ma vie avec elle.

Nick haussa les sourcils d'un air amusé.

— Et tu lui as fait part de ce détail ?
— J'ai voulu le faire hier soir, mais elle m'a fait comprendre qu'elle voulait en rester là.
— Tu ne peux pas lui en vouloir, observa Falco. Tu ne lui as jamais fait de promesses d'avenir, n'est-ce pas ?
— Non...
— Sans parler de la façon dont tu as rompu avec elle la première fois. Elle a peut-être essayé de prendre les devants.
— Je ne vois pas pourquoi. Je lui ai proposé de l'amener au mariage de Rafe ! Bien sûr, j'ai d'abord essayé de la prévenir et de la préparer. Je lui ai dit que les filles lui sauteraient dessus, sans parler de *mamma* et de...

Dante s'interrompit brusquement, puis reposa sa bouteille de bière et se frappa le front.

— *Merda*.
— Quoi ?
— Je voulais simplement la préparer au « Grand Cirque Orsini ». Mais si elle l'avait compris de travers ? Si elle avait compris que je ne voulais pas l'inviter ?
— Le mieux serait de lui deman..., commença Nick.

Mais Dante était déjà à la porte. Les deux frères se dévisagèrent, stupéfaits.

— On dirait qu'il est vraiment amoureux, dit Falco.
— Et ça n'a pas l'air si agréable que ça.
— Pourvu que ça ne nous arrive pas.
— Buvons à ça, maugréa Falco.

Et il fit signe au barman de leur apporter une bouteille entière de bourbon.

Le soleil du matin avait laissé place à la pluie. New York plus pluie était une équation dont le résultat était simple : cela signifiait qu'il ne trouverait pas de taxi.

— Bon sang, marmonna Dante.

Un bus l'éclaboussa en le dépassant et Dante se mit à courir à perdre haleine pour atteindre l'arrêt. Il monta juste au moment où les portes se refermaient, ce qui lui valut de déchirer une jambe de son onéreux costume.

Mais il s'en moquait comme d'une guigne. Il sauta du bus à l'arrêt de la 57e, se précipita dans le magasin et en ressortit dix minutes plus tard. A cet instant, un taxi s'arrêta juste devant : un homme aux cheveux argentés s'apprêtait à y monter. Dante lui tapa sur l'épaule.

— Si je ne prends pas ce taxi, je risque de perdre la femme que j'aime.

L'autre le regarda, étudia ses chaussures Gucci trempées, son costume froissé et ses cheveux plaqués par la pluie, puis sourit.

— Bonne chance, fiston.

Dante songea qu'il allait en avoir besoin.

— Gabriella.

Dante avait déboulé sans frapper dans le bureau de l'avocat, après avoir monté quatre à quatre les escaliers. Sam Cohen, Gabriella et un gros homme chauve étaient assis autour d'une table. Tous trois le dévisagèrent avec stupéfaction.

— Dante, fit enfin la jeune femme, qu'est-ce qui t'arri...

Elle s'interrompit tout net, redressa le menton avant d'ajouter :

— Tu es en retard.

— Gaby, il faut que je te parle. Viens.

Il tendit la main, retenant son souffle. Il avait une chance, une seule. Il ne devait pas la rater.

Gabriella hésita, puis se leva et s'approcha lentement de lui. Elle ne lui prit pas la main, mais Dante sentit l'espoir lui gonfler le cœur.

Il pleuvait toujours. Gabriella portait un imperméable mais en quelques instants, la pluie avait déjà assombri l'or de ses cheveux.

— Où allons-nous ? voulut-elle savoir.

— Au parc. Regarde, l'entrée de la 72e est juste là-bas.

— Au parc ? Par un temps pareil ?

— Gaby, fit-il avec ferveur. Viens avec moi. S'il te plaît.

Cette fois, elle n'hésita pas. Elle le suivit. Il la fit traverser le parc presque vide, et la conduisit vers le Boathouse. Le restaurant n'était pas encore ouvert mais Dante n'en avait cure. Il la conduisit droit vers la terrasse. Un serveur s'interposa et commença à leur dire qu'elle était fermée mais Dante lui souffla quelque chose à l'oreille. L'autre se mit à rire, puis haussa les épaules et s'éloigna.

Enfin, ils se retrouvèrent seuls. Dante, la pluie, et elle.

Pourquoi l'avait-elle suivi ? Pourquoi s'était-elle laissé convaincre quand elle s'était juré de ne plus succomber à son charme...

— Gabriella...

Plongeant la main dans sa poche, il en sortit une

petite boîte bleue. Aussitôt, elle eut un mouvement de recul.

— Non !

— Ce n'est pas ce que tu crois, Gabriella.

— Qu'est-ce que c'est, alors ? Un cadeau pour me reconquérir, parce que tu as changé provisoirement d'avis ?

— Ecoute...

— Va au diable, Dante. Tu m'as fait croire que... qu'un jour peut-être...

— Je t'aime, Gabriella.

— Tu vois ? Voilà que tu recommences ! Oh *Deus*, si tu m'aimais, si seulement tu m'aimais...

Gabriella ne put résister plus longtemps : elle se mit à pleurer. Dante l'attira dans ses bras, murmura son prénom, l'embrassa, encore et encore, jusqu'à ce qu'elle l'embrasse enfin en retour.

— Je te déteste, murmura-t-elle contre ses lèvres.

Il se détacha d'elle, puis lui mit la petite boîte dans les mains et lui referma les doigts dessus.

— C'est pour toi, mon amour. Pour toujours.

Gabriella ouvrit enfin la boîte, ne serait-ce que pour le faire taire et pour se donner le temps de reprendre le contrôle d'elle-même. Elle s'apprêtait à lui dire qu'il avait dépensé son argent en vain, mais les mots ne franchirent pas ses lèvres.

Car un magnifique solitaire reposait sur un écrin de velours. Gabriella le fixa, puis regarda Dante. Le sourire de ce dernier était presque aussi éclatant que le diamant.

— Je t'aime. Je t'adore. Et ce depuis notre première rencontre. J'ai juste été trop lâche pour l'admettre.

Ignorant la flaque d'eau à leurs pieds, il mit un genou à terre et leva vers elle un visage baigné de pluie.

— Epouse-moi, Gabriella. Laisse-moi te rendre heureux.

Elle se mit à rire, puis à pleurer. Cette fois, lorsqu'il la prit dans ses bras, elle l'embrassa avec toute la force de son amour.

Epilogue

Ils se marièrent dans la même petite église de Greenwich que Raffaele et Chiara. Gabriella portait la robe de mariée de sa mère, qu'elle avait découverte dans le grenier de la *fazenda* lorsque Dante et elle étaient retournés au Brésil pour finaliser son achat.

Gabriella avait affirmé qu'elle n'avait pas besoin du ranch pour être heureuse. Mais Dante avait insisté.

Il avait dit à ses frères qu'il avait fait à Ferrantes « une offre qu'il ne pouvait pas refuser ». Les trois autres avaient ri, mais en réalité, l'offre était tout simplement un chèque supérieur de deux cent mille dollars au prix que l'homme d'affaires brésilien avait déboursé. Ferrantes était une brute, pas un imbécile.

Raffaele, Nicolo et Falco furent les témoins de Dante, Anna, Isabella et Chiara les demoiselles d'honneur de Gabriella. Daniel, ravi et souriant, observa la cérémonie depuis les bras de sa grand-mère, qui était pour sa part émue aux larmes.

Cesare, enfin, y assista en silence, un sourire énigmatique aux lèvres. Il ne parla à personne jusqu'à ce qu'en fin de journée, alors que la réception prenait fin, il fasse signe à deux de ses fils.

— Nicolo, Falco, j'aimerais vous dire un mot.
— La journée a été longue, commença le premier.

— C'est vrai, renchérit le second. Nous pourrions peut-être reporter...

— Dans mon bureau.

Falco et Nicolo se dévisagèrent. Puis Nicolo haussa les épaules.

— Qu'est-ce qu'il veut, maintenant ?

— Sans doute nous dire qu'il se fait vieux, qu'il est temps pour nous de penser à reprendre les affaires...

Les frères se mirent à rire. Ils se dirigèrent vers le bureau mais Felipe, le lieutenant de leur père, se matérialisa devant eux, comme surgi de nulle part.

— Toi d'abord, dit-il à Falco.

L'intéressé entra. Avec un soupir, Nick se laissa tomber sur une chaise et patienta.

PENNY JORDAN

Le secret de Louise

Traduction française de
CATHERINE BENAZERAF

Titre original :
A SECRET DISGRACE

Ce roman a déjà été publié en 2013.

© 2012, Penny Jordan.
© 2013, 2019, HarperCollins France pour la traduction française.

1

— Ainsi, vous prétendez que vos grands-parents ont exprimé le vœu que leurs cendres soient inhumées ici, dans le cimetière de l'église Santa Maria ?

La voix aux intonations viriles était aussi impénétrable que le visage dont le soleil qui jouait à travers les cyprès soulignait les traits, avec l'art consommé d'un Leonard de Vinci.

Louise songea que les hautes pommettes, la mâchoire volontaire, le nez aquilin, le teint hâlé ne laissaient aucun doute sur les origines de son interlocuteur.

Tout cela venait en droite ligne des peuples qui s'étaient succédé, au cours des siècles, sur les côtes de Sicile.

Spontanément, elle recula, soucieuse de se mettre à distance respectable, pour échapper à l'acuité de ce regard hautain.

Ce faisant, elle faillit trébucher contre la tombe qu'elle n'avait pas vue, derrière elle.

— Prenez garde !

Le geste était si vif que Louise se figea. Pareille à l'agneau terrifié qui voit fondre sur lui le faucon prédateur. Rapace qui, d'ailleurs, figurait aux armoiries de la famille Falconari.

De longs doigts fins se refermèrent sur son poignet, et Caesar Falconari la tira en avant d'un geste brusque.

La chaude caresse de son haleine au parfum de menthe vint effleurer sa joue.

Incapable d'échapper à sa poigne d'airain, de prononcer la moindre parole, ni même de réfléchir correctement, Louise sentit une chaleur intense se propager dans ses veines. Comme si un flot de lave avait envahi tout son être, pour se répandre jusque dans les plus infimes de ses terminaisons nerveuses, la mettant au supplice.

Avec un haut-le-cœur, elle se reprocha d'être à ce point sensible au contact de cet homme.

Cela n'avait pas de sens ! se morigéna-t-elle. Pouvait-il lui inspirer autre chose qu'une parfaite indifférence ?

Lorsqu'elle retrouva sa voix, ce fut dans un souffle presque inaudible qu'elle lança :

— Lâchez-moi !

A son grand regret, sa requête tenait plus d'une supplication que d'un ordre impératif proféré par une femme maîtresse d'elle-même.

Il flottait autour de la jeune femme un parfum de rose anglaise et de lavande.

D'ailleurs, n'était-elle pas l'incarnation parfaite du sang-froid britannique ? En tout cas, c'était ce qu'elle avait montré jusqu'à ce qu'il pose la main sur elle et qu'elle révèle le tempérament de feu hérité de ses ancêtres siciliens.

— Lâchez-moi ! avait-elle ordonné.

Caesar pinça les lèvres pour ne pas se laisser envahir par les images que ces paroles avaient éveillées dans son esprit. Les souvenirs qui l'assaillaient étaient si douloureux qu'il ne pouvait que se cabrer instinctivement sous leur attaque.

Tant de souffrance ! Tant de culpabilité à porter !

Allait-il se résoudre à faire ce qu'il devait ?

N'était-ce pas prendre le risque d'accroître l'animosité de la jeune femme à son égard et son propre sentiment de culpabilité ?

Néanmoins, il n'avait pas le choix. Comme d'habitude, il lui fallait tenir compte d'intérêts supérieurs. Comme toujours, il devait avant tout penser à tous ceux qui dépendaient de lui. A sa famille, également, et à son nom.

Il sentit les coups sourds de son cœur résonner dans sa poitrine. Jamais il n'aurait imaginé être à ce point troublé par cette jeune femme à la fascinante sensualité. Comme le volcan qui dominait sa chère Sicile, elle était le feu sous la glace. Or, il y était bien plus sensible qu'il ne l'aurait voulu.

Pourtant, ce n'était pas les jolies femmes qui manquaient dans son entourage. Et toutes étaient plus que disposées à partager son lit. Il avait d'ailleurs laissé faire bon nombre d'entre elles, jusqu'à ce qu'il se voie contraint d'admettre que le plaisir que lui apportaient ces échanges était vide de sens et ne lui laissait qu'un sentiment d'amère frustration. Que n'aurait-il donné pour partager davantage !

Cependant, il n'ignorait pas que le genre de femme avec laquelle il serait en mesure de construire une relation suffisamment riche et gratifiante ne saurait se contenter du peu qu'il avait à offrir.

Ne lui était-il pas interdit d'aimer comme il le souhaitait ? N'était-il pas ligoté par le devoir ? Contraint de marcher sur les traces de ses ancêtres et de penser avant tout au bien-être de ceux qui comptaient sur lui pour assurer leur avenir ?

Depuis sa plus tendre enfance, on lui avait inculqué ce sens du devoir. L'orphelin d'à peine six ans, pleurant pour qu'on lui rende ses parents, s'était entendu répéter qu'il ne devait en aucun cas oublier son rang et ses obligations. Les villageois avaient même envoyé une délégation pour lui rappeler ce que signifiait la succession de son défunt père. Les étrangers ne pouvaient comprendre des croyances et des coutumes qu'ils devaient juger bien strictes, pour ne pas dire cruelles.

Petit à petit, il parviendrait à les faire évoluer. Il s'y employait de toutes ses forces. Mais il se devait d'avancer avec prudence, d'autant que le personnage le plus influent du conseil communal était arc-bouté sur les traditions, et farouchement hostile à tout changement.

Quoi qu'il en soit, Caesar n'était plus le frêle gamin de six ans. Il était décidé à faire changer les choses.

Un instant, il laissa dériver ses pensées.

Si seulement, rêva-t-il, il parvenait à imposer des transformations radicales...

Pourrait-il alors rétablir les droits de ceux qui avaient été autrefois lésés ? Trouverait-il la solution pour... ?

Il s'arracha à ces chimères, pour reprendre pied dans la réalité.

— Vous n'avez pas répondu à ma question, au sujet de vos grands-parents, rappela-t-il à Louise.

Louise avait beau détester ce ton autoritaire, elle n'en fut pas moins soulagée de se retrouver en terrain connu.

— C'est exact, répondit-elle sèchement.

Elle ne désirait qu'une chose : que cet entretien prenne fin au plus vite.

Etre obligée de ramper devant ce duc sicilien heurtait

au plus haut point ses convictions profondes. Devoir tolérer ses manières autoritaires et arrogantes — lesquelles n'enlevaient rien à son charme ténébreux, et à son incomparable beauté —la révulsait.

Caesar Falconari régnait en maître sur les environs, ainsi que sur une partie non négligeable de l'île.

Pour tous ceux qui vivaient sur ses terres, il était le *patrono* — une sorte de père spirituel dans la culture locale. Que certains d'entre eux soient assez vieux pour être ses grands-parents n'y changeait rien. Ce rôle lui était échu en héritage, en même temps que le titre et les domaines.

Louise n'ignorait rien de tout cela.

Comment l'aurait-elle pu ?

Durant toute son enfance, elle avait entendu ses propres grands-parents évoquer la dure vie qui avait été la leur dans leur pays natal, au service de la famille Falconari, dont le dernier représentant se tenait devant elle, dans l'ombre paisible de ce petit cimetière.

En frissonnant, elle laissa son regard errer vers l'Etna, dont les vapeurs sulfureuses s'élevaient, menaçantes, contre le ciel d'azur.

Il n'était pas rare que, sur ses pentes escarpées, se forment soudainement de terribles et dangereux orages, capables de déchaîner leur redoutable puissance.

Une puissance semblable à celle de l'homme qui l'observait avec attention.

Louise détestait les orages.

La jeune femme qui le défiait ne ressemblait en rien à l'image que Caesar avait en tête.

Cette chevelure dorée comme les blés, ces prunelles vert d'eau, n'avaient rien de particulièrement sicilien.

Pourtant, il y avait dans son maintien toute la fierté des Italiennes. De taille moyenne, mince jusqu'à en paraître presque frêle — comme en témoignaient ses fins poignets à la peau mate —elle était d'une exquise féminité. Une impression que renforçait l'ovale délicat de son visage aux hautes pommettes.

C'était une très belle jeune femme, qui devait faire se retourner tous les hommes sur son passage.

La mère de Louise Anderson était la fille du couple de Siciliens dont elle voulait déposer les cendres dans ce tranquille cimetière. Son père était australien, bien que lui aussi d'origine sicilienne.

Caesar était intimement persuadé qu'il n'y avait rien de naturel dans le détachement olympien qu'affichait Louise.

Quant à ses propres sentiments, il ne s'était pas attendu à ce qu'ils soient aussi intenses lorsqu'elle paraîtrait à ses yeux.

Il se détourna afin de dissimuler son trouble. N'allait-elle pas trop aisément lire en lui ?

De par sa formation de psychologue, elle était habituée à voir clair dans l'âme de ses semblables, et à y déchiffrer leurs secrets les mieux gardés. Il ne fallait surtout pas qu'elle perce à jour ce qu'il dissimulait au tréfonds de lui-même.

Ne risquait-elle pas de déchirer le fin voile dont il s'était efforcé de recouvrir la culpabilité, mêlée de douleur, qui le taraudait depuis si longtemps ?

Cela faisait maintenant plus de dix ans qu'il vivait avec le poids du terrible fardeau de la honte. Et il continuerait ainsi, éternellement. C'était certain.

Il avait tenté de faire amende honorable. Une lettre était partie, écrite d'une plume trempée dans ce qui lui avait semblé être son propre sang. Une lettre dans laquelle il exprimait ses regrets, et ses espoirs. Mais elle était restée sans réponse. Le pardon lui avait été refusé.

Comment aurait-il pu en être autrement ? Ce dont il s'était rendu coupable était impardonnable.

Caesar savait qu'il porterait jusqu'à la fin de sa vie le souvenir douloureux de sa faute. C'était son châtiment. On ne pouvait effacer le passé, et rien ne rachèterait les erreurs commises.

La présence de Louise ne faisait qu'exacerber sa souffrance, jusqu'à la rendre tellement insupportable qu'il avait l'impression qu'un poignard se plantait dans son cœur chaque fois qu'il inspirait.

A sa demande, la conversation se déroulait en anglais. Quiconque aurait vu Louise s'entretenir avec lui, dans sa sobre robe bleu pâle et son modeste châle de lin blanc, aurait pensé qu'il s'agissait d'une touriste britannique en vacances en Sicile.

Dans la poche intérieure de sa veste, Caesar perçut le froissement de la lettre qu'il y avait glissée.

Comme si l'homme qui l'observait avait manipulé un ressort qu'il pouvait bander à sa guise, Louise sentit croître en elle une insupportable tension.

Il était de notoriété publique que les Falconari, à travers l'histoire, s'étaient toujours montrés capables de cruauté à l'égard de ceux qu'ils jugeaient plus faibles qu'eux.

Cependant, Caesar Falconari n'avait aucune raison

de se comporter ainsi avec ses grands-parents, pensa Louise. Ni même avec elle.

Cela avait été un choc lorsque le prêtre auquel elle avait écrit pour lui faire part du souhait de ses grands-parents l'avait informée qu'il lui faudrait obtenir l'accord du duc — ce qu'il qualifiait de « simple formalité » —et qu'il avait fait le nécessaire pour lui ménager un rendez-vous.

Louise aurait largement préféré que l'entretien se déroule dans l'anonymat et l'agitation de son hôtel. Le cimetière était bien trop calme, trop chargé du souvenir muet de tous ceux qui y reposaient. Mais la parole du duc Falconari avait force de loi.

Cette pensée suffit à la faire reculer d'un pas. Cette fois, elle s'assura au préalable que rien ne ferait obstacle à sa retraite. Prendre un peu de distance lui permettrait peut-être d'échapper au charisme de cet homme. A son saisissant magnétisme viril. Du moins l'espérait-elle.

Un frémissement la parcourut tout entière. Elle ne s'était pas attendue à être à ce point bouleversée par la sensualité qui émanait de lui.

Beaucoup plus, en fait, que lorsque...

Louise se raidit pour ne pas laisser ses pensées s'engager sur cette pente fatale. La voix autoritaire de Caesar réclamant son attention lui parut constituer une heureuse diversion.

— Vos grands-parents ont quitté la Sicile juste après leur mariage pour s'établir en Grande-Bretagne. Pourquoi choisir d'être enterrés ici ?

Comme cela ressemblait au genre d'homme qu'il était ! Un seigneur arrogant, imbu de son pouvoir sur ses vassaux.

En son for intérieur, Louise s'indigna qu'il puisse contester les désirs de ses grands-parents, comme s'ils étaient encore des serfs, soumis au bon vouloir de leur maître.

Son sang ne fit qu'un tour à cette idée, et elle se réjouit presque qu'il lui donnât cette raison de lui en vouloir.

Comme si elle avait *besoin* de se justifier des sentiments qu'elle entretenait à son égard ! N'étaient-ils pas plus que légitimes ?

— Ils sont partis parce qu'il n'y avait pas de travail pour eux, ici. S'échiner à cultiver la terre pour vos parents, comme l'avaient fait bien des générations avant eux, ne leur permettait même pas de gagner de quoi survivre. Mais la Sicile est toujours restée leur patrie. C'est pour cela qu'ils tenaient tant à y reposer.

La virulence de ce réquisitoire ne laissait planer aucun doute sur la nature de l'attachement de Louise, songea Caesar.

— Je m'étonne, répliqua-t-il, l'air perplexe, qu'ils aient confié le soin de faire exécuter leurs dernières volontés à leur petite-fille plutôt qu'à leur descendante directe, en l'occurrence votre mère.

De nouveau, il sentit la lettre contre sa poitrine. Son sentiment de culpabilité se réveilla...

N'avait-il pas déjà formulé des excuses à l'intention de Louise ? Le passé était le passé. On ne pouvait réécrire l'histoire. Quant aux scrupules qui le tourmentaient, n'étaient-ils pas la marque d'une faiblesse qu'il ne pouvait se permettre ?

Surtout quand tant de choses étaient en jeu !

— Cela fait des années que ma mère vit aux Etats-Unis, à Palm Springs, avec son nouveau compagnon. J'ai toujours habité Londres.

— Avec vos grands-parents ?

Il avait lancé cette question d'un ton presque affirmatif, et Louise se demanda s'il était en train d'essayer de la faire sortir de ses gonds, afin d'avoir une bonne raison de repousser sa requête.

Il était bien capable d'une telle duplicité. Cependant, c'était peine perdue avec elle. Depuis longtemps, elle avait appris à cacher ses sentiments.

N'avait-elle pas acquis une solide expérience dans ce domaine ?

C'était indispensable, lorsqu'on se voyait accuser d'avoir attiré la honte sur sa famille... Même que ses propres parents s'étaient détournés d'elle, et cette accusation la poursuivrait jusqu'à son dernier jour, elle le savait.

— Oui, confirma-t-elle. Je suis allée vivre chez eux après le divorce de mes parents.

— Mais pas tout de suite après, n'est-ce pas ?

Ce fut comme si une décharge électrique mettait une nouvelle fois à vif des brûlures que Louise avait crues cicatrisées depuis longtemps.

— Non, admit-elle.

Incapable d'affronter le regard qui la dévisageait, elle détourna les yeux vers l'enfilade de tombes. Il n'était pas question que son interlocuteur perçoive son malaise.

— Au début, reprit Caesar, vous avez vécu avec votre père. N'était-ce pas assez inhabituel, pour une jeune fille de dix-huit ans, de choisir d'aller vivre avec son père plutôt qu'avec sa mère ?

Que Caesar Falconari en sache autant sur son histoire surprenait à peine Louise. Le prêtre auquel elle s'était adressée lui avait demandé de nombreux détails sur sa famille et sa vie. De plus, elle connaissait les habitudes de la communauté sicilienne établie à Londres, et les liens étroits entre ses membres. Elle ne doutait pas qu'une enquête habilement menée n'ait apporté son lot d'informations.

A cette pensée, l'angoisse lui noua l'estomac. Qui sait s'il n'allait pas lui refuser ce qu'elle demandait à cause de...

Quel choc cela avait été de se trouver face à *lui*, et non au prêtre comme elle l'avait imaginé !

A chacun des regards que Caesar lui décochait, à chacun des silences qu'il observait avant de poser une question, Louise se raidissait dans l'attente du coup auquel elle savait devoir se préparer. Son désir de tourner les talons pour s'enfuir à toutes jambes était si fort qu'elle en tremblait de tout son être.

Mais à quoi bon fuir ? Ce serait aussi vain que de prétendre retenir la lave s'écoulant d'un volcan. Tout ce qu'elle y gagnerait serait de se torturer encore davantage, en imaginant ce que le sort pouvait bien lui réserver de plus affreux.

Mieux valait faire face, et garder intacte son estime d'elle-même.

Il lui fallut un sérieux effort de volonté pour ne pas donner libre cours à ses sentiments. La nature des relations qu'elle entretenait avec sa mère ne regardait en rien Caesar Falconari !

Toutes deux n'avaient jamais été proches l'une de l'autre. Louise avait toujours su que sa mère se souciait davantage de ses nombreuses liaisons que de son enfant. Lorsqu'elle avait fini par annoncer son intention de s'installer à Palm Springs, Louise en avait presque été soulagée.

Quelques secondes s'écoulèrent avant qu'elle ne se résolve à répondre d'un air distant :

— Lorsque mes parents ont divorcé, j'étais en dernière

année de lycée à Londres. Le plus raisonnable était que je m'installe avec mon père dans l'appartement qu'il avait loué après la vente de la maison familiale. Ma mère se préparait déjà à quitter l'Angleterre.

Pourquoi fallait-il qu'il lui pose des questions aussi indiscrètes ? s'indigna Louise en son for intérieur. C'était comme autant de coups de poignard qu'il lui portait à travers la cuirasse qu'elle s'était forgée pour se protéger contre ses souvenirs.

Cependant, il aurait été stupide de se mettre Caesar Falconari à dos en refusant de lui répondre. Elle ne pouvait prendre ce risque.

Qu'il cède à la supplique de ses grands-parents, et ensuite elle lui dirait son fait. Alors, seulement, elle serait en mesure d'enterrer le passé à jamais.

Une fois qu'elle aurait mené à bien la mission sacrée qui lui avait été confiée, elle pourrait enfin aller de l'avant.

Comme elle avait changé depuis ses dix-huit ans !

Comme la gamine indisciplinée, dominée par ses émotions, était loin ! Mais que le prix à payer pour ce changement avait été lourd !

Encore aujourd'hui elle détestait se remémorer ces années tumultueuses. Cette période où elle avait assisté à la séparation de ses parents, et en avait subi les conséquences.

Elle avait alors été ballottée entre leurs deux foyers, comme un paquet indésirable que l'on se renvoie. Et cela avait été encore plus vrai lorsque son père avait refait sa vie. C'était à ce moment-là qu'elle avait commencé à se comporter tellement mal que ses parents, par crainte du déshonneur, avaient pu se détourner d'elle sans le moindre scrupule.

A y repenser, elle ne pouvait tout à fait les blâmer

de n'avoir vu en elle qu'une enfant rebelle qui ne savait quelle bêtise inventer pour susciter l'intérêt d'un père le plus souvent retenu loin du foyer par son travail.

Peut-être avait-elle perçu, à un très jeune âge, que celui-ci n'avait jamais souhaité ni son propre mariage, ni la naissance de sa fille ?

Jeune universitaire brillant, promis à un avenir prestigieux, il avait vécu comme une catastrophe d'être obligé d'épouser la jolie jeune fille qui s'était laissé mettre enceinte dans l'espoir d'échapper aux étouffantes contraintes de la tradition sicilienne.

Louise ne s'était jamais perçue comme étant héritière de cette tradition. Néanmoins, il coulait suffisamment de sang sicilien dans ses veines pour qu'elle se soit sentie humiliée de ne pas mériter l'amour de son père.

Dans la culture italienne, il est de règle que les hommes soient fiers de leur progéniture et aient une attitude très protectrice à leur égard.

Son père ne l'avait pas désirée. Il n'avait vu en elle qu'un obstacle l'empêchant de mener à bien ses projets. Petite fille, elle l'avait agacé par ses pleurs et son besoin d'affection. Adolescente rebelle, elle s'était attiré ses foudres. Pour cet homme, épris de liberté, le mariage et la paternité n'avaient été que des chaînes qui l'entravaient. Il n'était donc pas surprenant que toutes les tentatives de Louise pour obtenir son amour aient échoué.

Elle avait dix-huit ans lorsque ce père — certes fuyant, mais néanmoins adulé — avait révélé sa liaison avec sa secrétaire australienne, Melinda Lorrimar, à peine âgée de vingt-sept ans. Il n'avait pas fallu longtemps pour qu'une terrible rivalité surgisse entre l'adolescente qu'elle était et sa toute jeune belle-mère.

Louise était très jalouse de la ravissante Melinda, et des deux petites filles qu'elle avait eues d'un précédent mariage ; lesquelles avaient immédiatement occupé la chambre qui était à l'origine la sienne chez son père.

Comme d'habitude prête à tout pour gagner les faveurs de celui-ci, elle était allée jusqu'à se teindre en brune pour tâcher de ressembler aux trois intruses, dotées de chevelures d'un noir de jais. Pour faire bonne mesure, elle se maquillait outrageusement et s'était mise à porter des tenues aguicheuses.

Puisque la très sophistiquée Melinda avait réussi à le rendre fou d'amour, pourquoi ne serait-il pas aussi fier d'elle-même qu'il l'était de sa compagne, si elle parvenait à faire tourner les têtes ? avait imaginé Louise.

Elle n'avait pas tardé à se rendre compte que cette manœuvre était sans effet. Aussi avait-elle changé de stratégie, et entrepris de le scandaliser.

Tout valait mieux que son indifférence.

Torturée par le besoin dévorant de se sentir aimée, elle aurait fait n'importe quoi pour que son père cesse enfin de ne voir en elle que la simple évocation de la bévue qui l'avait précipité dans un mariage non désiré.

Cette obsession se doublait chez elle d'une candeur de gamine, qui lui faisait attendre un prince charmant de contes de fées.

— Pourtant, lorsque vous avez commencé vos études universitaires, vous demeuriez chez vos grands-parents, reprit Caesar. Vous n'étiez plus chez votre père.

La voix chaude du duc la ramena à la réalité.

Soudain, elle prit conscience du pouvoir qu'exerçait sur elle sa simple présence. Un frisson la parcourut. C'était à la fois inattendu et terriblement déstabilisant.

Des gouttes de sueur perlèrent sur son front et, sous

la fine étoffe de ses vêtements, elle sentit son corps s'embraser.

Que lui arrivait-il ?

La panique mit ses nerfs à vif. Tout autant que si on y avait fait tomber des gouttes d'acide.

Tout cela n'était pas... *acceptable*.

C'était... *injuste*.

Louise se figea. Caesar Falconari ne devait surtout pas se rendre compte de l'effet qu'il lui faisait. Il prendrait trop de plaisir, sinon, à l'humilier. La seule chose qui devait l'alerter, le concernant, était le danger qu'il représentait pour elle.

L'adolescente immature était loin derrière elle, se sermonna-t-elle, en luttant pour reprendre pied dans le maelstrom d'émotions qui submergeaient ses sens, bien trop vulnérables.

— Vous semblez très renseigné sur ma vie. Aussi, je pense que je ne vous apprendrai rien en vous disant que mon père a fini par me mettre à la porte de chez lui. Il jugeait ma conduite à l'égard de sa future épouse particulièrement odieuse. Quant à celle-ci, elle redoutait que je ne perturbe ses deux fillettes.

— Il vous a jetée dehors.

Ce n'était pas une question. Plutôt une constatation.

De nouveau, Caesar sentit les affres de la culpabilité lui broyer le cœur comme dans un étau.

Lui qui, au cours des dix années passées, s'était employé à améliorer la destinée des siens, ne pouvait tolérer que ceux qui auraient dû aimer et protéger Louise lui aient fait subir un sort aussi cruel. Savoir cela ne faisait qu'alourdir la faute qui pesait sur lui.

Sentant le rouge lui monter aux joues, Louise voulut espérer que seul le sentiment d'injustice que ces souvenirs faisaient remonter en elle provoquait cette malencontreuse réaction.

Pourquoi n'était-elle pas davantage maîtresse d'elle-même, et de ses émotions ?

— Mon père et Melinda voulaient repartir de zéro en Australie, expliqua-t-elle. Garder l'appartement de Londres était impossible. De plus, j'étais majeure, et étudiante. Mais, oui, on peut dire qu'il m'a jetée dehors.

Dire, songea Caesar, qu'elle s'était retrouvée seule, sans personne pour prendre soin d'elle, tandis que lui-même était à des milliers de kilomètres, absorbé dans ses efforts pour améliorer la vie de gens qui étaient parmi les plus pauvres sur la planète !

Tout ça pour tâcher de se racheter en étant utile à d'autres.

Il n'aurait servi à rien d'expliquer cela à Louise. Elle lui en voulait trop pour être en mesure de l'entendre.

— Est-ce à ce moment-là que vous avez emménagé chez vos grands-parents ?

Mieux valait s'en tenir à l'évocation de détails pratiques, plutôt que de s'aventurer sur le terrain périlleux des émotions.

Les nerfs à fleur de peau, Louise s'insurgea intérieurement contre la façon dont Caesar s'obstinait à remuer des souvenirs douloureux pour elle. Ne lui avait-il pas assez fait de mal ?

Encore aujourd'hui, il lui était pénible de se remémorer ces moments qui l'avaient vue désespérée, abandonnée de tous.

Heureusement que ses grands-parents s'étaient trouvés là pour la recueillir et lui donner l'amour qui l'avait sauvée.

Elle s'était toujours promis que, quoi qu'il puisse lui en coûter, elle s'acquitterait de sa dette envers eux.

— Oui.

— C'était très courageux de leur part, étant donné...

— Etant donné ce que j'avais fait ? Oui, en effet, il leur a fallu du courage. Autour d'eux, il n'a pas manqué de détracteurs pour les condamner, tout comme ils m'avaient condamnée, moi. J'avais plongé ma famille dans le déshonneur, et par ricochet je risquais d'attirer l'opprobre sur toute la collectivité. Mais vous êtes parfaitement au courant de tout cela, n'est-ce pas ? Vous n'ignorez rien de ma conduite ignominieuse, et des ravages qu'elle a causés à ma réputation, et à celle des miens. Dans notre communauté, mon nom était devenu synonyme de scandale. Vous savez à quel point mes grands-parents en ont été affectés. Pourtant, ils m'ont soutenue. Alors, vous comprenez pourquoi, aujourd'hui, j'accepte de me présenter devant vous, pour subir cette nouvelle humiliation de votre part.

Caesar aurait tant souhaité pouvoir dire à quel point il était désolé ; rappeler qu'il avait, en son temps, présenté des excuses.

Malheureusement, c'était hors de question. Il lui fallait tenir bon face à Louise. Tant de choses étaient en jeu, qui allaient bien au-delà de leurs sentiments respectifs.

— Si je comprends bien, vous tenez à vous acquitter de votre dette envers vos grands-parents, en accomplissant leurs dernières volontés ?

— Reposer sur la terre de leurs ancêtres était leur souhait le plus cher. Bien sûr, c'était devenu encore plus fondamental pour eux après... le scandale. Etre acceptés dans cette église, où ils avaient été baptisés, où ils s'étaient mariés, était leur seule manière de réintégrer la communauté. Je suis prête à tout pour qu'il en soit ainsi. Même à me traîner à vos pieds.

La franchise avec laquelle Louise parlait d'elle-même décontenançait quelque peu Caesar. Il s'était préparé à ce qu'elle fasse preuve d'hostilité à son égard, à ce qu'elle l'agresse. Sa franchise le prenait au dépourvu.

Elle parvenait à toucher en lui l'homme moderne, cultivé et averti, qui faisait tout son possible pour conduire sur la voie du progrès les gens dont il avait la charge, sans pour autant renoncer à défendre leurs traditions.

La jeune femme qui était devant lui avait été victime d'un système de valeurs qui la condamnait pour avoir transgressé des règles archaïques.

Comme un fer incandescent, Caesar sentit la lettre pliée dans sa poche marquer sa poitrine d'une blessure cuisante.

Sous le regard perçant de son interlocuteur, Louise sentit qu'elle n'allait pas tarder à perdre son sang-froid. Elle s'affola. C'était hors de question !

Certes, il n'était pas surprenant que toutes les questions de Caesar Falconari la révulsent. Cependant, elle devait à tout prix résister à cette furieuse envie de l'envoyer promener.

Rien n'avait d'importance, sinon le devoir de reconnaissance qu'elle avait à l'égard de ses grands-parents. Personne ne se mettrait en travers de son chemin. Surtout pas cet arrogant Sicilien, qui ne lui inspirait que colère et dégoût.

Et que lui importait cette mortification supplémentaire, après tout ce qu'elle avait subi ?

Lorsqu'elle avait été recueillie par ses grands-parents,

Louise était à bout de forces. Le traumatisme, la honte, la colère, avaient eu raison d'elle. Son seul désir avait été de se cacher de tous. Y compris d'elle-même.

Ce foyer qu'ils lui offraient avait été son sanctuaire. Enfin, on lui donnait l'amour que ses propres parents lui avaient toujours refusé. Ses grands-parents l'avaient accueillie quand tous la rejetaient. Au pire moment de sa vie.

Elle aurait tout donné pour échapper à ce voyage en Sicile, mais elle leur devait tant !

Elle s'était résolue à accepter tous ces sacrifices pour effacer le déshonneur dont son comportement avait entaché leur patronyme, en luttant pour obtenir satisfaction de leur vœu ultime.

Malgré tout, elle n'avait jamais envisagé qu'il lui faudrait justifier sa démarche devant Caesar Falconari.

A vrai dire, elle avait cru qu'il éprouverait les mêmes réticences qu'elle à l'idée d'une telle rencontre. Apparemment, c'était sans compter sur son incroyable arrogance.

— Vous n'êtes pas sans savoir que la réponse à votre requête ne dépend pas seulement de moi. Les sages du village...

— S'en remettront à vous, le coupa Louise. Ne me croyez pas assez stupide pour ignorer cela. Vous êtes le seul à avoir autorité en la matière et à pouvoir satisfaire le souhait de mes grands-parents. Leur refuser de reposer là où ils le désiraient serait cruel. Cela reviendrait à les punir injustement.

— C'est la règle dans notre société. Toute la famille porte le poids de la faute commise par l'un de ses membres. Je ne vous apprends rien.

— Vous trouvez que c'est équitable, peut-être ?

— Les habitants de cette région de Sicile continuent à se conformer à des lois et des coutumes séculaires. J'essaie de les accompagner sur la voie du changement, pour ce que je considère être leur plus grand bien. Cependant, ce changement ne peut s'effectuer que lentement, si l'on ne veut pas qu'il conduise au conflit et à la défiance entre générations.

Caesar n'avait pas tort, admit Louise, bien qu'il lui en coûtât. Il avait le pouvoir de faire évoluer les choses, et d'amener ces gens à s'ouvrir aux promesses de l'avenir. Mais il lui fallait au préalable les convaincre de laisser les fantômes du passé reposer en paix.

En attendant, c'était du repos éternel de ses propres aïeux qu'elle devait discuter avec lui.

— Mes grands-parents ont fait beaucoup pour leur communauté, dit-elle. Dès le moment où ils ont émigré, ils ont envoyé de l'argent sur l'île, pour subvenir aux besoins de leurs proches. Ensuite, ils ont donné du travail à tous ceux qui quittaient le village pour s'établir à Londres. Ils les ont hébergés et ont pris soin d'eux. Ils ont donné sans compter à cette église, ainsi qu'aux œuvres de charité. N'est-ce pas un juste retour des choses que de leur rendre grâce ?

Louise défendait la cause de ses grands-parents avec passion, et sa sincérité était indéniable. Caesar ne pouvait que le reconnaître.

Son téléphone portable vibra, lui rappelant qu'il avait un autre rendez-vous. Il n'avait pas envisagé que cette entrevue se prolonge ainsi. Malgré tout, il y avait encore bien des points qu'il devait éclaircir, bien des questions qu'il lui fallait poser.

— Je dois vous laisser, dit-il. On m'attend. Quoi

qu'il en soit, cette discussion n'est pas terminée. Je vous contacterai.

Caesar tourna les talons. Visiblement, il n'avait pas l'intention d'apaiser ses inquiétudes dans l'immédiat, songea Louise.

N'était-ce pas là la marque d'une personnalité impitoyable et arrogante ?

Et n'étaient-ce pas des caractéristiques innées chez lui ?

Comment avait-elle pu espérer qu'il se comporte différemment ?

Ce sur quoi elle aurait plutôt dû s'interroger était le soulagement qu'elle éprouvait à le voir s'éloigner.

Ne lui fallait-il pas s'alarmer d'être aussi vulnérable face à cet homme ?

Il n'avait fait que quelques mètres lorsqu'il se retourna.

A travers les cyprès, les rayons du soleil jouèrent une nouvelle fois sur les lignes fermes de son visage.

Louise crut voir l'un des farouches guerriers qui peuplaient son arbre généalogique. Ce mélange sulfureux de Romain et de Maure était gravé dans sa physionomie.

— Votre fils, lança-t-il, l'avez-vous amené avec vous en Sicile ?

2

Louise eut l'impression que le ciel lui tombait sur la tête.

N'aurait-elle pas dû s'attendre à cette question ?

— Oui, répondit-elle d'un ton sec.

Cette réponse laconique était la seule dont elle était capable, tant elle était pétrifiée de terreur.

Cependant, qu'avait-elle à redouter ? Elle ne faisait pas mystère d'être mère célibataire d'un garçonnet de neuf ans.

— Vous n'avez pas craint de le laisser seul, pendant que vous veniez ici. Il est bien jeune. Une mère responsable...

— La mère responsable que je suis a jugé préférable de lui épargner cette entrevue pénible. L'hôtel propose des leçons de tennis aux enfants des résidents. Il m'a semblé plus judicieux qu'il en profite. Oliver était très proche de son arrière-grand-père. L'amener ici aujourd'hui aurait été douloureux pour lui.

En son for intérieur, Louise tremblait de rage et d'indignation, mais il n'était pas question qu'elle se laisse aller à trahir ses émotions face à Caesar.

A vrai dire, depuis un peu plus d'un an, sa relation avec Oliver traversait une passe difficile.

L'enfant souffrait d'être privé de père et lui manifestait sans détour qu'il la tenait pour responsable de cet état de fait. A l'école, il ne cessait de se chamailler, et même de se battre, avec d'autres gamins qui avaient la chance d'avoir une famille.

Au grand désespoir de Louise, un gouffre s'était creusé entre elle et ce fils qu'elle chérissait tant.

Malheureusement, ce qu'Oliver lui réclamait avec acharnement était la seule chose qu'elle ne pouvait lui donner : un père.

Tant que son arrière-grand-père était en vie, le petit garçon avait pu profiter de l'influence équilibrante de cette présence masculine.

Mais même alors, et en dépit de tout l'amour que lui prodiguait le vieil homme, Ollie avait commencé à se renfermer, et à reprocher à sa mère de ne pas lui parler de ses origines.

Le grand-père de Louise avait été particulièrement inquiet de l'effet qu'avait sur l'enfant l'ignorance dans laquelle on le tenait quant à l'identité de son père.

Cependant, il admettait tout à fait que sa petite-fille ne puisse lui révéler les circonstances dans lesquelles il avait été conçu.

Louise adorait Ollie. Elle était prête à tous les sacrifices pour son bonheur. Néanmoins, elle ne pouvait lui révéler qui était son géniteur. En tout cas, pas tant qu'il était trop jeune pour comprendre.

— Il y a encore de nombreuses choses dont il nous faut débattre, déclara Caesar d'un ton péremptoire. Je passerai vous voir demain matin. Retrouvez-moi dans le salon de thé de l'hôtel, à 11 heures.

Caesar ne s'était pas soucié une seconde de savoir si elle avait d'autres projets pour le lendemain. Ni même si elle n'aurait pas préféré un autre lieu de rencontre.

Mais qu'attendre de plus de la part d'un tel homme ? s'indigna Louise en elle-même.

L'arrogance était sa caractéristique principale.

Une arrogance doublée d'une absence totale de compassion et d'un orgueil démesuré.

Depuis le cimetière, elle aperçut le capot étincelant de la limousine noire aux vitres fumées qui s'éloignait.

Son passager, lui, était invisible.

Comme elle aurait aimé ne pas avoir besoin de lui !

Depuis le sentier qui longeait les courts de tennis de l'hôtel, Caesar repéra facilement le fils de Louise. Il s'entraînait, au milieu d'un groupe d'enfants.

Plutôt grand et bien bâti pour son âge, il n'avait pas hérité de la carnation claire de sa mère. Ses cheveux bruns et son teint basané trahissaient ses origines siciliennes. Il jouait bien, avec concentration, et possédait un excellent revers.

Caesar jeta un coup d'œil à sa montre, et hâta le pas. Il ne voulait pas faire attendre Louise.

Comme chaque fois qu'il pensait à elle, il sentit le regret et la culpabilité lui serrer le cœur.

Louise vérifia l'heure. 11 heures. Son fils avait été heureusement surpris quand elle lui avait proposé une nouvelle leçon de tennis.

Elle se sentit honteuse. N'aurait-elle pas dû consacrer tout son temps à Ollie, et essayer de se rapprocher de lui ?

S'appuyant au dossier de la banquette, elle ferma les paupières.

Oliver souffrait de la disparition de son arrière-grand-père. Tous deux avaient été si proches ! Maintenant le petit garçon n'avait plus aucune figure masculine pour le guider dans la vie.

Lorsque Louise rouvrit les yeux, Caesar Falconari se dirigeait vers elle à grandes enjambées.

Vêtu plus simplement que la veille, il était malgré tout un modèle d'élégance dans sa veste de lin ocre, son T-shirt noir, et son pantalon de toile beige.

Il n'y avait qu'un Italien pour porter avec une telle désinvolture une tenue mettant à ce point en valeur sa sensualité. Ce n'était guère étonnant que toutes les femmes à la ronde aient tourné la tête vers lui, à peine était-il entré.

En tout cas, pensa Louise, ce n'était pas elle qui serait émoustillée de la sorte par le personnage. Loin de là !

Tu mens… Tu mens, persifla une petite voix querelleuse, au tréfonds d'elle-même.

Comment oublier cet instant où, la veille, son propre corps s'était révélé étonnamment sensible à la séduction de Caesar — et ce, bien malgré elle ?

En toute logique, n'aurait-elle pas dû être imperméable à un tel accès de fièvre ?

Mieux valait ne pas accorder trop d'importance à cet incident, et essayer de l'oublier.

Mais que se passerait-il si de nouveau…

Non ! Elle ne devait surtout pas laisser son esprit dériver vers de telles pensées. A quoi bon se poser des questions qui n'avaient pas lieu d'être ?

Il était impératif qu'elle se concentre sur les raisons qui l'avaient conduite en Sicile.

Bien sûr ! songea-t-elle avec amertume, il suffit que Caesar s'asseye en face d'elle pour qu'une serveuse se matérialise comme par enchantement. Pour sa part, elle n'avait vu personne depuis qu'elle s'était installée pour l'attendre.

Contrairement à elle, qui avait opté pour un *caffè latte*, Caesar commanda un espresso.

— Je constate que votre fils prend de nouveau une leçon de tennis, déclara-t-il, à peine la serveuse disparue.

— Comment le savez-vous ? questionna Louise, soudain alarmée.

— Je suis passé près des courts.

— Eh bien, si notre entretien ne dure pas trop longtemps, je compte aller le voir s'entraîner.

Autant lui laisser entendre qu'elle espérait voir son affaire se conclure au plus vite, se dit Louise.

Caesar avait peut-être la haute main sur tout ce qui se passait dans ce coin de Sicile, ce n'était pas pour autant qu'elle allait ramper devant lui, s'indigna-t-elle intérieurement. Quand bien même elle ne pouvait se permettre de se le mettre à dos.

La jeune femme revint avec leurs commandes, et déposa la tasse devant Caesar avec une telle déférence que Louise se demanda si elle n'allait pas s'incliner et s'éloigner à reculons.

— Certes, reprit Caesar, cependant, il y a un autre sujet dont nous devons parler. En plus de l'inhumation des cendres de vos grands-parents.

Un autre sujet ?

Louise reposa sa tasse sur la table sans avoir rien bu. Les battements de son cœur s'accélérèrent et ses tympans se mirent à résonner comme si une sonnerie d'alarme s'était déclenchée dans sa tête.

— Voyez-vous, enchaîna Caesar après avoir avalé son café, il se trouve que dans les mois qui ont suivi le décès de votre grand-père, j'ai reçu un courrier que son notaire m'avait adressé sur ses instructions.

— Mon grand-père vous a écrit ? *A vous ?*

La gorge sèche, le souffle court, Louise avait eu toutes les peines du monde à formuler sa question.

— C'est exact, répondit Caesar. Il semble qu'il avait conçu quelques inquiétudes concernant l'équilibre de son arrière-petit-fils, et son avenir. Aussi avait-il jugé nécessaire de m'écrire.

Il fallut à Louise un effort surhumain pour ne pas trahir son émotion.

Bien sûr, elle n'ignorait pas à quel point son grand-père avait été préoccupé de voir Ollie s'opposer à elle, avec une colère et une rancune croissantes.

Il l'avait même mise en garde sur ce qu'il risquait d'advenir à plus ou moins longue échéance.

Tout le monde dans leur communauté, avait-il dit, était au courant de ce qu'ils jugeaient être le déshonneur de Louise. Il ne faudrait pas longtemps avant qu'Ollie n'entende rapporter cette version des événements dans la cour de son école.

Les enfants se montrent souvent cruels, que ce soit volontairement ou par accident, avait-il insisté.

Ollie avait déjà des relations difficiles avec ses camarades. Il fallait éviter que les choses ne s'enveniment.

Néanmoins, il avait convenu que Louise était pieds et poings liés et n'avait d'autre choix que de taire à son fils ses origines paternelles. Tout au moins dans l'immédiat.

C'était un terrible choc de découvrir qu'elle s'était méprise en croyant qu'il la comprenait et approuvait sa position.

En dépit de tout l'amour qu'elle éprouvait pour son

aïeul, et de toute sa gratitude à son égard, il lui était impossible de contenir la colère que lui inspirait une telle révélation.

— Il n'avait pas le droit de faire cela ! lança-t-elle d'un ton acerbe. Même s'il était persuadé d'agir pour le bien d'Ollie. Il savait très bien que je détestais cette habitude sicilienne de s'en remettre au jugement du *patrono*, chaque fois que surgit un problème quelconque. C'est parfaitement archaïque !

— *Basta* ! Cela suffit ! Ce n'est pas au *patrono* que votre grand-père s'est adressé. S'il m'a écrit, c'est parce qu'il prétend que je suis le père de cet enfant.

Comme si l'on venait de lui planter une dague en plein cœur, Louise fut transpercée sur-le-champ par une indicible et abominable souffrance. Le flot tumultueux d'émotions longtemps contenues balaya, comme un fétu de paille, les remparts qu'elle avait construits autour de son passé.

De nouveau, elle était la jeune fille de dix-huit ans, accablée par la honte et le poids de sa supposée indignité, ballottée au gré d'événements confus et déroutants, auxquels elle ne comprenait rien, sauf qu'ils la désignaient à la vindicte populaire comme un objet d'infamie.

Tout à coup, elle se retrouvait face à son père, dont elle revoyait l'expression de colère mêlée de répulsion, à l'annonce que sa fille était enceinte. Elle affrontait, une nouvelle fois, le sourire triomphant de Melinda, qui serrait contre elle ses deux fillettes et prenait son futur époux par la main, pour bien signifier qu'ils formaient une famille dont Louise était exclue.

Assaillie par de douloureux souvenirs, Louise ne put empêcher son visage de se crisper. Malgré tout son désir qu'il en fût autrement, elle demeurait sensible à l'opinion de Caesar.

C'était *impossible* ! s'obligea-t-elle à penser.

Il lui fallait reprendre pied dans le présent, et endiguer le flot des souvenirs.

A entendre le ton cinglant qu'avait employé Caesar, et à en juger par le fait qu'il s'était exprimé en italien, il semblait qu'il soit près de perdre patience.

Cependant, Louise n'en avait cure. Ses problèmes étaient de tout autre nature.

Oliver était son fils. A elle, et elle *seule* ! Caesar n'avait rien à faire dans sa vie, et elle tenait à ce que les choses demeurent ainsi.

Quand bien même il était son père biologique.

Sur le visage de Louise, Caesar lisait comme à livre ouvert. Les expressions qui s'y succédaient trahissaient les émotions qu'elle s'efforçait de refouler.

Lui-même sentit tous ses muscles se contracter.

Pourquoi ne disait-elle pas si ce qu'avait écrit son grand-père était vrai ?

Apparemment, elle n'avait aucune intention de lui faire endosser la paternité de son enfant.

Louise frissonna. Pourquoi son grand-père avait-il trahi ainsi sa confiance ?

Cependant, malgré toute sa colère, sa peine, son désarroi, elle comprenait en partie ce qui avait pu le pousser à une telle démarche.

Comment aurait-elle pu oublier la pâleur du vieil homme, les mains que sa grand-mère serrait contre elle pour dissimuler leur tremblement, lorsqu'elle leur avait avoué toute la vérité ? Quand, après leur retour à Londres, elle avait découvert qu'elle attendait un enfant.

Contrairement aux insinuations malveillantes, elle n'avait jamais eu qu'un seul amant.

Un seul homme pouvait être le père.

Et cet homme n'était autre que Caesar Falconari. Le *Duca di Falconari*, seigneur et maître des vastes étendues de Sicile qui avaient vu naître les grands-parents de Louise.

Ces derniers avaient promis qu'ils ne révéleraient jamais ce lourd secret à personne. D'ailleurs, avaient-ils conclu, qui croirait leur petite-fille si celle-ci racontait son histoire ? Ce dont Louise, elle-même, était convenue.

Mais il fallait qu'elle cesse de ressasser de si cruelles évocations. Le passé était le passé ! Ses blessures n'avaient-elles pas fini par cicatriser ?

De plus, il lui fallait songer à Oliver.

Elle releva la tête pour affronter Caesar.

— Tout ce que vous avez besoin de savoir, dit-elle d'un air de défi, c'est qu'Oliver est mon fils. A moi *seule*.

C'était bien ce qu'il avait redouté, se dit Caesar. Les lèvres pincées, il prit l'enveloppe dans la poche de sa veste, en sortit la lettre écrite par le grand-père de Louise et la déposa sur la table avec les photos que ce dernier y avait jointes.

A leur vue, Louise sentit le souffle lui manquer.

Etait-ce bien elle, la jeune fille qui la regardait sur le cliché pris à l'époque ?

Cet été-là, ils s'étaient tous retrouvés en Sicile pour des vacances en famille. Melinda avait suggéré qu'elle-même, ses enfants et le père de Louise rejoignent cette dernière et ses grands-parents, en visite sur leur terre natale.

Dès les premiers jours, Louise avait compris quelles étaient les intentions de sa belle-mère en faisant une telle proposition. Il s'agissait encore une fois d'apporter la preuve que Louise n'avait aucune importance aux yeux de son père ; que seules comptaient pour lui désormais Melinda et ses fillettes.

Bien sûr, Louise avait réagi comme l'espérait sa marâtre. Elle s'était employée à attirer l'attention de son père de la seule manière qu'elle connaisse : en se comportant mal afin de le contraindre à s'occuper d'elle.

Ce fut presque avec un haut-le-cœur qu'elle contempla son portrait. A l'époque, elle ne s'était pas seulement mis en tête d'imiter l'apparence « sexy » de Melinda, elle avait même cherché à la surpasser dans ce domaine.

Par exemple, pour tâcher d'égaler le rideau de cheveux, lisse et brillant, de sa belle-mère, Louise avait teint son indomptable crinière blonde en un noir d'encre. Tandis que la toilette estivale préférée de Melinda était une courte robe ajustée de jersey blanc, Louise se promenait dans une minirobe noire, bien trop courte et exagérément moulante. Elle accompagnait cette tenue de talons aiguilles de la même couleur, au lieu des élégantes sandales qu'arborait la compagne de son père.

Pour compléter l'ensemble, elle ourlait ses yeux d'un épais trait de khôl et se tartinait de fond de teint. De plus, un piercing à la langue était censé témoigner de son esprit rebelle.

Au premier abord, la jeune fille sur la photo n'était rien d'autre qu'une adolescente bien trop délurée pour ses dix-huit ans. Cependant, Louise ne pouvait s'empêcher d'avoir le cœur serré devant l'évidente vulnérabilité de celle qui n'était encore qu'une enfant. Sa formation et son expérience lui permettaient d'en avoir conscience, mais un père aimant aurait pu tout aussi bien s'en rendre compte.

Elle se pencha de nouveau sur la photo.

Tout au long de ces vacances, elle s'était habillée de manière tellement provocante que tous les garçons du village, en quête d'une aventure facile, n'avaient cessé de venir tourner autour de la villa louée par ses grands-parents. Elle donnait l'impression d'être une fille facile, et c'était ainsi qu'on l'avait traitée. Bien sûr, elle avait fait fi des remarques de ses grands-parents lorsqu'ils essayaient de la convaincre de changer de style.

Contrairement à ce que laissait supposer son apparence, elle était encore très naïve, n'ayant fréquenté que les jeunes filles de bonne famille de son pensionnat. Tout ce qu'elle cherchait, en affichant cette façade, c'était à provoquer son père, à forcer son attention. Bien entendu, il avait réagi en l'ignorant, et en ne se consacrant qu'à Melinda et ses deux ravissantes petites filles.

Avait-il fallu qu'elle soit stupide !

— Quel changement, n'est-ce pas ? fit observer Caesar en tournant vers lui la photo. Je ne vous aurais jamais reconnue.

— J'avais dix-huit ans, et je cherchais à …

— A plaire aux hommes. Je m'en souviens.

Louise sentit son visage se colorer.

— Seulement à mon père, rectifia-t-elle.

Etait-ce la façon dont elle le regardait, se demanda Caesar, ou bien ses propres souvenirs qui le troublaient si profondément ?

En ce temps-là, il n'avait guère plus de vingt-deux ans. Il venait d'entrer en possession de son héritage, et n'était plus sous la surveillance des conseillers qui avaient géré sa fortune depuis le décès de ses parents. Il avait une conscience aiguë de ce qu'attendaient de lui tous ceux pour qui il était « Monsieur le duc » —

tous soucieux de le voir préserver leurs traditions, et leur mode de vie.

Cela ne l'empêchait pas de chercher à faire habilement avancer ses projets de modernisation. Et ce, malgré l'hostilité à tout changement manifestée par les chefs de village les plus âgés.

Parmi eux, celui du plus important des villages — où résidaient Louise et sa famille — opposait un veto catégorique à toute innovation. A plus forte raison lorsqu'elle concernait la place des femmes dans la société. Sa conviction inébranlable était que ces dernières avaient un seul rôle à tenir : celui d'épouses soumises.

Cet homme — Aldo Barado — avait sous sa coupe les responsables de tous les villages avoisinants, et Caesar savait qu'il lui fallait compter avec son influence, quand bien même ses desseins réformistes avaient le soutien des jeunes générations.

Le comportement de Louise n'avait pas tardé à alerter Aldo Barado. La jeune fille n'était pas arrivée depuis plus de deux jours qu'il s'était rendu au *castello* pour se plaindre des effets déplorables de l'attitude de celle-ci sur les garçons du village. Et parmi eux, son fils unique qui, bien que fiancé, poursuivait l'étrangère de ses assiduités.

Caesar s'était vu contraint de répondre à la requête de Barado, lequel l'avait instamment prié de prendre les choses en main.

C'était la seule raison qui l'avait poussé à rendre visite à la famille de Louise. Il espérait ainsi évaluer par lui-même la situation et en toucher un mot au père de la provocatrice.

Par malheur, à peine avait-il posé les yeux sur la jeune fille qu'il en avait oublié toutes ses obligations.

En un instant, il avait compris pourquoi les garçons du village la trouvaient aussi attirante.

En dépit de son maquillage outrancier, et de son affreuse coiffure, elle rayonnait d'une extraordinaire beauté naturelle. Ses yeux, sa silhouette, sa bouche sensuelle qui promettait tant...

Caesar avait été bouleversé par les émotions qu'elle avait fait surgir en lui. Et encore davantage par son incapacité à maîtriser sa réaction.

Depuis que, à l'âge de six ans, il avait subitement perdu ses parents, il n'avait cessé de s'entendre répéter qu'il devait être fort, et ne jamais oublier qu'il était un Falconari.

C'était son devoir, et son destin, de veiller sur son peuple et de le guider. Son nom, et l'histoire de sa famille, devaient passer avant toute autre préoccupation.

Peu importaient ses propres émotions. En tout cas, il devait toujours les garder sous contrôle.

Il n'était pas un être humain, faible et vulnérable.

Il était *Duca*.

Bien sûr, à la suite de la visite d'Aldo Barado, il avait fait ce que l'on attendait de lui,

Ce n'était qu'aujourd'hui, après avoir lu la lettre du grand-père de Louise, qu'il avait conscience de ne s'être fié qu'aux apparences. Il avait écouté ce que le père de la jeune fille et sa future épouse avaient à dire.

A aucun moment, il n'avait cherché à entendre Louise.

De nouveau, il s'absorba dans la contemplation du cliché.

Avait-il fallu qu'il soit aveuglé par la terreur que lui inspiraient alors ses propres émotions pour ne pas percevoir ce qui lui sautait aux yeux à présent !

Dans le regard de l'adolescente, il y avait toute la détresse du monde. Seulement, il n'avait pas voulu la voir.

La colère qu'il éprouvait en cet instant n'avait d'autre cause que l'accablante culpabilité qui était la sienne.

— Et c'est pour plaire à votre père que vous avez couché avec moi ? demanda-t-il d'un ton acerbe.

Caesar n'avait pas tort de se moquer d'elle, pensa Louise. Tout ce qu'elle avait obtenu, c'était d'éloigner son père encore davantage. Lui qui n'avait jamais été capable de gérer les problèmes affectifs avait eu beau jeu de s'en remettre aux jugements désobligeants de Melinda et d'Aldo Barado. Il s'était joint à eux pour la condamner irrémédiablement.

Comme elle avait été naïve d'imaginer que Caesar prendrait sa défense !

Comment avait-elle pu s'attendre à ce qu'il clame à la face du monde qu'il était amoureux d'elle et ne laisserait personne lui faire du mal ?

Le jour où le chef du village était venu exiger qu'elle-même et les siens repartent aussitôt pour l'Angleterre — agissant sur ordre du duc, comme il le leur avait asséné — Louise avait compris quels étaient les véritables sentiments du jeune homme à son égard.

Son absence, et son silence, étaient assez éloquents !

A présent, elle avait acquis la compétence, et la maturité nécessaires pour analyser ce qui s'était passé.

Lorsque Caesar avait baissé la garde, oubliant toute retenue et toute prudence pour se laisser emporter avec elle jusqu'au paroxysme du plaisir, elle avait voulu y voir une preuve d'amour partagé, et s'était bercée de l'illusion qu'ils avaient un avenir ensemble. En fait, il n'avait fait que céder à son désir, et n'avait pas tardé à le regretter.

Dans les instants d'indicible bonheur qu'elle avait passés, blottie dans ses bras, Louise avait puisé la certitude que des lendemains radieux s'offraient à eux. Comment n'avait-elle pas deviné que Caesar ne pourrait surmonter ce moment d'abandon qu'en se persuadant que rien de tout cela n'avait de valeur ? Qu'il préfère, aujourd'hui encore, s'aveugler sur ses réelles motivations, c'était son problème ! se dit-elle.

Quant à elle, il était hors de question qu'elle le laisse se leurrer sur ce qui avait poussé dans ses bras l'innocente jeune fille qu'elle était alors et à laquelle il avait fait tant de mal.

Redressant la tête, elle prit son courage à deux mains et lui révéla l'amère vérité.

— A vrai dire, lorsque j'ai couché avec vous, je ne m'attendais nullement à être humiliée en public par le chef du village natal de mes grands-parents. Pendant ce temps, vous demeuriez à l'écart dans votre *castello*, drapé dans votre indifférence hautaine. Oh ! certes, je n'ai pas été lapidée, mais il s'en est fallu de peu ! La nouvelle que j'avais déshonoré ma famille a fait le tour du village à la vitesse de l'éclair. Or, la seule faute dont je m'étais rendue coupable, c'était d'avoir été assez stupide pour me croire amoureuse de vous et d'imaginer que cet amour était payé de retour.

Louise s'interrompit pour reprendre son souffle. Après toutes ces années passées à refouler son chagrin, c'était un incroyable soulagement de pouvoir l'exprimer au grand jour.

— Mais n'allez pas croire que je regrette que vous m'ayez rejetée comme vous l'avez fait, reprit-elle. Je suis certaine aujourd'hui que vous m'avez rendu un fier service. De toute façon, vous m'auriez laissée tomber, un jour ou l'autre, n'est-ce pas ? La petite-fille de ceux qui ne valaient guère plus que les serfs de vos ancêtres ne serait jamais assez bien pour vous !

— Louise...

La gorge serrée, Caesar se sentait incapable de réagir à cette longue diatribe.

De plus, tout comme autrefois, il n'était pas en mesure de laisser libre cours à ses émotions. Trop de choses étaient en jeu. A tort ou à raison, il ne pouvait tourner le dos à des siècles de tradition.

Tout ce qu'il pouvait faire, c'était lui demander pardon. Mais à quoi bon ? Le grand-père de Louise avait bien spécifié dans sa lettre que Caesar représentait tout ce que sa petite-fille exécrait. Aux yeux de la jeune femme, ils étaient ennemis à jamais. Or, ce qu'il avait à lui dire ne ferait qu'accroître l'animosité qu'elle concevait à son égard.

Caesar était pratiquement certain que le vieil homme se trompait en prétendant que l'enfant auquel Louise avait donné naissance était né de leur brève rencontre. N'avait-il pas pris alors toutes les précautions nécessaires ?

Pourtant, s'il s'avérait que cet enfant était bel et bien le sien...

Cette seule pensée suffisait à faire bondir son cœur dans sa poitrine.

D'un geste de la main, Louise empêcha Caesar de l'interrompre. Elle n'avait pas l'intention de renoncer à se défendre. Elle ne pouvait se résoudre à laisser salir son propre passé, et la victime qu'elle avait été.

— Lorsqu'un enfant grandit dans un environnement où le mal est objet d'attention et le bien ne suscite qu'indifférence, poursuivit-elle avec véhémence, il a tendance à privilégier les conduites négatives. Tout ce qui compte pour lui est de parvenir à ses fins.

Mais, était-ce bien la seule raison qui l'avait poussée dans les bras du jeune duc ? s'interrogea-t-elle.

N'avait-elle pas aussi voulu gagner son amour ?

Elle chassa promptement cette question dérangeante. Après tout, elle était bien trop jeune, à l'époque, bien trop immature, pour savoir ce qu'était l'amour — l'amour véritable.

A l'entendre s'exprimer ainsi, pensa Caesar, on ne pouvait ignorer à quelle profession Louise se consacrait.

— J'imagine que vous parlez d'expérience, avança-t-il.

— Exactement.

— Est-ce pour cela que vous êtes devenue psychologue, et que vous vous êtes spécialisée dans les problèmes familiaux ?

— En effet. Ce sont mes expériences — positives autant que négatives — qui m'ont poussée à travailler dans ce domaine.

— Pourtant, à en croire votre grand-père, cela n'empêche pas que vous rencontriez des difficultés avec votre propre fils.

Pouvait-elle admettre devant Caesar qu'Oliver montrait des traits de caractère hérités en droite ligne des Falconari ?

En particulier cette fierté exacerbée, profondément blessée chaque fois que l'un de ses petits camarades ironisait sur le fait qu'il n'avait pas de père.

— Ne pas connaître l'identité de son père perturbe quelque peu Ollie, c'est évident. Lorsqu'il sera assez grand pour comprendre, je lui donnerai toutes les informations qu'il doit connaître.

— Et quelles sont-elles ?

— Ne faites pas l'innocent ! Pas vous ! Aldo Barado avait fait courir le bruit que j'avais des vues sur son fils. Mes parents, quant à eux, me soupçonnaient d'aguicher tous les garçons du coin. Mais vous ne pouvez ignorer dans quels bras je me suis couverte de honte. Dire que j'étais assez naïve pour supposer qu'en couchant avec un personnage aussi important, j'obligerais mon père à me regarder différemment !

Pour rien au monde, Louise n'aurait avoué que ce n'avait pas été sa seule motivation lorsqu'elle avait poursuivi Caesar de ses assiduités.

Cet élan à la fois terrifiant et délicieux qui l'avait précipitée dans les bras du jeune homme était aujourd'hui encore difficile à comprendre.

Pendant tant d'années, l'unique objet de son amour avait été son père. L'intensité du désir qu'elle avait soudain conçu pour Caesar lui paraissait alors tout aussi dangereux qu'inopportun. Au début, elle avait lutté pour l'étouffer. Puis, au fil des semaines, elle s'était laissé emporter par l'illusion que ce dernier pouvait concevoir envers elle des sentiments aussi forts que les siens. Comme elle avait été aveugle !

A présent, ses connaissances en psychologie lui permettaient de comprendre à quel point il avait été incapable de faire fi des exigences imposées par sa position et par sa culture.

Louise ne pouvait que se féliciter d'avoir, pour sa part, échappé à ces contraintes. Elle était libre. Même si, à travers son fils, elle ne pouvait se défaire des liens qui l'attachaient à son passé. Tout comme elle-même, autrefois, Ollie éprouvait le besoin impérieux d'être aimé de son père.

Ses amis et ses collègues ne cessaient d'essayer de

la convaincre qu'il lui fallait un homme dans sa vie, qui pourrait servir de modèle à son fils. Malgré tout, Louise était bien décidée à ne jamais se laisser prendre de nouveau au piège de l'amour. Elle redoutait trop de souffrir.

N'avait-elle pas fait don à Caesar de tout ce qu'elle était ?

Et qu'en avait-il fait ? Il l'avait rejetée, et avait permis qu'elle soit humiliée publiquement.

Depuis ce jour, elle avait enfoui au plus profond d'elle-même tout désir de tomber amoureuse, par crainte d'avoir à en pâtir. Elle préférait ne plus jamais laisser un homme s'approcher d'elle, plutôt que de prendre ce risque.

— La nuit où nous avons fait l'amour, j'ai utilisé un préservatif.

La voix de Caesar l'avait arrachée à ses réflexions.

Ainsi, il niait être le père de l'enfant qu'elle avait mis au monde, tout comme il avait nié par le passé avoir pour elle quelque sentiment !

Ni elle ni son fils n'avaient besoin de cet homme. Quoi qu'ait pu en penser son grand-père.

— Vous feriez mieux d'oublier les allégations de mon grand-père, rétorqua-t-elle, le cœur battant à tout rompre. Ollie n'a pas besoin d'un père soupçonneux, qui ne l'accepterait qu'avec réticence. Quant à moi, je n'ai aucun désir de revendiquer quoi que ce soit. Je ne suis pas venue en Sicile dans cette intention. Tout ce qui m'importe, c'est que vous autorisiez l'inhumation des cendres de mes grands-parents au cimetière de Santa Maria.

— Mais pensez-vous qu'Oliver est mon fils ?

Pourquoi cette question ? s'interrogea Louise. Ne

lui avait-elle pas clairement signifié qu'elle n'attendait rien de lui ?

— La seule personne avec qui j'aborderai ce sujet, c'est Oliver lui-même. Lorsqu'il sera en âge de m'entendre.

— Ne serait-il pas plus simple de s'en remettre à un test de paternité ?

— Pour quoi faire ? Vous semblez si certain qu'il n'est pas de vous.

— Ce dont je suis certain, c'est que je n'accepterai pas qu'un enfant qui pourrait être le mien — même si cette éventualité est minime —grandisse en imaginant que je l'ai abandonné.

A ces mots, Louise sentit son sang se glacer dans ses veines, d'autant que Caesar semblait très sincère. Mais, cette fois, ce n'était pas de colère, mais bien de peur.

— Il est hors de question, que je soumette mon fils à un test pour votre confort moral ! A votre place, je m'estimerais heureux de savoir que je n'attends rien de vous. Ni au plan affectif, ni financièrement. Oliver est *mon* fils !

— D'après son arrière-grand-père, c'est aussi le mien. Si tel est le cas, cela me donne une responsabilité à son égard que je me refuse à ignorer. Il n'y a pas matière à perturber Oliver en quoi que ce soit. Le test peut s'effectuer sans même qu'il en soit informé.

— Je m'y refuse !

Louise sentait la panique la gagner.

— Vous m'avez dit à quel point il était important pour vous de faire respecter le vœu ultime de vos grands-parents. Eh bien, il est tout aussi essentiel pour moi de savoir si je suis ou non le père de votre enfant !

Il n'avait pas besoin d'en dire plus. Louise comprenait parfaitement où il voulait en venir.

— C'est un odieux chantage ! Croyez-vous que j'apprécierais de donner comme père à mon enfant un homme capable de telles pratiques ?

— Je suis tout à fait en droit de savoir ce qu'il en est au sujet d'Oliver. Votre grand-père était persuadé qu'il est mon fils. Tout comme il pensait que ce garçon a besoin de ma présence dans sa vie. C'est ce qu'il dit dans sa lettre. Je veux croire qu'il ne s'était pas tourné vers moi pour des raisons matérielles, mais bien parce qu'il savait à quel point cet enfant a besoin d'être éclairé sur ses origines. Oseriez-vous lui refuser cela, vous dont la profession consiste à gérer ce genre de problème ?

— Et qu'est-ce que cela apporterait à Oliver, de découvrir qu'il est le fils naturel d'un homme qui a permis que sa mère soit publiquement vilipendée ? Un homme qui aurait sans doute préféré que le test de paternité se révèle négatif ? Un homme qui se contentera de le reconnaître, sans jamais lui donner ce dont il a besoin ? Quand bien même il porterait votre nom, il ne manquera pas de gens, ici et à Londres, pour le traiter avec mépris. Je ne permettrai jamais que mon fils paie pour une faute que j'ai commise.

— Vos opinions sont sans fondement ! S'il est prouvé qu'Oliver est mon fils, nous rediscuterons de tout cela calmement. Pour l'instant, sachez que je ne renoncerai pas à ce test. Quoi que vous en pensiez.

Louise ne doutait pas qu'il dise vrai. Il trouverait une manière de se procurer l'échantillon de salive qui lui était nécessaire. Ne valait-il pas mieux qu'elle accepte de le lui fournir, plutôt que de le lui laisser obtenir par des moyens qui risqueraient de perturber Oliver ?

Lorsqu'elle reprit la parole, ce fut d'une voix qui trahissait ses réticences.

Le secret de Louise 357

— Si j'accepte de vous fournir ce qu'il faut pour pratiquer le test, je veux votre parole qu'Oliver ne sera pas informé des résultats tant que je m'y refuserai. Et que vous ne chercherez pas à l'approcher sans mon autorisation, et hors de ma présence.

Caesar ne pouvait que reconnaître que Louise était une mère des plus protectrices.

— C'est d'accord, promit-il.

Après tout, il ne souhaitait en aucune façon porter préjudice à l'enfant.

Avant que Louise n'ait le temps d'émettre de nouvelles objections, il ajouta d'une voix douce :

— Je vous ferai apporter le matériel nécessaire dès que possible. Lorsque j'aurai les résultats...

— Vous ne voulez vraiment pas oublier ce que mon grand-père vous a écrit ?

En dépit de tout ce qu'elle s'était promis, Louise ne pouvait s'empêcher d'implorer.

Entendre le tremblement dans sa propre voix lui donnait presque la nausée.

— C'est tout à fait impossible, répondit Caesar d'un ton sans appel.

3

— Si Billy a gagné, c'est seulement parce que son père était là. Il lui disait tout le temps ce qu'il devait faire.

Oliver avait perdu son match de tennis contre un autre enfant de l'hôtel, et il n'avait cessé de ronchonner depuis que Louise était allée le chercher au club.

Tous deux dînaient à présent en tête à tête au restaurant, et il recommençait à protester.

Elle ne pouvait s'empêcher de s'en vouloir pour le petit stratagème dont elle avait usé pour se procurer l'échantillon de salive nécessaire à la réalisation du test exigé par Caesar.

Prétendant qu'Oliver était un peu enroué, elle avait fait le prélèvement sous prétexte de s'assurer qu'il ne couvait pas une angine, comme cela lui arrivait fréquemment.

Pour sa part, elle n'avait pas le moindre doute quant à l'issue de cette recherche en paternité. Caesar était bel et bien le père d'Oliver. Elle le savait depuis toujours, mais aurait souhaité garder ce secret pour elle.

Comment son grand-père, qu'elle admirait et respectait tant, avait-il pu la trahir ainsi ?

Certes, il avait pensé agir pour le bien d'Oliver. Pour un homme de sa génération et de sa culture, il était impensable qu'un père n'assume pas ses responsabilités.

Cela dit, Caesar ne devait pas compter jouer le moindre rôle dans la vie d'Oliver, se répéta intérieurement Louise avec détermination.

D'ailleurs, qui pouvait imaginer qu'il puisse vouloir d'un fils dont il méprisait la mère ? Et elle ne permettrait pas que son fils passe après les enfants légitimes de Caesar, s'il en avait un jour.

Il était même surprenant, se dit-elle en fronçant les sourcils, qu'il n'ait pas déjà trouvé une épouse, et engendré un héritier.

Mais que lui importait ? Elle avait bien d'autres préoccupations, dont la plus essentielle était le bonheur de son fils.

Lorsqu'elle était allée chercher le garçonnet au club de tennis, elle n'avait pas manqué de remarquer qu'il faisait tout son possible pour attirer l'attention du père du fameux Billy. La colère et la frustration se lisaient sur son petit visage, et Louise avait senti son cœur de mère se serrer.

Comment ne pas revivre, à travers lui, la peur et l'humiliation qu'elle-même avait connues ?

Lorsque Billy et son père s'étaient éloignés, elle avait failli courir vers son fils pour essayer de le réconforter.

Mais ce n'était pas de la sollicitude d'une mère qu'il avait besoin. C'était d'un *homme* dont il attendait marques d'intérêt et affection.

Oliver tendit la main vers sa console de jeux, et Louise retint un soupir agacé.

— Pas avant la fin du repas, Ollie, dit-elle. Tu sais bien que c'est la règle.

— Mais, maman, tout le monde y joue ! Regarde, Billy et son père, ils sont en train de jouer ensemble.

Louise laissa échapper un grand soupir, et suivit

des yeux la direction qu'indiquait son fils. A quelques tables de la leur, le père et le fils étaient penchés sur le même écran.

Dans la longue galerie qui rassemblait les portraits des Falconari, Caesar contemplait son illustre famille.

Sur les murs s'alignaient les tableaux représentant tous les ducs, depuis les premiers détenteurs du titre, mais aussi leurs épouses, et les enfants qui avaient permis que le nom perdure.

Aucun des mâles du clan n'avait failli au devoir d'engendrer un fils pour porter le nom à sa suite. Le père de Caesar s'était même remarié sur le tard, pour assurer sa descendance, avec une jeune femme de sang bleu, issue d'une branche éloignée de la famille. Cette union avait donné naissance à Caesar.

Il n'était encore qu'un tout jeune enfant lorsque ses parents avaient perdu la vie dans un accident de bateau. Et, tout au long de son enfance, on lui avait répété qu'il lui incomberait de produire à son tour un héritier mâle, futur duc Falconari.

Il avait aujourd'hui trente et un ans. Parmi les chefs des villages alentour, et les anciens qui y demeuraient, le fait qu'il n'ait pas encore accompli son devoir devenait un sujet de préoccupation.

Mais qui aurait pu comprendre le dégoût qu'il avait conçu de lui-même après sa relation avec Louise ?

La crainte de perdre de nouveau le contrôle de ses émotions, comme cela lui était alors arrivé, l'avait conduit à une longue période de célibat.

Lorsqu'il s'était enfin résolu à mettre sa force de

caractère à l'épreuve, c'était un nouveau choc qui l'attendait.

Même avec les plus ravissantes, et les plus sensuelles jeunes femmes, il s'était découvert tout à fait capable de maîtriser ses réactions.

Il avait tenté de s'en réjouir. De se dire qu'il ne voulait jamais éprouver de nouveau ce sentiment de ne plus avoir prise sur lui-même.

Il préférait ne plus connaître cette fusion des corps, et des âmes, qui fait que deux êtres humains deviennent un tout indissociable.

Cependant, faire l'amour n'était plus désormais pour lui qu'une agréable distraction.

Jamais il n'y trouvait l'apaisement de ce tourment qu'il avait enfoui au tréfonds de lui-même.

Le retour sur l'île de Louise avait ravivé cette douleur, qui ne cessait de croître à chacune de leurs rencontres.

C'était à cause d'elle qu'il n'avait jamais pu se résoudre au mariage. Parce qu'il savait...

Qu'il savait quoi ? Que jamais une femme ne toucherait son âme comme elle l'avait fait ? Que, jamais, il n'éprouverait pour une autre le désir qu'il avait ressenti pour elle ?

Depuis six ans, il lui fallait aussi vivre avec l'idée qu'un cruel coup du destin le rendait incapable de procréer, et qu'il serait le dernier du nom.

C'est alors qu'était arrivée la lettre l'informant qu'il avait un fils. En cet instant, encore, Caesar ressentait l'émotion qui l'avait étreint à cette nouvelle.

De toutes ses forces, il désirait que le grand-père de Louise ait dit vrai.

Se pouvait-il que ce moment d'impétueuse passion,

partagé avec la jeune fille d'alors, ait permis que la nature fasse son œuvre ?

Mais comment la convaincre, aujourd'hui, de lui laisser prendre la place qui lui revenait dans la vie de leur fils ?

Louise...

Caesar se rappelait leur rencontre comme si c'était hier.

Par ce chaud après-midi d'été, elle marchait seule sur la route conduisant au *castello*. Tête nue, ses formes sensuelles moulées dans des vêtements trop étroits, elle exprimait dans toute son attitude sa révolte bravache à l'égard de la morale archaïque qu'on voulait lui imposer.

Caesar s'était laissé dire qu'on l'avait vue danser sur la place, boire de la bière au goulot, et pousser les garçons du village à défier l'autorité de leurs parents.

Dans son regard clair, il avait lu toute son intelligence et sa méfiance, lorsqu'elle l'avait hardiment planté dans le sien.

Caesar avait été à la fois amusé par son effronterie, et intrigué par sa personnalité. Personne n'osait le regarder ainsi en face, et surtout pas une jeune fille.

— Où allez-vous, comme cela ? avait-il questionné.

D'un mouvement de tête, Louise avait rejeté en arrière son épaisse crinière, teinte d'un noir de jais, avant de répondre qu'elle n'allait nulle part. De toute façon, avait-elle ajouté, il n'y avait rien à faire dans ce pays. Elle attendait avec impatience de retourner à Londres.

Malgré tout, Caesar n'avait pu ignorer l'effet qu'elle produisait sur lui. Avec l'impétuosité de ses vingt-deux ans, il était suffisamment à l'écoute des signaux que lui envoyait son corps de jeune homme. Et son corps lui disait sans détour qu'il désirait cette jeune fille.

Sauf qu'il était hors de question qu'il ait une aventure

avec elle. A Londres, cela aurait peut-être été différent. Mais, ici, Louise faisait partie de la communauté dont il était responsable.

Malgré cela, il l'avait invitée à l'accompagner au *castello*, pour lui faire visiter la galerie de portraits.

Caesar se souvenait qu'elle avait accueilli sa proposition en rougissant. Soudain, elle lui avait paru si féminine, si fragile, qu'il avait éprouvé le besoin de la protéger.

— Il ne vous arrivera rien de mal, avait-il dit. Vous avez ma parole.

— La parole d'un *duca* ! Cela vaut bien plus que celle d'un simple mortel, n'est-ce pas ?

Caesar n'était pas habitué à être l'objet de boutades, et cela avait piqué son intérêt. Tout au long du chemin jusqu'au *castello*, il avait pris le plus grand plaisir à poursuivre avec Louise un aimable badinage, chargé de sous-entendus libertins.

Dans la galerie, elle avait sans peine repéré les portraits exécutés par des grands maîtres. Et Caesar s'était étonné qu'elle apprécie le portrait de lui qu'avait réalisé le peintre contemporain Lucian Freud, au style si controversé.

— Je suis persuadé qu'il déplaît à Aldo Barado, avait-elle ironisé.

Caesar avait été obligé d'acquiescer, tout en essayant de prendre la défense du vieil homme :

— Ce n'est pas un mauvais bougre, avait-il dit. Ses conseils et sa connaissance de la mentalité locale me sont très précieux.

— Est-ce à dire que vous accordez de la valeur à sa volonté de maintenir les habitants du village dans des traditions arriérées ? Surtout les femmes, d'ailleurs !

— Je ne voudrais pas blesser la fierté d'Aldo, mais

cela ne m'empêche pas d'œuvrer pour qu'adviennent les changements qui me semblent indispensables.

A ce jour, encore, Caesar restait abasourdi de s'être confié aussi vite, et aussi facilement, à cette toute jeune fille, douée d'une empathie impressionnante pour son jeune âge.

Dès les premiers instants, il avait su comme une évidence inéluctable qu'ils seraient amants.

Etait-il tout aussi inéluctable qu'elle lui donne un enfant ?

Caesar sentit son cœur battre avec une telle force que sa cage thoracique en était douloureuse.

Appuyée à la rambarde du balcon sur lequel donnaient les deux chambres qu'elle avait louées, Louise tentait de se convaincre qu'elle ne devait son insomnie qu'à un coucher trop prématuré.

Dans le parc illuminé, qui s'étendait à ses pieds, des couples se promenaient au son d'une douce musique provenant de l'un des salons.

C'était là une chose qui ne lui arriverait jamais.

Comment aurait-elle pu prendre le risque de répéter les erreurs du passé et de redevenir cet être en mal d'affection qu'elle avait jadis été ?

De plus, il y avait maintenant Oliver. Jamais elle ne pourrait laisser entrer dans leur vie un homme qui finirait peut-être par les abandonner tous les deux.

Au-dessous, un groupe de jeunes gens passa en riant. Elle revit l'adolescente qu'elle était lors de ce séjour de vacances en Sicile.

Revivant par la pensée l'humiliation publique qu'elle

avait subie, elle sentit la douloureuse morsure de souvenirs qu'elle aurait préféré oublier.

Il y avait des blessures qui restaient à vif, même quand on les croyait cicatrisées.

Cela s'était passé à peu près à la moitié de leurs vacances. Depuis trois jours, son père se refusait à lui adresser la parole. C'était sa manière de lui signifier combien il avait honte d'elle — de son apparence, tout autant que de sa conduite.

C'était alors, par un étouffant après-midi d'été, qu'elle avait croisé la route de Caesar.

Ce jour-là, elle fuyait le village pour échapper à Pietro Barado, dont les avances devenaient de plus en plus importunes.

Malgré les dires du jeune villageois, elle n'avait rien fait pour l'encourager. En tout cas, pas selon ses propres critères. Certes, elle appréciait d'être au centre des préoccupations des garçons du village. Face aux jeunes villageoises, qui vivaient en recluses, Louise se croyait très mûre, très délurée. Cependant, jamais au grand jamais, elle n'avait prodigué à Pietro les encouragements dont il l'accusait.

Il n'était pas exagéré de dire que sa rencontre avec Caesar avait changé le cours de sa vie. Pour autant, elle n'avait pas imaginé une seule seconde à quel point cela allait se révéler vrai, lorsqu'elle avait accepté son invitation à le suivre au *castello*.

Les jours passants, elle avait fini par se rendre compte que les liens qui s'étaient tissés entre elle et le jeune duc avaient bien plus d'importance à ses yeux que l'intérêt que pourrait lui accorder son père.

Faire machine arrière lui était alors devenu impossible. Elle était amoureuse de Caesar.

Chaque fois qu'il descendait au village, elle s'arrangeait pour être présente. La plupart du temps, c'était au bar qu'il venait passer un moment. Louise buvait chacune de ses paroles, tout en s'efforçant d'écarter Pietro. Ce manège n'avait pas échappé aux camarades du fils du maire. Ils s'étaient gaussés de lui, en lui faisant remarquer qu'il avait été supplanté par leur *Duca* dans l'affection de la jeune fille.

Pietro avait reporté sa colère sur elle.

— Faut-il que tu sois bête ! lui avait-il lancé. Comment un duc pourrait-il s'intéresser à toi ?

Bien sûr, Louise ne cessait de se poser cette question. Mais l'entendre proférer par un autre avait piqué son orgueil à vif.

Elle s'était mis en tête de prouver au garçon — ainsi qu'à tous —qu'il avait tort.

Avec une détermination farouche, elle avait continué à provoquer les rencontres « accidentelles » avec Caesar.

Par exemple, elle déambulait autour du *castello*, les yeux levés vers les fenêtres qu'il lui avait dit être celles de ses appartements privés. Il n'était pas rare que sa persévérance soit récompensée par une brève apparition.

Leurs promenades, et leurs conversations, lui étaient devenues précieuses. Lui, au moins, ne se moquait pas d'elle, contrairement à tous les autres.

Jeune, et vulnérable comme elle l'était, Louise n'avait pas tardé à échafauder des contes de fées, dans lesquels Caesar lui rendait son amour et faisait d'elle une duchesse. Ce mariage, imaginait-elle, la hissait sur un piédestal d'où elle rayonnait de bonheur, et pouvait se réjouir enfin de l'approbation de son père.

Hélas, et en dépit des longs moments qu'ils passaient ensemble, Caesar ne semblait pas disposé à pousser plus loin la relation. Au lieu de répondre à ses muettes sollicitations, il se montrait très réservé.

Malgré cela, un jour où il l'avait trouvée au bar en compagnie de Pietro, il était entré dans une colère épouvantable. Incident que Louise avait interprété comme une manifestation évidente de jalousie.

Lorsque, plus tard, elle l'avait moqué à ce sujet, Caesar s'en était défendu :

— C'est votre réputation dont je me soucie, avait-il dit. Votre comportement finira par lui être fatal.

— Et Pietro ? avait-elle objecté. Pourquoi sa réputation n'est-elle pas autant en danger que la mienne ?

— Les choses sont différentes lorsqu'il s'agit d'un garçon. En tout cas, c'est ainsi que ça se passe dans cette région du monde.

— Eh bien, c'est injuste !

Comme elle avait été naïve, comprenait-elle aujourd'hui, d'avoir cru Caesar aussi amoureux qu'elle l'était elle-même ! C'était presque risible. Elle avait ignoré les barrières qui se dressaient entre eux, persuadée que seuls comptaient leurs sentiments.

Et cela, alors même que Caesar n'avait à aucun moment envoyé de signaux dans ce sens.

La nuit au cours de laquelle Oliver avait été conçu, Louise s'était rendue au *castello* dans le désir irraisonné de revoir Caesar après les quelques jours qu'il avait passés loin du village pour affaires.

Rien n'aurait pu la retenir, tant sa conviction était grande qu'ils étaient destinés l'un à l'autre, tels des Roméo et Juliette modernes. Profitant de la nuit tombée, elle s'était glissée à l'intérieur du château par la porte laissée ouverte de la cuisine, puis avait gagné à pas de loup la chambre du jeune homme.

Elle revoyait la surprise sur son visage, lorsqu'il s'était détourné de l'ordinateur sur lequel il travaillait, et avait découvert son intrusion. D'un bond, il s'était mis debout, pour mieux la repousser alors qu'elle faisait mine de se jeter à son cou.

— Louise, que faites-vous là ? avait-il questionné d'un ton brusque. Vous n'avez rien à faire dans cette pièce.

Un amoureux transi n'aurait certainement pas réagi de la sorte.

Cependant, Louise était à ce point dominée par ses propres émotions qu'elle n'avait pas prêté garde à ce que signifiaient de tels propos.

Caesar l'aimait et la désirait. Cela ne faisait pas le moindre doute. Elle allait lui montrer que ce qu'elle éprouvait pour lui était tout aussi fort. Comme elle, il n'attendait que le moment de pousser plus loin leur relation, Louise en était certaine. Prendre l'initiative lui donnait le sentiment enivrant de n'être plus une enfant, mais une jeune femme assez mature pour prendre en main son destin.

— Il *fallait* que je vienne, avait-elle déclaré. J'avais tellement envie de vous voir. Je vous désire tant !

Tout en parlant, elle avait commencé à se dévêtir. C'était ce qu'elle avait vu faire à une actrice dans un film.

En quelques mouvements, elle avait laissé tomber à ses pieds sa veste en jean et sa petite robe de coton. Ayant pris la précaution de remplacer ses brodequins habituels par de légères sandales, elle n'avait pas tardé à se retrouver en sous-vêtements. Elle était sur le point de dégrafer son soutien-gorge quand elle avait suspendu son geste.

— Non, c'est à vous de le faire, Caesar, avait-elle imploré d'une voix rauque, avant de se jeter contre lui.

Quelle merveilleuse surprise cela avait été de se sentir à ce point en sécurité dans ses bras ! C'était tout à la fois rassurant et excitant.

Posant sur sa joue un baiser maladroit, elle avait été ravie de sentir sa barbe naissante sous ses lèvres. Comme il était viril ! Comme il lui paraissait exotique, et presque dangereux... N'était-ce pas un paradoxe qu'elle se sente parfaitement en sécurité auprès de lui ? Mais c'était parce qu'il lui appartenait. Parce qu'il l'aimait.

C'était dans cet espoir fou qu'elle avait trouvé la force de murmurer :

— Embrassez-moi, Caesar. Tout de suite !

Puis elle avait noué les bras autour de son cou, et tendu les lèvres vers lui.

Caesar avait essayé de s'écarter, de l'éloigner.

— C'est impossible, Louise, avait-il protesté. Vous le savez aussi bien que moi.

Mais Louise était sourde à tout argument, aussi sensé fût-il.

Sans vouloir l'écouter, elle l'avait embrassé de nouveau. Et, tandis qu'il luttait pour se dégager de son étreinte, ils avaient basculé sur le lit.

C'était alors que Louise avait senti contre son ventre la preuve indéniable du désir qu'éprouvait Caesar.

Elle avait frémi et s'était pressée contre lui, se refusant à prêter l'oreille à ses protestations, pendant qu'il s'obstinait à répéter :

— Non, Louise, non ! C'est impossible !

Louise fixa l'obscurité du jardin.

Aujourd'hui, elle savait qu'un homme peut se révéler incapable de maîtriser les réactions de son corps s'il y est provoqué, sans pour autant éprouver la moindre tendresse.

Lorsqu'il l'avait agrippée par les poignets, et fermement maintenue sous lui, elle avait perdu toute raison. Plus rien n'avait d'importance que ce besoin inassouvi qui la faisait trembler et gémir contre Caesar. Trop jeune, et trop inexpérimentée pour maîtriser sa libido, elle avait abandonné toute prudence.

Comme si des vannes s'étaient d'un seul coup ouvertes, elle avait été emportée par le torrent furieux de ses impulsions, bredouillant des mots sans suite.

Elle l'aimait, le désirait, était folle de lui...

Cramponnée à ses épaules, elle avait couvert son visage et son cou de baisers éperdus...

Ce soir, en se remémorant ces instants, elle tremblait de nouveau. Mais ce n'était que parce que l'air du soir était un peu vif, se dit-elle.

Un instant, elle fut tentée de battre en retraite dans la douceur feutrée de sa chambre et de passer dans celle d'Oliver l'écouter respirer. Si seulement elle avait pu ainsi se rassurer et échapper aux souvenirs de cette nuit de folie !

Elle voulait oublier les sensations qui l'avaient submergée, alors qu'elle était nue dans les bras de Caesar, dans la chaleur de la nuit sicilienne.

Oublier les soupirs éperdus de deux êtres emportés par la passion.

Mais l'on ne pouvait effacer le passé.

Et Ollie n'était-il pas la preuve vivante qu'elle avait été la maîtresse de Caesar ?

Dans sa chambre, cette nuit-là, par la fenêtre ouverte, elle avait aperçu, se détachant sur le ciel étoilé, les versants de l'Etna. Et le feu qui se propageait dans ses veines n'était pas moins violent que la lave qui s'échappait du volcan.

Sentir la virilité arrogante de Caesar plaquée contre son bas-ventre était à la fois une expérience nouvelle pour Louise, et une sensation qu'il lui semblait avoir éprouvée dans sa chair depuis toujours.

Quant à ses baisers exigeants, comme jamais elle n'en avait connu, ils étaient empreints d'une magie ensorcelante à laquelle elle était incapable de résister.

Dans cette chambre obscure, imprégnée du parfum de Caesar, Louise était devenue femme, dans l'émerveillement de son corps comblé.

Il ne servait à rien de se mentir. Le plaisir qu'elle avait ressenti dans les bras de Caesar n'était pas simplement provoqué par la satisfaction de l'avoir fait céder. Cela venait de bien plus loin : du tréfonds d'elle-même. De ce qui faisait durcir ses tétons au contact du duvet sombre qui couvrait le torse de Caesar. De ce qui faisait naître cette douce moiteur au cœur de sa féminité... Elle désirait Caesar, et le besoin qu'il réponde à ce désir était aussi impérieux que la nécessité de respirer.

Ce n'était pas non plus le vin qu'elle avait bu ce soir-là qui avait fait tomber ses inhibitions, comme elle avait essayé de s'en persuader. Non, c'était comme si un instinct venu du fond des âges l'avait poussée dans les bras du mâle le plus viril et le plus puissant de la tribu ; celui dont les gènes seraient le mieux à même de lui donner de beaux enfants.

Bien sûr, ce n'était pas ainsi qu'elle avait analysé ses réactions à l'époque. Tout ce qu'elle avait pensé, c'était qu'être dans les bras de Caesar, savoir qu'il voulait bien d'elle, comblait toutes ses attentes, et était la preuve irréfutable qu'elle était digne d'être aimée.

Elle n'avait pas eu la moindre réticence lorsque Caesar l'avait incitée à lui prodiguer les caresses les plus intimes, en prenant sa main pour la poser sur son érection.

Cette évocation fit tambouriner son cœur dans sa poitrine. Son corps revivait intensément les émotions de cet instant.

Comment était-ce possible, alors qu'elle avait enfoui ces souvenirs au plus profond de sa mémoire ?

Etait-ce le simple fait de se retrouver en Sicile qui faisait remonter tout cela à la surface ? Peut-être aussi la découverte de ce qu'avait fait son grand-père et la perspective des inquiétantes conséquences de son acte lui mettaient-elles les nerfs à fleur de peau ?

Louise s'efforça de penser à autre chose, mais en vain. Son esprit lui obéissait aussi peu que son corps ne l'avait fait, ce fameux soir.

Elle n'avait rien oublié des sensations qu'elle avait éprouvées.

Lorsqu'elle avait refermé sa main sur le sexe durci de Caesar, son cœur s'était emballé, avant de calquer son rythme sur les pulsations qui vibraient sous sa paume.

Quand il avait écarté les pétales de sa fleur secrète, elle les avait sentis humides d'excitation sous ses longs doigts. La surprise et l'émerveillement avaient écarquillé ses yeux, et son corps s'était tendu avant de se laisser aller dans les frissons du prodigieux orgasme où l'avaient conduite ses caresses expertes.

Comme elle était innocente, en ce temps-là !

Du haut de ses dix-huit printemps, elle ignorait tout de la sexualité. Elle s'était abandonnée, bouleversée d'être ainsi emportée dans un grisant tourbillon. Cramponnée à Caesar, elle avait crié son prénom, au moment où elle atteignait les cimes vertigineuses du plaisir.

Tout son corps vibrait encore lorsque Caesar l'avait pénétrée. Jamais elle n'aurait cru répondre avec une telle ardeur à ses fougueux assauts.

Elle avait planté ses ongles dans sa chair, tout en accompagnant du bassin chacune de ses poussées, enserrant son membre de toutes ses forces comme pour le retenir plus longtemps, jusqu'à ce qu'un spasme encore plus puissant ne la projette au septième ciel.

Epuisée, pantelante, elle s'était lovée dans les bras de Caesar, le cœur débordant d'amour et de tendresse.

Fallait-il qu'elle ait été stupide pour imaginer qu'il éprouvait les mêmes sentiments ?

Tout ça parce qu'il l'avait gardée tout contre lui, jusqu'à ce que tous deux reprennent leurs esprits.

Elle était fermement décidée à ne pas passer la nuit au *castello*. Si l'on se rendait compte qu'elle n'avait pas dormi dans son lit, il ne manquerait pas de pourfendeurs pour mettre à mal ce qui venait de se passer entre elle et Caesar.

Or, c'était bien trop précieux, trop intime, pour qu'elle tolère les malveillances de tous ceux qui n'y comprendraient rien. De plus, elle tenait à ce que ce soit Caesar lui-même qui annonce la nouvelle à ses parents.

Car il allait la demander en mariage ; de cela, elle était persuadée.

Elle s'était imaginée, tendrement enlacée par Caesar, tandis qu'il déclarait son amour devant son père médusé.

— Il faut que j'y aille, avait-elle fini par murmurer.

— Oui. Cela vaut mieux...

Il l'avait raccompagnée jusqu'à la route. Aujourd'hui,

elle comprenait avec amertume qu'il avait juste voulu s'assurer qu'elle prenait bien le chemin du retour.

Elle n'avait pensé qu'à lui, tout en regagnant la villa louée par sa famille. Pour la première fois de sa vie, un autre que son père occupait entièrement son esprit. Pour la première fois de sa vie, elle comptait plus que tout au monde pour quelqu'un, avait-elle cru. Tous ses rêves s'étaient réalisés. Caesar l'aimait. Cette nuit en était la preuve irréfutable.

Hélas, les choses ne s'étaient pas déroulées comme elle l'espérait.

Le lendemain, Caesar ne s'était pas manifesté. Pas plus que les jours suivants. Pas un mot. Rien. Puis, elle avait appris qu'il avait pris l'avion pour Rome où ses affaires le retiendraient plus d'un mois.

Tout d'abord, elle n'y avait pas cru. Ce ne pouvait être qu'une erreur, avait-elle pensé.

Pourquoi Caesar n'était-il pas venu l'informer de ce voyage impromptu ? Pourquoi n'avait-il pas parlé à son père, et révélé au grand jour leur relation ? Pourquoi ne lui avait-il pas au moins laissé un message ?

Folle d'inquiétude et de chagrin, Louise avait entrepris de persuader ses grands-parents de prolonger leur séjour sur l'île, car elle ne pouvait envisager de ne pas le revoir.

C'était alors que lui avait été révélée, de la plus cruelle et la plus insultante façon, la véritable nature des sentiments que Caesar entretenait à son égard.

Le grand-père de Louise était entré en contact avec le propriétaire de la villa pour demander prolongation de leur bail, et la nouvelle s'était vite répandue dans le village. Avant même qu'une réponse ne leur soit donnée, ils avaient eu la visite d'Aldo Barado. Ce dernier n'avait pas mâché ses mots : personne ne souhaitait les voir prolonger leur séjour ; bien au contraire, il leur était vivement conseillé de débarrasser le plancher au plus vite, tant l'attitude de Louise était objet de scandale.

Il s'en était même pris avec colère à son père :

— Aucun père digne de ce nom, dans toute la Sicile, avait-il tonné, ne tolérerait que sa fille se comporte comme la vôtre. C'est sur tout le village qu'elle attire le déshonneur. Mais, avant tout, c'est sur vous-même. Vous avez failli à tous vos devoirs, en la laissant se jeter à la tête de tous les garçons des environs. J'imagine qu'elle s'attendait à se faire épouser par l'un de ces pauvres diables !

Puis, il s'était tourné vers Louise, qui ne pourrait jamais oublier la dureté de son regard plein de colère. Le dos tourné à toute sa famille, il l'avait tancée :

— Vous n'avez plus rien à faire dans ce village ! Vous ne faites plus partie de cette communauté. Fort heureusement, ceux que vous avez poursuivis de vos assiduités ont eu la sagesse d'écouter mes conseils.

Hébétée, ne comprenant rien à ce qui lui arrivait, Louise l'avait rattrapé tandis qu'il rebroussait chemin. Lorsqu'elle l'avait agrippé par la manche, il s'était dégagé d'un geste brusque, comme si elle était contagieuse. Elle n'en avait pas tenu compte.

— Caesar ne permettrait pas que vous me traitiez comme cela, avait-elle lancé. Il m'aime !

— Notre *Duca* est parti pour Rome. Il y demeurera jusqu'à ce que vous ayez quitté la Sicile. C'est le conseil que je lui ai donné, après qu'il m'a avoué sa folie. Quant à son amour... Comment pouvez-vous imaginer qu'un homme de son rang puisse décemment être amoureux de vous ?

Sous le choc, Louise n'avait pu que bafouiller :

— Il... il vous a ... raconté ?

— Bien sûr, qu'il m'a tout raconté !

Sur ces mots, il avait tourné les talons, la laissant bouche bée.

Comme d'habitude, son père s'était emporté. Il n'aimait pas beaucoup que qui que ce soit le critique. Arpentant la terrasse dallée à grandes enjambées, il avait donné libre cours à sa fureur. Encore une fois, avait-il tempêté, Louise faisait la preuve qu'elle n'était pas digne d'être sa fille.

Mais ce qui avait le plus affecté Louise, c'était le regard plein de tristesse que ses grands-parents avaient posé sur elle...

Revenant à l'instant présent, elle se lamenta intérieurement d'avoir été obligée de remettre les pieds dans ce village.

Malgré tout, elle se devait bien de faire respecter leurs dernières volontés. Quoi qu'il puisse lui en coûter, et même si elle ne pouvait s'empêcher d'en vouloir à son grand-père pour cette lettre.

Malgré la douceur de la nuit, elle serra les bras autour de son buste, comme pour se réchauffer. Mais c'était au plus profond d'elle-même qu'elle était glacée. Glacée par la terreur que lui inspirait l'idée que Caesar avait désormais prise sur elle.

Une nouvelle fois, ses pensées la ramenèrent aux événements de ce funeste été...

Après la visite du chef du village, son père et Melinda ne lui avaient plus adressé le moindre mot. C'était comme si sa vue même leur était devenue insupportable. Seuls ses grands-parents, pour aussi choqués et peinés qu'ils soient, avaient continué de lui parler.

Quant à ce qu'elle-même éprouvait, c'était une indicible tristesse. Car elle ne pouvait plus ignorer qu'elle s'était bercée d'illusions.

Le voyage de retour jusqu'à l'aéroport avait été un vrai cauchemar. Lorsqu'ils avaient traversé le village en voiture, les passants s'étaient ostensiblement détournés. Quelques gamins leur avaient même lancé des pierres. Ce n'était pas la colère de son père qui avait alors atteint Louise, mais plutôt les larmes qu'elle avait vues briller dans les yeux de son grand-père.

Mais la jeune fille de dix-huit ans était loin désormais.

Aujourd'hui, elle avait presque vingt-huit ans, et elle faisait autorité dans sa profession. Chaque jour, elle traitait les cas de gens qui avaient eu à vivre des choses bien plus graves qu'elle.

Quant aux problèmes qu'elle avait traversés, elle n'en portait pas l'entière responsabilité. D'autres qu'elle-même avaient contribué à les provoquer et elle ne devait pas l'oublier.

A présent, il était de son devoir de tout faire pour assurer le bien-être d'Oliver.

Par le passé, Caesar n'avait pas voulu d'elle et voilà que, maintenant, il réclamait son fils.

Cette pensée la terrifiait.

Jamais elle ne permettrait à quiconque — et encore moins à Caesar — de faire subir à Oliver les souffrances qu'elle avait connues.

Malheureusement, elle avait besoin de l'accord de Caesar pour réaliser le vœu de ses grands-parents.

S'il lui fallait pour cela accepter que son fils soit l'objet d'un test ADN, elle se soumettrait.

Mais elle ne renoncerait pas pour autant à lutter pour son enfant.

4

Caesar se devait d'admettre que son titre et sa position lui ouvraient bien des portes.

Le responsable du club pour enfants de l'hôtel ne s'était nullement fait prier pour l'escorter jusqu'au court de tennis où Oliver venait de terminer un match.

Penché sur sa console de jeux, il ne leva qu'un instant la tête lorsque l'ombre de Caesar vint obscurcir son écran. Une lueur suspicieuse passa dans son regard à l'approche d'un parfait étranger.

Son teint basané et la masse de ses boucles de jais ne laissaient aucun doute sur ses origines siciliennes, et il suffisait de le regarder pour retrouver en lui les traits des Falconari.

De plus, les résultats du test ADN étaient irrécusables : Oliver était son fils.

L'enfant avait repris son jeu et, en le contemplant, Caesar fut soudain ébranlé par la force du lien qui l'unissait à lui. C'était quelque chose de si fort qu'il avait presque l'impression d'être relié au petit garçon par une véritable corde. Il n'avait plus qu'un désir : prendre l'enfant dans ses bras et montrer ainsi à tous qu'il lui appartenait.

Confondu par l'intensité de ses émotions inattendues, il demeura pétrifié.

Bien sûr, ce que signifiait pour le *Duca di Falconari* de découvrir qu'il avait un héritier était évident. Mais ce qu'il éprouvait en cet instant avait une tout autre dimension.

Fort heureusement, grâce à sa fréquentation régulière des enfants de sa cousine, la relation avec un garçon de l'âge d'Oliver ne présentait aucun secret pour lui. Aussi se contenta-t-il de remarquer :

— Tu as fait un beau match.

— Tu m'as regardé jouer ?

Toute méfiance avait disparu du regard de l'enfant, pour être remplacée par un ravissement sans bornes.

Les propos tenus par son arrière-grand-père, dans sa lettre, s'éclairaient.

« Le petit a besoin de la présence de son père. Louise est une bonne mère — elle l'aime, et le protège de son mieux —mais les difficultés qu'elle a connues avec son propre père semblent peser de tout leur poids sur Oliver. Il a besoin de la tendresse attentive de son père. Je perçois, chez lui, ce même besoin qui taraudait sa mère lorsqu'elle était enfant. Vous êtes son père. Je ne doute pas que votre sens de l'honneur vous pousse à respecter les devoirs que vous avez envers lui.

» Il ne s'agit pas d'argent. Louise gagne très bien sa vie et je suis certain qu'elle refusera tout soutien financier de votre part... »

A en juger par ce qu'il découvrait de Louise, depuis leurs retrouvailles, Caesar craignait même que la jeune femme refuse tout soutien quel qu'il soit, pour peu qu'il vienne de lui.

Il se souvenait du soulagement éprouvé, à son retour de Rome, lorsqu'il avait été mis au courant de son départ.

Mais il n'oubliait pas, non plus, la blessure infligée à son amour-propre par Aldo Barado, lorsque ce dernier était venu lui dire qu'il avait vu la jeune fille quitter le *castello* en pleine nuit.

Au coup frappé à sa porte, il avait cru que c'était Louise qui revenait. Un instant, il avait caressé l'espoir de se faire pardonner la perte de contrôle qu'il se reprochait déjà amèrement.

Sa confusion avait atteint son comble quand le chef du village l'avait sermonné, déclarant qu'il avait tout compris de son inconduite. Si Caesar voulait être digne du nom qu'il portait, avait-il dit, il ne pouvait rien avoir à faire avec une fille comme Louise.

Caesar s'était retrouvé déchiré entre son désir, et la conscience des coutumes qui régissaient la vie des siens.

Il savait fort bien qu'il lui était impossible de céder aux pulsions qui le poussaient vers Louise.

Comme autrefois — lorsqu'il était parvenu à dissimuler son chagrin lors de la mort de ses parents — il lui fallait à tout prix dominer ses émotions. Il eût été inconvenant pour un Falconari de s'y soumettre.

En l'occurrence, quitter l'île jusqu'à ce qu'il soit certain de pouvoir se contrôler lui était apparu comme la meilleure des solutions.

Il ne servait à rien, aujourd'hui, de se demander si la fuite était une attitude digne d'un Falconari.

Il était vain, aussi, de ressasser le souvenir des souffrances qui l'avaient assailli pendant son séjour à Rome. Les nuits sans sommeil, le désir obsédant de retrouver Louise... Preuve, s'il en était besoin, qu'elle lui faisait perdre la tête.

Ce que n'avait fait que confirmer la lettre qu'il lui avait écrite pour implorer son pardon.

Dire qu'elle n'avait jamais répondu à cette missive, alors même qu'elle devait se savoir enceinte au moment où elle l'avait reçue !

Les yeux d'Oliver avaient exactement la même forme, et la même couleur que les siens, constata-t-il, le cœur battant.

— Tu aimes la Sicile ?
— C'est mieux que l'Angleterre. Il fait plus chaud. J'aime pas avoir froid. Mes arrière-grands-parents étaient siciliens. Ma mère a apporté leurs cendres pour les enterrer ici.

Caesar hocha la tête.

Un enfant du même âge qu'Oliver se dirigeait vers eux, une raquette à la main, accompagné par un homme dont Caesar devina qu'il était son père.

— Bonjour, Oliver, dit ce dernier en souriant. Je vois que ton papa est arrivé.

Caesar s'attendait à ce qu'Oliver le contredise, mais il n'en fit rien. Bien au contraire, il se rapprocha de lui de manière à ce qu'il puisse poser la main sur son épaule, comme le faisait le père de l'autre garçon.

A travers le T-shirt, Caesar sentit la fine ossature de l'enfant, à la fragilité infiniment précieuse.

Ainsi, pensa-t-il, c'était donc *cela*, avoir un fils...

Ce fut dans cette posture que Louise les surprit. Son cœur s'accéléra, au même rythme que ses pas qui la portaient vers son enfant.

A son approche, Caesar et Oliver se tournèrent vers elle. La vision du père et du fils, côte à côte, la pétrifia sur place. La ressemblance était criante. Mais ce qui lui fit encore plus mal fut de voir la manière dont Oliver se serra contre Caesar, quand elle le prit par le bras pour l'attirer à elle.

Sans lâcher Oliver, Caesar referma son autre main sur la sienne. Aussitôt, une chaleur intense se propagea dans ses veines, comme une traînée incandescente.

Pourquoi réagissait-elle avec une telle violence à ce contact ? Tremblait-elle uniquement pour son fils ?

Non, ce n'était pas seulement l'instinct maternel qui la mettait en émoi dans son âme, mais un tout autre sentiment, à la fois importun et familier.

C'était comme un éclair déchirant tout à coup le ciel, et jetant sa lumière aveuglante sur tout ce qu'elle s'était obstinée à garder dans l'ombre. Soudain, Louise sentait que sautaient les verrous qui maintenaient fermées les portes derrière lesquelles elle avait confiné ses souvenirs les plus dérangeants.

Un frisson d'horreur et de dégoût la parcourut. Comment pouvait-elle être à ce point troublée par Caesar ?

Ne l'avait-il pas couverte d'opprobre, traitée avec le plus complet mépris ?

Elle essaya de dégager sa main de celle de Caesar, mais il l'en empêcha, la contraignant à demeurer dans ce cercle étroit qu'ils formaient tous les trois.

— J'allais venir vous chercher, déclara Caesar. Nous avons à discuter de plusieurs choses.

— La seule chose dont je souhaite m'entretenir avec vous est l'inhumation des cendres de mes grands-parents.

— Tu viendras me voir jouer au tennis, demain ? intervint Oliver d'un air détaché, en levant les yeux vers Caesar.

Comme il était prêt à tomber sous sa coupe ! se désola intérieurement Louise.

La panique s'empara d'elle. Il leur fallait quitter l'île au plus tôt. Elle pouvait très bien confier les cendres au prêtre du village et régler tous les détails pratiques depuis Londres. Là-bas, elle et son fils seraient en sécurité.

De toute façon, il était impensable que Caesar ait l'intention de jouer un rôle dans la vie d'Oliver. Certes, il n'avait pas encore d'enfant légitime, mais il ne tarderait certainement pas à se marier et à donner un héritier mâle aux Falconari.

Cette certitude aurait dû rassurer Louise. Néanmoins, son cœur continuait à battre la chamade et toutes ses terminaisons nerveuses étaient en alerte. Même lorsqu'elle finit par arracher sa main à celle de Caesar, les fourmillements qui parcouraient tout son corps ne cessèrent pas. Les sensations que son contact avait fait naître en elle demeuraient douloureusement intenses.

Mais que pouvait-elle éprouver d'autre que de la colère... et du dégoût ? songea-t-elle pour se rassurer. Comment pourrait-il en être autrement après ce qu'il lui avait fait subir ?

— Si Oliver est prêt à se joindre à nous, l'atelier photographie va commencer.

La jeune responsable des activités pour les petits pensionnaires de l'hôtel se dirigeait vers eux avec un grand sourire destiné à Caesar.

Avec tristesse, Louise constata qu'Oliver semblait peu enclin à s'éloigner de son nouvel ami. Lorsqu'elle le prit aux épaules pour le pousser vers la jeune femme, il tourna dans sa direction un regard mauvais et chercha à lui échapper.

Caesar ne lui laissa pas le temps de réagir.

— Ce n'est pas très gentil de se comporter ainsi avec sa maman, dit-il calmement.

Cette remarque sembla avoir bien plus d'effet sur son fils que toutes les remontrances qu'elle pouvait lui faire, constata Louise en voyant son expression déconfite. Mais pour autant qu'elle désapprouve ses mouvements d'humeur, elle n'avait pas l'intention de s'en remettre à Caesar pour faire son éducation.

— Qui vous a permis de réprimander Oliver ? lança-t-elle, dès que l'enfant et son accompagnatrice furent hors de portée de voix. Je vous rappelle que c'est *mon* fils !

— Et c'est aussi le mien. Je viens de recevoir les résultats du test. Ils sont incontestables.

Louise eut l'impression que son cœur faisait un bond dans sa poitrine. Le sang battit violemment à ses tempes. A son grand désespoir surgirent devant ses yeux hagards des visions de ces moments d'intimité qu'elle et Caesar avaient jadis partagés...

Soudain, les émotions qu'elle avait ressenties alors — le désir, la fièvre, le besoin de se sentir aimée, à un point tel qu'elle avait fini par se persuader l'être — affluaient de nouveau à sa mémoire.

Comme un coup de poignard, la souffrance la transperça, aussi impitoyable que l'été de ses dix-huit ans. Certes, elle ne pouvait se voiler la face : elle avait été, en grande partie, l'artisan de sa propre infortune. Cependant, Caesar aurait pu la traiter avec moins de dureté. Quoi qu'il en soit, il était le père d'Oliver, et même si elle aurait voulu pouvoir se dire que cela n'avait aucune importance, son éducation sicilienne le lui interdisait.

— Inutile de me dire qui est le père d'Oliver, dit-elle d'un ton acerbe. Je le sais très bien.

Caesar ne put s'empêcher de penser qu'elle avait tout d'une chatte crachant et sifflant sa colère pour protéger ses petits. Ronronnerait-elle de plaisir, si on la caressait ?

Cette pensée lui avait traversé l'esprit sans qu'il y prenne garde, et le choc fut grand de constater l'émoi que cela faisait naître en lui. Soudain, resurgissaient des désirs et des besoins qu'il avait cru annihiler à jamais par la seule force de sa volonté.

— Nous avons de nombreuses questions à aborder ensemble, déclara-t-il. Nous serions plus tranquilles pour cela si vous veniez au *castello*. J'ai pris toutes les dispositions pour que la monitrice du club pour enfants s'occupe d'Oliver en votre absence.

Le *castello* ! Le lieu où Oliver avait été conçu ! Louise avait toutes les peines du monde à envisager de s'y retrouver. Certes, il n'était pas question qu'elle pénètre dans la chambre de Caesar, cette fois. D'ailleurs, elle n'aurait voulu cela pour rien au monde. Le prix qu'elle avait payé pour s'y être risquée autrefois avait été bien trop lourd.

— Je ne...

Caesar ne lui laissa pas le temps de poursuivre. D'une main ferme, il l'avait prise par le bras et l'entraînait en direction du hall de l'hôtel.

A l'extérieur, une longue limousine noire les attendait. Le chauffeur se précipita pour leur en tenir ouverte la portière arrière.

Vingt minutes plus tard, la voiture s'engageait dans les superbes jardins qui entouraient la demeure ancestrale des Falconari. A voir les lieux, on ne pouvait douter de l'immense fortune de la famille. Le blason, au-dessus de l'entrée, arborait fièrement l'oiseau de proie qui était leur emblème. On le retrouvait dans les sculptures ornementales qui décoraient la façade, tel un sceau attestant que le domaine leur appartenait.

Louise frissonna en repensant à la scène qu'elle avait surprise, lorsqu'elle avait retrouvé son fils en compagnie de Caesar. La façon dont ce dernier posait la main sur l'épaule d'Oliver et le regard que celui-ci levait vers lui avaient réveillé chez elle une blessure datant de sa propre enfance. Une blessure que rien n'était parvenu à guérir.

Elle avait beau s'en défendre, elle savait d'instinct que Caesar ne négligerait jamais un enfant de son sang. En bon Sicilien, et en digne héritier du titre et du nom qui étaient les siens, il était tenu par l'honneur à respecter son devoir de père.

Louise se refusait à imaginer ce que cela pouvait signifier. Oliver était le fils qu'elle avait porté en son sein, puis élevé seule. Elle était prête à tout pour le protéger. Ce qu'elle avait vu dans son regard tourné vers son père n'était pas sans lui rappeler l'innocence avec laquelle elle s'était donnée à ce dernier. Elle ne permettrait pas à Caesar de faire subir à leur enfant les mêmes souffrances qu'il lui avait infligées en la rayant de sa vie.

La limousine vint s'arrêter devant les marches en marbre du perron majestueux menant à la porte d'entrée.

Avec le savoir-vivre qui le caractérisait, Caesar fit le tour de la voiture pour lui ouvrir la portière.

Les bonnes manières étaient une chose, pensa Louise, cependant elles ne garantissaient nullement que l'on possède les qualités humaines pour être un bon père.

Son cœur se serra. Pourquoi se souciait-elle de cela ?

Ce n'était pas comme si elle était disposée à laisser Caesar occuper cette place auprès d'Oliver.

Malgré tout, elle pouvait difficilement oublier la façon dont l'enfant s'était comporté avec celui dont il ignorait encore la véritable identité.

Le grand hall du *castello* était d'une imposante solennité, avec ses niches creusées dans les murs pour accueillir une collection de statues, et l'escalier monumental qui s'élevait vers les étages.

— Par ici, indiqua Caesar en désignant une double porte, dont Louise se souvenait qu'elle ouvrait sur une enfilade de pièces aux ornements et au mobilier incomparables.

A l'extrémité d'un long corridor, un passage couvert menait à un jardin clos. Des colombes jouaient dans l'eau d'une fontaine placée en son centre.

— C'était le jardin privé de ma mère, commenta Caesar en lui désignant l'un des fauteuils entourant une table en fer forgé.

A peine étaient-ils installés qu'une jeune domestique surgit, sans même avoir été appelée.

— Que voulez-vous boire ? demanda Caesar. Du thé ?

— Un espresso, si c'est possible. C'était la boisson favorite de mes grands-parents.

Pourvu que ce breuvage lui donne l'énergie suffisante pour tenir tête à son interlocuteur ! se dit Louise.

Lorsqu'ils furent servis, Caesar ne perdit pas de temps en bavardages inutiles.

— Pourquoi ne pas m'avoir contacté pour m'informer de votre grossesse ? demanda-t-il tout de go.

— Auriez-vous ajouté foi à mes propos ? Après le travail de sape accompli par Aldo Barado concernant ma moralité, cela semblait peu probable. Même mes grands-parents avaient eu du mal à me croire. Jusqu'à ce qu'ils constatent la ressemblance frappante entre Oliver et vous.

— De votre côté, vous n'avez jamais eu le moindre doute ? Comment est-ce possible ?

— Cela ne vous concerne pas ! De même que la vie d'Oliver ne vous concerne en rien.

— C'est mon fils, autant qu'il est le vôtre. De ce fait, sa vie me concerne au plus haut point. Je vous l'ai déjà dit.

— Et je vous ai déjà dit qu'il n'était pas question que mon fils soit traité comme un enfant naturel, obligé de passer après ses demi-frères et sœurs nés d'une union légale.

Louise s'interrompit pour se forcer à recouvrer son calme. Il lui fallait prendre garde à ne pas trahir ses émotions. Après une profonde inspiration, elle reprit plus posément :

— Par expérience, je sais trop bien les dégâts que peut causer sur la personnalité d'un enfant le fait d'être négligé par un parent. Je ne permettrai pas qu'il en soit ainsi pour mon fils. Vos enfants légitimes...

— Oliver est mon seul enfant, et il le restera.

Ces quelques mots semblèrent résonner contre les parois du patio. Hébétée, Louise était impuissante à rompre le silence pesant qui s'ensuivit.

Son seul enfant ? Que voulait-il dire ?

— Vous ne pouvez pas dire cela, finit-elle par articuler. C'est peut-être le cas pour le moment, mais...

— Je n'aurai jamais d'autre enfant. C'est pourquoi j'ai l'intention de reconnaître Oliver comme mon fils et d'en faire mon héritier légitime. Il restera ma seule descendance. Cela ne peut pas être autrement.

Caesar était assis dans l'ombre, et Louise ne parvenaît pas à déchiffrer son expression. Cela ne lui était pas nécessaire. Sa voix suffisait à comprendre combien lui coûtait un aveu qui mettait en cause sa virilité, et blessait son amour-propre.

Fallait-il pour autant qu'elle sente la compassion la gagner ?

N'était-ce rien d'autre que la pitié naturelle qu'elle aurait éprouvée à l'égard de quiconque, en pareilles circonstances ?

Allons, se sermonna-t-elle en silence, le serrement de cœur qu'elle avait ressenti ne signifiait nullement qu'elle eût encore quelque sentiment pour Caesar.

Comment l'aurait-elle pu ?

— Vous êtes jeune et vigoureux, objecta-t-elle. C'est impossible.

— Ne croyez pas cela. Il y a six ans, j'ai participé à une opération caritative, financée par ma fondation. Nous étions sur un chantier, en Afrique, lorsqu'une épidémie d'oreillons s'est déclenchée. Malheureusement, je n'ai compris que trop tard que j'étais atteint à mon tour. Les conséquences sont irrémédiables. Je ne pourrai plus jamais être père. Comme je suis le dernier mâle de notre lignée, j'avais fini par admettre que le nom des Falconari s'éteindrait avec moi.

Caesar avait donné cette explication d'un ton impassible et mesuré. Cependant, bien que sa voix ne trahisse aucune émotion, il n'était pas difficile à Louise de comprendre ce qu'il avait enduré. Connaissant son histoire, les traditions siciliennes, son orgueil, elle imaginait sans mal le choc épouvantable qu'avait dû représenter pour lui la nouvelle de sa stérilité.

— Vous pourriez adopter.

— Pour que des générations de Falconari se

retournent dans leur tombe ? Certainement pas ! A travers l'histoire, il n'est pas rare que les hommes de ma famille aient mis enceintes les femmes des autres. Mais ils n'ont jamais eu besoin d'accepter le fils d'un autre comme étant le leur.

Louise ne put se retenir de persifler :

— J'imagine que vous faites référence au droit de cuissage ?

— Pas nécessairement. Mes ancêtres n'ont jamais eu la réputation d'être obligés de s'imposer dans le lit d'une femme. Bien au contraire.

Voilà que son arrogance innée reprenait le dessus ! Cependant, cela n'enlevait rien au chagrin qu'avait dû représenter pour un homme tel que lui le fait de ne pouvoir engendrer d'héritier mâle.

Comme si Caesar avait lu dans ses pensées, il reprit la parole :

— Pouvez-vous imaginer ce que cela signifiait pour moi d'être le premier Falconari, depuis des siècles et des siècles, à se révéler incapable de donner un héritier à notre famille ? Alors, vous devez comprendre quels ont été mes sentiments à la lecture de la lettre de votre grand-père.

— Vous avez refusé de le croire !

Caesar tourna vers elle un regard sombre.

— Bien au contraire ! Je ne demandais que cela.

A un point tel, se souvint-il, qu'il avait failli perdre tout self-control et se précipiter à Londres, au risque de se couvrir de ridicule et d'être éconduit par Louise.

— Simplement, enchaîna-t-il, je n'osais y croire, de peur d'être déçu. Mais le test ADN est concluant. Il ne fait que confirmer ce qui se voit au premier coup d'œil.

— Mes grands-parents disaient souvent qu'il ressemblait beaucoup à votre père, enfant, admit Louise à contrecœur.

— Vous comprenez mieux, à présent, pourquoi je souhaite qu'Oliver soit élevé comme mon fils, et mon seul héritier. J'espère vous avoir rassurée sur le fait qu'il ne passera jamais au second plan dans ma vie. Il n'aura jamais à craindre d'être supplanté à mes yeux par un autre enfant. De plus, ayant moi-même été privé de mes parents à un très jeune âge, je ferai tout ce qui est en mon pouvoir pour être un père aimant. Oliver grandira ici, au *castello*, et...

— Ici ? Mais la place d'Oliver est à mes côtés.

— Etes-vous sûre que c'est ce qu'il désire ?

— Certainement ! Je suis sa mère.

— Et moi son père. J'ai autant de droits sur lui que vous.

L'affolement qui grandissait en Louise était perceptible.

Caesar ne pouvait s'empêcher d'être admiratif devant son attitude de lionne protégeant son petit.

Certes, elle rencontrait quelques problèmes avec son fils, à un moment où il avait besoin d'une présence masculine pour le guider vers l'âge adulte. Elle n'en était pas moins une excellente mère. Les enquêtes qu'il avait fait réaliser à son sujet le lui avaient confirmé.

Entre la jeune fille dont il se souvenait et la femme qu'elle était aujourd'hui, le fossé était considérable. Passer de l'une à l'autre avait dû lui demander une extraordinaire force de caractère, et une incroyable détermination.

Cependant, Caesar ne pouvait se permettre de se laisser attendrir par Louise. Oliver était son fils et il grandirait en Sicile.

— Il est hors de question qu'Oliver partage son

temps entre ici et Londres, s'emporta Louise. Cela ne ferait que le déchirer, et le rendre malheureux. Je ne permettrai pas qu'il soit sacrifié au nom de je ne sais quelles... traditions. Ce n'est qu'un enfant. Toutes vos histoires de duché et d'héritage familial ne le concernent pas. En aucune façon il n'aura la même enfance que vous. Je m'y oppose !

Cette déclaration était un défi lancé à Caesar, Louise ne l'ignorait pas. Mais pourquoi demeurait-il ainsi silencieux ? Pourquoi ne relevait-il pas le gant ?

Soudain, elle eut l'impression de s'être laissé attirer dans un piège tendu sous ses pas. Les murs du patio lui semblèrent se rapprocher inexorablement, comme pour la broyer.

— Eh bien, si vous êtes à ce point désireuse qu'Oliver soit éduqué à parts égales par ses deux parents, il n'y a qu'une solution : que vous restiez ici, avec lui.

La douceur avec laquelle Caesar avait prononcé ces mots ne dissimulait pas sa fermeté.

— C'est impossible. Je ne peux renoncer à ma carrière.

— Le bonheur de votre fils ne passe-t-il pas avant cela ? A en croire votre grand-père, Oliver a terriblement besoin de son père.

— Ne faites pas semblant de vous soucier du bonheur de mon fils. La seule chose qui compte pour vous, c'est d'avoir un héritier !

Caesar secoua la tête en signe de dénégation.

— Je ne nie pas que cela ait été vrai au moment où j'ai reçu la lettre. Mais dès la seconde où j'ai vu cet enfant — et avant même d'avoir la confirmation du test —je l'ai aimé. Cela peut vous paraître invraisemblable. Je ne saurais expliquer ce qu'il en est, mais c'est ainsi.

Caesar fut obligé de se détourner un instant pour

cacher son émotion à Louise. Il se sentait si vulnérable ! Cependant, il savait qu'il devait se montrer parfaitement honnête avec elle s'il voulait parvenir à ses fins.

— Tout ce que je peux vous dire, reprit-il, c'est que j'ai aussitôt éprouvé un tel besoin de le protéger, de le guider, qu'il m'a fallu un effort surhumain pour ne pas le prendre dans mes bras sur-le-champ.

Louise perçut des accents de vérité dans la voix de Caesar.

C'était le sentiment qu'elle avait éprouvé à la naissance de son fils, quand on lui avait mis dans les bras ce bébé qu'elle n'avait pas désiré, et qui ressemblait tant à l'homme qui l'avait impitoyablement rejetée.

Ce désir farouche de l'aimer et de le protéger, elle l'avait connu, elle aussi.

— Bien sûr, reconnut-elle sans détour, mon fils passe avant mon travail.

— Le plus grand cadeau que l'on puisse faire à un enfant, c'est de lui permettre de grandir entre ses deux parents. Pour le bien d'Oliver, il me semble que nous ne pourrions faire mieux que de lui offrir la stabilité d'un foyer uni. Dans ma situation, et ici, en Sicile, cela ne peut se faire autrement que dans les liens d'une union légale. Aussi, je pense que nous devrions nous marier...

5

— Nous marier !

Sous le choc, la gorge sèche, Louise eut du mal à seulement prononcer le mot.

— C'est la meilleure solution, pour régler la situation d'Oliver. Cela permettra, aussi, d'effacer les marques laissées par les événements du passé sur la réputation de vos grands-parents.

— Vous voulez parler du déshonneur que ma conduite a fait retomber sur eux ?

Louise avait posé cette question avec colère, gagnée peu à peu par une terreur irrépressible. Comment pourrait-elle épouser Caesar ? C'était inimaginable !

Ce dernier ne semblait pas être de cet avis.

— A l'heure actuelle, poursuivit-il avec le plus grand calme, tout le village se souvient de vous comme de la jeune femme qui a terni le nom de sa famille. Si je me contente de reconnaître Oliver et d'en faire mon héritier, lui seul sera lavé de cette flétrissure. Il n'en sera rien ni pour vous, ni pour vos grands-parents. Or, cela finira par atteindre Oliver. Il se trouvera toujours quelqu'un pour lui rappeler l'indignité qui pèse sur vous. Comment pourra-t-il, alors, être un *duca*, respecté de ses sujets ? Un mariage rachèterait l'ignominie qui reste attachée à votre personne.

Les émotions se bousculaient dans l'esprit de Louise, la laissant sans voix. Si seulement elle avait pu traiter par le mépris l'insolente proposition de Caesar ! Si elle avait été en mesure de lui jeter au visage que c'était *lui*, et les gens du village, qui s'étaient comportés de manière ignoble avec la jeune fille naïve qu'elle était en ce temps-là.

Mais à quoi bon ? Même ses grands-parents avaient adhéré à ce code d'honneur qui faisait d'eux des parias. N'avaient-ils pas accepté leur disgrâce sans se plaindre ?

— Devenir ma femme, enchaîna Caesar, vous élèverait à un statut où le passé ne pourrait plus vous atteindre. Il en serait de même pour tous les membres de votre famille. Et notre fils, bien sûr.

Les sourcils froncés, Caesar observait sur le visage de Louise le conflit qui se jouait entre sa fierté et son amour pour son enfant. Une nouvelle fois, il s'étonna d'être à ce point en empathie avec elle, capable de percevoir tout ce qu'elle ressentait. Etait-ce parce qu'elle était la mère de son fils ? Ou cela tenait-il à la personnalité de la jeune femme ? Il sentit se réveiller une ancienne blessure, toujours douloureuse. Pour rien au monde il ne l'aurait reconnu devant Louise — il avait bien du mal à se l'avouer à lui-même —mais il ne pouvait s'empêcher de se sentir responsable des avanies dont elle avait été victime.

Ce fardeau pèserait sur lui à jamais.

Le jeune homme qu'il était à l'époque avait perdu tout contrôle de lui-même dans les bras de Louise. Sa fierté en avait été blessée au point qu'il n'avait pas eu le courage de lui épargner la vindicte de tous. Comment aurait-il pu comprendre la violence primitive de ce désir forcené qui la jetait vers elle et le terrassait comme la foudre ? La puissance, l'intensité, de ce qui les liait l'un à l'autre ?

Anéanti par la honte, il avait préféré se voiler la face, et oblitérer ses propres sentiments. Tout en rejetant Louise.

Les affaires qui le réclamaient à Rome n'étaient pas des plus urgentes, et il aurait fort bien pu rester au *castello*. Mais il avait choisi la fuite, détruisant en même temps quelque chose d'unique ; il ne l'ignorait pas.

Louise ne saurait jamais combien son souvenir, et le sentiment de culpabilité qui lui était attaché, n'avait cessé de l'obséder au cours des années.

A quoi servirait-il de l'en informer aujourd'hui ? Elle n'avait jamais répondu à la lettre dans laquelle il implorait son pardon, et cela seul suffisait à dire ce qu'elle pensait de lui, et de sa trahison.

En l'épousant, il lui rendrait son honneur. Mais cela ne le libérerait pas du fardeau de sa propre faute. Qu'elle soit tentée de refuser était concevable. Cependant, il fallait qu'elle accepte, pour garantir l'avenir de leur fils, même si ce qu'il lui demandait était un énorme sacrifice.

Malgré tout, essaya-t-il de se rassurer, il n'y avait personne dans la vie personnelle de la jeune femme. Et c'était le cas depuis des années — les recherches qu'il avait fait mener le lui avaient révélé. Si Louise n'était pas en quête d'une relation amoureuse, un mariage de raison pourrait peut-être lui paraître envisageable ?

— Vous ne cessez de me répéter à quel point Oliver et vos grands-parents comptent plus que tout au monde pour vous, insista-t-il. Je vous donne l'occasion d'en faire la preuve.

Ainsi, songea Louise, il pensait la piéger ! Si elle refusait, il ne manquerait pas de blâmer son égoïsme.

Mais elle n'était plus la petite oie blanche de dix-huit ans. Caesar n'avait pas toutes les cartes en main. Oliver était son fils et rien ne l'empêchait de quitter l'île avec lui par le premier avion. Une fois de retour à Londres, elle aurait toute possibilité de négocier un arrangement selon ses propres termes.

Il semblait que le cours de ses réflexions n'avait pas échappé à Caesar car il s'interposa d'un ton ferme :

— Surtout, n'allez pas envisager de vous enfuir en emmenant mon fils. Vous n'y parviendriez pas.

Le découragement accabla Louise. Caesar avait incontestablement tout pouvoir de l'empêcher de mettre son plan à exécution. Mais il n'était pas dit qu'elle se soumettrait sans se battre.

— Vous avez beau jeu de me recommander de penser avant tout au bonheur d'Oliver. Peut-être pourriez-vous en faire de même ? Avez-vous songé un instant au choc que cela sera pour lui d'apprendre que vous êtes son père ? Ce n'est pas une chose à lui annoncer sans ménagement. Le préparer à cette révélation prendra un certain temps. Et même s'il accepte la situation, qui vous dit qu'il ne vous rejettera pas ?

— Ce à quoi vous l'encourageriez, je suppose ? Une forme toute sicilienne de vengeance.

Offusquée, Louise rétorqua d'une voix pleine de colère :

— Jamais de la vie ! Oliver est bien trop important pour moi pour que je puisse l'utiliser de la sorte.

— Si vous dites vrai, vous ne pouvez lui cacher la vérité plus longtemps. Il a terriblement besoin de connaître ses origines. J'ai pu m'en rendre compte, sans même avoir besoin d'être éclairé par le message de votre grand-père. Je suis persuadé qu'il sera ravi d'apprendre que je suis son père.

Louise fusilla Caesar du regard, tant son arrogance la mettait hors d'elle. Sans tenir compte de sa réaction, il poursuivit :

— Le plus tôt nous le tiendrons informé, le mieux ce sera. Surtout si nous lui annonçons, en même temps, que nous allons nous marier, et que vous vous installez ici tous les deux.

— Arrêtez de me dire que vous êtes soucieux de l'intérêt d'Oliver ! C'est par pur égoïsme que vous cherchez ainsi à précipiter les choses. Vous vous livrez à un chantage odieux pour me contraindre à vous épouser. Cela n'a pas de sens. Nous ne nous aimons pas. Le mariage ne peut exister sans amour !

— Ce n'est pas vrai ! tonna Caesar.

A ces mots, le cœur de Louise se serra. Elle porta les mains à sa poitrine. Mais comment pouvait-elle espérer que Caesar éprouve quelque amour pour elle ? C'était insensé !

Heureusement, pensa-t-elle, il ne sembla pas avoir perçu son émotion et poursuivit :

— Nous aimons tous les deux notre fils. Nous nous devons de lui offrir une enfance heureuse et stable. Cela ne peut se faire que s'il est entouré de ses deux parents, unis par leur amour pour lui. C'est ce qui nous a manqué à l'un comme à l'autre, Louise. Moi, parce que j'ai été orphelin trop tôt, et vous...

Un instant Caesar fut obligé de se détourner pour dissimuler à quel point il avait été choqué en découvrant le désert affectif dans lequel Louise avait grandi.

— Parce que mon père ne voulait pas de moi ? avança Louise d'un ton brusque.

— Parce que ni lui ni votre mère n'ont su vous faire passer au premier rang de leurs préoccupations. Je n'ignore pas que ce que je vous propose est difficile. Comme vous, je pense que l'amour partagé, et le respect mutuel, sont les fondements indispensables d'une union heureuse.

Il s'interrompit et, de nouveau, Louise sentit son cœur s'emballer. De nouveau, elle était la gamine de dix-huit ans, amoureuse de Caesar.

— Quoi qu'il en soit, reprit-il, nous savons très bien que cela n'est pas possible entre nous.

Bien sûr ! songea Louise. Caesar ne l'avait jamais aimée, et ne l'aimerait jamais. Mais était-ce ce qu'elle attendait de lui ? Non, certainement pas...

Elle sursauta, en l'entendant ajouter :

— Je suis conscient des sentiments que vous entretenez à mon égard.

Que voulait-il dire ? se demanda-t-elle, soudain envahie d'une vive chaleur. Il n'avait quand même pas le culot de s'imaginer qu'elle tenait encore à lui !

— Le fait que vous n'ayez jamais répondu à ma lettre était suffisamment éloquent...

Voilà qu'elle était abasourdie.

— Une lettre ? Quelle lettre ?

— Celle que j'ai écrite à mon retour de Rome, dans laquelle je vous présentais mes excuses pour mon comportement, et sollicitais votre pardon.

Louise n'en croyait pas ses oreilles. Ainsi, il avait écrit ! Il s'était excusé ! Avait demandé pardon !

— Je n'ai jamais reçu la moindre lettre, dit-elle d'une voix blanche.

— Je l'avais adressée chez votre père.

Ils se regardèrent un instant.

— Peut-être a-t-il jugé préférable de ne pas me la donner... Pour me protéger...

Le cœur serré, Caesar ne crut pas utile de la détromper.

— Oui, je suppose, admit-il.

Louise sentit les larmes lui brûler les paupières, et lutta pour les contenir. Surtout ne pas montrer à Caesar qu'elle était bouleversée ! Et puis, quelle importance si son père lui avait dissimulé cette lettre ? Ce n'était, après tout, que la lettre d'excuses d'un jeune homme bien élevé, mettant un point final à une regrettable aventure.

— Concentrons-nous sur le présent, Louise, déclara Caesar d'un ton cassant. Le passé est le passé !

S'il en avait été besoin, songea Louise, la sécheresse de sa voix aurait suffi à confirmer ce qu'elle pensait.

— Nous devons assumer notre devoir envers cet enfant, poursuivit-il avec le même détachement. Ce devoir dépasse largement nos exigences personnelles. Je conçois qu'un mariage sans amour soit la dernière des choses que vous auriez souhaité pour vous-même. Cela dit, je vous promets que, pour le bien d'Oliver, je ferai tout ce qui est en mon pouvoir pour qu'il voie en moi non seulement un père aimant, mais aussi un bon mari.

Un mariage sans amour... Cette idée même révulsait Louise. Mais pouvait-elle refuser de faire passer le bonheur d'Ollie avant le sien ? N'était-ce pas ce à quoi elle s'était employée depuis qu'il avait vu le jour, et bien avant que Caesar ne s'en soucie ?

Elle n'avait aucun mal à croire à l'amour de ce dernier pour ce fils qu'il venait de se découvrir. Cependant, ce n'était pas sa seule motivation. Ainsi qu'il n'avait cessé de le lui répéter, il lui importait aussi d'en faire son digne successeur, l'héritier d'un système féodal que Louise abhorrait... Mais elle n'avait aucun droit de propriété sur Ollie. Que penserait-il, si elle trouvait le moyen de l'écarter de Caesar, et qu'il n'apprenait sa véritable histoire qu'à l'âge adulte ?

Par ailleurs, elle n'ignorait pas à quel point son fils avait en lui toutes les dispositions des Falconari. Le confier à son père — même pour des périodes de temps limitées — n'était-ce pas prendre le risque de voir ces traits de caractère s'épanouir en lui ?

Epouser Caesar, c'était la certitude qu'elle pourrait continuer à guider son enfant, et à le prémunir contre tous les pièges que comportait son héritage. En demeurant à ses côtés, elle aurait un droit de regard sur son éducation, et saurait le mettre en garde contre ce système archaïque dont on voulait en faire le garant.

Seigneur ! N'était-elle pas en train de céder, de se laisser amadouer ?

— C'est bien joli d'affirmer que vous serez un bon mari, protesta-t-elle, mais il est de notoriété publique que les épouses des Falconari sont tenues de rester dans l'ombre de leur seigneur et maître. Je ne pourrai jamais vivre comme cela, Caesar. Je tiens à ce qu'Ollie grandisse dans le respect des femmes, et de leur droit à l'égalité.

Elle s'interrompit dans sa diatribe pour reprendre son souffle, mais Caesar lui coupa tous ses effets en déclarant :

— Je suis tout à fait d'accord.

— Vraiment ? Mais qu'en est-il de ma carrière ? Vous n'imaginez pas que je vais abandonner ce qui m'a coûté tant d'efforts et m'a obligée à passer des examens difficiles. Un métier dans lequel je sais être utile. Je ne vais pas renoncer à tout cela pour devenir...

— La mère d'Oliver.

— La duchesse Falconari, vous voulez dire !

— Pour ma part, l'un de mes plus grands espoirs est d'aider les habitants de ces régions à adopter le mode de vie qui correspond à notre siècle. Dans ce domaine, vous pourriez m'être d'un grand secours, Louise. Votre formation et vos compétences vous permettraient de me seconder. Si vous acceptez de vous tenir à mes côtés, votre rôle sera essentiel. Ensemble, nous parviendrons peut-être à bousculer les vieilles traditions, et à amener les gens de ce pays à passer sans trop de mal au monde moderne.

Oh ! comme elle aimerait cela ! songea Louise en entendant Caesar former de tels projets. Comme elle serait fière de participer à cette entreprise !

— De la même manière que nous élèverions notre fils ensemble, poursuivit Caesar, nous unirions nos efforts pour faire aller de l'avant ceux qui seront un jour sous sa responsabilité. Je n'ai probablement pas le droit de vous demander cela, Louise, mais j'ai besoin de votre aide pour accomplir cette tâche. Il vous suffit de dire oui.

— Ce n'est pas aussi simple ! C'est... *inimaginable*...

— Etait-il imaginable que nous concevions un enfant ? Pourtant, c'est ce qui s'est passé.

Encore une fois Louise était ébranlée par les arguments de Caesar. C'était comme s'il lui jetait un sort qui l'empêchait de raisonner normalement. Dès qu'elle était en sa compagnie, elle retrouvait le besoin de ne plus le quitter. Mais lui fallait-il pour cela accepter un mariage de convenance ?

Caesar n'avait aucun sentiment pour elle, certes. Cependant, l'attachement qu'il avait conçu pour Ollie, dès leur rencontre, était indiscutable.

Or, ce dernier avait besoin d'un père, ainsi que d'explications claires sur ses origines.

De plus, ne devait-elle pas à ses grands-parents de laver leur nom de l'indignité qu'elle leur avait causée ?

Quoi qu'il en soit, il n'était pas dans ses habitudes de courber l'échine !

— Vous prétendez que mon déshonneur sera racheté par notre mariage, mais vous ne pourrez empêcher les commérages. Oliver ne manquera pas d'entendre des remarques désobligeantes sur mon passé. Je ne tolérerai pas cela.

— Et vous n'aurez pas à le faire. Dès l'annonce de notre mariage, je propagerai discrètement le bruit que mon attitude autrefois n'a pas été irréprochable. Je mettrai l'accent sur ma jalousie, qui m'aura empêché de vous protéger comme j'aurais dû le faire. Et je dirai que vous aviez refusé de m'épouser, car vous aviez des projets de carrière que vous souhaitiez mener à bien. Comme la jeune fille moderne que vous étiez. Puis vous êtes revenue, et nos sentiments s'étant révélés aussi forts qu'ils l'étaient naguère, vous avez fini par accepter de m'épouser.

— Vous feriez cela ?

Prise au dépourvu par une offre aussi généreuse, Louise sentit sa détermination faiblir.

Comme il devait être agréable d'être aimée, et protégée, par un homme tel que Caesar ! Mais c'était une pensée qu'elle devait chasser de son esprit sans plus attendre.

— Bien sûr ! Si vous étiez ma femme, il serait de mon devoir de protéger votre réputation.

Ah, évidemment ! C'était sa réputation dont il se souciait. Au fond, songea Louise, peu lui importait de réparer les torts qu'il avait eus envers elle.

— Si votre grand-père était encore de ce monde, enchaîna Caesar, il vous pousserait à accepter mon offre. Pour votre bien, et pour celui d'Oliver.

— Vous allez continuer longtemps à me soumettre à ce chantage affectif ?

— Aussi longtemps qu'il sera nécessaire. Il y a deux façons de régler les choses entre nous, Louise : la première, c'est en agissant conjointement, pour qu'Oliver ait une enfance heureuse entre son père et sa mère ; la deuxième, en nous opposant l'un à l'autre, au risque de lui infliger des souffrances qui le laisseront meurtri.

— Il y en a une troisième. Vous l'oubliez.

— Laquelle ?

— C'est d'effacer Oliver de votre esprit, et de nous laisser retourner, lui et moi, à notre vie, à Londres.

Louise faillit ajouter : « Comme vous l'avez fait avec moi, jadis. »

Comme s'il lisait dans ses pensées, Caesar rétorqua sèchement :

— Je ne me pardonnerai jamais d'avoir écouté Aldo Barado, lorsqu'il est venu me persuader que personne ne devait apprendre que vous aviez passé une partie de la nuit au *castello*. Il disait que...

— ... que vous ne sauriez être associé à une fille comme moi ? Une fille qui n'était rien de plus, dans son esprit, qu'une petite grue, courant après tous les garçons du village.

— J'ai été faible. Je n'ai pas su faire face à mes responsabilités. Je me suis laissé dicter mes actes par un autre. C'était lâche.

Ce que Caesar ne pouvait admettre devant Louise, c'était qu'il avait fui aussi loin que possible, tant il était épouvanté par l'intensité d'émotions sur lesquelles il n'avait aucune prise.

Comment aurait-il pu lui avouer les longues nuits sans sommeil, hantées par les souvenirs, les regrets, et les reproches qu'il s'adressait inlassablement ?

Emue par cette confession, Louise entendit, au tréfonds d'elle-même, une voix plaider la cause de Caesar avec des arguments tirés des enseignements qui lui avaient été prodigués pendant sa formation :

Ce n'était pas l'acte d'un lâche, mais celui d'un jeune homme de vingt-deux ans, accablé par des responsabilités trop lourdes pour lui, et manipulé par quelqu'un de plus âgé que lui, qui avait su utiliser son pouvoir d'influence pour servir ses propres intérêts.

N'était-ce pas ce qu'elle avait l'habitude de faire, dans sa profession ? Aller plus loin que la surface des choses ? Comprendre ce qui se cachait derrière ?

— Vous n'avez pas le droit de priver votre fils de son héritage, Louise, continua Caesar. Il doit découvrir par lui-même en quoi il consiste. Libre à lui, plus tard, de le rejeter si c'est ce qu'il souhaite. J'ai conscience des sacrifices que je vous demande. Mais je sais que vous êtes suffisamment forte pour relever les défis auxquels vous serez confrontée. Et je ne peux imaginer que vous préfériez écarter Oliver de moi à tout prix. Quitte à prendre le risque qu'il souffre de ne connaître ni son père, ni ses origines...

Caesar disait juste, admit Louise. Et il n'avait pas besoin de prétendre louer ses mérites pour venir à bout de ses résistances.

Après tout, un mariage sans amour, sans intimité conjugale, est-ce que cela la dérangeait vraiment ?

Etant donné sa propension à jeter son dévolu sur des hommes qui ne voulaient pas d'elle, elle avait fini par se résigner à l'idée qu'elle ferait mieux de ne plus jamais tomber amoureuse.

Elle n'avait pas envie de donner à son fils l'image d'une mère toujours en quête d'un amour qu'on lui refusait. Quelle vision de la relation entre homme et femme en aurait-il conçue ?

Accéder à la proposition de Caesar, c'était aussi avoir la certitude d'avoir son mot à dire sur l'éducation future d'Oliver.

Et puis, ses grands-parents auraient été si heureux !

Que de sacrifices n'avaient-ils pas consentis pour elle ? Non seulement en la recueillant chez eux, malgré son déshonneur. Mais aussi en lui apprenant à être une bonne mère, en la soutenant lorsqu'elle avait repris ses études, et en assurant la sécurité d'un foyer aimant à elle et son enfant.

Prenant une profonde inspiration, Louise se leva et alla se placer dans une partie de la cour baignée de soleil. Si Caesar — comme elle le supposait — l'y suivait, il ne serait plus dans l'ombre et elle pourrait enfin déchiffrer ses sentiments sur son visage.

— En admettant que j'accède à votre demande, déclara-t-elle, il y aurait des limites à définir quant à la nature de nos relations. Mais le plus important, c'est le bien-être d'Oliver. Certes, il est en opposition avec moi, à l'heure actuelle, et il a grandement besoin d'une présence masculine dans sa vie. Mais je sais, par expérience, qu'avoir un mauvais père est plus nuisible que de ne pas en avoir du tout. Vous ne connaissez pas Ollie, pour autant que vous affirmiez l'aimer. De son côté, il ne sait rien de vous. Je crains que dans l'excitation de la découverte, il ne se laisse emporter par des espoirs idéalistes, auxquels vous ne serez pas en mesure de répondre. Pour cette raison, il me paraît préférable qu'Ollie apprenne à vous connaître, avant d'être informé de la véritable nature du lien qui vous unit.

Comme Louise l'avait souhaité, Caesar ne tarda pas à la rejoindre au soleil.

Mais si elle avait cru trouver quelque réconfort dans l'expression de son visage, elle avait fait fausse route.

La rigidité de ses traits fermement dessinés trahissait son hostilité aux propos qu'elle venait de tenir. Quant à ses prunelles, du même gris acier que celles d'Oliver, elles lançaient des éclairs furieux.

— Je ne suis pas d'accord, déclara-t-il d'un air hautain. Oliver est un enfant intelligent. Il ne tardera pas à s'interroger sur la ressemblance criante qu'il y a entre lui et moi. Retarder le moment de le mettre au courant pourrait lui laisser supposer que je suis en train de le jauger, et ne suis pas tout à fait décidé à le reconnaître comme mon fils.

Consciente du caractère susceptible et ombrageux d'Oliver, Louise ne put qu'acquiescer, bien qu'à contre-cœur.

— Vous n'avez pas tort, reconnut-elle. Mais que lui dirons-nous concernant le passé ?

Caesar semblait avoir anticipé sa question. Décidément, pensa-t-elle, il avait réponse à tout.

— Que nous nous étions séparés après une querelle d'amoureux et que vous étiez repartie pour Londres en me demandant de ne plus vous contacter, persuadée que je n'avais rien à faire d'un enfant.

Ce n'était qu'une demi-vérité, et Louise faillit protester. Mais, au fond, se dit-elle, cela valait peut-être mieux pour Oliver. A son âge, une explication aussi simple serait plus facile à entendre.

— D'accord, concéda-t-elle. Mais reconnaissez qu'Oliver a besoin d'être préparé avant qu'on lui révèle la vérité. Je ne vais pas lui annoncer ça de but en blanc.

— Pourquoi pas ? A en juger par la manière dont il s'est comporté avec moi, il n'attend qu'une chose, c'est de savoir qui est son père. Vous refusez l'idée qu'il puisse y avoir entre lui et moi quelque chose qui ne relève pas de la simple logique. Un sentiment instinctif du lien qui nous unit.

— Vraiment, vous exagérez ! Oliver n'a que neuf ans. Il ne vous connaît pas. N'êtes-vous pas capable de comprendre qu'il s'est formé une image idéalisée du père dont il rêve ?

— A qui la faute ? Qui lui a dissimulé la vérité ?

— J'ai fait cela pour son bien ! Je ne voulais pas qu'il endure les tourments par lesquels je suis passée. Il n'est responsable de rien. C'est moi qui suis à blâmer pour avoir enfreint les règles et attiré la vindicte de tous sur ma famille.

Il était incontestable que Louise aimait farouchement son fils, et était prête à tout pour le défendre, comprit Caesar en entendant résonner dans sa voix des accents de ferveur maternelle.

Il s'y mêlait une fierté qui lui laissait deviner à quel point il avait dû être difficile pour elle de supporter d'être mise au ban de la société.

Tandis que lui, pour sa part, avait été épargné. S'il avait souffert de sa faute, c'était dans le secret de son âme.

Mais il avait chèrement payé ses méfaits.

— Le mariage sera prononcé dès que possible. Ma position devrait permettre d'accélérer la procédure. Le plus tôt nous serons unis, le plus tôt Oliver pourra s'installer confortablement dans sa nouvelle vie.

Comme si un marionnettiste le tenait attaché par des ficelles, Louise sentit son cœur faire un bond dans sa poitrine.

Obnubilée par le souci de savoir comment Oliver réagirait à la nouvelle que Caesar était son père, elle en avait presque oublié toute cette histoire de mariage. Soudain, la complexité de la situation lui apparaissait de nouveau comme un obstacle infranchissable.

— Nous ne pouvons pas nous marier du jour au lendemain ! J'ai un travail, des engagements… Oliver est inscrit à l'école à Londres. Pourquoi ne pas lui dire que vous êtes son père, que nous allons nous marier, puis nous laisser repartir en Angleterre tous les deux pour revenir dans quelques mois…

— Non. Quoi que vous décidiez, Oliver restera ici avec moi. Je n'aurai aucun mal à faire qu'il en soit ainsi.

Louise se sentit trembler de toutes les fibres de son être. Caesar ne mentait pas. Et elle savait à quel point il pouvait se montrer impitoyable quand il s'agissait de protéger ses intérêts. Elle avait payé pour l'apprendre.

Cependant, elle ne se laisserait pas manipuler sans protester. Pas cette fois.

— J'ai des responsabilités. Je ne peux pas tout abandonner pour vous épouser.

— Pourquoi pas ? C'est une situation courante. Nous avons partagé une passion qui a eu pour résultat la naissance d'un enfant. Nous nous sommes séparés, et aujourd'hui la vie nous réunit. Croyez-vous qu'en de telles circonstances un couple amoureux attendrait des mois pour être de nouveau rassemblé ? De plus, Oliver pourrait craindre que cet éloignement nous soit fatal une nouvelle fois.

— Les gens vont jaser.

Cet argument n'était pas des plus solides, et Louise ne l'ignorait pas. Mais au tréfonds d'elle-même elle sentait s'insinuer l'effroi.

Epouser Caesar la remplissait de terreur.

Pourquoi cette crainte ? se demanda-t-elle.

La gamine d'autrefois, suffisamment inconsciente pour prendre le risque d'avoir le cœur brisé, était bien loin.

Plusieurs années auparavant, elle avait fait le travail nécessaire pour y voir clair dans les aspirations qui l'avaient poussée dans les bras de Caesar.

Aujourd'hui, il ne pouvait plus lui nuire. Et même l'intimité que sous-entendait une union — pour aussi formelle qu'elle soit —ne saurait lui faire peur.

— Dans un premier temps, peut-être. Mais dès que nous serons mariés, et qu'il sera clair que nous sommes un couple comme un autre, préoccupé d'élever au mieux son enfant, les bavardages cesseront. Et puis, les villageois seront trop heureux de voir que j'ai un héritier pour se préoccuper de continuer à colporter des ragots sur le passé.

Il jeta un coup d'œil à sa montre.

— Il est temps que nous allions chercher notre fils...
A ces mots, Louise crut qu'elle allait défaillir.

— Alors, c'est vraiment mon papa ?

A 11 heures passées, Oliver était couché dans sa chambre à l'hôtel, et il aurait dû dormir depuis longtemps. Pourtant, il était bien éveillé et ne cessait de poser des questions sur Caesar. Quelques heures plus tôt, ce dernier lui avait calmement annoncé qu'il était son père.

— Oui, vraiment, confirma Louise pour la énième fois.

— Et maintenant, on va habiter ici, toi et moi, et vous allez vous marier ?

— Oui, à la condition que cela te convienne.

En dépit des hésitations de Louise à précipiter les choses, Oliver semblait partager la hâte de son père. Il lui avait spécifié qu'il était impatient de les voir unis.

— Toi et papa, vous allez vous marier très vite. Comme ça on pourra rester ici et être une vraie famille, insista-t-il une nouvelle fois.

— Oui, mon chéri. Mais tu sais que cela va être un grand changement dans ta vie. A Londres, tu as tous tes camarades de classe…

— J'aime mieux rester ici avec papa et toi. Mes copains se moquaient tout le temps de moi parce que je n'avais pas de papa. Je suis content qu'on se ressemble. C'est ce qu'a dit le père de Billy quand il nous a vus ensemble. Je lui ressemble plus à lui qu'à toi. Pourquoi tu m'en avais pas parlé plus tôt ?

— J'attendais que tu sois plus grand, Ollie.

— Parce que vous vous étiez disputés, et qu'il savait pas que j'étais né ?

— Oui.

Il étouffa un bâillement. Les émotions de la journée avaient finalement raison de lui, se dit Louise.

Elle éteignit la lampe de chevet, et sortit sur le petit balcon en refermant la porte derrière elle, pour laisser à Oliver le temps de s'endormir.

En voyant Caesar et son fils réunis, plus tôt dans la soirée, elle n'avait pu qu'être frappée, une nouvelle fois, par leur ressemblance.

Ce n'était pas simplement physique. Ils avaient aussi des tempéraments identiques, et les mêmes gestes.

Comme influencé par la proximité de son père, Oliver avait presque aussitôt adopté la noblesse d'attitude héritée de ses ancêtres siciliens.

Cependant, ce qui avait le plus étonné Louise, c'était la manière dont Caesar avait serré son fils dans ses bras, avec un naturel tout à fait inattendu, lorsqu'ils s'étaient dit bonsoir. Quant à Oliver, il avait répondu à cette étreinte avec effusion, lui d'ordinaire si réservé.

Pendant quelques secondes, Louise s'était sentie presque exclue. Oliver risquait de lui en vouloir, avait-elle compris, si elle retardait les choses. A son âge, comment aurait-il pu comprendre que son seul souci était de lui éviter toute déconvenue dans l'avenir ?

Ollie n'était pas la seule personne que Caesar avait embrassée, pour prendre congé.

Malgré la douceur du soir, Louise tressaillit. Etait-ce le souvenir des mains de Caesar se refermant sur ses bras nus qui faisait courir ce frisson sur sa peau ?

La chaleur de ses paumes l'avait marquée comme au fer rouge, à travers la fine étoffe du châle qui accompagnait sa modeste robe de lin crème.

Elle posa ses mains là où Caesar avait placé les siennes, lorsqu'il s'était incliné vers elle, dans le couloir, devant la porte de leur chambre où il les avait raccompagnés.

Revivant cet instant, elle sentit son visage se colorer sous l'effet de la colère et de la confusion. Quel besoin avait-elle eu de fermer les paupières, comme dans l'attente de son baiser ? En vérité, ce qu'elle avait cherché, c'était à effacer l'image de Caesar de son esprit.

De la même manière, elle aurait voulu pouvoir le gommer de sa vie.

De nouveau, un frisson la parcourut, tandis qu'elle se remémorait la sensation de son souffle chaud sur sa joue, la caresse de ses pouces sur le haut de ses bras, la façon dont chaque pore de sa peau avait éprouvé leur proximité physique.

Que n'aurait-elle pas donné pour cela, plus jeune ? s'était-elle rappelé.

Ce ne pouvait, d'ailleurs, qu'être la seule cause de la fièvre qui l'avait embrasée soudain — réaction instinctive surgie d'un passé révolu.

Cela n'avait aucune signification cachée, se rassura-t-elle. Ce désir qui s'était sournoisement emparé d'elle n'était rien d'autre qu'une simple illusion.

Peut-être s'était-elle laissé influencer par l'aspiration de son fils à voir ses parents « heureux » ensemble ?

Pendant un instant — et parce qu'elle connaissait une telle fusion avec celui-ci — son propre corps avait traduit ce qu'il percevait du souhait de l'enfant.

Ce n'était rien de plus. Et elle ne permettrait pas qu'il en soit autrement.

Ce mariage ne serait qu'une transaction matérielle, un pacte conclu pour le bien d'Oliver. La relation qu'elle entretiendrait avec Caesar ne saurait dépasser ce cadre étroit. Elle était bien décidée à ce que cela demeure ainsi.

Assis dans la bibliothèque du *castello*, Caesar fronça les sourcils en survolant une nouvelle fois les documents qui lui avaient été adressés par l'agence de détectives londonienne, à laquelle il avait demandé d'enquêter discrètement sur la vie de Louise.

Après tout, elle était la mère de son enfant, et il n'était que très naturel qu'il souhaite en savoir davantage sur son passé, autant que sur son présent.

Dès l'instant où elle lui était apparue, dans le petit cimetière de Santa Maria, il avait compris à quel point elle avait changé.

Ce n'était donc pas une surprise de voir cette évolution confirmée par les rapports qu'il avait sous les yeux.

Ce à quoi Caesar ne s'était pas attendu, c'était à lire en termes froids — qui rendaient encore plus dérangeante la réalité de la chose — ce que Louise avait enduré, enfant, de la part de ses parents, et tout particulièrement de son père.

Il était incontestable qu'avant même sa naissance, elle avait été rejetée par ce dernier, qui ne voyait dans le fait d'avoir un enfant qu'un obstacle à ses ambitions. Il avait tenu Louise pour responsable des difficultés rencontrées dans sa carrière, et elle n'avait jamais trouvé grâce à ses yeux, alors même qu'elle cherchait à se concilier ses faveurs.

Voir ainsi les faits exposés sans détours plongeait Caesar dans un mélange de colère, de pitié et de honte.

Comment ne pas en vouloir à cet homme pour avoir manqué à tous ses devoirs ? Comment ne pas éprouver de la compassion pour cette malheureuse enfant ? Et, surtout, comment ne pas être mortifié de savoir que lui-même n'avait fait qu'aggraver l'infortune de Louise ?

Comme il avait été coupable en ne prenant pas le temps de chercher à la comprendre !

Dire qu'il s'était contenté de fermer les yeux sur ce qu'il ne voulait pas voir !

Tout cela parce qu'il n'avait pas supporté d'être attiré par quelqu'un qu'il jugeait indigne de lui.

Il n'avait même pas compris qu'elle venait chercher auprès de lui la tendresse que lui refusait son père.

Or, au lieu de lui accorder ce dont elle avait tant besoin, il l'avait chassée, effrayé qu'il était par la force qui le poussait vers elle. Plutôt que de prendre le temps d'essayer de voir plus loin que la surface des choses, il s'était comporté comme tous ceux qui traitaient Louise sans la moindre considération…

Caesar déglutit avec peine. Les regrets lui mettaient dans la bouche un goût amer. Lui qui se glorifiait d'offrir à son peuple sa sagesse et sa compassion en avait été dépourvu avec la personne qui en avait le plus cruellement besoin.

Humilié d'être incapable de résister au désir qu'elle lui inspirait, il avait choisi de la punir pour avoir mis à jour sa vulnérabilité.

Il avait eu un comportement impardonnable. Comment Louise aurait-elle pu ne pas lui en tenir rigueur ?

Fallait-il qu'elle ait fait preuve de courage et de force morale pour surmonter tout cela ! C'était digne de la plus grande admiration.

Or, s'il l'admirait, Louise n'éprouvait pour lui que mépris.

Cependant, elle acceptait de l'épouser.

Pour le bien de l'enfant qu'ils avaient conçu ensemble.

6

— Je vous déclare mari et femme. Vous pouvez embrasser la mariée...

Louise se raidit, tandis que Caesar s'inclinait pour déposer un fugace baiser sur ses lèvres. C'était la deuxième fois, le mariage ayant d'abord été célébré en italien, et maintenant en anglais.

La cérémonie se déroulait dans la chapelle privée du *castello*. L'évêque — cousin au second degré de Caesar — avait expressément fait le voyage depuis Rome. A la grande surprise de Louise, plusieurs dignitaires locaux assistaient à la noce, ainsi que la cousine de Caesar, accompagnée de son époux et de leurs trois garçons, dont le plus jeune n'avait que dix-huit mois de plus qu'Oliver.

Anna Maria et sa famille étaient arrivées au domaine des Falconari à peine trois jours après que Caesar eut annoncé leur mariage. Bien qu'elle s'en soit défendue au début, Louise n'avait pas tardé à apprécier la simplicité de cette cousine, qui n'utilisait jamais son titre et avait épousé un roturier.

Oliver s'était tout de suite senti à l'aise en compagnie de ses nouveaux cousins. Aussi, Louise avait-elle consenti à ce qu'il accompagne la petite famille dans leurs sorties.

Anna Maria avait proposé de l'emmener afin de laisser au jeune couple le temps dont il avait besoin pour se retrouver en tête à tête.

Hélas ! Il n'y avait rien que Louise désirât moins que cela !

Caesar avait manifestement servi à sa cousine le discours officiel sur l'histoire de leur relation. En tout cas, Anna Maria ne posait aucune question indiscrète, et semblait heureuse d'accueillir Oliver et Louise au sein de la famille.

Cela avait même été un grand soulagement, reconnaissait Louise, de l'avoir à ses côtés pendant la période éprouvante des préparatifs du mariage. Elle répondait de bonne grâce à toutes les questions et offrait son soutien chaque fois que nécessaire.

Louise aurait aimé que les choses se déroulent dans la plus grande simplicité. Cependant, elle avait été contrainte de s'en remettre à la volonté de Caesar de donner un lustre particulier à leurs épousailles.

A l'en croire, c'était indispensable pour couper court aux ragots. Une cérémonie discrète aurait donné l'impression que Caesar avait honte d'elle et on aurait vite conclu qu'elle s'était servie de son fils pour parvenir à se faire épouser, avait-il dit.

Argument qui n'avait pas manqué de mettre Louise hors d'elle. S'il y en avait un qui manipulait l'autre, avait-elle rappelé, ce n'était pas elle.

La discussion animée qui avait suivi s'était conclue par la victoire de Caesar. Leur mariage aurait toute la pompe désirable, pour montrer à tous à quel point il était fier de ce fils qui venait de lui échoir, et combien il tenait à honorer celle qui le lui avait donné. En tout cas, c'était ainsi qu'il avait présenté les choses à Louise.

Le secret de Louise

Depuis le moment où Caesar s'était penché vers elle pour le traditionnel baiser, il n'avait pas lâché sa main. Louise sentit un tremblement la gagner. Une réaction des plus normales, se rassura-t-elle, après la tension de cette éprouvante journée...

Caesar s'aperçut que le voile de dentelle, brodé de perles et de diamants, figurant les armoiries de la famille Falconari, était animé d'un léger frémissement, devant le visage de Louise qu'il dissimulait.

Il fronça les sourcils. Immobile à côté de lui, elle avait affiché, tout au long de la cérémonie, un calme qui ne laissait pas supposer la plus infime appréhension, la moindre fragilité. Pourtant ce tremblement — pour aussi discret qu'il soit — révélait qu'elle avait besoin d'être épaulée, et il jugea nécessaire de se rapprocher d'elle. N'était-elle pas désormais sa femme ? Et n'était-il pas de son devoir de la protéger, en toutes circonstances, et à tout moment ? C'était l'une des règles du code d'honneur de sa famille.

Son expression s'assombrit, comme il observait Louise, pendant que l'évêque entonnait une ultime prière.

Parmi toutes les robes de mariée que Caesar avait fait livrer au *castello* par les plus grandes maisons de couture italiennes, elle avait sélectionné la plus simple, une tenue à la fois discrète et parfaitement appropriée pour l'occasion. En satin crème, et non pas immaculé, pourvue d'un col montant et de longues manches, elle aurait paru banale sur une autre, mais sur elle était d'une élégance majestueuse. Elle avait complété sa tenue par un lourd voile de dentelle autrefois brodé pour la mère de Caesar par les nonnes du couvent fondé par la famille Falconari. Il avait vu là l'influence de sa cousine, jusqu'à ce que cette dernière le détrompe.

Dans un premier temps, avait expliqué Anna Maria, Louise avait hésité à porter quelque chose d'aussi coûteux et fragile. Puis elle avait changé d'avis. Elle tenait à ce qu'Oliver sache qu'elle arborait quelque chose ayant appartenu à la mère de son père, et à la grand-mère de sa mère. Pour celle-ci, il s'agissait d'une ravissante petite broche en émail bleu.

Caesar aurait également apprécié qu'elle accepte la tiare en diamants, héritage familial, qu'il lui avait offerte pour retenir le voile. Ainsi que la somptueuse bague de fiançailles qu'il aurait souhaité lui voir au doigt. Mais il n'y avait pas eu moyen de vaincre son opposition. Son annulaire s'ornait donc simplement du sobre anneau d'or qu'il venait d'y passer, et son front d'un modeste jonc du même métal.

Caesar s'émerveilla de la douceur de ses longs doigts fins, aux ongles vernis d'un rose délicat.

Sans qu'il y prenne garde, une image du passé s'imposa à lui, et il sentit une onde de chaleur le traverser.

Malgré lui, il sentit sa virilité s'éveiller, tandis qu'il revoyait la main tremblante de Louise — aux ongles peints en violet — se refermer sur son sexe dressé.

Le souffle court, elle l'avait caressé avec une ferveur qui avait donné à Caesar l'impression que jamais aucune femme ne lui avait prodigué de telles caresses. Avant que le désir ne l'emporte comme un torrent furieux, annihilant ses défenses...

Il tâcha de refouler ces souvenirs importuns, mais en vain. Comment aurait-il pu lutter contre le trouble que faisait monter en lui l'évocation de ces effleurements délicats, si provocants, et presque timides à la fois ?

Louise n'avait-elle pas su que cette exquise torture allait finir par le rendre fou ?

Les derniers vestiges de son sang-froid avaient volé en éclats, et il n'avait plus eu qu'une envie : celle de la posséder avec frénésie pour la punir du délicieux tourment auquel elle le soumettait sans merci.

Lorsqu'il l'avait fait, cela avait été avec une passion débridée. Une passion dont leur enfant était le fruit.

D'un geste brusque, Louise arracha sa main à celle de Caesar. La sensation de sa peau contre la sienne faisait courir des décharges électriques tout le long de son bras. Comme si des éclairs touchaient le point précis où leurs corps étaient en contact.

Elle avait toujours eu une peur panique de l'orage. En tout cas, depuis que son père l'avait repoussée avec violence, un jour qu'elle avait couru vers lui pour quémander sa protection contre la foudre qui déchaînait sa fureur dans le ciel. Elle en avait conçu une crainte irraisonnée du pouvoir de destruction de la tempête, dont elle ne s'était jamais départie. Savoir que c'était la colère de son père qu'elle redoutait plus que tout, et non les forces de la nature, ne l'avait pas aidée à guérir.

Qu'appréhendait-elle aujourd'hui ? Pourquoi cette comparaison lui venait-elle à l'esprit précisément maintenant ?

Elle ne courait aucun danger, s'efforça-t-elle de se rassurer. Pourtant, il lui fallut serrer son bras contre son corps pour dissimuler le tremblement qui aurait trahi son désarroi.

La nuit où Oliver avait été conçu, elle avait aussi tremblé de tous ses membres, se remémora-t-elle.

D'ivresse, de passion, du choc éprouvé en prenant conscience de l'intensité de son désir.

Puis, plus tard, c'était l'humiliation infligée par Caesar qui l'avait fait frémir. Elle ne permettrait jamais que cela se reproduise. Ce temps-là était révolu.

Pour l'heure, mieux valait se concentrer sur le moment présent.

La chapelle était pleine des dignitaires que Caesar avait tenu à inviter afin, selon ses dires, de donner à leur union toute la légitimité qu'il souhaitait. L'air était lourd du parfum de l'encens. Lorsqu'elle entendit l'orgue résonner des glorieux accents d'une musique triomphante, Louise comprit qu'il était temps pour elle et Caesar de descendre l'allée centrale. Ils étaient désormais mari et femme...

La seule chose qui la mettait au bord du vertige en cet instant, se dit-elle pour se réconforter, c'était qu'elle n'avait pas eu le temps de prendre son petit déjeuner, et avait imprudemment accepté la coupe de champagne que lui tendait Anna Maria avant la cérémonie.

Cela n'avait rien à voir avec le fait que l'étroitesse de l'allée l'obligeait à se tenir tout près de Caesar.

Cependant, elle n'était pas au bout de ses épreuves. Il lui faudrait faire bonne figure pendant toute la durée de la réception, qui se tiendrait dans la somptueuse salle de bal du *castello*, au décor baroque.

— Tu es duchesse, maintenant, maman.

Le grand sourire d'Oliver, lorsqu'il se précipita vers elle, en disait long sur ce qu'il pensait de ce mariage.

Ces derniers jours, il avait affiché une confiance en lui et une joie de vivre qui réchauffaient le cœur de Louise chaque fois qu'elle posait le regard sur lui.

Quels que soient les sacrifices qu'il lui serait encore demandé de consentir, cela seul suffisait à la rasséréner.

Cependant, elle ne pouvait s'empêcher de ressentir un petit pincement au cœur à constater la force du lien qui se créait entre le fils et le père. Si elle avait pu craindre que Caesar se montre soit trop indulgent avec Oliver, soit trop réservé, elle se devait de reconnaître qu'il avait su d'emblée trouver la bonne attitude avec lui. Elle en avait été surprise, dans un premier temps, puis un peu contrariée.

Comme elle regardait son fils courir vers ses cousins, elle éprouva soudain un terrible sentiment de solitude. Si seulement ses grands-parents avaient été présents à ses côtés, en une telle occasion !

Plus tard dans la semaine, se tiendrait une cérémonie au cours de laquelle leurs cendres seraient inhumées dans le petit cimetière de Santa Maria.

Louise se raidit en voyant le doyen du village se diriger vers elle. C'était à lui, Aldo Barado, qu'elle avait dû les critiques les plus violentes sur son comportement.

Aujourd'hui, il ne semblait guère enchanté de venir lui présenter ses hommages, alors qu'elle était désormais l'épouse légitime de son *Duca*. Il devait maintenant être septuagénaire, se dit-elle, effectuant un rapide calcul.

Caesar écoutait d'une oreille distraite les récriminations de l'un de ses conseillers — lequel s'efforçait de le convaincre qu'il avait assez investi dans la création d'écoles pour les enfants des villageois —sans quitter des yeux sa jeune épousée. Elle seule retenait toute son attention.

Pourquoi donc ? se demanda-t-il.

Parce que, étant son mari, il jugeait désormais de son devoir de la protéger ? Parce qu'il avait enfin compris comme elle avait souffert dans sa jeunesse ? Parce qu'il ne pouvait se défaire de ce sentiment de culpabilité, né de la conscience d'avoir ajouté à sa douleur ? Parce qu'elle était la mère de son fils et qu'il se devait de lui manifester son soutien publiquement ? Parce qu'il était fier de l'avoir pour épouse, elle qui avait montré tant de courage et de détermination ?

Sans doute pour toutes ces raisons à la fois. Et aussi, parce que, au tréfonds de lui-même, il ne pouvait se défendre d'éprouver toujours du désir pour elle.

Peut-être avait-il, autrefois, inconsciemment, perçu ce que son éducation lui avait fait refuser ? A savoir que Louise n'était pas celle que l'on voulait bien lui faire croire.

En l'observant qui se déplaçait parmi leurs invités, il s'émerveilla de constater qu'elle semblait savoir d'instinct comment se comporter en société.

Elle écoutait avec attention et patience, lorsqu'on s'adressait à elle, et tandis qu'elle passait d'un groupe à l'autre, les regards qui la suivaient étaient toujours bienveillants. Une telle épouse ne pouvait qu'être un atout précieux pour un homme occupant la position qui était la sienne, songea-t-il.

Tel un phénix renaissant de ses cendres, la rebelle de dix-huit ans dont il avait gardé le souvenir s'était métamorphosée en une ravissante jeune femme pleine d'assurance.

Voyant Aldo Barado s'approcher de Louise, Caesar prit congé de ses interlocuteurs et se dirigea vers eux. Il était de son devoir, et de sa responsabilité, de protéger aussi bien son fils que sa femme. Par conséquent, il était hors de question qu'il répète les erreurs commises par le père de cette dernière autrefois et la laisse seule face au danger.

Au moment où Caesar se matérialisa à côté d'elle, quelques secondes avant qu'Aldo Barado ne la rejoigne, Louise éprouva un soulagement qu'elle se reprocha aussitôt. Fallait-il qu'elle soit stupide ! se morigénat-elle. Oubliait-elle que les deux hommes s'étaient ligués contre elle jadis ?

Son soulagement fut de courte durée. La prenant au dépourvu, Caesar lui passa un bras autour de la taille pour l'attirer à lui, et elle sentit la nervosité la gagner. Comble de malheur, dans le mouvement instinctif qu'elle fit pour résister, elle perdit l'équilibre et fut contrainte de s'appuyer contre lui. On aurait pu croire qu'elle accueillait son étreinte avec bonheur.

Comme si elle était obligée de jouer avec lui la comédie de l'amour conjugal !

Horrifiée, elle prit conscience que la proximité de Caesar semblait affoler toutes ses terminaisons nerveuses. Le pire, c'était que cela lui rappelait dangereusement d'autres occasions où il avait eu sur elle le même effet.

Il fallait qu'elle se reprenne sans tarder !

Elle laissa échapper un soupir étouffé. Dire qu'elle croyait avoir réussi à effacer à tout jamais de tels souvenirs !

Oh ! et puis après tout, qu'y avait-il de si surprenant à ce qu'elle soit émue par la présence d'un bel homme ? C'était tout simplement humain.

— Mon adorable épouse !

La voix de Caesar la ramena à la réalité. Elle se raidit quand il la serra contre lui. Ne savait-elle pas qu'il se contentait de jouer le rôle du mari protecteur ?

Quant à la tension qu'elle éprouvait, elle n'avait d'autre

cause que son refus de cette mascarade, se répéta-t-elle. La puissance virile de ce bras passé autour de sa taille n'y était pour rien.

Cette image du couple amoureux que Caesar s'efforçait de donner la laissait de glace. De plus, elle refusait d'accorder la moindre importance au fait que semblaient irradier, du point de contact entre leurs deux corps, des décharges électriques qui la faisaient trembler de la tête aux pieds.

Dans les regards furibonds dont le gratifiait Louise, Caesar lisait son refus obstiné d'accepter les signaux que lui envoyait visiblement son corps.

Bien des années auparavant, elle avait vibré comme elle le faisait maintenant. Cependant, elle n'avait pas cherché à dissimuler l'émoi dans lequel la mettait le moindre des gestes qu'il avait à son endroit. Tout au contraire, elle s'y était soumise avec un indéniable ravissement.

Caesar fit la moue, tout en se reprochant d'être aussi sensible au fait que Louise manifestât une telle répulsion à son contact.

Que lui importait ? Il n'était plus un jeune homme candide, bouleversé de constater le trouble qu'il faisait naître chez une femme.

Aujourd'hui, l'important c'était Oliver. La seule chose qui comptait, désormais, n'était-elle pas que tout le monde accepte ce fils qui venait de lui être donné ? Et qu'ils acceptent, dans un même temps, la mère de celui-ci ?

— Excusez-moi de m'imposer ainsi, Aldo, déclara-t-il, mais j'avoue que je ne peux me résoudre à rester trop longtemps éloigné de Louise, maintenant que nous nous sommes retrouvés.

Au fond, songea Caesar, ce n'était pas tout à fait faux. Rien ne lui garantissait que s'il la perdait de vue un moment, Louise n'allait pas essayer de se sauver en emmenant Oliver.

Intérieurement, Louise s'irrita de cette parodie d'amoureux transi que Caesar donnait à voir. Tout cela n'était que mensonge.

Mais aurait-elle voulu que ce soit la réalité ?

Certainement pas ! Il lui suffisait de se rappeler la façon dont il l'avait fait souffrir pour s'en persuader.

— Je ne vous cacherai pas que votre union m'a surpris, répliqua Aldo Barado, la mine sévère.

Il sembla hésiter un instant, puis ajouta d'un air de regret :

— Quoi qu'il en soit, on ne peut douter que cet enfant soit le vôtre.

— En effet, affirma Caesar d'un ton catégorique. Il est heureux que Louise ait eu la générosité de me pardonner mes erreurs passées. Je sais à quel point elle est compréhensive, et je suis certain qu'elle saura étendre son pardon à tous ceux qui l'avaient traitée injustement. Pour peu qu'ils reconnaissent leurs erreurs.

Louise ne put se retenir d'écarquiller les yeux en entendant cette affirmation. Elle ne se faisait aucune illusion concernant Aldo Barado. Il n'était pas besoin d'être grand psychologue pour savoir que le vieil homme n'était pas venu chercher son pardon.

— Avoir une femme telle que Louise est une grande chance, poursuivit Caesar. Et avoir un fils également.

— Un fils est un don du ciel, admit Aldo Barado.

— A la fin de la semaine, nous procéderons à l'inhumation des cendres des grands-parents de mon épouse, au petit cimetière de Santa Maria. Je compte sur la présence des habitants de leur village pour leur rendre un hommage mérité. A cette occasion, j'annoncerai que j'offre un nouveau vitrail à leur mémoire, pour remplacer celui qui a été endommagé par la tempête de cet hiver.

Caesar n'en dit pas plus. C'était suffisant, songea Louise. Elle savait comment fonctionnait la petite communauté. Le message serait transmis. En quelques mots, Caesar avait obtenu ce qui tenait tant à cœur à son grand-père, se dit-elle. Tel était son pouvoir. Autrefois, il en avait fait usage contre elle mais, aujourd'hui, il le mettait au service de ses grands-parents. Pour la simple raison qu'Oliver était son fils. Rien d'autre. Il se souciait comme d'une guigne de lui faire plaisir, car elle ne comptait nullement à ses yeux, se dit-elle. Ce qui, d'ailleurs, lui convenait très bien. Peu lui importait l'indifférence de Caesar, car elle-même n'éprouvait rien d'autre à son égard.

Louise attendit qu'Aldo Barado se soit éloigné pour se tourner vers Caesar, et lâcher entre ses dents d'un ton indigné :

— Il était tout à fait inutile de voler à mon secours. Je suis tout à fait capable de tenir tête à ce genre de vieux grincheux. Il m'a fait peur jadis, mais c'est terminé. Quant à ce que vous avez exigé concernant l'office à la mémoire de mes grands-parents, je m'en serais passée. Croyez-vous que j'aie envie de voir y assister tous ceux à qui vous aurez graissé la patte pour cela ?

— Vous ne vous en rendez pas compte, mais il est important que les gens du village soient présents en nombre. Cela ne leur sera pas indifférent. C'est aussi ce que vos grands-parents auraient voulu.

Les arguments de Caesar étaient irréfutables, Louise

ne pouvait le nier. Mais elle prit sa revanche en déclarant d'un ton sec :

— Vous pouvez me lâcher, maintenant. Aldo Barado est parti. Plus besoin de jouer la comédie.

Caesar ne retira pas son bras de sa taille, et se pencha à son oreille, comme pour lui chuchoter de tendres secrets :

— Il n'était pas seul à nous observer, dit-il. Nous sommes obligés de donner à tous l'impression d'un couple amoureux. Tout au moins le jour de nos noces. C'est pour le bien d'Oliver. Vous l'avez admis vous-même.

De sa main libre, il fit passer une boucle de cheveux derrière l'oreille de Louise. Son regard était fixé sur sa bouche, comme s'il avait toutes les peines du monde à résister à l'envie de l'embrasser.

Comment était-il possible que cela suffise à lui donner l'impression que ses lèvres étaient brûlantes ? s'indigna intérieurement Louise.

— Assez !

— Que voulez-vous dire ? fit mine de s'étonner Caesar.

— Arrêtez de me regarder comme ça !

— Je ne comprends pas...

— Si, vous savez très bien que vous me regardez comme...

— Comme si vous me rendiez fou de désir ? N'est-ce pas l'image que nous sommes convenus de donner ?

Louise ne se souvenait pas d'avoir envisagé rien de tel. Cela dit, elle se sentait tout à fait incapable de raisonner logiquement, paralysée qu'elle était par ce regard de braise.

Que lui arrivait-il ? Cela faisait dix ans qu'elle n'avait rien ressenti pour un homme. Dix années s'étaient écoulées depuis la seule et unique fois où elle avait éprouvé l'intensité du désir physique. Une émotion qu'elle avait, alors, naïvement confondue avec l'amour.

— Nous sommes mariés. Cela ne suffit-il pas à prouver à tous ces gens que nous avons des sentiments l'un pour l'autre ? Après tout, nous n'allons pas... Enfin, il est hors de question que...

Si Louise avait laissé paraître un certain émoi quelques instants plus tôt, il était maintenant manifeste qu'elle n'éprouvait rien pour lui, comprit Caesar.

Cette constatation aurait dû le soulager. La dernière chose qu'il souhaitait, c'était que leur relation soit rendue encore plus compliquée par l'attirance physique.

Alors, pourquoi était-il contrarié ? Etait-ce son orgueil de mâle qui était meurtri ? Il ne se croyait pas aussi superficiel !

La seule raison de leur mariage était de protéger leur fils, se répéta-t-il en son for intérieur.

Malgré tout, les réactions de Louise rendaient nécessaire une conversation qu'ils avaient repoussée jusque-là.

— Notre relation exclut le sexe, nous le savons tous deux. Quoi qu'il en soit, il est préférable que personne ne se doute de cette situation, vous en conviendrez.

— Oui, approuva Louise dans un souffle.

Pourquoi ce sentiment de solitude qui l'envahissait tout à coup ? se demanda-t-elle, simplement en entendant Caesar rappeler une évidence. Après tout, elle n'avait pas la *moindre* intention d'avoir une relation physique avec lui.

— Puisque nous abordons le sujet, poursuivit Caesar, il est également hors de question que l'un ou l'autre d'entre nous ait une liaison extraconjugale. Notre seul souci étant la sécurité affective d'Oliver, nous n'avons d'autre choix que le célibat. Tout au moins pour les années à venir. Mais dans la mesure où ni l'un ni l'autre n'avions de relation suivie...

— Dois-je comprendre que vous avez fait mener une enquête sur ma vie privée ? l'interrompit Louise.

— Bien sûr. Il était essentiel pour moi de savoir si vous aviez, à un moment ou un autre, présenté à Oliver un beau-père potentiel.

— Pensez-vous que j'aurais pu mettre en danger l'équilibre affectif de mon fils ? Je vous rappelle que j'ai accepté de vous épouser uniquement parce que vous êtes son père et qu'il a besoin de vous. Quelle que soit l'opinion que j'ai de vous, je suis convaincue que vous vous acquitterez de ce rôle comme il convient. Pas... comme mon propre père.

Louise se détourna d'un mouvement vif. Pourquoi fallait-il qu'elle se laisse aller à des confidences ?

A son grand soulagement, elle vit Oliver se diriger vers eux, en compagnie de ses cousins. Tout excité, il leur fit part d'un projet de visite à un parc aquatique où Anna Maria souhaitait les emmener.

Voir son fils heureux, son assurance retrouvée, justifiait largement tous les sacrifices qu'elle aurait à faire, songea Louise.

Le moment qui racheta, aux yeux de Louise, toutes les tensions de cette journée, fut celui où le mari d'Anna Maria leva son verre à la santé du tout nouveau couple, et où Oliver, les joues roses de plaisir, demanda :

— Alors, maintenant, j'ai vraiment un papa, n'est-ce pas ?

Caesar se leva aussitôt et alla étreindre son fils avant de déclarer d'un ton solennel :

— Tu as un père, Oliver, et j'ai un fils. Rien ne pourra jamais nous séparer.

Ces paroles allèrent droit au cœur de Louise. Bouleversée, elle se dit que les inquiétudes qui la taraudaient depuis de longs mois au sujet de son fils allaient enfin se dissiper.

Certes, il ne lui était pas facile de faire ainsi confiance à Caesar. Mais avait-elle d'autre choix, quand Oliver montrait aussi clairement que c'était lui qu'il voulait pour père ?

Lorsque Caesar revint s'asseoir, elle se tourna vers lui, et profita de ce que les conversations allaient bon train pour lui dire à voix basse :

— Si vous deviez décevoir Oliver, *en quoi que ce soit*, sachez que je ne vous le pardonnerais jamais.

La réponse de Caesar, proférée sur le même ton, exprimait une détermination tout aussi farouche.

— Si je devais décevoir Oliver, de quelque manière que ce soit, dit-il, c'est moi qui ne me le pardonnerais jamais.

7

— Oh ! Caesar, j'ai failli oublier de te dire, pouffa Anna Maria, ta gouvernante a perdu l'esprit ! Je l'ai entendue, ce matin, donner des ordres pour qu'on prépare les deux chambres communicantes qu'occupaient tes parents, pour Louise et toi.

Les adultes de la famille s'étaient rassemblés dans la « petite » salle à manger — laquelle avait quand même des dimensions impressionnantes —pour comparer leurs impressions d'une journée dont tous s'accordaient à dire qu'elle avait été un succès.

Louise se figea quand la cousine de Caesar enchaîna d'un ton badin :

— Comme si vous alliez faire chambre à part ! On n'est plus au siècle dernier ! Je me suis empressée de rectifier les choses, et je lui ai dit de faire transférer les effets de Louise dans ta suite. Mais, vous devez être épuisés, tous les deux. Pour ma part, je ne tiens plus debout.

Hébétée, Louise n'osait regarder Caesar, pour voir comment il réagissait à cette initiative qui venait bousculer toutes les dispositions qu'il avait prises.

Lorsque tous deux avaient évoqué les modalités à mettre en place pour donner à tous l'illusion que leur couple était parfaitement « normal », Caesar avait suggéré qu'ils occupent les appartements contigus qui avaient toujours été réservés au *Duca* et à la duchesse. Certes, avait-il précisé en les lui faisant visiter, ils auraient besoin d'être rénovés, mais ils leur permettraient d'avoir chacun leur intimité, tout en préservant l'image d'un couple ordinaire. Louise aurait tout loisir de faire décorer son côté comme elle l'entendait. Quant à lui, il retournerait s'installer dans sa suite de célibataire, en attendant que les travaux soient terminés.

Par son intervention pleine de sollicitude, Anna Maria avait perturbé tous ces plans. Et Louise mourait d'impatience de se retrouver en tête à tête avec Caesar pour donner libre cours à son indignation.

Cependant, lorsqu'ils furent enfin seuls — dans la suite normalement dévolue au seul usage de Caesar —, elle se trouva dans l'incapacité d'exprimer sa consternation et sa colère, tant l'émotion qui l'envahissait la rendait muette.

Regardant autour d'elle, elle se remémora la première visite qu'elle-même et sa famille avaient faite au *castello*. Ce jour-là, Melinda avait insisté pour visiter les appartements privés du jeune duc. Louise avait jugé que le salon bibliothèque, la chambre attenante, et la salle de bains frappaient par leur dépouillement un peu trop austère à son goût. Ce n'était que bien plus tard, lorsqu'elle avait appris ce qu'étaient la véritable élégance, et le style, qu'elle avait compris tout le raffinement de la sobre palette de couleurs utilisées dans leur décoration.

Les murs lambrissés étaient peints dans un bleu-gris très doux, et d'épais tapis modernes, d'une teinte plus soutenue, réchauffaient le sol de marbre. Des canapés en cuir et des meubles certainement créés par des designers de renom occupaient l'espace, autour d'une vaste cheminée. Sous une fenêtre, était installé un ordinateur dernier cri, et tous les équipements de la technologie moderne. La double porte était grande ouverte sur la chambre où trônait un immense lit, préparé de chaque côté pour accueillir le couple.

Louise sentit son sang se glacer dans ses veines.

A une occasion, par le passé, elle avait partagé ce lit avec Caesar. N'était-il pas plus juste de dire qu'elle l'avait presque supplié de l'y accueillir ?

Que n'aurait-elle donné, alors, pour ne pas se retrouver dans cette chambre ! C'était trop douloureux. C'était là que son fils avait été conçu ! Là qu'elle avait voulu croire à l'amour de Caesar, quand tout lui disait le contraire. C'était dans ce lit qu'elle s'était laissé emporter par des désirs et des émotions auxquels elle ne comprenait rien, mais auxquels elle était bien incapable de résister.

Du coin de l'œil, elle vit Caesar jeter sur le dossier de l'un des canapés de cuir blanc la veste de smoking qu'il avait passée pour le dîner. Le mouvement qu'il fit tendit l'étoffe de sa chemise sur ses épaules. A son grand désespoir, Louise sentit son cœur s'emballer à cette vision.

Elle se hâta de fermer les yeux, mais se reprocha aussitôt de l'avoir fait. C'était comme si le film de cette soirée était soudain projeté sur ses paupières closes. Elle revoyait Caesar penché sur elle, son torse nu et doré luisant de sueur. Elle se rappelait comme elle avait tendu la main pour le toucher, et comme elle avait eu l'impression que la sensibilité de ses doigts était exacerbée par le désir qu'elle avait de lui. La douceur de sa peau s'était gravée dans sa mémoire à tout jamais.

Elle n'avait, d'ailleurs, cessé de s'étonner qu'un tel satin puisse recouvrir cette musculature d'airain.

Sous les pectoraux puissants, elle avait perçu les battements sourds de son cœur, et le sien s'était mis à l'unisson, dans un rythme lancinant qui l'avait poussée vers lui.

Caesar avait laissé échapper un gémissement rauque, révélant l'intensité du combat qu'il se livrait à lui-même pour contrôler la fièvre qu'elle avait délibérément allumée en lui. Puis, alors qu'elle arquait vers lui son corps offert, il était entré en elle, en une seule poussée. Comme elle avait aimé qu'il la possède avec cette fougue ! Comme cela avait comblé toutes ses attentes, tous les fantasmes qui avaient peuplé son esprit depuis l'instant où elle avait posé les yeux sur lui, et senti s'éveiller sa propre sensualité ! Tout son corps avait accueilli avec émerveillement le plaisir qui explosait en lui comme une flamboyante gerbe d'étincelles.

Mais elle ne voulait plus être tourmentée par de tels souvenirs. C'était cette chambre qui l'y replongeait malgré elle. Cette chambre, et rien d'autre.

— Pourquoi a-t-il fallu qu'Anna Maria se mêle de ce qui ne la regarde pas ?

L'angoisse perceptible dans la voix de Louise fit se retourner Caesar.

— Elle a pensé agir pour notre bien, répondit-il d'un ton qui se voulait apaisant. Elle nous croit épris l'un de l'autre, et est persuadée que c'est ce que nous voulons. A ses yeux, nous sommes deux amoureux qui viennent seulement de se retrouver et sont impatients d'être en tête à tête.

Louise se raidit à ces mots. Pourquoi étaient-ils si déchirants à entendre ? se demanda-t-elle. Pourquoi faisaient-ils surgir en elle des sentiments si douloureux, et des idées si pernicieuses ?

— Cependant, poursuivit Caesar, dès que ma cousine et sa famille repartiront pour Rome, nous reviendrons à nos premières dispositions.

Comment pouvait-il prendre tout cela avec une telle décontraction ? s'indigna Louise. Pour sa part, la tension qui nouait son estomac la mettait au bord du malaise.

— Mais ils sont encore là pour trois semaines ! protesta-t-elle.

— La situation est aussi inconfortable pour moi que pour vous, rétorqua Caesar.

En proie à la panique que faisait naître en elle son incapacité à oblitérer le passé, Louise ne le laissa pas poursuivre.

— J'en doute ! lança-t-elle d'un air de défi.

La réaction de Caesar ne se fit pas attendre. Cette fois, ce fut d'un ton cinglant qu'il demanda :

— Vous n'imaginez quand même pas que c'est moi qui ai suggéré à Anna Maria d'intervenir auprès de ma gouvernante ? Tout cela pour vous obliger à partager mon lit ?

— Non, bien sûr, bredouilla Louise d'une voix hésitante, ce n'est pas ce que je voulais dire. Personne ne pourrait imaginer que vous ayez besoin de recourir à la ruse pour attirer une femme dans votre lit.

— Alors que vouliez-vous dire ?

Ce que Louise ne pouvait révéler, c'était que seule la peur lui avait dicté cette remarque acerbe — la terreur que lui inspiraient tous ces souvenirs qui ne cessaient de l'assaillir.

— Juste que je sais à quel point il est important pour vous que nous donnions l'image d'un couple passionnément épris. Que nous partagions la même chambre ne peut qu'entériner ce scénario.

— Ce n'est pas dépourvu de logique.

Comment pouvait-il parler de logique, se révolta Louise in petto, quand elle était en proie à la panique la plus incontrôlable ?

— Vous m'aviez assuré que j'aurais ma propre chambre, protesta-t-elle, sans parvenir à dissimuler son affolement.

— Ce sera le cas. Dès que possible. Pour l'instant, nous n'avons d'autre choix que de partager cette chambre.

— Et le lit ? Vous croyez que je vais accepter de partager votre lit ?

Caesar fronça les sourcils.

— Non, bien sûr ! Je dormirai sur le canapé.

— Pendant trois semaines ?

— Puisqu'il le faut. Cela dit, il sera indispensable que nous donnions le change aux femmes de chambre, en leur laissant croire que nous avons dormi ensemble.

Louise opina du chef. Elle n'avait guère le choix, résolut-elle.

— La journée a dû vous paraître interminable, enchaîna Caesar. De mon côté, j'ai quelques affaires à régler.

Le voyant se diriger vers l'ordinateur, Louise sentit son cœur se serrer. Elle s'adressa aussitôt une muette remontrance. Ce n'était quand même pas la déception qui troublait son esprit ! Comment aurait-elle pu souhaiter que Caesar cherche à établir une relation d'intimité entre eux ? D'accord, ils étaient désormais mari et femme, et c'était leur nuit de noces. Mais quelle importance ?

Pivotant sur ses talons, elle se dirigea vers la chambre.

Elle allait y entrer, quand elle entendit Caesar lancer d'un ton détaché :

— Vous ne m'avez jamais expliqué pourquoi vous étiez aussi certaine que j'étais le père d'Oliver.

Pétrifiée, Louise se tourna lentement, et dévisagea Caesar comme il la dévisageait.

Se rendait-il compte à quel point ses paroles étaient blessantes ? Ne voyait-il pas qu'elle était bouleversée ?

Que voulait-il dire ? Qu'elle avait eu une collection d'amants, et que parmi eux il était le plus susceptible de lui avoir fait un enfant ? Quelle arrogance ! Et quelle cruauté !

Soudain, son amour-propre prit le dessus. Oubliant toute prudence, elle s'entendit déclarer avec colère :

— Parce que aucun autre homme n'aurait pu l'être, tout simplement !

— Vous n'avez jamais eu le moindre doute à ce sujet ?

Mais qu'est-ce qu'il lui prenait d'insister ainsi ? se demanda Caesar, ne comprenant pas lui-même ce qu'il cherchait. Voulait-il entendre Louise lui dire qu'elle n'aurait jamais souhaité un autre père pour son enfant ? Avait-il besoin, tout d'un coup, de s'entendre affirmer qu'ils avaient communié dans un même élan, lorsqu'ils avaient conçu leur fils ? Quelle folie s'emparait donc de lui ?

Louise était trop en colère pour percevoir dans la voix de Caesar ce petit tremblement, révélateur de l'émotion qui l'étreignait. Elle ne pensait qu'à se défendre, et à réfuter l'opinion erronée qu'il avait d'elle.

— Non ! s'exclama-t-elle d'un air farouche. Pour la bonne raison que vous étiez mon premier amant, et que je ne prenais pas la pilule à l'époque !

Il fallut quelques secondes à Caesar pour assimiler l'information qui venait de lui être donnée.

— Vous... vous étiez *vierge* ?

A la façon dont Louise s'était déchargée de cette révélation, il ne pouvait douter de sa véracité. Tout à coup, il se sentit accablé par la culpabilité.

Comment avait-il pu être assez aveugle, cette nuit-là, pour ne pas s'en rendre compte ?

Mais aussi, elle s'était offerte à lui avec une totale impudeur, sans la moindre réticence ou hésitation. Comment aurait-il pu imaginer qu'il était le premier, pour cette jeune effrontée qui avait usé de tous les ressorts de la séduction pour le rendre fou de désir ? Pourtant, cela ne signifiait pas qu'elle n'eût pas été vierge. Simplement, il s'était à tel point laissé égarer par la violence du conflit qui se jouait en lui qu'il avait été indifférent à tout ce qui n'était pas ses propres émotions. Il s'était comporté comme un enfant gâté, égoïste et irréfléchi.

Les rapports reçus de Londres lui avaient appris qu'il n'y avait jamais eu la moindre relation masculine dans la vie de Louise, après son retour à Londres. Maintenant, il s'interrogeait sur cette absence de vie sexuelle, et affective. Se pouvait-il que ce soit à cause de lui — à cause de ce qui s'était passé entre eux —qu'elle avait renoncé aux hommes ?

— Vous étiez *vierge* ? répéta-t-il, tandis que les pensées se bousculaient dans son esprit. Ce n'est pas...

Il s'apprêtait à dire que ce n'était pas ce qu'il avait imaginé lorsqu'il avait fait sa connaissance, mais Louise ne lui laissa pas finir sa phrase.

— Ce n'est pas possible ? Pourtant, c'est la stricte vérité. De toute façon, je me moque de ce que vous pensez de moi. Mais je savais pertinemment qui était le père d'Oliver.

— Pourtant, quand vous êtes arrivée au village...

— J'avais l'air d'une petite grue, prête à se jeter à la tête du premier venu ? C'est exact. Je voulais être le centre de l'attention de tous. J'étais jalouse de Melinda, et de l'amour que lui portait mon père. Faire les quatre cents coups était le seul stratagème que j'avais trouvé pour attirer son attention. Il n'était pas bien compliqué de me faire passer pour celle que je n'étais pas, tout en maintenant à distance les garçons trop entreprenants. Quant à mon père, il était furieux, mais il était bien obligé de me surveiller.

— Vous avez pourtant accepté de vous donner à moi.

Louise comprit qu'il lui fallait jouer au plus fin pour ne pas laisser Caesar deviner à quel point elle avait été sotte, en ce temps-là, en voulant le croire amoureux d'elle.

— Oui. A cause de ce que vous étiez. Je m'étais mis en tête que, si vous me manifestiez de l'intérêt, mon père me considérerait d'un autre œil. Comment aurait-il pu continuer à me traiter avec le plus parfait mépris, si l'homme le plus important de la région m'accordait son amour ? De plus, il ne m'a pas été difficile de vous tromper avec ma soi-disant connaissance des choses du sexe. J'avais vu assez de films, entendu assez de filles se confier sur leurs expériences, pour avoir l'air avertie.

Pour cacher son désarroi, Caesar se détourna. Comment n'avait-il pas compris, *senti*, à quel point Louise était fragile ? Hélas, il connaissait la réponse à cette question. C'était, tout bonnement, parce qu'il s'était laissé emporter par le désir qu'il avait d'elle.

— Est-ce que je vous ai... fait mal ?

Il avait dit cela dans un souffle, d'une voix sourde qui toucha Louise au cœur. Elle ne s'attendait pas à cette question, en forme d'aveu. Allait-elle le laisser dans la culpabilité de ne pas avoir pris la mesure de son innocence ? Non. Elle ne pouvait se résoudre à cela.

— Pas du tout, répondit-elle, radoucie. C'est moi qui avais tout fait pour que les choses en arrivent là entre nous. J'ai joué de toutes mes armes pour que vous finissiez par le vouloir aussi. Tout cela en me persuadant que nous vivions une sorte de conte de fées et que vous m'aimiez tout autant que je croyais, stupidement, être amoureuse de vous. Mon père me refusait son amour, mais j'avais réussi à me convaincre que j'avais gagné le vôtre.

Louise s'interrompit un instant, tant sa gorge se serrait au souvenir du plaisir qu'elle avait pris dans les bras de Caesar. Et du bonheur qu'elle avait trouvé dans ses folles espérances.

— Ce que je n'avais pas prévu, reprit-elle d'un ton qui se voulait léger, c'était que vous me laisseriez tomber, ni que mon père verrait rouge. Et, bien sûr, je n'avais pas imaginé une seconde pouvoir être enceinte.

Mieux valait plaisanter, se dit-elle. Tout cela appartenait à un passé révolu. Et elle aimait trop Oliver pour regretter un seul instant de l'avoir conçu. N'était-ce pas aussi grâce à lui qu'elle avait repris les rênes de sa vie ?

— Heureusement, conclut-elle, mes grands-parents se sont montrés d'une générosité fabuleuse à mon égard. Je leur dois d'avoir pu résister à la volonté de mon père, qui tenait à ce que je mette fin à cette grossesse. C'est pour cela que je tiens tant à honorer la promesse que je leur ai faite.

— La cérémonie aura lieu vendredi. J'ai tout organisé. La majeure partie des villageois sera présente.

— Je vous remercie.

Sans même réfléchir, Caesar fit un pas vers Louise.

Se serait-elle trouvée sur la plus vertigineuse des montagnes russes que Louise n'aurait pas eu davantage l'impression que son cœur se détachait dans sa poitrine. Si Caesar tendait la main vers elle, s'il l'attirait dans ses bras, s'il l'*embrassait*, elle…

Un violent frisson la secoua de la tête aux pieds, tandis qu'une douleur sourde s'éveillait au creux de son bas-ventre.

A voir Louise frémir de la sorte, Caesar s'arrêta net. Elle le haïssait. C'était clair, se dit-il.

— Il est tard, déclara-t-il d'un ton cassant. Vous feriez mieux de prendre un peu de repos.

Louise hocha la tête en signe d'assentiment, et gagna la chambre. En refermant les portes, elle songea que c'était la première nuit de sa vie d'épouse.

La première d'une interminable série de nuits où elle dormirait seule, bien que Caesar et elle fussent unis par les liens du mariage.

8

A peine leur petite procession avait-elle pénétré dans l'enceinte du cimetière de Santa Maria que Louise découvrit les villageois massés dans l'ombre des cyprès, dans un silence respectueux. Aldo Barado était debout à l'entrée de l'église, en compagnie du prêtre.

Caesar avait eu raison. Ses grands-parents auraient été honorés d'une telle affluence pour accompagner leurs cendres à leur dernière demeure. Ils auraient été encore plus fiers, en voyant que ce n'était pas leur petite-fille qui menait la procession, mais leur *Duca*, en personne.

Portant cérémonieusement l'une des deux urnes, ornées d'or, il marchait à pas lents. Près se lui, Oliver, vêtu d'un costume sombre, tenait la deuxième urne.

Tous deux avaient la même allure, la même démarche, observa Louise qui les suivait, comme il était de coutume dans la culture sicilienne. Derrière elle, Anna Maria, son époux et ses fils, avançaient en courbant la tête, tout comme les villageois qui leur avaient emboîté le pas.

Quelle ne fut pas la surprise de Louise en constatant que Caesar ne s'engageait pas dans l'allée menant à la partie du cimetière où étaient creusées les nouvelles tombes. Au lieu de cela, il se dirigea vers la masse imposante de la crypte où reposaient des générations de Falconari.

Ce fut Aldo Barado qui exprima l'étonnement que ressentait Louise. Il s'avança vers Caesar et demanda :
— Ils vont être inhumés avec les Falconari ?
— Exactement.

La façon dont Caesar soutenait le regard du vieil homme ne laissait aucun doute quant à l'autorité dont il était investi.

En le regardant, Louise songea que, si elle avait bien mûri depuis leur première rencontre, il en était de même pour lui. Aujourd'hui, il ne lui était plus nécessaire de se protéger derrière le masque arrogant dont il avait eu besoin jadis afin d'endosser un rôle encore trop lourd pour le jeune homme qu'il était. Le Caesar qu'il était devenu avait pris en main son destin. Il n'avait plus peur d'imposer ses décisions.

— Ils sont désormais liés aux Falconari, puisque j'ai épousé leur petite-fille, et que leur sang coule dans les veines de mon fils, déclara-t-il d'un ton ferme à un Aldo Barado médusé. C'est ici qu'ils doivent reposer.

Louise se rendit compte que les villageois qui écoutaient étaient aussi impressionnés qu'elle. En déposant les cendres de ses grands-parents dans le caveau des Falconari, Caesar les lavait de tout opprobre. Elle ne pouvait s'empêcher de lui en être reconnaissante.

Après la cérémonie, tout le monde se retrouva sur la place du village, où un buffet avait été dressé à l'ombre fraîche des oliviers.

Louise était certaine d'être le centre de l'attention de toutes les femmes, qui devaient inévitablement la jauger avec méfiance. En tout cas, se dit-elle, elles ne faisaient pas mystère de leurs sentiments au sujet d'Oliver.

— C'est son père tout craché ! claironna une matrone d'un ton approbateur. Cet enfant est un Falconari jusqu'au bout des ongles !

Il était indéniable qu'Oliver était tout le portrait de son père, songea Louise. Et comme il prenait un plaisir non dissimulé à être en sa compagnie !

— Ils sont si heureux, ensemble, observa Anna Maria qui était venue la rejoindre sur le banc où elle s'était mise à l'écart.

Louise acquiesça, en suivant des yeux Caesar et son fils qui allaient de table en table. A les contempler, elle se laissait envahir par un sentiment de paix et de plénitude. Peu importait ce qu'elle ressentait. Epouser Caesar avait été la meilleure décision qu'elle eût prise pour assurer le bonheur de son fils. N'avait-il pas, d'ailleurs, perdu cette attitude d'hostilité maussade qui l'avait tant inquiétée ? A présent, il se montrait tendre et protecteur à son égard. Elle devinait déjà le jeune homme qu'il deviendrait sous la conduite affectueuse et avisée de son père. Car Caesar aimait son fils de toute son âme, même s'il n'éprouvait rien pour elle.

Soudain, ce fut comme si elle avait reçu un coup de poing en pleine poitrine. La douleur fut si intense qu'elle y porta la main.

Pourquoi cette pensée la bouleversait-elle à ce point ?

Elle n'avait que faire de l'amour de Caesar. Cela n'aurait eu de sens que si elle éprouvait la même chose à son égard. Or elle *n'aimait pas* Caesar. Elle *ne devait pas* l'aimer.

Les émotions qu'elle ressentait ne lui étaient inspirées que par tous ces souvenirs du passé qui ne cessaient de remonter à la surface. Il était inimaginable qu'elle eût continué à aimer Caesar, malgré elle, tout au long de ces années. Comme si cet amour était resté endormi au plus profond de son être, et s'était réveillé à peine ce dernier avait-il resurgi dans sa vie. C'était inconcevable !

— Tu es toute pâle. Tout va bien ?

Caesar semblait s'être matérialisé comme par magie près d'elle, alors même qu'elle était en proie à ces pensées confuses. De plus, il s'était adressé à elle en adoptant le tutoiement dont ils étaient convenus qu'il était de mise entre eux en public, ajoutant encore à son embarras.

— Oui, ça va, répondit-elle d'une voix saccadée.

Caesar fronça les sourcils.

— On ne dirait pas. Cela a été une journée difficile pour toi, je le sais.

Bien plus difficile qu'il ne l'imaginait, songea Louise, mais pas pour les raisons qu'il croyait. Certes, l'inhumation des cendres de ses grands-parents avait été un moment chargé d'émotion. Cependant, elle avait été portée par le sentiment du devoir accompli et par la fierté que lui procurait son fils. Non, ce qui faisait qu'elle se sentait vulnérable, c'étaient toutes ces pensées qui la tourmentaient, et qu'elle ne parvenait pas à chasser.

Cela avait été une longue journée, et Louise sentait monter la migraine. Les garçons étaient couchés. Oliver s'était endormi au milieu d'une phrase, pendant qu'il lui racontait tout ce que Caesar lui avait appris au fil des heures. Réprimant un bâillement, elle quitta la salle de bains et se dirigea vers le lit. Caesar était resté dans le salon avec Anna Maria pour mettre au point un court séjour qu'il envisageait de faire à Rome afin de faire découvrir la Ville éternelle à son fils. Elle appréciait qu'il ait pris l'habitude de retarder le moment où il regagnait sa suite pour lui laisser le temps de se coucher. Elle lui était aussi reconnaissante de ne faire aucune tentative pour la séduire.

Finirait-il par chercher une maîtresse, pour assouvir des besoins somme toute naturels ? Cette idée ébranla tellement Louise qu'elle se figea au pied du lit. Pourquoi lui était-ce à ce point insupportable ? se demanda-t-elle. Sans doute parce qu'elle ne voulait pas qu'Ollie grandisse en pensant que c'était là un comportement acceptable.

Tu mens, tu mens, railla la petite voix au tréfonds d'elle-même.

La migraine martelait maintenant ses tempes, et elle aurait donné n'importe quoi pour une bonne tasse de thé. La suite comportait un petit coin cuisine qui servait à Caesar lorsqu'il travaillait tard et ne voulait pas déranger son personnel à des heures indues.

C'était aussi quelque chose que Louise avait découvert chez lui, cette sollicitude à l'égard des gens qui travaillaient pour lui.

Elle enfila le peignoir de soie assorti à la chemise de nuit raffinée que Caesar avait fait venir de Rome pour elle.

Un rapide coup d'œil dans les placards de la petite cuisine lui révéla que l'on avait pris la peine d'y faire des réserves de véritable thé anglais. Quelques minutes plus tard, emportant une tasse du précieux breuvage, Louise reprit le chemin de la chambre avec un soupir de satisfaction. Elle s'immobilisa en voyant s'ouvrir les portes de la suite, laissant le passage à Caesar.

A la façon dont il fronça les sourcils en la trouvant « chez lui », Louise songea qu'elle n'y était visiblement pas la bienvenue.

— Je suis désolée, s'excusa-t-elle. J'avais juste besoin d'une tasse de thé.

Elle accéléra le pas, et passa devant Caesar, mais se sentit contrainte d'ajouter :

— Je vous remercie de ce que vous avez fait pour mes grands-parents, aujourd'hui.

D'une certaine façon, il leur était encore naturel de revenir au vouvoiement lorsqu'ils se retrouvaient seuls.

— Ce n'est pas pour eux que je l'ai fait.

Que voulait-il dire ? se demanda Louise. Que c'était pour *elle* qu'il avait fait cela ? Certainement pas !

Ou bien, songea-t-elle, horrifiée, était-ce sa façon de lui signifier qu'il voulait que les choses aillent plus loin entre eux ?

En tout cas, si elle avait pensé un instant qu'il avait agi par respect à l'égard de ses grands-parents, elle s'était bien trompée !

— Bien sûr, rétorqua-t-elle d'un ton cassant. Je suppose que vous n'aviez en tête que l'honneur des Falconari.

— Je pensais avant tout à Oliver.

— Il vous ressemble tant, lâcha Louise, presque malgré elle. Je ne sais plus combien de personnes m'en ont fait la remarque aujourd'hui.

— Tout ce que je sais, moi, c'est qu'Oliver a eu beaucoup de chance de pouvoir profiter de l'amour d'une mère aussi dévouée que vous l'êtes.

Quelle surprise ! s'étonna Louise. Voilà que Caesar la gratifiait d'un compliment !

— Je ne voulais pas qu'il souffre comme j'ai souffert dans mon enfance, admit-elle sans détour. J'ai tenu à ce qu'il ait entière confiance en mon amour, et ne redoute jamais de le perdre.

— Est-ce pour cela qu'il n'y a jamais eu d'homme dans votre vie ? Je veux dire... après moi.

Pour essayer de dissimuler sa confusion, Louise prit une gorgée de thé. Comment pouvait-il en savoir autant sur sa vie ? De toute façon, il était hors de question qu'elle aborde ce sujet avec lui. Elle n'avait qu'une envie : aller s'enfermer dans la chambre. Pour échapper à ce sentiment de vulnérabilité que Caesar faisait naître en elle. Et pour se répéter encore une fois que si elle avait fait le choix d'une vie solitaire, cela n'avait rien à voir avec ce qui s'était passé entre eux. C'était uniquement pour protéger son fils.

Voyant que Louise demeurait muette, Caesar expliqua :

— Je sais tout cela parce que j'ai fait mener une petite enquête, lorsque j'ai appris l'existence d'Oliver.

Les yeux brillant de colère, Louise posa sa tasse sur une table basse, et lui fit face.

— Vous avez eu le culot de fouiller dans ma vie personnelle !

— Je n'avais pas le choix. Un jour, Oliver me succédera et il aura besoin d'être respecté par les gens de ce pays. Il importait que je sache quelle a été sa vie, et la vôtre.

— Vous m'avez maintes fois répété cela. Mais je veux, pour mon fils, plus qu'un titre et un domaine. Si j'ai accepté ce simulacre de mariage, c'est pour qu'il ait avec son père la relation que...

— Que vous n'avez jamais eue avec le vôtre. Je l'ai bien compris. Et vous savez très bien qu'Oliver n'aura jamais à douter de mon amour. Sinon, vous ne m'auriez pas laissé m'introduire dans vos vies. Je vous connais assez pour en être persuadé.

Louise était trop en colère pour se laisser attendrir.

— Et qu'avez-vous appris d'autre sur mon compte ?

lança-t-elle d'un ton de défi. Je suppose que vous cherchiez tout ce qui aurait permis de démontrer que je n'étais pas une bonne mère.

Certes, songea Caesar, c'était ce qu'il avait eu en tête dans un premier temps. Mais la compassion que lui avait inspirée ce qu'il avait découvert n'avait pas tardé à le détourner de ce projet.

— Tout ce que j'ai compris, répondit-il, c'est que je m'étais rendu coupable d'une épouvantable erreur de jugement. Celui qui était responsable de votre comportement, c'était votre père.

— Je n'ai pas besoin de votre pitié. Mon père avait toutes les raisons de ne pas vouloir de moi. Ma naissance avait brisé tous ses espoirs de carrière.

Dire que Louise était encore capable de prendre la défense de celui qui l'avait si injustement chassée de sa vie ! s'indigna Caesar.

Dans le regard qu'elle dardait sur lui, il vit briller un orgueil et une force de caractère qui le subjuguèrent.

En même temps, il ne pouvait ignorer cette fragilité qui la rendait si attachante. Il aurait tant voulu la prendre dans ses bras pour lui dire...

Lui dire quoi ? Qu'il n'était jamais parvenu à l'oublier, malgré tous ses efforts pour y parvenir ? Qu'il n'avait jamais cessé de la désirer ? Qu'il souhaitait plus que tout donner une chance à leur couple ?

— Votre père aurait dû avoir honte de vous avoir traitée comme il l'a fait, dit-il d'une voix sourde. Et j'ai moi aussi bien des choses à me reprocher.

Cette affirmation était la dernière chose à laquelle Louise se serait attendue. Etait-il possible que Caesar soit véritablement touché par ce qu'elle avait enduré jadis ? Elle ne pouvait y croire.

— Je... je ne veux plus parler de cela, dit-elle.

Faisant volte-face, elle se dirigea vers la porte de la chambre, mais Caesar l'empêcha d'aller plus loin en lui barrant le passage.

— Louise !

Il était si proche qu'elle percevait le rythme effréné des battements de son cœur. Si proche, qu'elle avait conscience de toutes ces choses qu'elle voulait désespérément continuer à ignorer : la façon dont sa virilité la troublait, l'odeur de sa peau, cette petite flamme qui s'allumait en elle dès qu'il s'approchait...

Elle essaya de l'écarter pour passer, mais il tint bon.

Alors, sans comprendre comment, elle se retrouva dans ses bras.

Il se mit à l'embrasser avec avidité, comme dans une volonté forcenée de reprendre possession d'elle, et Louise répondit à ses baisers avec la même ardeur. Il l'étreignait si étroitement qu'elle sentait contre elle les muscles tendus de ses cuisses et la puissance de son érection.

Elle ne protesta pas lorsqu'il glissa les mains sous son déshabillé, pour caresser son dos que découvrait le décolleté profond de la nuisette.

En proie à une fièvre irrépressible, Louise était incapable de se refuser à Caesar.

Sous la pression de ses lèvres brûlantes, les siennes s'entrouvrirent et leurs langues se mêlèrent en un ballet d'une voluptueuse sensualité. Elle vibra d'un plaisir familier quand elle sentit contre elle son sexe durci. Le feu qui couvait au creux de son bas-ventre devint un brasier incandescent. Elle mourait d'envie de caresser tout son corps, comme elle l'avait fait par le passé. Elle voulait laisser glisser ses doigts, et ses lèvres, sur le satin de sa peau nue, et qu'il en fasse de même avec elle.

Surgi du fin fond de son être, un besoin incoercible avait raison de toutes ses réticences. Tout ce qu'elle croyait avoir appris au fil des années s'effaçait pour laisser place à l'urgence d'un désir que seul Caesar était capable d'éveiller en elle.

— Louise...

Il murmurait son nom avec une exaltation où se mêlaient douceur et fébrilité, comme si elle était la seule femme qu'il eût jamais désirée. Et sa voix, rauque et veloutée, était une musique qui ensorcelait Louise.

Caesar fit glisser son peignoir, puis la bretelle de sa chemise de nuit le long de son épaule, et ses lèvres suivirent le même chemin, tandis qu'il titillait du pouce le téton qu'il venait de dévoiler.

Dix années s'étaient écoulées depuis cette nuit où il lui avait prodigué les mêmes affolantes caresses, mais il semblait à Louise que son corps n'avait rien oublié de ces grisantes sensations. Comme si le souvenir en avait été imprimé de manière indélébile sur sa peau.

Elle laissa échapper un petit cri de plaisir lorsqu'il captura le mamelon gorgé de désir entre ses lèvres.

Ce qu'elle ressentait sous ses caresses était exactement ce qu'elle avait, à la fois, redouté et souhaité.

Il était trop tard pour empêcher ce à quoi elle aspirait avec tant d'ardeur, et qui était inéluctable.

Lorsque Caesar releva la tête, et planta son regard dans le sien, elle ne put plus y résister.

Fiévreusement, elle défit les boutons de sa chemise. Avec des gémissements étouffés, elle promena ses doigts sur son torse sculptural. Avec timidité d'abord, puis avec plus d'audace, lorsqu'elle vit le tressaillement qui agitait sa mâchoire, et entendit le râle sourd qui montait de sa gorge.

Il n'était que justice, se dit-elle, que les caresses qu'elle lui dispensait le mènent au même paroxysme d'excitation que ce qu'elle connaissait.

Une nouvelle flambée d'émotions la submergea à l'idée qu'il lui fallait profiter sans attendre de ce que Caesar lui offrait, avant qu'il ne la rejette une nouvelle fois.

Elle se refusait à prêter l'oreille à la petite voix qui, au fond d'elle-même, la mettait en garde contre les souffrances qu'elle endurerait inévitablement. Elle ne voulait écouter que les protestations de ses sens, avides de mettre un terme à des années de frustration.

L'instinct, plus que l'expérience, lui fit effleurer de ses lèvres la base de son cou, puis son épaule, tandis qu'elle écartait les pans de sa chemise.

Un frémissement la parcourut tout entière, tant l'odeur de sa peau nue lui paraissait le plus enivrant des aphrodisiaques.

Son cœur s'accéléra lorsqu'elle s'enhardit à poser les mains sur la ceinture de son pantalon, prête à explorer sa magnifique virilité.

Après tout, pensa-t-elle, Caesar pouvait l'empêcher d'aller plus loin, si tel était son désir. Mais il n'en fit rien.

Alors, elle oublia tout, et se livra sans retenue à l'exaltation que lui procurait le doux contact de sa toison intime, la vision de son sexe dressé palpitant du même besoin que celui qui la faisait vibrer.

— *Caesar*, souffla-t-elle.

Cette supplique, à peine murmurée, suffit à ce qu'il la prenne dans ses bras pour l'emporter jusqu'au lit, où il la déposa avant d'arracher leurs vêtements à tous deux, jusqu'à ce qu'ils soient nus, l'un contre l'autre, baignés de la chaleur de leur désir mutuel.

De nouveau, Caesar s'empara de sa bouche avec une faim sauvage et douce, à laquelle elle ne pouvait que céder.

Lorsqu'il referma ses paumes sur ses seins, Louise laissa échapper une plainte impatiente.

Il abandonna alors ses lèvres pour déposer une pluie de baisers tout le long de sa gorge, et derrière son oreille, ce qui lui arracha un cri étouffé. Sa bouche descendit jusqu'à sa poitrine, puis emprisonna un mamelon qu'il tourmenta du bout de la langue, menant Louise au bord du vertige.

— Oh ! non, Caesar, gémit-elle. C'est trop !

— Moi non plus, murmura-t-il, je n'en peux plus... Je te désire tant !

Ses lèvres tracèrent un sillon de feu sur le ventre de Louise, glissant toujours plus bas vers les profondeurs de sa moiteur secrète.

Comme pour soulager l'exquise douleur qui y palpitait, elle posa sur sa toison une main apaisante. Peine perdue ! Caesar glissa sa langue entre ses doigts écartés, et Louise ne put retenir un cri lorsqu'il la passa sur le bouton gonflé de désir.

L'habileté diabolique de cette langue fit monter en elle des vagues de plaisir qui l'emportaient toujours plus haut vers la jouissance ultime.

Cambrée, pantelante, elle l'implorait de faire cesser cette délectable persécution, d'assouvir ce besoin qui la consumait.

Ignorant ses supplications, il poursuivit inexorablement son œuvre enivrante jusqu'à ce qu'explose en elle un orgasme d'une intensité fabuleuse. Terrassée par la jouissance, elle retomba sur les oreillers.

Comme elle aimait cet homme ! Elle ne pouvait plus se le cacher.

Soudain, elle se figea, puis repoussa Caesar. Se redressant brusquement, elle agrippa sa chemise de nuit d'une main tremblante avant de s'enfuir vers la salle de bains dont elle verrouilla la porte. Le souffle court, elle se laissa glisser au sol, tout en portant les mains à sa poitrine dans une vaine tentative pour calmer les battements désordonnés de son cœur.

Le sentiment de s'être précipitée de son propre gré dans un piège épouvantable la pétrifia.

Il ne fallait pas qu'elle se laisse aller à aimer Caesar. C'était impossible !

Heureusement qu'elle avait eu la présence d'esprit de le fuir avant qu'il ne soit trop tard !

Sinon, elle aurait pu s'humilier jusqu'à lui avouer son amour.

De l'autre côté de la porte, elle l'entendait qui l'appelait, la conjurant d'ouvrir.

— Non ! s'écria-t-elle. Vous n'auriez jamais dû me toucher. Cela ne faisait pas partie de notre pacte.

Certes, Louise disait vrai, admit Caesar. Mais, pour l'instant, il tremblait de désir pour elle, et ne pouvait que s'étonner de l'intensité de ce qu'il ressentait.

— Je ne vous ai obligée à rien, Louise, plaida-t-il.

— Laissez-moi !

Anéantie, Louise prenait toute la mesure de ce qui lui arrivait.

Elle avait fini par tomber amoureuse de l'homme que Caesar était devenu. Mais cela la mettait dans une abominable situation de faiblesse, car lui ne l'aimait pas. Elle ne le savait que trop !

Dans la chambre, Caesar ramassa le peignoir de Louise et en huma le parfum.

Tout son corps vibrait encore de la tempête qu'elle y avait déclenchée. Quoi qu'elle en dise, il ne doutait pas qu'elle ait vécu la même chose que lui. Sauf qu'elle n'éprouvait que du désir, tandis qu'il commençait à se rendre compte qu'il en était tout autrement pour lui.

Il ne pouvait plus se voiler la face : il aimait Louise. Pendant des années, il avait voulu se persuader que cet amour était mort. Il n'en était rien.

9

— Tu es certaine que tu ne veux pas venir avec nous à Rome ? demanda Anna Maria. Il est encore temps de changer d'avis.

Il était 2 heures de l'après-midi, et ils étaient tous rassemblés dans le hall du *castello*. Anna Maria et sa famille, ainsi que Caesar et Oliver, se préparaient à partir pour l'aéroport où les attendait un jet privé.

— Non, vraiment. Je ne peux pas. Il faut que je mette à jour des dossiers, pour les envoyer de toute urgence à Londres.

Ce n'était pas tout à fait vrai. Louise n'ignorait pas que ses employeurs ne la pressaient nullement de rendre les rapports qui lui avaient été confiés avant son départ d'Angleterre. Mais elle ne se sentait pas de taille à supporter la proximité avec Caesar que ce voyage lui imposerait. Comment aurait-elle pu faire confiance à son propre corps, alors même qu'il semblait obéir à une force qu'elle ne maîtrisait pas ?

De toute évidence, il n'appréciait pas qu'elle décline la proposition de sa cousine. Il n'était qu'à voir la mimique sévère qu'il affichait. Manifestement, le prétexte que Louise avait avancé ne le convainquait pas. Tout ce qu'elle espérait, c'était qu'il ne se doutait pas des véritables raisons qui lui faisaient refuser ce voyage.

Trois jours, à peine, s'étaient écoulés depuis qu'elle avait été contrainte de s'avouer qu'elle était amoureuse de Caesar. Elle les avait vécus dans la terreur qu'il découvre son secret, et avait fait tout son possible pour rester à bonne distance de lui.

Toujours était-il qu'elle passait une bonne partie de ses nuits à se morfondre dans son lit — le lit de Caesar —, obsédée par l'idée que, jamais, elle ne pourrait lui laisser voir ses sentiments. Comment l'aurait-elle pu, puisque jamais il ne l'aimerait ?

— Eh bien, si tu es sûre...

Louise sourit affectueusement à Anna Maria pour la rassurer.

— Oui, c'est mieux comme ça. Et puis cela fera du bien à Caesar et à Ollie d'être un peu en tête à tête.

Lorsque ce fut le tour de Caesar de lui dire au revoir, il murmura à son oreille d'un ton ironique :

— Ne me prenez pas pour un imbécile ! La seule raison qui vous fait préférer rester ici, c'est d'être débarrassé de moi pendant quelques jours.

— Allons, railla Anna Maria, voilà encore nos amoureux qui se disent des mots doux à l'oreille !

Tenant Louise par les épaules, Caesar s'inclina pour déposer un rapide baiser sur ses lèvres.

Comme elle aurait aimé qu'il l'embrasse vraiment ! se désola Louise. Pour un peu, elle aurait noué les bras autour de son cou pour le retenir.

Caesar lâcha Louise en se disant que, s'il n'y prenait garde, il allait céder à l'envie de l'emporter dans ses bras, jusqu'à son lit.

Seul l'amour pouvait expliquer ce besoin forcené qu'il avait d'elle. Cet amour viscéral qu'il n'avait jamais réussi à étouffer en lui, et qui avait resurgi avec force dès qu'il l'avait revue.

Pourquoi fallait-il qu'elle le repousse ? Il savait qu'elle le désirait. Son corps ne l'avait-il pas trahie, l'autre nuit ?

Un instant, il hésita à la quitter, mais Oliver le rappela à l'ordre :

— Tu viens, papa ? On va être en retard.

En haut du perron, Louise regarda les deux voitures s'éloigner, un sourire figé aux lèvres.

Il y avait une bonne heure de route jusqu'à l'aéroport. Caesar avait dans sa voiture Oliver, et le plus jeune des fils de sa cousine. Celle-ci, son mari, et leurs deux autres fils faisaient le trajet ensemble.

Les deux garçons n'avaient pas cessé de bavarder depuis le départ quand, soudain, Carlo s'interrompit, puis désigna le ciel du doigt.

— Regarde ces gros nuages ! s'exclama-t-il. Il va y avoir un orage terrible au *castello*. Pas vrai, oncle Caesar ? Tu te souviens, l'année dernière ? Qu'est-ce qu'on a eu peur, quand la foudre est tombée sur l'arbre !

Caesar jeta un coup d'œil dans le rétroviseur, et constata que l'enfant disait vrai. Le ciel, en direction du *castello*, était des plus menaçants.

Oliver était devenu très pâle. Visiblement, il craignait les orages, songea Caesar. Il aurait voulu le réconforter, mais préféra attendre qu'ils soient arrivés à destination. Il ne voulait pas l'embarrasser devant son cousin.

Dès qu'ils furent dans l'aéroport, il s'arrangea pour s'éloigner un instant avec lui.

— Tu n'as pas à avoir peur, Ollie, dit-il en posant

une main rassurante sur son épaule. Nous sommes loin de l'orage.

— Moi, ça m'est égal. Mais c'est maman. Elle a très, très peur du tonnerre et des éclairs. Un jour, je l'ai vue à Londres, elle tremblait et elle pleurait. Elle savait pas que j'étais là. Elle veut pas qu'on la voie quand elle a peur comme ça. Grand-papa m'a expliqué que...

Il s'interrompit, l'air gêné.

A voir son petit visage anxieux, Caesar eut envie d'en savoir plus. Cela concernait Louise.

— Qu'est-ce qu'il t'a expliqué ?

— Tu lui diras pas que je t'en ai parlé ? Elle veut pas qu'on le dise...

— Ne t'inquiète pas. Mais il faut que je sache. C'est mon rôle maintenant de protéger ta maman.

Oliver leva vers Caesar un regard plein de confiance.

— C'est vrai. C'est pas pareil que je te le dise à toi. Grand-papa m'a raconté que, quand elle était petite, il y avait eu un orage affreux, et la foudre était tombée tout près de sa maison. Elle était dehors en train de jouer. Alors, elle est rentrée en courant vers son papa. Mais il travaillait, et il s'est mis très en colère. Et comme elle arrêtait pas de pleurer, il l'a enfermée dans un placard, sous l'escalier, jusqu'à la fin de l'orage. Depuis, elle déteste être toute seule quand il y a des éclairs.

Serrant son fils contre lui, Caesar ferma les yeux pour surmonter son indignation. Quelle cruauté à l'égard d'une enfant !

— Sois rassuré, dit-il. Ta maman ne restera pas seule.

Rattrapant Anna Maria dans le hall de l'aéroport, il lui confia Oliver.

— Il faut que je retourne au *castello*, dit-il. Partez sans moi, je vous rejoindrai.

— J'étais sûre que tu retournerais chercher Louise, se moqua gentiment Anna Maria. Sois sans crainte, nous prendrons soin d'Oliver.

Sans plus attendre, Caesar regagna en hâte sa voiture. Il essaya d'appeler le *castello*, mais en vain. Il n'était pas rare qu'en de telles circonstances, les communications soient coupées.

Pensant à la terreur que devait ressentir Louise, il appuya sur la pédale d'accélérateur.

Le ciel s'était couvert d'un seul coup, mais ce fut seulement quand elle entendit les premiers grondements du tonnerre que Louise sentit monter la frayeur que lui inspiraient les orages. La bouche sèche, le cœur battant la chamade, elle ne pouvait détacher les yeux des fenêtres ouvrant sur la montagne.

Dans le grand salon, elle trouva la gouvernante.

— Je monte me reposer, dit-elle d'une voix qu'elle s'efforça de maîtriser.

— Très bien, madame. Vous ne serez pas dérangée. Oh ! ces orages, quelle calamité !

Louise ne put s'empêcher d'avoir honte de son incontrôlable terreur. Comme autrefois, quand son père s'était moqué d'elle, et l'avait punie, au lieu de la protéger comme il l'aurait dû.

Ses années de thérapie n'y avaient rien changé. Elle continuait à avoir une peur panique des orages et redoutait surtout de ne pas parvenir à se maîtriser en public. Curieusement, les seuls endroits où elle se sentait à l'abri étaient des lieux clos et sombres.

Elle se hâta le long de la grande galerie, où les éclairs

semblaient la poursuivre de fenêtre en fenêtre, jusqu'à la suite de Caesar.

L'orage était presque au-dessus du *castello*, maintenant. Un éclair déchira de haut en bas le ciel de plomb, et une lueur aveuglante illumina la cour. Le fracas assourdissant du tonnerre lui fit porter les mains à ses oreilles.

Sans plus réfléchir, elle se précipita dans le vestiaire de Caesar, et referma la porte derrière elle. La petite pièce sans fenêtres était imprégnée du parfum de Caesar, et elle en fut étrangement rassérénée. A tâtons, elle alla s'asseoir sur le canapé placé en son centre, et s'y pelotonna.

Caesar pesta entre ses dents, contre la pluie diluvienne que les essuie-glaces arrivaient à peine à évacuer. A travers les éclairs, la masse sombre du *castello* se dessinait contre le ciel. Il immobilisa la voiture au pied du perron, dont il gravit les marches quatre à quatre.

Dans le hall, la gouvernante donnait des ordres au personnel rassemblé, pour que l'on aille chercher des bougies. Sans leur laisser le temps de s'étonner de son retour, Caesar demanda :

— Ma femme ? Où est-elle ?

— Dans votre suite, Excellence. Elle a demandé à ne pas être dérangée.

Les grondements du tonnerre étaient assourdissants. Louise devait être morte de peur, se dit-il, le cœur serré, en se hâtant le long de la galerie.

Dans la demi-pénombre, il parcourut les pièces de sa suite, en se maudissant de n'avoir rien prévu pour s'éclairer. Mais il n'y avait pas le moindre doute : elles étaient désespérément vides. Où donc pouvait bien être Louise ?

Le dernier endroit qu'il n'avait pas exploré était son dressing-room. Etait-ce là qu'elle avait cherché refuge ? C'était peu probable ! Mais, en désespoir de cause, il ouvrit la porte avec précaution, ne voulant pas l'effrayer davantage si elle s'y trouvait.

A la lueur des éclairs, il vit Louise, roulée en boule sur le petit canapé, une de ses vestes la recouvrant presque entièrement.

Un amour infini s'empara de lui, et il avança très doucement, n'osant prononcer son nom que lorsqu'il fut accroupi auprès d'elle.

Louise ne comprit pas pourquoi elle voyait, tout à coup, à travers ses paupières closes, la clarté blême des éclairs.

Rêvait-elle ? Et cette voix ! Non, ce ne pouvait être Caesar. Il était loin. Il ne servait à rien de souhaiter plus que tout au monde qu'il soit là.

Devenait-elle folle ?

Soudain, un coup de tonnerre fit trembler toute la pièce. Louise poussa un cri strident, et se raidit. N'y tenant plus, Caesar s'assit à côté d'elle pour la prendre dans ses bras.

Elle tremblait de la tête aux pieds, et, en la voyant si fragile, il sentit les larmes lui monter aux yeux. Comment avait-il pu se persuader qu'il ne ressentait rien pour elle ? Comment avait-il été assez fou pour la livrer à la vindicte publique, et se détourner d'elle ?

Elle frissonna, lorsqu'un nouveau coup de tonnerre résonna au-dessus de leur tête.

— Tout va bien, Lou, lui dit-il. Je suis là. Tu n'as plus besoin d'avoir peur.

Caesar ? Il était là ? Il avait vu ce qu'elle avait toujours caché à tout le monde ?

Un gémissement de désespoir s'échappa de ses lèvres, et elle essaya d'échapper à son étreinte. Mais il ne la laissa pas faire. Bien au contraire, il la serra plus étroitement contre lui.

C'était à n'y pas croire ! Caesar la tenait enlacée.

Et les paroles qu'il lui murmurait auraient pu lui laisser imaginer qu'il éprouvait pour elle de tendres sentiments.

Mais non, elle devait se tromper. Seul Oliver comptait pour lui.

Oliver ? Elle se redressa d'un seul coup.

— Où est Oliver ? Il est arrivé quelque chose ?

— Non, rassure-toi. Il est certainement à Rome à l'heure qu'il est.

Caesar passa la main sous son menton, et leva son visage vers lui avec une infinie douceur.

— Si je suis revenu, expliqua-t-il, c'est qu'il m'a confié à quel point tu as peur de l'orage. Ne lui en veux pas. C'est moi qui ai insisté pour qu'il parle, quand j'ai vu qu'il s'inquiétait pour toi.

Sentant que Louise cherchait à s'écarter de lui, il resserra tendrement son étreinte.

— Tu n'as pas besoin de te cacher, dit-il. C'est moi qui devrais avoir honte. J'ai tant de choses à me reprocher. En premier lieu, je n'aurais jamais dû me comporter avec toi comme je l'ai fait, il y a dix ans. J'ai été aussi cruel que l'avait été ton père.

— Je ne veux pas parler de ça, s'affola-t-elle.

— Il le faudra pourtant, si nous voulons nous donner quelque espoir de construire un couple heureux, et amoureux.

Amoureux ?

Louise écarquilla les yeux, tandis que Caesar poursuivait d'une voix émue :

— Car c'est bien ce que nous voulons, toi et moi, n'est-ce pas ? Une vie pleine d'amour ?

— Ce n'est pas parce que je t'aime que...

Caesar ne la laissa pas aller plus loin dans ses protestations.

— C'est vrai ? l'interrompit-il. Tu m'aimes ? Oh ! Louise ! Mon amour ! Ma si douce, si précieuse épouse...

Mais que lui arrivait-il ? se demanda Louise, le cœur battant de joie, d'espoir et d'incrédulité, tandis que Caesar l'embrassait tendrement, serrant son visage entre ses mains.

Comment était-ce possible ? Rêvait-elle ?

— Caesar ? dit-elle d'une voix hésitante.

Aussitôt, comprenant sa confusion, il cessa de l'embrasser, et la prit tendrement dans ses bras.

— Je sais ce que tu penses, ma chérie, dit-il. Comment pourras-tu jamais me pardonner ? Mais je ferai tout ce qui est en mon pouvoir pour te prouver que je t'aime. Et que je t'ai aimée depuis les tout premiers instants.

Louise ne put retenir un soupir incrédule, et elle fit mine de s'écarter de lui, pourtant Caesar ne desserra pas ses bras.

— Oui, Lou. J'ai été cruel envers toi. Et j'ai été lâche, aussi. Il m'a manqué le courage de reconnaître — et de m'avouer à moi-même — que j'étais amoureux de toi. Tout cela, parce que tu bousculais tous les a priori, tous les préjugés, sur lesquels je m'étais construit. Tu n'étais pas...

— Le genre de fille avec laquelle un garçon comme toi pouvait souhaiter faire sa vie ?

— Oui. Et, du coup, j'ai fait confiance au jugement des autres, au lieu d'écouter ce que mon cœur me disait. J'ai choisi la facilité. Je ne me le pardonnerai jamais.

La sincérité de Caesar frappa Louise au cœur.

— Je ne t'en veux pas, Caesar, dit-elle, s'étonnant elle-même que cela fût vrai. De mon côté, je n'ai pas été tout à fait honnête avec toi. Je t'ai utilisé pour essayer de gagner l'amour de mon père. Ce n'est qu'ensuite que...

— Que tu es tombée amoureuse de moi ?

Louise détourna le regard. Pouvait-elle prendre le risque d'un tel aveu ? N'était-ce pas s'exposer à de nouvelles souffrances ?

— Louise, regarde-moi. Je t'en prie !

Lorsque Caesar lui prit le menton pour l'obliger à se tourner vers lui, ce qu'elle lut dans ses yeux la bouleversa. Etait-ce donc si important pour lui de savoir ? Comptait-elle à ce point pour lui ?

— Oui, répondit-elle avant de perdre le courage de le faire. Ce n'est que plus tard que j'ai découvert combien je t'aimais.

— Dire que j'ai été assez fou pour piétiner cet amour ! Mais ton souvenir n'a jamais cessé de me hanter. Et, aujourd'hui, j'ai su qu'il fallait que je sois auprès de toi. Je ne pouvais pas t'abandonner une nouvelle fois.

— C'est vrai ? Tu es revenu exprès pour moi ? Tu m'as fait passer avant toute autre chose ?

— Oui. Et c'est ce que j'aurais dû faire il y a bien longtemps. Mais le désir que tu m'inspirais me terrifiait, Louise. Je croyais qu'un Falconari ne devait pas céder à de telles émotions. J'étais jeune, et terriblement orgueilleux. Crois-tu que tu pourras me donner une deuxième chance ? Celle de me montrer digne de toi ?

— Oh ! Caesar !

Tout ce que Louise ressentait pour Caesar était contenu dans ces deux mots. Un simple aveu de l'amour qu'elle lui portait.

— Viens voir, mon amour, dit-il en lui prenant la main. L'orage est fini.

Par la fenêtre de la chambre, ils virent que les nuages s'étaient dissipés, et qu'un magnifique clair de lune brillait dans le ciel clair.

— Un orage est fini, dit Caesar en se penchant vers elle pour l'embrasser, mais il y en a un autre qu'il nous faut apaiser. Si tu me juges digne de cela ?

La soulevant du sol, il l'emporta jusqu'au lit, et l'y déposa.

— Oui, Caesar, répondit-elle, rivant son regard au sien. Je te fais confiance.

Tout d'abord, il prit ses lèvres avec une délicieuse sensualité. Puis, très vite, leurs bouches s'unirent en un baiser plein de fièvre. Louise avait l'impression de pouvoir enfin donner libre cours à une passion trop longtemps contenue.

Un instant, la crainte de se laisser emporter par quelque chose qu'elle ne maîtrisait pas l'envahit de nouveau. Comme s'il avait senti sa réticence, Caesar murmura à son oreille :

— Tout va bien, ma chérie. Je t'aime, et je ne t'abandonnerai jamais. Tu es en sécurité avec moi.

En sécurité ? Quand elle se sentait prête à s'abandonner à lui complètement ?

— Je te désire tant ! osa-t-elle avouer.

Rassuré par ce qui lui semblait être un consentement, Caesar entreprit de la dévêtir avec douceur, couvrant de baisers sa peau nue, au fur et à mesure qu'il la dévoilait.

Louise frémit de la tête aux pieds.

A son tour, elle s'aventura à l'aider à se débarrasser de ses vêtements. Peu à peu, grisée de sentir ses muscles bandés sous ses doigts et sous ses lèvres, elle s'enhardit.

Prenant entre ses mains son sexe dressé, elle se risqua à des caresses qui le firent durcir encore davantage. Avec ravissement, elle sentait sous ses paumes le sang y affluer, et son cœur suivit ce rythme entêtant.

— Je t'aime, murmura-t-elle.

Dans la tendresse passionnée avec laquelle il l'embrassa, transparaissait une telle vulnérabilité qu'elle en fut émue aux larmes.

Caesar fut secoué d'un frisson de plaisir, lorsqu'il prit un téton gonflé dans sa bouche, et que Louise s'arc-bouta pour s'offrir en toute impudeur.

Elle était prête à se donner, et une montée d'adrénaline le submergea avec une violence primitive.

D'une main, il écarta ses cuisses, sans cesser de vriller son regard au sien, fasciné d'y lire un tel abandon.

Ses doigts explorèrent délicatement la chaude moiteur au cœur de sa féminité, et Louise laissa échapper un petit cri d'extase quand ils effleurèrent le bourgeon qui s'y cachait.

— Caesar...

Elle ne pouvait attendre davantage, et elle l'attira à elle, tremblante d'excitation, pour nouer ses jambes autour de sa taille.

Caesar, lui non plus, n'y tenait plus. Lorsqu'il se glissa en elle, ce fut comme s'il retrouvait une sensation familière, trop longtemps oubliée.

Ensemble, ils commencèrent à onduler, tout d'abord en silence, puis avec des gémissements de plaisir.

Ce fut dans une harmonie parfaite qu'ils se laissèrent

porter jusqu'à un vertigineux sommet, où pendant quelques secondes ils ne firent plus qu'un.

Plus tard, lorsqu'ils eurent repris leur souffle, lovée contre Caesar, Louise lui confessa sans retenue tout l'amour qu'elle lui portait.

— Je ne te mérite pas, murmura Caesar, attendri. Mais je ferai tout mon possible pour y parvenir. Mon seul regret est que je ne pourrai pas te donner d'autre enfant.

— Tu m'as donné Oliver, et tu m'as donné ton amour. Que pourrais-je désirer de plus ?

Un rayon de lune joua sur le torse de Caesar, et Louise posa avec ferveur ses lèvres à cet endroit.

Il ne s'écoula pas longtemps avant que leur désir renaisse, et qu'ils s'agrippent l'un à l'autre en une danse lascive, se murmurant de doux mots d'amour, dans la certitude partagée que le passé était bel et bien oublié.

Epilogue

Dix-huit mois plus tard

— Regarde donc Caesar et Ollie, en train de montrer Francesca à tout le monde. Il ne doit pas y avoir plus fiers que ces deux-là dans tout le vaste monde !

Anna Maria éclata de rire, et se tourna vers Louise. Toutes deux suivirent du regard le père et le fils qui promenaient crânement la petite sœur d'Ollie parmi les invités qui se pressaient à son baptême. Le grand salon du *castello* était bondé.

La petite fille avait maintenant quatre mois, et son père continuait à dire qu'elle était l'enfant du miracle. Un cadeau du destin, comme le leur avait expliqué le gynécologue quand, à leur grande surprise, il s'était avéré que Louise était enceinte.

— C'est toi qui as rendu possible ce prodige, avait dit Caesar à Louise, des larmes de joie dans les yeux. Toi, grâce à ton amour, et à tout ce que tu es.

Caesar vint lui ramener Francesca, et Louise la prit dans ses bras avec la même émotion, et la même joie, que lorsqu'on la lui avait tendue à la clinique. La naissance de cette enfant nouait entre elle et son mari un lien encore plus fort.

Un instant, elle songea à sa propre mère qu'elle avait invitée pour l'occasion. Cette dernière avait décliné, en promettant une visite à venir, qui ne se concrétiserait certainement jamais.

— Ton père est là, vint lui annoncer Caesar.

Louise sentit son cœur faire un bond dans sa poitrine.

Celui-ci lui avait écrit, peu de temps avant qu'elle ne mette Francesca au monde. Apparemment, il se retrouvait seul, abandonné par Melinda, qui avait fui avec un homme plus jeune.

C'était Caesar qui avait suggéré que le temps était peut-être venu d'enterrer les vieilles querelles. Louise avait accédé à ses exhortations, et répondu à la lettre.

Peu à peu, une correspondance hésitante s'était établie entre elle et le vieil homme. Lorsqu'il avait exprimé le désir de faire la connaissance de ses petits-enfants — il n'avait plus d'autre famille, désormais, avait-il plaidé —Louise s'était laissé convaincre de l'inviter.

Et voilà qu'il était à l'autre bout de la pièce.

Même de loin, il était visible que c'était un homme cassé, humilié par la désertion de sa femme. Louise ne put s'empêcher d'éprouver de la pitié pour lui. Sans réfléchir, elle traversa le salon, Francesca dans les bras. Il ne lui était pas nécessaire de se tourner vers Caesar pour savoir que son regard protecteur l'accompagnait.

Lorsqu'elle fut devant son père, et qu'elle vit son visage amaigri, les plis amers autour de sa bouche, elle songea qu'il était bien triste de se retrouver aussi seul qu'il l'était, obligé de quémander un peu de chaleur auprès d'une fille dont il n'avait jamais voulu.

— Bonjour, papa, dit-elle d'une voix mal assurée.
— J'imagine que tu n'es pas franchement enchantée de me voir...

— Ne dis pas cela. Il est normal que tu sois accueilli parmi nous. Ne sommes-nous pas ta famille ? D'ailleurs, en voici le plus jeune membre.

Un instant, elle crut que son père allait faire demi-tour. Puis elle vit briller des larmes dans ses yeux.

— Tout va bien, papa, dit-elle d'une voix douce. Cela va aller...

Caesar les avait rejoints, et il lui prit Francesca des bras.

— Regardez, dit-il fièrement à son beau-père, elle a hérité de la blondeur et de la finesse de Lou. Dieu merci !

Louise entendit son père se racler la gorge, avant de déclarer :

— Lou tenait cela de ma famille. Et je peux vous dire que c'était le plus ravissant bébé que l'on n'ait jamais vu.

Voilà qu'il réécrivait l'histoire, songea Louise avec mélancolie. Il ne lui avait pas fallu longtemps !

Cependant, elle n'eut pas le courage de le contredire. Qu'est-ce que cela lui aurait apporté ? Aujourd'hui, tout son amour allait à un homme qui la chérissait, et l'estimait à sa juste valeur.

Un homme qui lui accorderait toujours la première place dans son cœur.

Un homme qui l'aimait de toute son âme.

Composé et édité par HarperCollins France.

Achevé d'imprimer en février 2019.

Barcelone

Dépôt légal : mars 2019.

Pour limiter l'empreinte environnementale de ses livres, HarperCollins France s'engage à n'utiliser que du papier fabriqué à partir de bois provenant de forêts gérées durablement et de manière responsable.

Imprimé en Espagne.